그 후에

그 후에

초판 1쇄 발행일 2010년 6월 3일 | **2판 1쇄 발행일** 2025년 5월 29일
지은이 기욤 뮈소 | **옮긴이** 전미연 | **펴낸이** 김석원 | **펴낸곳** 도서출판 밝은세상
출판등록 1990. 10. 5 (제 10 - 427호) | **주 소** (10881) 경기도 파주시 문발로 119, 202호
전 화 031-955-8101 | **팩 스** 031-955-8110 | **메일** wsesang@hanmail.net
블로그 blog.naver.com/balgunsesang8101 | **인스타그램** www.instagram.com/wsesang

ISBN 978-89-8437-502-4 (03860) | **값** 18,500원
잘못된 책은 구입한 곳에서 교환해 드립니다. | **일러두기** 각주는 모두 옮긴이 주입니다.

그 후에

Et aprés

기욤 뮈소 장편소설
Guillaume Musso

전미연 옮김

밝은세상

프롤로그

1972년 가을
매사추세츠주, 낸터컷 섬

호수는 섬 동쪽 크랜베리 재배지를 끼고 형성된 늪지대 뒤로 길게 뻗어 있었다. 화창한 가을날이었다. 며칠 동안 날씨가 쌀쌀하다 다시 기온이 높아졌다. 인디언서머의 뜨거운 햇볕이 호수 표면에 깃들며 화려한 빛으로 반짝거렸다.

"이리 와봐!"

소년이 호숫가로 다가가 여자 친구가 가리키는 곳을 바라보았다. 물 위에 둥둥 떠 있는 수초들 사이로 큰 새 한 마리가 유유자적 헤엄치고 있었다. 순백의 깃털, 흑옥 같은 까만 부리, 기다란 목을 자랑하는 새의 자태에서 장중한 기품이 느껴졌다.

백조.

아이들과의 거리가 몇 미터 이내로 좁혀졌을 때 백조가 갑자기 물속으로 고개를 처박았다가 금세 다시 위로 내밀었다. 공원에서 흔히 보는 노르스름한 부리의 관상용 백조와는 차원이 다른 새였고, 은은하고 아름다운 소리로 길게 우는 게 특징이었다.

"가까이 다가가서 새의 깃털을 만져보고 싶어."

소녀가 물기슭으로 바짝 다가가 팔을 길게 뻗었다. 깜짝 놀란 백조가 급작스레 날개를 활짝 펼치는 바람에 소녀는 그만 중심을 잃고 쓰러졌다. 소녀가 물속으로 첨벙 빠져드는 순간 백조는 낮은 숨을 내뱉고 나서 날개를 퍼드덕거리면서 하늘로 날아올랐다.

소녀는 바다에서라면 평형만으로도 몇백 미터 정도는 쉽게 헤엄칠 수 있을 만큼 수영을 잘했지만 호수는 물이 얼음장처럼 차가워 기슭까지의 거리가 아주 멀게 느껴졌다. 팔다리를 허우적거리며 헤엄을 치던 소녀는 도저히 기슭까지 갈 수 없겠다는 생각이 들자 당황해 겁을 집어먹었다. 소녀는 드넓은 호수에 꼼짝없이 갇혀버린 자신의 몸이 한없이 작게만 느껴졌다. 가슴을 세게 압박당하는 느낌이 들며 소녀는 호흡이 점차 멎어갔다.

여자 친구가 위험에 빠지자 소년은 신발을 벗고 한 치의 망설임도 없이 물속으로 뛰어들었다.

"날 꼭 잡아, 겁먹지 말고."

소녀가 소년의 몸에 매달렸다. 소년은 안간힘을 다해 팔을 휘저으며 서서히 호숫가로 헤엄쳐갔다. 소년은 숨이 가빠왔지만 잠수를 한 상태로 소녀를 호수 기슭에 올려놓았다. 하지만 막상 자신의 차례가 되자 몸에 남아 있던 힘이 모두 소진되어버렸다. 호수 밑바닥에서 누군가가 억센 두 팔로 몸을 세게 끌어당기는 느낌이 들었다. 소년은 숨이 막히고 심장이 달음박질치는 가운데 뇌에 극심한 압력이 가해졌다.

소년은 더 이상 가라앉지 않으려고 발버둥 쳤지만 폐에 물이 차오르는 걸 느꼈고, 더는 버티지 못하고 아래로 가라앉기 시작했다. 이내 고막이 터지고 주변이 암흑으로 변했다. 숨 막히는 어둠에 휩싸인 소년은 막연하나마 마지막이라는 걸 직감했다.

이제 소년의 주변에는 아무것도 없었다. 차갑고 무시무시한 어둠밖에는.

어둠.

어둠.

그리고 별안간……

빛.

1장

위대하게 태어나는 사람들이 있는가 하면 위대함을 성취하는 사람들도 있다.

_셰익스피어

맨해튼

12월 9일

오늘 아침에도 네이선 델 아미코는 동시에 울리는 두 개의 알람 소리를 들으며 잠에서 깨어났다. 하나는 전자시계의 알람, 다른 하나는 건전지로 작동시키는 탁상시계의 알람이었다. 아내 말로리는 알람에 대한 그의 집착을 유치한 편집증이라며 놀려대기 일쑤였다.

네이선은 시리얼 그릇을 반쯤 비우고 나서 트레이닝복 차림에 낡은 리복 운동화를 신고 평소처럼 아침 조깅에 나섰다. 엘리베이터 거울에 비친 모습을 보니 아직은 팽팽한 피부에 용모도 준수한 편이었으나 얼굴에 피로감이 역력했다.

'네이선, 이제 좀 쉬어.'

네이선은 눈 밑에 둥지를 튼 푸르스름한 다크서클을 들여다보며 생각했다. 그는 트레이닝복 지퍼를 목까지 올리고 털장갑을 낀 다음 뉴욕 양키스 로고가 붙은 털모자를 머리에 썼다. 그는 센트럴파크 서쪽에 면해 있는 어퍼 웨스트사이드의 고급 주거지인 산레모 아파트 23층에 살고 있었다. 아파트 밖으로 나서자마자 입에서 하얀 입김이 연기처럼 쏟아져 나왔다. 바깥은 아직 어두웠고, 도로에 면한 아파트를 휘감았던 안개가 이제야 조금씩 걷히고 있었다. 전날 일기예보에 따르면 눈이 와야 마땅한데 아직 눈은 날리지 않았다.

네이선은 종종걸음으로 거리를 걸어 올라갔다. 사방에 보이는 크리스마스 조명 장식들과 건물 출입구마다 내걸린 크리스마스 리스 장식들이 한껏 축제 분위기를 돋우었다. 그는 자연사박물관 앞을 지나면서부터 백여 미터를 힘껏 달려 센트럴파크 안으로 들어섰다.

아직 이른 시간이고 추운 날씨 탓인지 공원에는 인적이 드물었다. 허드슨강에서 불어온 찬바람이 공원 중심부에 넓게 펼쳐진 인공 호수 주변의 조깅 트랙을 휩쓸고 지나갔다.

사람들은 주변이 어둑어둑하고 인적이 드문 이른 새벽 시간에 이 조깅 트랙에서 달리길 꺼려 했지만 네이선은 개의치 않았다. 지난 몇 년 동안 이 장소에서 조깅을 했지만 한 번도 불미스러운 일을 겪지 않았다. 그는 일정한 속도와 리듬을 계속 유지하며 달렸다. 코끝이 알싸하도록 매서운 바람이 부는 날씨였지만 아침 운동은 활력을 높여주기에 거를 생각이 없었다.

네이선은 45분쯤 땀을 흘리며 달리다가 트랜스버스 로드*에서 멈춰 섰다. 물을 벌컥벌컥 들이켜 갈증을 해소한 그는 잔디밭에 주저앉았다.

*센트럴파크에는 자연경관을 해치지 않으면서 자동차가 지나다닐 수 있도록 지면보다 약간 낮게 공원 안을 횡단해서 지나가게 만들어놓은 트랜스버스 도로가 4개 있다.

문득 캘리포니아의 온화한 겨울 날씨와 조깅 코스로는 더할 나위 없이 일품인 샌디에이고의 수십 킬로미터에 달하는 해변이 떠올랐다. 그와 더불어 딸 보니가 까르르 웃는 소리가 귓전을 맴돌았다.

보니가 지독하게 그리웠다.

아내 말로리의 얼굴과 바다처럼 푸르고 큰 눈망울이 머릿속에서 아른거렸지만 네이선은 억지로 생각을 떨쳐버렸다.

'이제 스스로 상처를 후비는 일은 그만두어야 해.'

네이선은 부지불식간에 엄습해오는 공허감을 떨쳐버리지 못하고 한동안 자리에서 꼼짝하지 않았다. 아내가 떠난 뒤로 공허감은 벌써 여러 달째 그의 마음을 안으로부터 갉아먹고 있었다.

이별의 고통이 이렇게 클지 미처 몰랐다. 허망하고 쓸쓸한 기분에 눈안 가득 차올랐던 눈물이 볼을 타고 흘러내리다가 차가운 겨울바람에 금세 말라버렸다. 네이선은 물을 한 모금 더 들이켰다. 잠에서 깨어나 눈을 뜬 순간부터 지금껏 계속 가슴이 결리고 답답해 숨쉬기가 거북할 지경이었다. 눈발이 날리기 시작하는 걸 보고 겨우 자리에서 일어선 그는 한시바삐 샤워를 마치고 출근할 생각으로 집을 향해 달려갔다.

깔끔하게 면도한 얼굴에 짙은 색 슈트를 입은 네이선이 문을 소리가 나도록 쾅 닫으며 택시에서 내려섰다. 그는 파크 애비뉴와 52스트리트가 교차하는 지점에 위치한 〈마블 앤드 마치〉 로펌 사무실의 유리 건물로 들어서었다.

〈마블 앤드 마치〉는 요즘 맨해튼에서 가장 명성이 높은 비즈니스 전문 로펌이었다. 미국 전역에서 구백 명이 넘는 변호사들이 〈마블 앤드 마치〉 소속으로 일하고 있었고, 절반 정도가 뉴욕에서 근무하고 있었다.

샌디에이고 본사에서 변호사로 첫출발한 네이선은 짧은 시간에 실력을 인정받아 〈마블 앤드 마치〉 매니징 파트너 변호사인 애슐리 조던의 파트너 변호사가 되었다. 〈마블 앤드 마치〉 로펌이 뉴욕에서 한창 성장 일로를 치닫고 있을 때 서른한 살의 네이선은 어린 시절의 기억이 남아 있는 뉴욕으로 돌아와 M&A 부서의 부팀장을 맡게 되었다. 그야말로 누구나 부러워할 만큼 눈부신 성공이었다. 네이선은 젊은 나이에 업계에서 손꼽히는 레인메이커*가 되었다. 네이선이 그토록 바라던 야망이 실현되었고, 성공이라는 두 글자를 거머쥐게 되었다. 주식투자로 돈을 불리거나 친인척이나 인맥을 이용해 오른 자리가 아니었다. 오로지 그의 자질과 능력을 인정받아 이룬 성공이었다. 그에게 소송을 의뢰한 고객들과 기업의 이윤을 극대화시켜준 대가로 얻은 성공.

뛰어난 두뇌와 넘치는 자신감, 재력과 능력을 겸비한 인물. 현재 사람들의 눈에 비치는 네이선 델 아미코의 모습이었다.

네이선은 자신이 맡은 소송이 어떻게 진행되는지 점검하기 위해 휘하의 변호사들과 회의를 하느라 오전 시간을 모두 흘려보냈다. 정오가 되

---

*본래는 가뭄에 비를 내리게 하는 인디언 마술사란 의미지만 미국에서는 부유한 고객의 소송을 맡아 막대한 수임료를 챙기는 로펌의 스타 변호사를 일컫는 말로 쓰인다. 변호사 출신 작가 존 그리샴은 《레인메이커》라는 제목의 소설을 쓰기도 했다.

자 애비가 커피와 참깨 브레첼, 크림치즈를 담은 접시를 가져왔다.

애비는 지난 몇 년 동안 네이선의 비서로 일해왔다. 원래 캘리포니아 출신이지만 마음이 맞는 상사 네이선을 따라 뉴욕까지 동행하게 되었다. 중년의 나이에 독신인 애비는 일에 대한 열정이 남달랐다.

네이선은 애비를 신임했기에 중요한 업무를 믿고 맡겼다. 추진력이 남다른 애비는 상사가 바라는 업무 처리 시한을 반드시 지키는 건 기본이고, 가끔은 앞당겨 처리하기도 했다. 업무량이 지나치게 많다보니 지치지 않고 일하려면 상사 몰래 비타민 첨가 과일주스와 카페인 음료를 입에 달고 살아야 했다.

네이선은 이제 미팅 스케줄이 더는 잡혀 있지 않다는 걸 확인하고 나서 넥타이를 느슨하게 풀었다. 그는 가슴의 통증이 여전히 사라지지 않아 관자놀이를 문질러준 뒤 찬물로 얼굴을 축였다.

'이제 말로리 생각은 그만하자.'

"변호사님?"

애비가 둘만 있을 때의 버릇대로 노크도 없이 사무실로 들어섰다. 그녀가 네이선에게 오후 일정을 확인시켜주고 나서 덧붙였다.

"애슐리 조던 변호사님의 친구분이 오전에 전화해 급히 만나 뵙고 싶답니다. 성함이 가렛 굿리치라고 하던데요."

"가렛 굿리치는 처음 들어보는 이름인데?"

"직업은 의사이고, 조던 변호사님의 어린 시절 친구라고 하던데요."

네이선이 미간을 찌푸리며 물었다. "의사가 나에게 무슨 볼일이 있을까요?"

"명확하게 용건을 밝히지 않아 저도 모르겠어요. 다만 조던 변호사님이 가장 유능한 변호사로 추천한 네이선 델 아미코 변호사님을 당장 만나 뵙고 싶다고 했습니다."

'내가 유능하긴 하지. 소송에서 단 한 번도 패소한 적이 없으니까.'

"조던 변호사님에게 전화를 연결해봐요."

"조던 변호사님은 한 시간 전에 볼티모어로 떠나셨어요. 카일 건 때문에."

"아, 그러네요. 가렛 굿리치라는 분은 언제 방문하기로 했죠?"

이미 문밖으로 나갔던 애비가 열린 문틈으로 고개를 삐죽 들이밀며 말했다. "오후 5시에 오기로 했어요."

"직업이 의사니까 의료 소송 건 때문이겠네요."

"제가 생각하기에도 그럴 가능성이 커요. 그럼 4층에 있는 의료 소송 전문 부서를 소개해주는 게 좋겠네요."

네이선은 고개를 끄덕이며 다시 서류 쪽으로 고개를 파묻었다.

가렛 굿리치는 약속 시간보다 조금 이르게 도착했다. 애비가 그를 네이선의 방으로 안내했다. 나이가 지긋하지만 건장한 체격에 키가 큰 노신사로 고상한 롱코트와 진회색 슈트를 입고 있었다. 위풍당당하게 안으로 들어선 그가 사무실 한가운데에 버젓이 버티고 섰다.

가렛 굿리치가 롱코트를 벗어 애비에게 건네고는 희끗희끗한 머리칼을 손가락으로 쓱쓱 빗어 넘겼다. 나이는 분명 육십 대로 보이는데 탈모 현상이 전혀 없어 머리카락이 풍성했다. 그가 매서운 눈빛으로 네이선을 쳐다보며 짧은 턱수염을 어루만졌다. 그와 눈이 마주친 네이선은 왠지 모르게 거북한 느낌을 받았고, 갑자기 호흡이 가빠지며 가슴이 답답했다.

2장

나는 한 천사가 해에 서 있는 것을 보았습니다.
_요한계시록 19장 17절

"안색이 창백해 보이는데 괜찮아요, 네이선 델 아미코 변호사?"

'빌어먹을! 내가 왜 이러지?'

네이선이 정신을 가다듬으며 대답했다.

"과로한 탓인지 잠시 머리가 어질어질했을 뿐입니다. 이젠 괜찮습니다."

가렛 굿리치는 납득이 안 가는 눈치였다. 그의 입에서 카랑카랑한 목소리가 흘러나왔다.

"내가 명색이 의사니까 진찰을 받고 싶으면 얘기해요. 기꺼이 진료해 줄 테니까."

네이선이 억지 미소를 지었다.

"말씀은 고맙지만 괜찮습니다."

"정말 괜찮겠어요?"

"네."

네이선이 미처 앉으라고 권하기도 전에 가죽 안락의자에 털썩 앉은 가렛 굿리치가 여유로운 표정으로 실내를 둘러보았다. 벽면을 따라 고

서들이 꽂힌 책장들이 늘어서 있고, 방 한가운데 큼지막한 업무용 책상이 놓여 있었다. 책상 앞쪽으로 육중한 호두나무로 만든 회의용 테이블과 아담하고 우아한 소파가 비치되어있어 대체로 고급스러운 분위기를 자아냈다.

잠시 말이 없던 네이선이 입을 열었다.

"저를 찾아오신 용건이 뭔지 말씀해주시겠습니까?"

안락의자에 다리를 꼬고 앉은 가렛 굿리치가 발을 까딱까딱 움직이며 말했다.

"특별히 용건이 있어서 찾아온 건 아니오. 이제부터 내가 네이선이라 불러도 괜찮을까요?"

상대방 의사를 묻는 게 아니라 마치 통보하는 듯했다.

네이선이 당황하지 않고 맞받았다.

"업무상 용건이 있어 찾아온 게 아닌가요? 의료 소송 건 때문에 저를 찾아오셨다면 경험 많고 유능한 변호사를 소개해드리겠습니다."

굿리치가 말했다. "의료 소송 건 때문에 당신을 찾아온 게 아니라니까." 그가 고개를 가로저으며 말을 이었다. "나는 술을 마신 날에는 절대로 수술을 하지 않아요. 술에 취해 왼쪽 다리가 아픈 환자의 오른쪽 다리를 절단하는 사고를 내면 안 되니까."

네이선이 부자연스럽게 웃었다.

"그럼 무슨 용건으로 찾아오셨죠?"

"내가 과체중이긴 하지만……."

"로펌에서 과체중 문제를 다루진 않는다는 걸 잘 아실 텐데요?"

"나도 당신들에게 과체중 문제를 해결해달라고 할 생각은 없어요."

'이 사람이 누굴 바보로 아나?'

팽팽한 긴장감과 함께 잠시 무거운 침묵이 감돌았다.

네이선은 협상 경험이 많이 쌓이다보니 평소 상대가 도발적인 말을 해도 쉽게 흥분하는 편이 아니었다. 다만 말을 비꼬길 좋아하는 상대와 대화를 나누다보니 기분이 뜨악해졌다.

네이선은 상대를 뚫어져라 쳐다보았다.

넓은 이마, 굵고 단단한 턱, 숱이 많고 짙은 일자형 눈썹이 어딘가 낯익은 얼굴이었다.

어디서 봤더라?

가렛 굿리치의 눈빛은 그 어떤 적의도 담고 있지 않았지만 왠지 위협적인 느낌으로 다가왔다.

네이선이 애써 태연한 척하며 말했다. "음료수를 한잔 드릴까요?"

"산펠레그리노 있으면 한잔 주세요."

"아마 있을 겁니다."

네이선이 인터폰으로 애비에게 탄산수를 가져다 달라고 부탁했다.

가렛 굿리치가 의자에서 일어나 책장에 꽂혀 있는 책들을 둘러보았다.

'내 사무실을 마치 자기 집 안방처럼 여기네.'

네이선은 기분이 언짢았지만 티 내지 않으려고 애썼다.

가렛 굿리치가 다시 의자로 돌아와 앉더니 이번에는 네이선이 앉아 있는 책상에 놓인 백조 모양 은제품 문진을 유심히 살폈다. 그가 문진을 들고 무게를 가늠해보면서 말했다.

"이 문진은 여차하면 살인용 둔기가 되겠는걸."

네이선이 어색한 미소를 지으며 대꾸했다. "그러게요."

가렛 굿리치가 독백이라도 하듯 중얼거렸다. "켈트 신화에 백조가 많이 등장하지."

"켈트 문화에 관심이 많으시군요."

"외가 쪽이 아일랜드 혈통이라."

"제 아내의 친정도 아일랜드입니다."

"전처일 텐데요?"

네이선이 상대를 무섭게 쏘아보았다.

가렛 굿리치가 푹신한 쿠션이 들어간 안락의자를 빙글빙글 돌리며 아무렇지 않은 듯이 말했다. "아, 오해하지 말아요. 애슐리에게 당신이 이혼했다는 말을 들었을 뿐이니까."

'애슐리, 내가 이렇게 거만한 작자에게 당신 사생활을 까발리면 좋겠어?'

"켈트 신화를 보면 저승에서 이승으로 내려오는 모든 생명체들이 백조의 모습을 한다더군요."

"정말이지 시적인 신화네요. 그나저나 이제 저를 찾아온 이유가 뭔지 말씀해보세요."

그때 애비가 탄산수 두 병을 쟁반에 받쳐 들고 들어섰다.

가렛 굿리치가 책상 위에 문진을 내려놓고 탄산수를 컵에 따라 천천히 마셨다. 마치 기포 한 방울 한 방울을 음미라도 하듯이.

가렛 굿리치가 네이선의 왼쪽 팔에 난 긁힌 상처를 가리키며 물었다. "어쩌다가 다쳤어요?"

네이선이 어깨를 추어올리며 답했다. "조깅을 하다가 철책에 긁혔어요. 뭐 그리 대단한 상처는 아닙니다."

가렛 굿리치가 탄산수가 든 컵을 내려놓으며 말했다.

"지금 이 순간에도 당신 몸에서 수백 개의 피부세포가 새롭게 생성되고 있어요. 하나의 세포가 죽으면 다른 세포가 즉시 세포분열을 해 빈자리를 채우지. 그런 현상을 전문 용어로는 호메오스타시스 현상이라고 해요."

"대단히 흥미로운 현상이네요. 덕분에 아주 잘 배웠습니다."

"한 가지 더 알려주자면 당신의 뇌 안에 있는 뉴런은 하루에도 수없이 파괴되고 있어요. 당신이 스무 살을 넘긴 이후로 줄곧 그랬을 거요."

"인간이라면 누구나 감수해야 하는 현상 아닌가요?"

"이를테면 생성과 소멸이 항구적인 균형을 이루는 데 필요한 작용이오."

'느닷없이 이런 얘기를 왜 하는 거야? 혹시 머리가 돌았나?'

"저에게 이런 얘기를 하는 이유가 있습니까?"

"죽음이 도처에 있어요. 우리 인생의 모든 단계에 걸쳐 삶과 죽음이 서로 대립하며 팽팽한 긴장 관계를 유지하고 있다는 뜻이오."

네이선이 의자에서 일어나 문 쪽을 가리켰다.

"잠깐 실례해도 괜찮을까요?"

"얼마든지."

네이선이 방을 나와 비서실에 있는 빈자리를 찾아 앉았다. 그는 즉시 뉴욕 소재 주요 병원들의 홈페이지에 들어가 가렛 굿리치라는 이름을 검색했다. 그 결과 사기꾼은 아니라는 사실을 확인했다. 가렛 굿리치는 전도를 하러 온 사이비종교 신자도, 방금 정신병원을 뛰쳐나온 정신질환자도 아니었다. 그는 뇌종양 수술 전문의로 보스턴 종합병원에서 인턴을 마치고, 스태튼 아일랜드 병원 전임의를 거쳐 현재 호스피스 병동 총괄책임자로 근무 중이었다. 병원 홈페이지에 올라와 있는 사진과 현재 사무실에 있는 육십 대 노신사는 동일 인물이 분명했다.

네이선은 가렛 굿리치의 이력서를 좀 더 자세히 읽어보았다. 지금껏 가렛 굿리치가 근무하는 병원에는 가본 적이 없었다.

그렇다면 왜 그의 얼굴이 낯설지 않을까?

네이선은 의문을 거두지 못한 가운데 사무실로 돌아왔다.

"방금 전 죽음에 대한 이야기를 하다가 대화가 끊겼지요?"

"나는 죽음이 아니라 삶에 대한 얘기를 하고 있어요. 인간의 삶과 흐르는 시간에 대해."

가렛 굿리치가 말하는 도중에 네이선은 보란 듯이 손목시계를 내려다보았다. 시간이 흐르고 있고, 이제 얘기를 마쳐야 할 시간이라는 사실을 상대에게 각인시키려는 의도였다.

가렛 굿리치가 개의치 않고 말했다. "네이선, 당신은 요즘 너무 과로하고 있어요."

"제 건강까지 염려해주시다니, 우리가 그 정도로 가까운 사이는 아니지 않나요?"

두 사람 사이에 다시 내밀하면서도 무거운 침묵이 흐르다가 이내 팽팽한 긴장감이 감돌았다.

"저도 일을 해야 하기 때문에 마지막으로 묻겠습니다. 저를 찾아오신 용건이 뭐죠? 제가 무얼 도와드릴까요?"

"우리 두 사람 사이에서 도움을 줄 수 있는 사람은 당신이 아니라 나요."

"도무지 무슨 말씀인지 모르겠네요."

"이제 곧 알게 될 거요. 당신의 인생에 견디기 힘든 시련이 닥칠 수도 있다는걸."

"도대체 무슨 뜻인지 알아들을 수 있게 말해주세요."

"시련을 맞을 준비가 필요하다는 뜻이오."

"뜬금없이 시련이라니, 무슨 근거로 그런 말을 하시죠?"

"누구나 내일 일을 알 수는 없어요. 다만 인생에서 우선순위를 잘못 정하는 실수는 범하지 말아야 해요."

네이선이 비아냥거렸다.

"어찌나 심오한 인생철학인지 도저히 알아들을 수가 없네요. 혹시 얼토당토않은 말로 나를 위협하는 겁니까?"

"네이선, 오해하지 말아요. 나는 위협이 아니라 메시지를 전달하려는 것뿐이오."

'메시지?'

가렛 굿리치의 눈에 적대감이 깃들어 있지는 않았으나 네이선은 상대가 매우 위험한 인물이라는 생각을 떨쳐버릴 수 없었다.

'횡설수설 헛소리를 늘어놓는 괴이한 작자야. 당장 내쫓아버려야겠어.'

"애슐리 조던 변호사의 친구가 아니었다면 당장 경비원을 불러 당신을 내쫓아버렸을 겁니다."

가렛 굿리치가 빙그레 웃으며 말했다. "이제야 하는 말이지만 난 사실 애슐리 조던을 알지 못해요."

"조던 변호사의 친구라고 했잖아요?"

"당신을 만나려면 그 정도 거짓말을 둘러대야 할 테니까."

"조던 변호사를 알지 못한다면서 제가 이혼한 사실은 어디서 들었죠?"

"누가 꼭 말해주어야 아나? 당신 얼굴에 다 쓰여 있는데."

인내심이 한계에 다다른 네이선이 자리를 박차고 일어나 사무실 문을 활짝 열어젖혔다.

"그럼 저는 바빠서 이만……."

"그렇잖아도 오늘은 이쯤 해두고 돌아갈 생각이었어요."

의자에서 일어나 유리창으로 들어온 햇빛을 받고 서 있는 가렛 굿리치의 모습이 마치 천하무적 거인 같은 느낌을 풍겼다. 그가 뒤도 돌아보지 않고 사무실 밖으로 걸어 나갔다.

"나에게 원하는 게 뭡니까?"

네이선의 목소리에 몹시 당황한 기색이 역력했다.

"당신도 잘 알고 있을 텐데요."

가렛 굿리치는 벌써 복도로 나가 있었다.

네이선이 버럭 소리를 질렀다. "나는 아무것도 몰라요."

사무실 문을 세게 닫았던 네이선이 다시 문을 열어젖히며 고함을 질렀다. "나는 당신이 누군지도 몰라요."

어느새 가렛 굿리치는 멀리 사라지고 없었다.

3장

직업적으로 성공하는 건 대단한 축복이지만
추운 밤에 그걸 베개 삼아 베고 잠들 수는 없다.

_마릴린 먼로

네이선은 눈을 감은 상태로 차가운 물이 들어 있는 컵을 이마에 살짝 가져다 댔다. 왠지 가렛 굿리치와의 만남이 일회성으로 그치지 않고 계속 이어질 거라는 불길한 예감이 들었다. 네이선은 온몸에 열이 오르고, 가슴 통증이 심해 도저히 일에 집중할 수 없었다.

의자에서 일어선 네이선은 컵을 들고 창문을 향해 걸어갔다. 푸른빛을 반사하는 헴지 빌딩의 모습이 눈에 들어왔다. 하늘을 찌를 듯이 치솟은 메트라이프 빌딩에 비하면 아주 낮은 35층 건물이었다. 피라미드형 지붕과 우아한 외관 덕분에 맨해튼에서 손꼽히는 건축 명소로 널리 알려진 곳이었다.

네이선은 파크 애비뉴를 마주 보고 선 두 개의 대형 아치 게이트 아래로 나 있는 램프를 타고 맨해튼 남쪽으로 쉴 새 없이 이동하는 차량들을 물끄러미 바라보았다. 눈이 내리기 시작하면서 맨해튼은 어느새 은은한 흰색과 회색으로 물들어갔다.

네이선은 아직도 창가에 서면 마음이 불편해지는 걸 어쩌지 못했다.

9.11 테러 당시, 첫 번째 폭발음이 일어났을 때 네이선은 컴퓨터 앞에 앉아 일을 하고 있었다. 맑고 푸른 하늘을 삽시간에 뒤덮은 검은 연기, 쌍둥이 빌딩이 무너져 내리면서 발생한 무시무시한 건물 잔해와 분진이 구름처럼 피어오르던 기억이 지금도 생생했다. 즐비하게 늘어선 맨해튼의 마천루들이 그날처럼 왜소하고 연약해 보인 적은 없었다.

네이선은 가능한 한 그날의 악몽을 떠올리지 않으려고 애쓰며 살아왔다. 시간이 흐르면서 사람들은 그날의 충격과 혼란을 수습해나가면서 점차 제자리를 찾아갔다. 살아남은 자는 어떻게든 시련과 슬픔을 딛고 살아가게 마련이었다. 다만 뉴욕에서 오래도록 산 사람이라면 누구나 말하듯이 현재의 뉴욕은 결코 9.11 이전의 뉴욕과 같지 않았다.

네이선은 몇 가지 서류들을 챙겨 서류 가방에 집어넣었다. 그가 집에 가서 서류 검토를 마저 끝내겠다면서 퇴근 준비를 서두르자 애비가 깜짝 놀란 표정으로 쳐다보았다. 하긴 애비와 함께 일하는 동안 단 한 번도 이렇게 일찍 사무실을 나선 적이 없었으니 놀랄 만도 했다. 네이선은 지금껏 하루에 열네 시간씩 일주일에 엿새를 쉬지도 않고 일했다. 아내와 이혼한 이후로는 심지어 일요일에도 출근해 일하다보니 동료 변호사들 사이에서 일벌레로 소문이 자자했다.

네이선은 최근에 대형 M&A건을 성공적으로 타결해 로펌에서 큰 공로를 인정받았고, 월스트리트에 그의 이름을 널리 각인시켰다. 언론은 네이선이 주도한 〈다우니〉 사와 〈뉴왁스〉 사의 합병 소식을 앞다투어 보도했고, 두 회사 모두 만족하는 선에서 타결이 이루어졌다는 사실이 네이선의 실력을 높이 평가하게 만들어주었다. 《내셔널 로이어》에 네이선의 능력을 극찬하는 기사가 게재되었고, 그는 동료 변호사들의 부러움과 질시를 한 몸에 받으며 스타 변호사로 등극했다.

네이선은 과하다는 말을 들을 정도로 모범적이고 흠결이 없는 변호사였다. 잘생긴 얼굴에 뛰어난 능력을 갖춘 변호사였으나 으스대는 법 없이 겸손한 태도를 유지했다. 사무실 비서들에게 먼저 다정하게 인사를 건넸고, 택시를 잡아주는 도어맨에게도 정중히 감사의 말을 전했다. 경제적인 사정으로 변호사를 고용할 수 없는 사람들을 위해 한 달에 두어 번씩 무료로 법률 자문을 해주는 봉사활동도 게을리하지 않았다.

차가운 바깥 공기를 쏘이자 기분이 나아졌다. 어느새 눈은 그쳤고, 적설량은 교통 흐름을 방해할 만큼 많지는 않았다. 네이선이 택시를 기다리는 동안 성 바르톨로메오 성당 앞에서 순백의 미사복을 입고 〈아베 베룸 코르푸스〉*를 부르는 어린이 성가대의 합창곡 소리가 들려왔다. 감미로우면서도 어딘가 모르게 불길한 느낌을 주는 노래였다.

⌒

네이선은 오후 6시가 조금 지날 무렵 집에 도착했다. 그는 뜨거운 찻잔을 손에 받쳐 들고 전화기를 들었다. 샌디에이고 시간으로는 오후 3시이니 혹시 보니와 말로리가 집에 있을지도 모른다는 생각이 들었다. 며칠 후 방학을 맞아 뉴욕에 오기로 되어 있는 보니의 일정을 미리 말로리와 조율해둘 필요가 있었다. 전화번호를 누르고 나서 세 번 신호

*중세에 만들어진 짧은 합창곡 성가로, 존귀하신 구주라는 뜻

가 가더니 자동응답기로 연결되었다.

'말로리 웩슬러입니다. 지금은 전화를 받을 수 없으니……'

말로리의 목소리를 들으니 기분이 금세 좋아졌다. 오랫동안 부족했던 산소를 공급받은 기분이었다. 웬만한 일에는 감정을 드러내지 않는 네이선이 목소리만 들어도 기분 좋은 여자가 있다는 게 신기했다.

갑자기 자동응답기의 메시지가 뚝 끊기면서 말로리가 전화를 받았다.

"여보세요?"

네이선은 쾌활한 분위기를 조성하려고 초인적인 힘을 발휘했다. 어린 시절부터 이어온 습관이었다. 어려서부터 가까이 지낸 친구 사이긴 해도 말로리 앞에서 약한 모습을 보여서는 안 된다는 오기의 발로였다.

"안녕, 말로리."

'언제부터 말로리를 '내 사랑'이라 부르지 못했을까?'

"안녕."

시큰둥한 대답이 되돌아왔다.

"잘 지내지?"

말로리가 한 방 쏘았다.

"전화한 용건이 뭔지나 말해."

'아직은 예전처럼 자연스레 얘기를 나누기가 힘들어.'

"보니의 여행과 관련해 상의할 일이 있어. 혹시 지금 옆에 있어?"

"바이올린 레슨 받으러 갔으니까 한 시간 후에 돌아올 거야."

"보니의 스케줄 정도는 확인해줄 수 있잖아. 초저녁에 도착하는 것으로 알고 있는데 시간 변화는 없지?"

"한 시간 후에 직접 물어봐."

말로리가 그와 더는 통화하기 싫다는 의사를 내비쳤다.

"그래, 알았어. 그럼 내가 나중에 다시 전화해 물어볼게."

말로리는 어느새 전화를 끊은 상태였다.

말로리와 이토록 냉랭한 사이가 될 줄은 몰랐다. 애정이 돈독했던 그들에게 어떻게 이런 일이 일어날 수 있는지 도저히 이해하기 힘들었다.

네이선은 거실 소파에 앉아 멍하니 천장을 올려다보았다.

'내가 너무 순진한 건가? 요즘 널린 게 이혼, 바람, 권태에 대한 이야기야.'

변호사는 가정생활을 포기하다시피 일해야 겨우 성공할 수 있을 만큼 경쟁이 치열한 직업이었다. 고객 한 명이 벌어주는 수임료만 해도 수만 달러를 상회했다. 변호사들은 고객이 부르면 언제든지 달려가야 했다. 로펌에서 일하는 변호사들의 철칙이자 업계에서 살아남으려면 반드시 따라야 하는 통과의례였다.

네이선은 희생을 감수하며 일에 매진한 결과 월급이 4만 5천 달러에 달하는 고소득 변호사로 자리 잡았다. 파트너 변호사인 그가 로펌에서 받는 인센티브만 해도 연간 50만 달러가 넘었다. 그는 현재 은행 잔고가 백만 달러에 달할 만큼 고소득 변호사가 되었지만 만족하지 못했다. 변호사로는 눈부신 성공을 이루었으나 정반대로 그의 가정은 더 악화 일로를 치달았다. 지난 몇 년 동안 부부관계는 황폐화되었고, 로펌 일은 인생의 전부가 되다시피 했다.

네이선은 가족들과 함께 아침 식사를 하거나 딸아이 숙제를 돌봐줄

틈도 없이 일에 몰입했다. 그가 문제가 심각하다고 느꼈을 때에는 이미 돌이킬 수 없는 파국에 직면해 있었다.

몇 달 전, 네이선은 아내 말로리와 이혼하기로 합의했다. 네이선은 로펌의 동료 변호사들이 유사한 이유로 이혼하는 경우를 많이 보아왔으나 그 자신이 똑같은 선택을 하게 될 줄은 몰랐다.

네이선은 무엇보다 부모의 이혼으로 큰 충격을 받은 딸 보니가 걱정스러웠다. 일곱 살인 보니는 가끔 이불에 실례를 하고, 자주 심리 불안 증세를 보였다. 그 말을 들은 이후 네이선은 매일 저녁 전화를 걸어 보니와 통화했고, 딸과 더욱 가까이에서 지내고 싶은 마음이 간절했다.

'매일 밤 혼자 쓸쓸히 잠드는 남자, 무려 석 달 동안 딸의 얼굴도 보지 못하고 사는 남자의 인생은 실패작이야. 제아무리 돈을 벌어봐야 무슨 소용이지?'

네이선은 아내와 이혼한 후 왼손 약지에 끼고 있던 결혼반지를 빼내 안쪽에 새겨놓은 구약성서의 아가서 구절을 읽었다. 결혼 당시 말로리의 제안으로 새겨 넣은 문구였다.

사랑은 죽음보다 강한 것.

네이선은 다음 구절도 기억하고 있었다.

바닷물도 그 사랑의 불길 끄지 못하고,

강물도 그 불길 잡지 못합니다.

시간이 흐르고 나니 다 헛소리에 불과했다. 연애 초짜들에게나 달콤하게 들리겠지. 사랑은 흐르는 시간과 시련 앞에서 무력하기 그지없었다.

네이선은 오랫동안 그들 부부에게는 어린 시절부터 견고하게 쌓아 올린 마법 같은 힘이 작용하고 있고, 이성적으로 설명할 수는 없지만 각별한 유대감을 갖고 있고, 말로리를 처음 만난 여덟 살 때부터 보이지 않는 끈이 서로를 이어주고 있다고 굳게 믿어왔다. 마치 인생의 고비 때마다 서로 손을 꼭 잡고 장애물을 뛰어넘어야 한다는 운명의 계시라도 받은 듯이.

네이선의 눈길이 벽에 걸려 있는 말로리의 사진에 가닿았다. 그는 보니의 협조를 받아 몰래 입수한 말로리의 최근 사진을 벽에 걸어두었다. 이혼 전후로 힘든 일을 겪어서인지 말로리의 얼굴에서 피로감이 역력하게 묻어났지만 기다란 속눈썹, 오뚝한 콧날, 새하얀 치아는 예전 그대로였다. 사진 속의 말로리는 은빛 조개들이 깔린 실버스트랜드 해변을 걷고 있었다. 머리를 땋아 위로 올리고 바다거북 껍질로 만든 집게 핀으로 고정시킨 모습이 우아하고 매력적이었다. 말로리는 누군가와 비교당하는 걸 싫어하지만 알이 작은 금테 안경을 낀 모습이 〈아이즈 와이드 셧〉에 나오는 니콜 키드먼과 흡사했다. 말로리가 손수 만들어 입고 다니는 패치워크 스웨터를 보고 있으려니 저절로 마음이 흐뭇해졌다. 세련되면서도 편안한 느낌을 주었다.

환경경제학 박사 학위를 받은 말로리는 한때 대학 강단에 서기도

했다. 할머니에게서 물려받은 샌디에이고 근처 집으로 이사한 이후 그녀는 강의를 그만두고 줄곧 저소득층을 지원하는 봉사 단체에서 일해왔다. 집에서 그 단체의 웹사이트를 관리하기도 했고, 수채화를 그리거나 조개를 붙인 소품 가구를 만들어 낸터킷 섬으로 여름휴가를 보내러 갈 때 관광객들에게 팔기도 했다. 말로리에게는 돈이나 사회적인 성공이 인생의 목표였던 적이 없었다. 그녀는 숲길이나 해변을 산책하길 좋아했고, 돈이 없더라도 얼마든지 즐거운 시간을 보낼 수 있다고 생각했다. 네이선은 사회 문제를 지나치게 단순화시켜 사고하는 말로리의 생각에 동의하기 힘들었다.

'무엇 하나 부족하지 않게 자란 부유층 출신들이나 할 수 있는 얘기야.'

말로리는 재력과 명성을 두루 갖춘 집에서 자랐다. 그녀의 아버지는 보스턴에 있는 유명 로펌의 매니징 파트너 변호사였다. 부유한 집안에서 자란 말로리는 굳이 돈을 많이 벌거나 직업적으로 성공할 필요성을 느끼지 못했다.

말로리의 몸 부위 어딘가에 주근깨가 나 있었지 아마?

네이선은 엉뚱한 생각을 떠올리며 집으로 들고 온 서류를 책상 위에 펼쳐놓았다. 노트북을 켠 그는 애비에게 타이핑을 시킬 편지 몇 통을 녹음했다.

저녁 7시 30분경, 드디어 기다리던 전화벨이 울렸다.

"안녕, 아빠."

"안녕, 딸."

매일 통화할 때마다 보니는 오늘 무슨 일이 있었는지 상세하게 들려주었다. 아이는 발보아 공원에 견학 가서 본 호랑이와 하마 얘기부터 꺼냈다.

네이선은 어제 보니가 선수로 뛰었던 축구 경기 결과가 어떻게 되었고, 학교생활은 재미있는지 물었다. 정말 아이러니한 일이지만 보니와 같은 집에서 살던 시절에는 3천 킬로미터나 떨어져 있는 지금처럼 정겨운 대화를 나눈 적이 드물었다.

갑자기 보니의 목소리에서 걱정이 묻어났다.

"아빠한테 부탁이 있어."

"어서 말해봐."

"나 혼자 비행기를 타는 게 너무 무서워. 토요일에 아빠가 나를 데리러 와주면 안 돼?"

"혼자서도 비행기를 탈 수 있어야 해. 다 자란 아이니까 잘해낼 수 있을 거야."

토요일에 각별히 중요한 약속이 잡혀 있었다. 지난 몇 달 동안 최선을 다해 준비해온 M&A건과 관련해 두 회사 담당자들과 막판 조율을 위한 회동이 예정돼 있었다. 더구나 미팅 날짜를 토요일로 잡은 사람이 바로 그였다.

"제발 부탁인데 아빠가 나를 데리러 와줘!"

눈물을 쏟기 직전이 된 보니의 얼굴이 눈에 선했다.

보니는 수시로 변덕을 부리거나 어리광을 부리는 철부지가 아니었다. 보니가 혼자 비행기에 탑승하기가 두렵다고 하는 걸 보면 실제로 많이 불안하다는 뜻이었다.

네이선은 아이의 걱정을 외면하고 싶지 않았다. 3천 킬로미터나 떨어져 있기에 더욱 그랬다.

"그래 알았어. 아빠가 데리러 갈 테니까 걱정하지 마."

네이선은 비로소 안심한 보니와 잠시 더 이야기를 나누었다. 그는 보니의 기분을 풀어주려고 꿀통을 달라고 하는 〈위니 더 푸〉의 목소리를 흉내 내어 아이를 웃게 해주었다.

"사랑해, 우리 딸."

전화를 끊은 네이선은 토요일 미팅을 연기할 방법을 모색해봤지만 좋은 아이디어가 떠오르지 않았다. 다른 사람을 대신 캘리포니아로 보내 보니를 데려오면 어떨까 하다가 말도 안 된다는 생각이 들어 당장 접었다. 그런 짓을 했다가는 말로리가 절대로 용서하지 않을 테니까. 직접 데리러 가겠다고 약속한 만큼 보니를 실망시킬 수는 없었다. 낭패를 보지 않으려면 서둘러 대안을 찾아내야 했다.

네이선은 몇 가지 내용을 더 녹음하고 나서 신발도 벗지 않고 불도 끄지 않은 상태로 소파에 누워 잠이 들었다.

⌒

네이선은 인터폰 소리에 놀라 잠이 깼다. 인터폰을 한 사람은 아파트 경비원 피터였다.

"가렛 굿리치라는 신사분이 찾아오셨습니다. 그렇게 말하면 알 거라고 하시는데요."

네이선은 손목에 찬 시계를 보았다.

'젠장맞을! 벌써 저녁 9시잖아!'

네이선은 저녁 늦게부터 엉뚱하기 그지없는 가렛 굿리치에게 시달리고 싶지 않았다.

"피터, 나는 잘 모르는 사람이니까 그냥 돌려보내요."

어느새 인터폰을 낚아챈 가렛 굿리치가 나무라듯이 말했다. "네이선, 어리석게 굴지 말아요. 아주 중요한 문제가 있어서 찾아왔으니까."

'빌어먹을! 도대체 왜 자꾸 성가신 일이 생기는 거야?'

네이선은 눈두덩을 문지르며 잠시 생각에 잠겼다. 가렛 굿리치를 만나 무슨 용건으로 찾아왔는지 알아보고 더는 귀찮게 굴지 말라고 쐐기를 박아야 속이 편할 듯했다.

"알았으니까 올라와요."

네이선은 풀어헤쳤던 와이셔츠 단추를 잠그고, 현관문을 열고 밖으로 나가 가렛 굿리치를 기다렸다.

네이선이 엘리베이터에서 내리는 가렛 굿리치를 향해 소리쳤다.

"지금 몇 시인지 아세요? 아침부터 찾아온 용건이 뭡니까?"

가렛 굿리치가 집 안을 기웃거리며 말했다. "근사한 아파트에 사네요."

"무슨 일로 찾아왔는지 용건을 물었잖아요?"

"당장 나와 함께 가볼 곳이 있어요."

"아침부터 찾아와 헛소리를 하려거든 당장 꺼지세요. 내가 당신이 가잔다고 군소리 없이 따라나서야 하는 부하는 아니잖아요."

"내 말을 따르는 게 당신에게 이로울 거요."

"먼저 당신이 위험인물이 아니라는 사실을 내 앞에서 증명해보세요."

가렛 굿리치가 어깨를 으쓱했다.

"사람은 누구나 잠재적인 위험 요소를 갖고 있어요. 따라서 내가 위험하지 않다는 사실을 증명할 방법은 없군요."

큼지막한 외투를 걸친 가렛 굿리치가 호주머니에 손을 집어넣고 앞장서서 걸어갔다. 그보다 머리 하나는 작은 네이선이 옆에 바짝 붙어 서서 걸으며 구시렁댔다.

"날씨가 춥네."

"젊은 사람이 뭐 그리 불만이 많아요? 뉴욕은 무더운 여름보다는 매서운 추위가 기승을 부리는 겨울이 더욱 매력적인 도시요."

"매력 찾다가 얼어 죽을 소리 작작하세요."

"날씨가 추워야 유해한 세균을 죽이고 보호할 건 보호해주는 선순환이 이루어져요. 어디 그뿐……."

가렛 굿리치가 궤변을 늘어놓을 틈을 주지 않겠다는 듯 네이선이 중간에서 말을 잘랐다.

"날씨도 추운데 택시를 타고 가시죠?"

네이선이 차도로 내려서서 손을 흔들며 소리쳤다.

"택시! 택시!"

"사람들 보기 민망하니까 소리 좀 그만 질러요."

"불알이 꽁꽁 얼도록 떨고 있느니 빨리 택시를 잡아야죠."

택시 두 대가 손을 흔들어도 서지 않고 그들을 지나쳐갔다. 센트리 아파트 근방까지 걸어 내려가서야 겨우 옐로 캡 한 대가 그들 앞에 멈춰 섰다.

택시에 오른 가렛 굿리치가 택시 기사에게 말했다. "5번 애비뉴와 34 스트리트가 교차하는 곳으로 갑시다."

네이선은 택시에 올라서도 여전히 추운 듯 두 손을 비벼댔다. 택시 안은 따뜻했고, 라디오에서는 프랭크 시나트라의 오래된 노래가 흘러나오고 있었다.

택시가 교통정체로 멈춰 서자 가렛 굿리치가 더는 참지 못하고 한마디 던졌다. "차라리 걸어가는 게 더 빨랐겠어."

가렛 굿리치를 쳐다보는 네이선의 눈길이 한결 부드러워져 있었다.

택시는 7번 애비뉴로 접어들었고, 다행히 정체가 덜해졌다. 34스트리트로 접어든 택시는 좌회전해 일 백여 미터를 더 달려간 다음 멈춰 섰다.

가렛 굿리치가 요금을 계산했고, 두 사람은 곧 택시에서 내렸다.

그들은 맨해튼 최고 명소 가운데 하나인 엠파이어스테이트 빌딩 아래에 와 있었다.

4장

불타는 듯한 양날 검을 들고 네 뒤에 선 천사가 네 허리를 찌르고 심연으로 널 밀어버린다!
_빅토르 위고

네이선은 고개를 들어 위를 쳐다보았다. 쌍둥이 빌딩이 9.11 테러로 무너지고 난 이후 맨해튼의 터줏대감인 엠파이어스테이트 빌딩은 다시 최고층 마천루의 지위를 되찾았다. 육중한 지반 위에 견고하게 올라앉은 엠파이어스테이트 빌딩은 우아하면서도 힘이 넘치는 위용을 자랑하며 미드타운을 굽어보고 있었다. 위쪽 서른 개 층은 크리스마스 시즌만 되면 늘 그러하듯이 빨간색과 초록색 불을 휘황찬란하게 밝히고 있었다.

네이선이 어둠의 장막이라도 뚫을 기세로 솟은 빌딩 꼭대기의 첨탑을 가리키며 말했다. "위로 올라가게요?"

"이미 전망대 입장권을 준비해두었어요."

가렛 굿리치가 호주머니에서 파란색 마분지 입장권 두 개를 꺼내 흔들었다.

"나중에 나에게 6달러를 줘요."

네이선이 황당하다는 듯이 고개를 젓다가 가렛 굿리치를 뒤따랐다.

두 사람은 아르데코식 로비로 들어섰다. 안내 데스크 뒤의 괘종시계를 보니 오후 10시 30분이었다. 전광판에 빌딩 전망대 출입은 자정까지 허용되고, 앞으로 한 시간만 더 입장권을 판매한다는 안내문이 지나갔다. 뉴욕은 현재 관광 성수기이고, 늦은 시간인데도 이곳을 다녀간 유명 인사들 사진을 붙여둔 티켓 판매 창구 주변은 여전히 사람들로 북적였다.

가렛 굿리치가 미리 표를 사둔 덕분에 두 사람은 줄을 서지 않고 전망대로 올라가는 엘리베이터가 있는 2층으로 향했다. 전광판을 보니 눈은 그쳤으나 도심 하늘에 낮게 형성된 구름 때문에 전망대의 시계가 좋지 않다는 안내문이 보였다.

두 사람이 탄 초고속 엘리베이터는 미처 일 분도 안 되어 80층에 다다랐다. 그들은 80층에서 다시 엘리베이터를 갈아타고 지상 320미터 높이인 86층으로 올라갔다. 엘리베이터를 나서자 사방이 유리로 막힌 실내 전망대가 나왔다.

네이선이 외투의 허리띠를 조르며 말했다. "저는 따뜻한 실내에 그냥 남아 있고 싶습니다만……."

가렛 굿리치가 가당치 않은 말이라는 듯 말했다. "잠자코 따라와요."

두 사람은 옥외 전망대로 걸어나갔다. 이스트리버 쪽에서 칼바람이 불어오자 네이선은 머플러와 모자를 챙겨오지 않은 걸 후회했다.

바람 소리가 거세자 가렛 굿리치가 소리치듯이 말했다. "우리 할머니가 엠파이어스테이트 빌딩 전망대에 올라보지 않은 사람은 뉴욕에 대해 말하지 말라고 했지."

눈앞에서 당장 마법이 펼쳐질 듯이 오묘한 느낌이 드는 장소였다. 엘리베이터 옆에는 캐리 그랜트가 오지 않을 데보라 카를 하염없이 기다리며 서 있었다. 조금 떨어진 곳에서는 난간에 팔을 기댄 일본인 커플이 영화 〈시애틀의 잠 못 이루는 밤〉의 마지막 장면에 나오는 톰 행크스와 맥 라이언의 연기를 흉내 내고 있었다.

네이선은 조심조심 난간으로 다가가 아래쪽을 내려다보았다. 어둠과 추위, 구름이 한데 어우러진 도시가 신비감을 자아내며 다가왔다. 네이선은 눈앞에 펼쳐진 장관에 놀라 저절로 탄성을 쏟았다. 도심 한가운데 위치한 엠파이어스테이트 빌딩은 맨해튼 전체를 한눈에 내려다볼 수 있는 최적의 장소였다. 크라이슬러 빌딩의 첨탑과 지금쯤 사람들로 북적일 타임스퀘어가 시원하게 한눈에 들어왔다.

"어린 시절 이후로는 처음 와봤어요."

네이선이 망원경 동전 투입구에 동전 한 닢을 집어넣었다. 86층 아래 지상에 빽빽하게 늘어선 자동차들이 자그마한 점으로 보였고, 마치 다른 별로 이동하는 벌레처럼 느껴졌다. 그 반면 59스트리트에서 동쪽으로 뻗은 퀸스보로 다리는 눈앞에 있는 듯 가깝게 보였다. 휘황찬란한 불을 밝힌 다리의 웅장한 실루엣이 이스트리버의 검은 물 위에 반사되면서 황홀하게 반짝였다.

두 사람은 잠시 넋을 잃고 밤을 사르는 도시의 불빛을 바라보았다. 겨울바람이 살을 에는 추위를 실어 날랐다. 사람들은 지상 320미터 높이에서 맨해튼의 눈부신 야경을 바라보며 감동을 만끽했다. 격렬하게 키스하던 두 젊은 연인은 정전기를 일으킨 입술에서 반짝이는 불꽃이 일자 신기해 어쩔 줄 몰라 했다. 프랑스에서 온 단체 관광객들이 에펠

탑과 엠파이어스테이트 빌딩의 전망대를 비교하는 동안 와이오밍주에서 온 커플은 주변 사람들의 시선에도 아랑곳하지 않고 25년 전 이곳에서 처음 만났던 당시를 떠올리며 감격해했다. 두툼한 파카를 입은 아이들은 어른들 다리 뒤에 숨어 숨바꼭질 놀이를 하느라 여념이 없었다. 고개를 들어 하늘을 보니 강한 바람에 떠밀린 구름들 사이로 반짝이는 별들이 하나둘씩 모습을 드러내고 있었다.

말로 형언할 수 없을 만큼 아름다운 밤이었다.

가렛 굿리치가 오랜 침묵을 깨고, 네이선의 귀에 대고 말했다.

"주황색 아노락을 입은 친구가 보여요?"

"네, 보여요."

"그 친구를 주목해서 보고 있어야 해요."

네이선은 눈을 가늘게 뜨고 가렛 굿리치가 지목한 사람을 유심히 관찰했다. 스무 살가량의 청년이 막 옥외 전망대로 걸어 나왔다. 금발의 턱수염이 덥수룩하게 자라 있고, 레게머리를 길게 늘어뜨린 청년이었다.

네이선은 옥외 전망대를 두 바퀴째 돌면서 바로 옆을 지나가는 청년의 불안한 눈동자와 시선이 마주쳤다. 두려움에 휩싸인 청년의 괴로운 얼굴 표정이 유쾌한 분위기에 젖어 있는 관광객들의 웃음소리와 묘한 대조를 이루었다.

네이선은 그 청년이 마약을 복용했을 수도 있다는 생각이 들었다.

"청년의 이름은 케빈 윌리엄슨이오."

"아는 청년입니까?"

"개인적으로 알지는 못하지만 저 청년에게 어떤 사연이 있는지는 알고 있어요. 자살 방지용 철책이 설치되어 있지 않았던 시절에 저 친구의 아버지가 바로 이 전망대에서 몸을 던져 자살했다오. 저 청년은 일주일 내내 이곳에 오고 있어요."

"저 청년을 몰래 따라다니며 감시한 건가요? 그 말이 사실이라면 저 청년을 미행했다고 볼 수밖에 없잖아요?"

"내가 무슨 말을 해도 믿지 않을 테니 그냥 미행했다고 인정할 수밖에."

잠시 말이 없던 네이선이 다시 물었다.

"저 청년과 내가 무슨 상관이 있죠?"

"타인의 일은 곧 우리 자신의 일이기도 하지."

가렛 굿리치는 그 말이 진리라도 되는 양 자신 있게 말했다.

네이선은 돌풍이 불어오자 가렛 굿리치 쪽으로 몸을 바짝 밀착시켰다.

"왜 저 청년을 보고 있어야 하는지 이유를 말해줘요."

가렛 굿리치가 비장한 목소리로 말했다. "저 친구는 이제 곧 목숨을 잃게 될 거니까."

"이제 보니 당신 완전히 돌았네요."

흥분한 네이선이 버럭 소리를 지르면서 눈으로는 계속 케빈을 주시했다.

'별일 없을 거야. 가렛 굿리치가 괜한 헛소리를 지껄인 거야.'

네이선이 황당한 예언을 들은 지 미처 일 분도 지나지 않아 케빈이 주황색 아노락 호주머니에서 리볼버 권총을 꺼내 들었다. 떨리는 손에 들린 권총을 내려다보는 케빈의 눈빛이 공포로 흔들렸다. 마음이 들뜬 사람들은 청년의 수상한 행동을 눈여겨보지 않았다.

그러다가 어느 순간 여자의 비명이 울려 퍼졌다.

"저 사람이 총을 들고 있어요!"

옥외 전망대에 있는 사람들의 시선이 일제히 케빈에게 쏠렸다. 당황한 케빈이 돌연 총구를 자신의 머리에 겨누었다. 청년의 입술이 공포로 파르르 떨렸고, 알 수 없는 회한에 사무친 눈물이 양 볼을 타고 흘러내렸다. 고통에 찬 청년이 울부짖는 소리가 밤의 적막을 뚫고 퍼져나갔다.

"안 돼!"

중년 남자가 소리를 지르는 순간 옥외 전망대는 실내로 몸을 피하려는 사람들로 아수라장이 되었다.

청년을 주시하고 있는 네이선의 얼굴이 마치 석고상처럼 창백하게 굳어 있었다. 네이선은 눈앞에 벌어지고 있는 일이 너무나 놀랍고 두려워 발이 떨어지지 않았다. 그는 자칫 청년을 자극해 상황을 더욱 악화시킬 수도 있는 동작은 하지 않으려고 애썼다. 순식간에 추위가 가시면서 뜨거운 열기가 온몸으로 퍼져나갔다.

'총을 쏘아서는 안 돼. 제발 쏘지 마.'

케빈은 밤하늘을 한 번 올려다보고 나서 방아쇠를 당겼다. 커다란 총성이 밤의 정적을 뒤흔들었고, 케빈은 그 자리에 스르르 주저앉더니 바닥으로 쓰러졌다.

일순간, 시간이 멈춘 듯했다. 여기저기서 비명이 터져 나왔고, 옥외 전망대는 극도의 혼란에 휩싸였다. 모두들 반사적으로 엘리베이터 앞으로 뛰어갔다. 다급해진 사람들은 먼저 엘리베이터에 오르려고 서로 몸을 밀치며 우왕좌왕했다. 가족과 친구들에게 이 위험한 상황을 알리려고 조바심치는 사람들도 눈에 띄었다. 9.11 테러를 경험한 뉴욕 사람들은 아직도 극심한 트라우마에 시달리고 있었다. 심지어 뉴욕을 방문하는 관광객들조차도 테러가 발생할지도 모른다는 불안감을 벗어던지지 못했다.

네이선을 포함해 전망대를 떠나지 않은 몇몇 사람들이 피를 흘리며 쓰러져 있는 케빈의 주위에 둥그렇게 모여 섰다. 하필이면 케빈의 옆에서 키스를 하다가 온몸에 피를 뒤집어쓴 연인들이 소리 죽여 흐느꼈다.

빌딩 경비원이 케빈의 몸 상태를 확인하며 소리쳤다. "다들 뒤로 물러서요."

그가 무전기를 들고 로비에 구조를 요청했다.

"구조대원을 전망대로 보내주고, 앰뷸런스를 대기시켜줘요. 86층 옥외 전망대에서 총상 환자가 발생했어요."

경비원은 다시 한번 케빈의 몸 상태를 확인했다. 불행히도 응급처치로 살릴 수 있는 단계는 이미 지났고, 시신을 병원 영안실로 이송하는 일만 남았다고 그는 판단했다.

네이선은 일 미터도 안 되는 거리에 쓰러져 있는 청년의 시신을 물끄러미 내려다보았다. 공포 어린 비명을 지르던 순간의 모습으로 굳어버린 청년의 얼굴에서 고통의 흔적이 생생하게 느껴졌다. 희멀건 두 눈은 초점을 잃은 상태로 허공을 바라보고 있었고, 귀 뒤로 시뻘겋게 뚫린 구멍이 보였다. 두개골 일부는 보기 흉하게 뭉개졌고, 그나마 멀쩡한 부분도 피와 뇌, 척수액으로 흥건히 덮여 있었다.

네이선은 지금 평생 뇌리에서 사라지지 않을 장면, 밤새도록 몸을 뒤척이며 잠을 이루지 못하는 불면의 밤마다 불쑥불쑥 떠오를 장면을 보고 있었다. 호기심에 몰려들었던 사람들이 서서히 자리를 뜨기 시작하는 동안 청년의 시체와 그리 멀지 않은 곳에서 부모와 떨어진 어린 소년이 우두커니 서 있는 모습이 보였다. 소년은 넋을 잃은 눈빛으로 눈앞에 펼쳐진 피바다를 멀뚱히 바라보고 있었다.

네이선이 소년의 팔을 잡아끌었다. "어린 친구, 아저씨랑 같이 가자. 이제 곧 엄마 아빠를 찾아줄 테니까 너무 걱정하지 마."

네이선은 소년의 등을 다독거리다가 사람들 사이에 서 있는 가렛 굿리치를 발견하고 소리쳤다. "거기 멈춰 서요!"

네이선은 아이를 안은 상태로 사람들 사이를 비집고 뛰어갔다. 마침내 네이선이 가렛 굿리치의 어깨를 잡고 돌려세우며 물었다.

"청년이 스스로 목숨을 끊을 거라는 사실을 어떻게 알았죠?"

가렛 굿리치는 못 들은 척했다. 그때 아이의 부모가 나타났다. 아이를 찾게 되어 무척이나 안도하는 표정이었다.

"제임스, 엄마가 너를 잃어버렸을까봐 얼마나 걱정했는지 알아?"

네이선은 상봉의 감격을 누리는 아이의 가족들을 뒤로 하고 가렛 굿리치를 뒤따라갔지만 그는 이미 엘리베이터에 오른 뒤였다.

"왜 가만히 있었죠?"

아주 잠시 두 사람의 눈길이 허공에서 마주쳤을 때 네이선이 다시 물었지만 엘리베이터 문은 이내 닫혔다. 혼자 남은 네이선이 절규하듯 소리쳤다.

"청년이 죽을 거라는 사실을 알았으면서 왜 가만히 있었냐고?"

5장

사람들은 가슴 아픈 사실은 좀체 믿으려 하지 않는다.

_오비디우스

12월 10일

그날 밤, 네이선은 뜬눈으로 밤을 지새우다시피 했다. 다음 날, 네이선은 식은땀을 흘리며 잠에서 깨어났다. 가슴에서 무지근한 통증이 일어 오른쪽 옆구리를 마사지했지만 좀처럼 가시지 않았다. 간밤에는 또 물에 빠져 허우적거리는 꿈을 꾸었다. 불안감에 시달릴 때마다 여지없이 꾸는 꿈이었다. 가렛 굿리치가 난데없이 호수에 떠다니는 백조 이야기를 꺼냈기 때문일 수도 있었다.

네이선은 침대에서 일어나 바닥에 발을 딛는 순간 다리가 후들거렸다. 체온계를 가져와 겨드랑이에 넣고 재어보니 37.8도로 그리 우려할 정도는 아니었다.

오늘은 너무 늦게 일어난 데다 컨디션도 좋지 않아 조깅은 포기하기로 했다. 이런 날은 하루 종일 컨디션이 별로인 적이 많았다.

네이선은 약장에서 프로작*을 한 알 꺼내 물과 함께 삼켰다.

*우울증 치료제

우울증 약을 복용하기 시작한 지 얼마나 오래되었더라?

삶의 중심을 잃고 흔들리기 시작하면서 약에 의존해왔다.

네이선은 소파 위에 놓아둔 서류들을 주섬주섬 챙겼다. 어젯밤에 일을 못 한 만큼 오늘은 두 배로 할 작정이었다. M&A 타결을 앞두고 있을 때는 늘 바쁘기 마련이었다.

네이선은 경쟁업체와 담합해 미술품 경매 중개 수수료를 책정한 탓에 반독점법을 어긴 혐의로 기소된 유명 경매 업체 〈라이트비스〉의 변호를 맡고 있었다. 유난히 까다롭고 신경이 많이 쓰이는 사건이었다. 물론 원만한 합의를 이끌어낸다면 지금보다 훨씬 더 유명세를 탈 수 있는 좋은 기회였다.

평소보다 출근 시간이 많이 늦었지만 네이선은 따뜻한 물로 한참 동안 샤워를 했다. 어젯밤 케빈이 자살하던 모습과 가렛 굿리치가 했던 말들이 떠올랐다.

'이제 곧 알게 될 거요. 당신의 인생에 견디기 힘든 시련이 닥칠 수도 있다는걸. 시련을 맞을 준비가 필요해요.'

가렛 굿리치가 했던 말이 대체 무슨 뜻인지 알 수 없었지만 슬슬 걱정이 되기 시작했다.

다른 누군가에게 알려야 하지 않을까? 경찰에 알려버릴까? 간밤에 가렛 굿리치의 예언대로 한 사람이 목숨을 잃은 만큼 그냥 넘겨서는 안 되는 일이었다. 다만 케빈의 경우 명백한 자살이었고, 다수의 목격자가 있었다. 하지만 가렛 굿리치의 책임이 전혀 없진 않았다. 사전에 위험을 알고 있었다면 미리 알려주어야 마땅하니까.

샤워를 마친 네이선은 수건으로 물기를 닦아냈다. 당장은 어제 일을 잊고 지내는 게 최선이라는 생각이 들었다. 어차피 일이 바빠 깊이 생각할 시간도 없었다. 이제는 가렛 굿리치가 아무리 끈질기게 만나자고 요청해도 응하지 않는 게 최선일 듯했다. 그를 다시 만나지 않는다면 모든 일이 제자리를 찾게 될 테니까.

네이선은 아스피린 두 알과 비타민C 한 알을 입 안에 털어 넣고 집을 나섰다. 약물에 의존하는 습관에서 탈피해야 한다는 사실을 잘 알면서도 생각처럼 되지 않았다. 적어도 오늘은 약 기운 없이 버티기는 힘들었다.

네이선은 택시를 잡느라 한참 동안 시간을 허비했다. 그가 탄 택시는 콜럼버스서클을 돌아 그랜드아미플라자를 지나갔다.

'빨리 가기는 틀렸어.'

네이선은 파키스탄 출신 택시 기사와 가볍게 몇 마디 주고받았다. 제너럴모터스 빌딩 앞에 이르자 배달 트럭 한 대가 길을 막고 서 있는 바람에 매디슨 애비뉴 일대의 교통이 극도로 혼잡했다.

택시에서 내린 네이선은 유리와 철골 구조의 고층 빌딩들이 줄지어 늘어선 파크 애비뉴를 따라 걷기 시작했다. 샌드위치를 파는 상인들의 떠들썩한 목소리와 조바심을 치며 연신 클랙슨을 울려대는 리무진에 이르기까지 부산한 도시의 아침이 그를 향해 달려왔다.

네이선은 별안간 이 비합리적인 공간에 꼼짝없이 갇혀버린 느낌이 들면서 숨이 막혔다. 비잔틴 양식의 모자이크 아치가 웅장하게 서 있는 〈마블 앤드 마치〉 빌딩 입구에 다다라서야 그는 겨우 안도의 한숨을 내쉬었다.

엘리베이터에 오른 네이선은 변호사들을 위한 휴게실과 카페테리아가 있는 30층에서 내렸다. 몹시 피곤할 때 잠깐씩 내려와 눈을 붙이는 곳이었다. 그는 캐비닛에서 서류를 몇 개 꺼내 사무실이 있는 바로 위층으로 올라갔다. 평소에 비해 훨씬 늦게 출근하는 그를 바라보는 애비의 눈에 의문이 가득했다.

"우편물이랑 커피 세 잔 부탁해요."

애비가 회전의자를 빙그르르 돌리더니 나무라는 듯이 네이선을 쳐다보았다.

"우편물은 한 시간 전에 책상에 올려두었어요. 커피는 왜 세 잔씩이나 필요하죠?"

"아주 진하게. 우유는 넣지 말고."

네이선은 20분 동안 우편물을 열어보고 나서 이메일을 확인했다. 동료 변호사가 〈라이트비스〉 소송 관련 판례를 검토하다가 도움이 필요한 부분이 생겼다며 보낸 메일이 들어 있었다.

답장을 쓰려고 했으나 정신을 집중하기 힘들었다. 아무 일도 없었다는 듯이 그냥 넘겨버리기로 마음먹었으나 뜻대로 되지 않았다. 일이 많이 밀려 있지만 당장 그 문제를 해결하지 않으면 머리에서 떨쳐버릴 수 없을 듯했다.

컴퓨터의 전원을 종료한 네이선은 외투를 손에 들고 사무실을 나섰다.

"애비, 도어맨에게 택시를 불러달라고 하고, 오늘 오전 약속은 모두 취소해줘요."

"정오에 조던 변호사님과 약속이 잡혀 있는데요?"

"초저녁으로 약속을 미루어줘요. 조던 변호사님도 그 시간에는 딱히 바쁜 일이 없을 테니까."

"일방적으로 약속을 미루면 별로 좋아하지 않을 텐데요?"

"그 문제는 나에게 맡겨줘요."

애비가 복도까지 뒤따라 나서면서 큰 소리로 말했다.

"변호사님은 이제 좀 쉬어야 해요. 제가 이 말을 한 게 한두 번이 아니라는 사실을 잘 아시죠?"

"사우스 페리 터미널로 갑시다."

네이선은 택시 기사에게 20달러 지폐 한 장을 쥐어준 덕분에 스태튼 아일랜드로 가는 오전 10시 발 페리에 가까스로 탑승할 수 있었다. 30분도 걸리지 않아 배는 뉴욕에서 가장 활발하게 개발이 이루어지고 있는 스태튼 아일랜드에 도착했다. 뱃길을 따라 장관이 펼쳐지고 있었지만 마음이 분주한 그의 눈에는 로어 맨해튼의 절경도 자유의 여신상도 멀리 비껴갔다.

네이선은 배에서 내리자마자 택시에 올라 스태튼 아일랜드 종합병원으로 향했다. 병원 건물은 섬의 행정 소재지인 세인트 조지 인근에 넓게 펼쳐져 있었다.

네이선은 수술 병동 앞에서 택시를 멈춰 세웠다. 어제부터 눈은 그쳤지만 하늘은 여전히 잔뜩 찌푸려 있었다. 안내 데스크 직원이 뛰다시피 안으로 들어서는 네이선을 제지했다.

"아직 면회 시작 시간이 되지 않았습니다."

"가렛 굿리치 박사님을 만나러 왔습니다."

프로작이 가끔 묘한 효과를 발휘할 때가 있어. 네이선은 마치 새끼 발바리처럼 기운이 펄펄 넘쳐 보였다. 병원 직원이 키보드를 몇 번 두드리자 컴퓨터 화면에 굿리치 박사의 수술 일정이 나타났다.

"굿리치 박사님께서는 이제 막 바이옵시를 마치셨는데, 연이어 적출 수술과 림프절 절제 수술 일정이 잡혀 있어 당장은 면회 불가 상태입니다."

"일단 굿리치 박사님에게 네이선 델 아미코 변호사가 찾아왔다고 전달해줘요. 매우 급한 일입니다."

직원이 대기실에서 잠깐 기다려달라고 하더니 굿리치 박사와 연락을 취했다.

15분 후, 굿리치 박사가 모습을 드러냈다. 그는 파란색 수술 가운 차림에 머리에 반다나를 두르고 있었다.

네이선이 굿리치에게로 달려갔다.

"굿리치 박사님, 잠깐 저랑 얘기를 나눌 수 있을까요?"

"나중에 해요. 지금은 수술 일정이 잡혀 있어서 시간이 없어요."

"당신은 내 사무실에 아무런 예고도 없이 나타나 사람을 어리둥절하게 해놓고 사라졌고, 어제는 아파트에까지 쳐들어와 엠파이어스테이트 빌딩 전망대로 데려갔죠. 나는 한 청년이 자살로 생명을 마감하는 모습을 목격했고, 당신은 아무런 말도 해주지 않고 사라졌습니다. 이제 난 어떻게 된 일인지 자초지종을 듣기 전까지 돌아가지 않겠습니다."

"나중에 얘기하자니까요? 지금은 수술실에서 종양 제거 수술을 기다리는 환자가 있어서 급히 가봐야 해요."

네이선은 냉정을 유지하려고 애썼다. 마음 같아서는 굿리치에게 달려들어 멱살을 잡고 싶었다.

"정 그렇다면 나를 따라와요."

굿리치가 앞장서서 걷기 시작했다.

"수술실에서 내가 수술하는 모습을 보고 있으면 배울 점이 아주 많을 거요."

네이선은 상대가 자신을 제멋대로 휘두른다는 느낌이 들어 기분이 고약했지만 어쩔 수 없이 뒤따라 걷기 시작했다.

⌒

네이선은 수술실의 수칙에 따라 손을 비누칠해 깨끗이 씻고, 항박테리아 소독제로 거품을 내 팔뚝 위까지 박박 문지르고 나서 마스크를 착용했다.

네이선이 태연하게 물었다. "어떤 수술이죠?"

굿리치가 수술실 문을 밀어젖히며 말했다. "개복술과 개흉술을 통한 식도 절제 시술을 할 거요."

네이선은 아무런 대꾸도 하지 않고 그를 뒤따라 수술실로 들어섰다. 간호사와 수술을 보조할 외과의사가 기다리고 있었다.

창문 하나 없는 수술실에 발을 들여놓는 순간 네이선은 지나치게 강렬한 조명 때문에 눈이 부셨다. 결코 아름다운 장면이 펼쳐질 것 같지 않다는 불길한 예감이 머릿속을 어지럽혔다.

맙소사!

네이선 역시 대부분의 사람들처럼 병원 냄새를 싫어했다. 병원 특유의 소독약 냄새를 맡고 있으면 왠지 기분 나쁜 기억들이 줄줄이 떠올랐다. 그는 수술실 한쪽 구석에서 조용히 입을 다문 상태로 수술 장면을 지켜보았다.

굿리치가 동료 의사에게 설명했다. "악성 종양이야. 나이는 쉰 살에 담배를 입에 물고 사는 골초라더군. 종양을 너무 늦게 발견했어. 기관지 점막에 암세포가 퍼져 있고, 간에도 일부 전이된 상태야."

간호사가 외과 수술 기구들을 늘어놓은 쟁반을 내밀자 굿리치가 메스를 하나 집어 들고 수술 시작 신호를 보냈다.

"자, 시작합시다."

네이선은 환자의 머리 위에 설치된 작은 화면을 통해 수술 과정을 자세하게 지켜볼 수 있었다.

'디스크 절개, 식도열공을 통한 식도 절제……'

눈 깜짝하는 사이 피가 뚝뚝 흐르는 장기들이 벌써 스크린에서 사라지고 없었다.

의사들은 대체 이 많은 장기들을 어떻게 구분해내는 걸까?

근래 들어 네이선은 건강염려증 환자가 아닌데도 가슴이 답답하게 짓눌리는 것 같은 통증을 느끼며 혹시 큰 병은 아닌지 걱정하기 시작했다. 네이선은 부지런히 손을 놀리며 수술에 열중하는 굿리치를 불안한 마음으로 지켜보았다.

'굿리치는 미치광이가 아니야. 오히려 매일이다시피 환자들의 생명을 구하는 훌륭한 의사야. 굿리치가 나에게 바라는 게 과연 무엇일까?'

보조 의사가 수술 도중에 메이저리그 얘기를 꺼냈다가 굿리치의 따가운 눈총을 받고 나서 입을 다물었다.

수술은 여전히 꼼꼼하게 이루어지고 있었다.

'위관 삽입, 흉부 및 복부 배출……'

네이선은 일순간 겸허해졌다. 지금 이 자리에서는 그가 맡고 있는 소송들, 각종 회의, 백만 달러가 넘는 은행 잔고 따위가 모두 부질없게 느껴졌다.

수술이 막바지에 이르렀을 때 돌연 환자의 심장 박동이 빨라졌다.

보조 의사가 급히 말했다. "젠장! 빈맥입니다."

"위에 삽입된 관 때문에 심장이 앞쪽으로 밀려 환자가 힘들어하는 것뿐이야."

굿리치가 침착함을 잃지 않고 간호사에게 주사를 지시했다. 그 순간 네이선은 속이 울렁거려 수술실을 뛰어나와 화장실로 들어간 다음 세면기를 잡고 한참을 토했다.

그제야 지난 24시간 동안 음식을 입에 대지 않았다는 사실이 떠올랐다.

잠시 후, 수술을 마친 굿리치가 화장실로 들어왔다.

네이선이 휴지로 입 주변을 닦으며 걱정스럽게 물었다. "환자가 살 수 있겠습니까?"

"종양 제거 수술을 했으니 제법 오래 살 수 있을 거요. 최소한 정상적으로 음식을 섭취하고 소화하는 데는 문제가 없을 테니까."

화장실 밖으로 나가자 환자의 아내가 굿리치를 향해 다가왔다.

"수술 결과가 어떤지 궁금합니다."

"수술은 잘됐습니다. 수술 후 합병증이 올 가능성을 배제할 수는 없지만 현재로서는 크게 걱정하지 않아도 됩니다."

환자의 아내가 굿리치에게 감사를 표했다.

"남편의 목숨을 살려주셔서 정말 감사합니다."

"의사로서 최선을 다했을 뿐입니다."

"선생님도 정말 애쓰셨어요."

환자의 아내가 네이선을 보조 의사로 착각하고 손을 꼭 잡아주었다. 네이선은 의사가 아니라는 사실을 굳이 밝히지 않았다.

병원 2층에 카페테리아가 있었다.

네이선은 커피잔을 앞에 두고 굿리치와 마주 앉았다. 테이블 한가운데에 조그만 페이스트리 바구니가 놓여 있었다.

"도넛을 하나 들어봐요, 기름기가 좀 많아 보이긴 하지만."

네이선이 고개를 가로저었다.

"조금 전에 구토를 해서인지 아직 입 안에 씁쓸한 맛이 남아 있어요."

굿리치의 얼굴에 미소가 살짝 스쳐갔다.

"무슨 얘길 듣고 싶어서 나를 찾아온 거요?"

"안면부지의 나를 찾아온 이유가 뭔지, 케빈이 머리에 총을 쏴 자살하리라는 건 어떻게 알았는지 궁금해서 찾아왔습니다."

굿리치가 커피를 한 모금 마시더니 우유와 설탕을 듬뿍 첨가했다. 그런 다음 미간을 잔뜩 찌푸렸다.

"마음의 준비는 되었어요?"

"마음의 준비라니요?"

"내 얘기를 들을 마음의 준비."

"뭐든지 말씀하세요. 들을 준비가 되어 있으니까."

"내가 부탁 한 가지만 합시다. 내 얘기를 들으려면 2분에 한 번씩 시계를 들여다보는 짓은 하지 말아야 하오."

네이선이 한숨을 푹 내쉬었다.

"네, 무슨 뜻인지 알겠습니다. 신경 쓰지 말고 말씀하세요."

네이선이 넥타이를 풀고 양복 상의를 벗는 사이 굿리치가 도넛을 한 입 베어 물고 나서 커피를 한 모금 마셨다.

"당신은 내가 미친놈이라 생각해요?"

"솔직히 그런 의심을 했습니다."

"호스피스 병동에 대해 들어본 적이 있어요?"

"박사님이 이 병원 호스피스 병동 책임자라는 사실은 이미 알고 있습니다."

"호스피스 병동은 치료가 불가능한 환자들을 수용하는 곳이오."

"잘은 모르지만 죽음을 앞둔 환자들을 정신적으로 도와주는 곳이라고 들었습니다."

"대부분 수명이 몇 주밖에 안 남았다는 사실을 알고 있는 환자들이오. 죽음은 누구에게나 받아들이기 힘든 과제니까."

시계는 벌써 오후 2시를 가리키고 있었다. 절반쯤 자리가 빈 카페테리아에 앉아 담배를 꺼낸 네이선은 한동안 피우지 않고 손에 쥐고 있었다.

"호스피스 병동 의사들이 하는 일은 죽음을 앞둔 환자들의 여정에 동참하는 거요. 환자들이 얼마 남지 않은 이승에서의 시간을 조금이나마 편안하게 보내다가 떠날 수 있도록 돕는 역할이지."

굿리치가 잠시 뜸을 들였다가 말을 이었다.

"우린 환자는 물론이려니와 남겨진 가족들도 편안한 마음을 유지할 수 있도록 돕고 있어요."

"무슨 말씀인지 잘 알겠는데 도대체 그 일이 저와 무슨 상관이 있죠?"

굿리치가 버럭 소리를 질렀다.

"당신은 늘 그 잘난 에고 타령이군. 시간당 4백 달러를 버는 네이선 델 아미코 변호사가 불행한 환자들에 대한 얘기를 듣고도 무슨 상관이 있느냐고 묻다니? 잠시라도 그 지독한 에고를 벗어던지고 겸허해지면 어디가 덧나기라도 해요?"

이제는 정말 참는 데도 한계가 있었다.

네이선이 주먹으로 탁자를 내려쳤다.

"내가 환자들을 위해 무얼 해야 하는데요? 내가 왜 그런 문제에 관심을 가져야 하죠? 내 말, 똑똑히 들어요. 초등학교 졸업 이후 아무도 나한테 그따위로 말한 사람은 없어요. 나는 관심 없으니까 댁들이나 환자들에게 잘하세요."

자리를 박차고 일어선 네이선이 카운터로 걸어가 에비앙 한 병을 주문했다.

카페테리아에 있던 사람들이 일제히 대화를 멈추고 책망하는 눈길로 네이선을 쳐다보았다.

'진정해, 네이선. 여긴 병원이야!'

네이선은 목이 타는 듯 생수를 벌컥벌컥 마시고 나서 자리로 돌아와 앉았다. 그가 굿리치의 눈을 뚫어져라 쳐다보았다.

"계속해보세요."

네이선의 목소리가 많이 차분해지긴 했지만 언제 또 폭발할지 모르는 위험을 담고 있었다. 팽팽한 긴장감이 흐르는 가운데 굿리치는 잠시 중단했던 이야기를 계속했다.

"호스피스 병동은 이미 의학적으로 사형선고를 받은 환자들이 머무는 곳이지. 다만 우리의 인생에는 예측할 수 없는 형태의 죽음도 흔해요."

"사고사를 말하는 겁니까?"

"사고사도 포함되지만 아직 현대 의학으로 원인을 밝힐 수 없는 질병, 혹은 너무 늦게 알아내 치유가 불가능한 암도 예측 불가한 범주겠지."

네이선은 이제 굿리치의 이야기가 본격적인 궤도에 접어들고 있다는 느낌이 들었다.

"이미 설명했다시피 죽음의 양상은 무척이나 다양하지. 아무튼 차분하게 삶에 대한 열망을 내려놓아야 편안한 죽음을 맞이할 수 있어요."

"예기치 않은 죽음은 차분하게 죽음을 맞이할 기회가 아예 주어지지 않을 텐데요?"

"반드시 그렇지는 않아요."

"가령 어떤 점에서?"

"그게 바로 메신저들에게 주어진 역할 가운데 하나요."

"메신저라면?"

"죽음을 앞둔 사람들을 찾아가 저세상으로 떠날 준비를 시켜주는 사람들이 있어요. 그들을 메신저라고 하지."

네이선이 진저리를 치며 고개를 흔들었다.

'정말이지 황당한 이야기야!'

"그러니까 누군가 죽음을 앞두고 있다는 사실을 미리 알고 있는 사람들이 있고, 그들을 메신저라고 한다는 말이죠?"

"메신저들은 죽음을 앞둔 사람들이 산 사람들과 차분히 이별할 수 있도록 돕는 역할을 해요. 그들이 인생을 정리하고 마음 편히 떠날 수 있도록 돕는다는 뜻이오."

네이선은 절로 한숨이 나왔다.

"그렇다면 굿리치 박사님은 상대를 잘못 고르셨습니다. 저는 나름 합리적인 사람일뿐더러 영적 세계를 믿지 않는 사람이니까요."

"나도 잘 알아요. 사람들이 영적 세계가 존재한다는 사실을 믿으려고 하지 않는다는걸."

네이선이 어깨를 으쓱해 보이고 나서 창문 쪽으로 고개를 돌렸다.

'대체 내가 지금 여기서 뭘 하고 있지?'

잿빛 하늘에서 다시 목화솜 같은 함박눈이 주차장이 내다보이는 통유리창을 때리며 쏟아졌다.

"그러니까 굿리치 박사님이 바로 그 메신저라는 뜻인가요?"

"내가 바로 메신저요."

"메신저라서 케빈의 죽음을 미리 알았던 건가요?"

"바로 그거요."

굿리치의 수작에 말려들지 말았어야 했다. 그런데 이 미친 작자의 헛소리를 계속 들어줄 수는 없다는 생각이 드는 한편 궁금한 게 한두 가지가 아니었다.

"그럼 왜 케빈이 죽는다는 사실을 알고도 수수방관했죠?"

"무슨 뜻이오?"

"굿리치 박사님은 케빈이 권총 자살을 시도할 거라는 사실을 미리 알고 있었으면서 왜 아무런 조치를 취하지 않았는지 물었습니다. 사람들이 차분히 죽음을 맞이할 수 있도록 돕는다는 게 그런 겁니까? 죽어가는 케빈의 얼굴이 내 눈에는 결코 편안해 보이지 않았기에 묻는 겁니다."

"메신저라고 해서 모든 죽음에 관여할 수는 없어요. 케빈은 삶의 고통이 너무 크다보니 죽고 싶다는 마음을 제어할 힘이 하나도 없었지. 죽음을 앞둔 사람들이 다들 케빈 같지는 않아요."

네이선이 보기에 여전히 굿리치의 말은 앞뒤가 맞지 않았다.

"적어도 케빈이 목숨을 끊지 못하도록 말릴 수는 있었잖아요? 미리 경비원이나 경찰을 불렀더라면……."

굿리치가 즉시 말을 자르고 나섰다.

"내가 나서서 말렸더라도 그 상황을 바꿀 수는 없었어요. 죽음의 순간은 인간이 마음대로 결정할 수 없으니까. 죽음의 최종 결정권자는 따로 있고, 인간은 어느 누구도 그 결정에 대해 왈가왈부할 수 없어요."

'최종 결정권자, 메신저, 사후 세계라? 이왕 사후 세계에 대한 말을 꺼냈으니 연옥이니 지옥이니 하는 얘기도 해보시지 그래?'

도저히 믿기 힘든 정보를 소화하느라 애쓰던 네이선이 어색한 미소를 지었다.

"당신 말은 너무 황당해 도저히 믿을 수 없습니다."

"당신이 믿든 말든 엄연히 존재하는 사실이오."

"아무리 말해봐야 나에게는 통하지 않습니다. 나는 종교를 가져본 적이 없으니까."

"종교와는 아무런 상관이 없는 얘기요."

"솔직히 말씀드리자면 박사님은 지금 제정신이 아닌 듯합니다. 방금 전에 들은 허황된 얘기를 병원장에게 알려 박사님이 두 번 다시 헛소리를 하지 못하도록 만드는 게 나에게 주어진 책무 같군요."

"그렇다면 내가 20년 전에도 정신이 돌았었다는 말인가요?"

굿리치의 어조가 조금 더 강경해졌다.

"나는 당신에게 케빈의 죽음을 미리 알려주었어요. 그 사실은 어떻게 볼 건가요?"

"굿리치 박사님이 케빈의 죽음을 예측할 수 있었던 건 사전에 일련의 정황들이 있었기 때문일 수도 있어요."

"가령 어떤 정황들이 있었다는 거요?"

"박사님이 신비주의 이론에 세뇌되었을 수도 있고, 사이비종교 집단에 속해 있을 수도 있고, 마약을 흡입했을 수도…….."

"네이선, 부디 지나친 억측은 삼가주길 바라오. 나 또한 괜히 엉뚱한 방향으로 이야기를 끌고 가고 싶은 생각은 없으니까. 나에게 죽음이 임박한 사실을 예측하는 능력이 있다는 얘기를 해주고 싶었어요. 가령 어편 사람에게 죽음의 징후가 나타나기 전 '이 사람의 죽음이 임박했어' 하는 사실을 아는 거요. 나는 그런 사람들이 가능한 한 편안하게 죽음을 받아들일 수 있도록 도우려는 것뿐이오."

"도대체 그런 능력은 어떻게 얻을 수 있죠?"

"얘기하자면 복잡해요."

네이선이 의자에서 일어나 코트를 걸쳤다.

"이제 굿리치 박사님과 더는 할 얘기가 없을 것 같네요."

"나도 그래요."

출입문을 향해 걸어가던 네이선이 자동문 앞에서 갑자기 몸을 홱 돌리더니 손가락으로 굿리치를 가리키며 되돌아왔다.

"그러니까 당신이 나한테 개인적인 볼일이 있다는 뜻입니까?"

"……."

"나를 찾아온 이유가 당신이 보유한 그 불가사의한 예지력과 관계 있는지 묻는 겁니다. 내 죽음이 임박한 건가요? 내가 세상을 떠날 시간이 된 겁니까?"

굿리치가 극도로 당황해하는 모습을 보였다. 그는 네이선의 질문에 대한 답변을 하고 싶지 않은 눈치였으나 대충 넘길 수 있는 문제가 아니었다.

"나는 당신의 죽음이 임박했다고 말한 적 없어요."

네이선은 그의 말을 귀담아듣지도 않고 쏘아붙였다.

"정말이지 무책임하기 그지없군요. 당신은 어떤 사람들의 죽음을 '예측'할 수 있고, 다짜고짜 그 대상을 찾아가 '이제 살날이 일주일밖에 남지 않았으니 인생을 잘 마무리하세요'라고 몇 마디 던지고 훌쩍 사라지면 그만이라는 뜻입니까?"

굿리치가 상대를 진정시키려 애쓰며 말했다.

"나는 죽음을 앞둔 사람을 상대로 이러쿵저러쿵 얘기해본 적이 없어요. 그저 죽음이 임박했다는 사실을 알 수 있을 뿐 아무런 해결책을 갖고 있지 않으니까."

"잘난 메신저님, 앞으로는 차라리 죽음을 앞둔 사람 앞에 나타나지 않는 게 좋겠어요."

네이선은 말을 내뱉고 밖으로 나갔다.

혼자 남은 굿리치는 커피를 마저 마시면서 피로감이 중첩돼 침침한 눈두덩을 문질렀다. 그는 유리창을 통해 하얀 눈송이를 맞으며 걸어가는 네이선의 뒷모습을 물끄러미 바라보았다. 차가운 눈발이 머리와 얼굴을 때리고 있었지만 네이선은 아랑곳하지 않고 걷고 있었다.

카페테리아의 오디오 세트에서 빌 에반스가 연주하는 재즈 피아노곡이 흘러나왔다. 마음이 애잔해지는 곡이었다.

6장

점점 추워오지 않는가?
계속 밤이 찾아오지 않는가, 점점 많은 밤들이?
새벽부터 등불을 켜야 하지 않는가?

_니체

"지난 3년 동안 제가 휴가를 며칠이나 썼죠?"

저녁 6시, 애슐리 조던 변호사를 찾아간 네이선은 2주간의 휴가를 얻기 위해 그를 설득하고 있었다. 그들의 관계는 갈수록 미묘해졌다. 네이선이 처음 로펌 일을 시작한 초창기만 해도 애슐리 조던 변호사는 그의 든든한 바람막이가 되어주었다. 하지만 야심 많은 젊은 변호사 네이선이 승승장구하면서 로펌에서 영향력을 높여가자 애슐리는 껄끄러운 기색을 내비치기 시작했다. 그는 네이선이 성공의 결실을 독차지하려는 태도를 탐탁지 않아 했다.

네이선도 불만스럽기는 마찬가지였다. 공과 사를 철저하게 구분하는 조던의 대쪽 같은 성격 때문에 간혹 개인적으로 어려운 일이 있어도 도와달라고 손을 내밀기 힘들다는 게 무엇보다 못마땅했다.

네이선은 자기도 모르게 한숨을 폭 내쉬었다. 그는 케빈의 자살과 굿리치가 들려준 '메신저' 이야기 때문에 심리적으로 혼란스러웠다. 오래 지속되고 있는 가슴의 통증도 소홀히 넘길 수 없는 걱정거리였다.

네이선은 메신저 이야기를 어떻게 받아들여야 할지 갈피를 잡을 수 없었다. 다만 한 가지만은 확실했다. 잠시 시간을 갖고 휴식을 취할 필요가 있다는 것이었다. 그는 휴가를 받아 딸아이와 좀 더 많은 시간을 보내기로 마음먹었다.

네이선이 재차 물었다. "지난 3년 동안 제가 휴가를 며칠이나 썼죠?"

조던도 순순히 인정했다. "거의 쓰지 않았어."

"소송까지 간 케이스도 거의 없었고, 설령 가더라도 패소한 적이 단 한 번이라도 있었나요?"

조던이 가벼운 한숨을 내쉬고는 씁쓸하게 웃었다. 그는 네이선을 두뇌와 실력은 우수하지만 지나치게 오만하다고 생각해왔다.

"그래, 자네 말대로 지난 3년 동안 단 한 건의 소송도 진 적이 없었지."

네이선이 정확하게 다시 짚어주었다. "저는 지난 3년뿐만 아니라 변호사 커리어를 통틀어 단 한 번도 소송에서 진 적이 없습니다."

조던이 고개를 끄덕이면서 물었다. "자네 말인즉슨 휴가를 달라는 뜻이지?"

"휴가를 떠나는 대신 문제가 생기면 언제든 연락이 닿을 수 있도록 휴대폰을 늘 켜두겠습니다."

"자네가 원한다면 휴가를 써도 좋아. 반드시 내 허락을 받아야 하는 건 아니야. 이제부터 〈라이트비스〉 건은 내가 직접 챙길게."

대화가 마무리되었다고 생각한 조던이 컴퓨터 화면으로 눈길을 돌리자 네이선이 따지듯이 말했다.

"휴가를 내고 딸아이와 잠시 시간을 보내려는 것뿐입니다. 제가 휴가를 쓰는 게 마음에 들지 않으세요?"

조던이 컴퓨터 화면에서 눈을 떼며 말했다. "난 문제 있다고 말한 적이 없어. 다만 사전에 충분히 상의하고 결정했으면 좋았을 텐데 자네혼자 미리 결론을 내고 나를 찾아온 건 잘못이야. 로펌에 소속된 변호사라면 사전에 철저한 계획을 세워두고 예측 가능하게 움직여야 한다는 걸 어느 누구보다 잘 알고 있잖아?"

12월 11일

알람이 오전 5시 30분에 울렸다.

몇 시간 동안 자고 일어났지만 가슴의 통증이 사라지기는커녕 흉골뒤쪽이 불이라도 붙은 듯 심하게 화끈거렸다. 가슴에 집중되었던 통증이 이제 왼쪽 어깨까지 퍼져 팔을 타고 아래쪽으로 내려왔다.

네이선은 이불 밖으로 나갈 엄두가 나지 않아 길게 심호흡을 하며 마음을 진정시키려 애썼다. 잠시 후, 통증은 어느 정도 사라졌지만 하루일정을 계획하느라 침대에 누워 있었다.

'젠장! 가만히 앉아서 당할 수는 없잖아. 병원을 찾아가 건강검진을받아보는 게 최선이야.'

네이선은 침대를 빠져나와 간단히 샤워를 했다. 커피 생각이 간절했으나 참기로 했다. 병원에 가서 혈액 검사를 받으려면 금식이 필요했다. 따뜻하게 옷을 갖춰 입고 엘리베이터를 타고 일 층으로 내려온 그는 아르데코 스타일로 벽 장식을 한 아파트 로비와 출입구를 빠른 걸음으로 지나쳤다. 마음이 급한 와중에도 늘 친절한 태도로 대해주어 호감이 가는 아파트 건물 도어맨에게 인사하는 걸 잊지 않았다.

"안녕하세요, 변호사님."

"잘 지내죠, 피터? 어제저녁에 벌어진 뉴욕 닉스 경기 어땠어요?"

"뉴욕 닉스가 시애틀 슈퍼소닉스를 20점 차로 크게 이겼습니다. 찰리 워드가 맹활약하면서 멋진 골을 많이 넣었죠."

"잘했네요, 마이애미 원정 경기도 이겨야 할 텐데!"

"오늘은 조깅을 거르시게요?"

"요즘 몸이 좀 삐걱거리네요."

"빨리 회복하길 바랍니다."

"고마워요, 피터. 좋은 하루 보내요."

밖은 아직 깜깜하고, 새벽 공기는 차가웠다.

네이선은 길 건너 산레모 빌딩 위로 솟은 두 개의 타워를 올려다보았다. 북쪽 타워 23층에 있는 그의 아파트 창문이 보였다.

'제법이야.'

네이선은 고층 아파트를 올려다볼 때마다 그런 생각이 들었다.

퀸즈 남쪽 빈민가 출신이 맨해튼의 고층 아파트에 살고 있으니 제법 성공한 건 틀림없었다.

네이선은 불우한 어린 시절을 보냈다. 가난에 찌들어 정부에서 제공해주는 푸드 스탬프로 끼니를 해결하던 시절이었지만 자식들에게 헌신적인 엄마와 함께해 그리 비참하지는 않았다.

'그래, 제법이야.'

센트럴파크 웨스트 145번지는 맨해튼에서도 고급 주거지로 손꼽히는 지역이었다. 센트럴파크가 바로 눈앞에 있고, 아파트 주민들 대부분은 자가용을 타고 다니지만 두 블록 떨어진 곳에 지하철역도 있었다. 모두 합해 136세대인 아파트 주민들은 대부분 유명 사업가, 금융계 거물, 전통적인 뉴욕 명문가 사람들, 인기 연예인들이었다. 리타 헤이워드가 타계하기 직전까지 이 아파트에서 살았고, 더스틴 호프만과 폴 사이먼은 아직 주민이었다.

네이선은 하늘로 치솟은 쌍둥이 빌딩 꼭대기를 한참 동안 올려다보며 서 있었다. 타워 끝에 붙은 로마 사원 양식의 조형물이 중세의 대성당을 연상시켰다.

'제법이야.'

제아무리 성공한 변호사가 되었더라도 말로리의 아버지이자 장인이었던 제프리 웩슬러와 얽힌 사건이 없었다면 이 아파트에서 산다는 건 꿈에도 생각지 못했을 것이다.

네이선이 살고 있는 산레모 아파트는 원래 그의 장인인 제프리가 사업상 볼일이 있어 뉴욕을 방문할 때마다 잠깐씩 머물던 곳이었다. 제프리는 보스턴 출신 엘리트 변호사로 엄격하고 비타협적인 성격으로 유명했다. 웩슬러 가문은 센트럴파크 주변 유명 빌딩들을 설계해 명성을 날린 천재 건축가 에머리 로스가 대공황 당시인 1930년대에 아파트 건물을 처음 지었을 때 구입해 지금껏 보유해왔다.

제프리가 아파트 관리를 맡길 생각으로 고용한 가사도우미가 바로 네이선의 엄마 엘리노어 델 아미코였다. 제프리가 퀸즈에서 남편도 없이 혼자 아이를 키우며 사는 이탈리아 출신 가사도우미를 고용하려고 하자 부인인 리사가 극력 반대했다. 우여곡절 끝에 가사도우미로 고용된 엘리노어는 그들 부부의 마음을 사로잡았고, 낸터컷 섬의 별장 관리를 맡게 되었다.

네이선은 여름이 되면 엄마가 관리하는 낸터컷 섬에서 살게 되었고, 거기서 말로리를 만나게 되었다.

네이선은 미국 사회의 전형적인 와스프* 계층이 어떤 생활을 영위하는지 지켜보며 자랐고, 명문가의 권세는 대를 이어 지속된다는 느낌을 받았다.

네이선은 웩슬러 가문의 자제들처럼 피아노 레슨도 받고, 보스턴 항에서 요트를 끌고 바다로 나가고, 벤츠 승용차를 타고 다니고 싶은 마음이 간절했다. 물론 현실에서는 꿈도 꾸어서는 안 될 일이었다. 네이선은 아버지도 없었고, 형제들과 돈도 없었다. 옷깃에 학교 배지가 달린 사립학교 교복도, 유명 브랜드 핸드메이드 세일러 스웨터도 없었다. 하지만 말로리 덕분에 세월이 지나도 변함이 없는 상류층의 삶을 조금이나마 맛볼 수 있었다.

말로리는 낸터컷 섬의 시원한 그늘에서 펼쳐지는 부자들의 고급스럽고 우아한 피크닉에 이따금 네이선을 초대했다. 제프리를 따라 낚시를 가는 날에는 시원한 아이스커피와 갓 구운 브라우니를 먹으며 하루를 보내기도 했다. 리사는 가끔 반짝반짝 윤이 나는 대저택 서재에서 네이선이 읽고 싶어 하는 책을 맘껏 꺼내 읽게 해주었다.

웩슬러 부부는 겉으로는 친절하고 선량한 사람들로 보였지만 네이선

*WASP 앵글로색슨계 백인 신교도를 지칭하는 말이자 미국 주류 지배 계급을 가리키는 말

을 말로리와 동일선상에 놓고 대한 적이 없었다. 1972년 가을 어느 날에 가사도우미의 아들 네이선이 호수에 빠져 허우적대는 말로리를 구해준 이후 그들은 더욱 노골적으로 경계심을 드러냈다. 시간이 갈수록 그들은 네이선을 불편하고 성가신 존재로 여겼다. 말로리가 네이선과 결혼하겠다고 선언하자 대놓고 반대하며 적대감을 드러냈다.

웩슬러 부부는 두 사람을 갈라놓으려고 온갖 방법을 동원했지만 소용없었다. 말로리는 결심을 굽히지 않았다. 그들 부부는 지금 당장은 사랑에 눈이 멀어 정신을 차리지 못하지만 네이선의 진면목을 알게 되면 크게 실망하게 될 거라면서 딸을 설득했지만 소용없었다.

진지하게 충고도 해보고 서슬 퍼런 위협도 가해보았지만 말로리의 결심은 흔들리지 않았다. 웩슬러 가문의 가족들이 식사를 하려고 둘러앉은 식탁에서 화기애애한 대화가 사라진 지 오래되었고, 무겁고 어색한 분위기가 지속되었다.

부모와 딸 사이의 팽팽한 힘겨루기는 1986년 크리스마스이브까지 계속됐다. 그날 저녁, 웩슬러 가문의 대저택에 보스턴 명문가 사람들이 모여 성대한 크리스마스 파티를 열었다. 말로리는 많은 손님들 앞에 네이선의 팔짱을 끼고 나타나 곧 결혼할 '약혼자'로 소개했다. 일이 그 지경이 되자 웩슬러 부부는 반대해봐야 아무 소용없다는 결론에 다다랐다. 딸과 절연할 생각이 아니라면 네이선을 사위로 받아들일 수밖에 없다는 게 그들이 내린 현실적 판단이었다.

네이선은 부모의 완강한 반대를 무릅쓰고 뜻을 관철시킨 말로리가 새삼 놀랍고 사랑스러웠다. 지금도 1986년 크리스마스이브를 떠올리면 온몸에 소름이 돋을 만큼 기억이 생생했다. 말로리가 많은 손님들이 지켜보는 가운데 네이선과 결혼하겠다고 선언한 그날 밤의 기억은 목숨이 다하는 날까지 잊지 못할 것이다.

말로리의 고집을 꺾을 수 없어 결혼은 허락했지만 웩슬러 부부가 네이선을 대하는 태도는 여전히 냉랭했다. 그들은 네이선을 가족의 일원으로 인정하지 않으려 했다. 네이선이 컬럼비아대학 로스쿨을 졸업하고 미국 최고의 로펌에 들어가 고액의 급여를 받는 변호사가 되었어도 그들 부부의 태도는 달라지지 않았다.

웩슬러 부부에게 중요한 건 돈이 아니라 가문이었다. 제아무리 좋은 직업을 갖거나 돈을 많이 벌어도 가문을 바꾸거나 살 수 없다는 게 그들의 생각이었다. 그들의 눈에 네이선은 가사도우미의 아들로 보일 뿐이었다. 차마 딸과의 인연을 끊을 수 없어 결혼을 허락했지만 그들은 네이선을 웩슬러 가문의 일원으로 받아들이려 하지 않았다.

1995년에 결정적인 소송 사건이 벌어지기 전에는.

네이선은 〈마블 앤드 마치〉로 소송이 넘어오자 자신의 전문 분야는 아니었지만 적극적으로 나서 그 사건을 수임했다. 〈소프트 온라인〉이라는 회사의 창립 멤버 가운데 한 사람이 회사를 인수한 대형 IT기업을 상대로 제기한 소송이었다. 그는 인수 합병 과정에서 부당 해고를 당했다며 2천만 달러의 손해배상을 청구했다. 회사 측에서 손해배상 청구 액수가 비현실적으로 높다고 하자 그는 즉시 〈마블 앤드 마치〉에 소송을 의뢰했다.

한편 보스턴에 소재한 회사 측의 신임 주주들은 제프리 웩슬러가 매니징 파트너 변호사로 있는 〈브래너 앤드 미첼〉 로펌에 사건을 의뢰했다.

말로리는 그 사건만은 제발 수임하지 말아달라고 네이선에게 사정했다. 만약 승소하더라도 전혀 득 될 게 없을뿐더러 제프리가 로펌을 대표해 직접 소송을 지휘하고 있는 만큼 가뜩이나 껄끄러운 두 사람의 관계가 더욱 악화될 거라며 만류했다.

네이선은 그동안 사위를 업신여긴 장인의 눈에서 피눈물이 나게 할 절호의 기회라 여겨 들은 척도 하지 않았다. 그는 제프리에게 직접 전화해 이 사건을 맡을 생각이고, 소송을 반드시 승리로 이끌겠다고 공언했다.

제프리는 콧방귀를 끼며 네이선의 말을 무시했다.

이런 경우 통상 소송까지 가지 않고 분쟁 당사자끼리 서로 합의해 마무리하는 게 일반적이었다. 고객에게 가장 유리한 합의를 이끌어내는 게 변호사에게 주어진 역할이었다.

제프리는 650만 달러에 달하는 거액의 위로금을 제시하며 소송 대신 합의를 제안했다. 그 정도 액수라면 대부분의 변호사들이 군말 없이 받아들일 텐데 네이선은 자신의 고객을 설득하는 무리수를 두면서까지 합의를 거부했다.

〈브래너 앤드 미첼〉 로펌은 소송 개시 날짜를 이틀 앞두고 다시 8백만 달러를 위로금으로 제시했다. 네이선도 잠시 마음이 흔들릴 만큼 거액이었으나 제프리에게 평생 잊지 못할 말을 듣고 나서 결전을 포기하지 않기로 결심했다.

"네이선, 자네는 이미 내 딸을 얻었어. 그 정도 가치의 트로피로는 성에 차지 않는다는 건가?"

"저는 장인어른의 딸을 '얻은 게' 아닙니다. 예나 지금이나 저는 말로리를 진심으로 사랑합니다. 우리는 서로 사랑하는 사람을 배우자로 선택했을 뿐이죠. 물론 제 말을 이해하기 쉽지 않겠지만요."

"자네의 콧대를 납작하게 깔아뭉개주겠어."

"장인어른은 한결같이 저를 무시하시지만 이번 소송은 그리 호락호락하게 물러서지 않을 겁니다."

"그러지 말고 한번 더 생각해봐. 내가 합의금으로 8백만 달러를 제시했는데 수용하지 않았으니 그 책임은 온전히 자네가 져야 할 거야. 이 업계에서는 아무리 명성이 높더라도 한 방에 훅 갈 수 있다는 걸 알아야 해."

"제 걱정 마시고, 장인어른 명성이나 잘 관리하세요."

"자네가 이번 소송에서 이길 가능성은 매우 희박해."

"그렇게 호언장담할 정도로 자신 있으면 저와 내기라도 하시죠."

"내 말이 틀리면 내 목을 걸겠네."

"저는 그 정도까지 바라지는 않습니다."

"내가 무얼 걸었으면 좋겠나?"

네이선이 일순간 생각에 잠겼다.

"산레모 아파트는 어떻습니까?"

"정신 나간 소리."

"장인어른은 위험을 회피하지 않는 분이잖아요."

"자네는 전혀 승산이 없어."

"좀 전에는 희박하다고 하셨으면서."

제프리는 결국 내기에 응했다.

"자네가 이기면 산레모 아파트를 주지. 가족들에게는 보니가 태어난 선물로 산레모 아파트를 주는 것으로 해둘게. 그 대신 자네가 질 경우 난 아무것도 요구하지 않겠네. 자네가 패배의 충격을 극복하기 쉽지 않을 테니까. 난 내 딸의 남편이 길거리로 나앉는 걸 보고 싶지 않거든."

결국 장인과 사위가 외나무다리에서 만나 필사적인 대결을 펼치게 되었다. 사사로운 관계에 얽매여 고객에게 손실을 끼칠 수도 있는 결정을 내리는 건 프로답지 않은 선택이었으나 네이선은 장인과의 한판 승부를 벌이고 싶은 유혹을 떨쳐버릴 수 없었다.

비교적 단순한 소송이었지만 담당 판사의 개인적인 견해에 따라 운명이 엇갈리게 되어 있어 결과를 예단하기 힘들었다. 네이선의 의뢰인은 웩슬러 측에서 제시한 합의 조건을 거부해 결과적으로 커다란 위험 부담을 떠안게 된 셈이었다. 소송에서 패할 시 8백만 달러까지 확보했던 합의금을 단 한 푼도 못 받을 수 있었다.

제프리는 노련하고 강단 있는 변호사로 유명했다. 네이선에게 승소할 가능성이 희박하다고 했던 그의 말은 결코 과장이 아니었다.

장인과 사위가 벌인 외나무다리 승부는 예상을 뒤엎고 네이선의 승리로 끝났다. 뉴욕주 법원의 프레데릭 리빙스턴 판사는 〈소프트 온라인〉이 원고에게 2천만 달러를 배상하라는 판결을 내렸다. 제프리는 군말 없이 패배를 인정하고 한 달 후 산레모 아파트를 비워주었다.

말로리의 예상은 그대로 적중했다. 장인과 사위의 막다른 승부 이후 두 사람의 관계는 파국으로 치달았고, 벌써 7년째 말 한마디 주고받지 않고 남남처럼 지내고 있었다.

네이선은 웩슬러 부부가 은근히 딸의 이혼을 반겼을 거라 생각해왔다. 아마도 네이선의 생각은 현실과 크게 다르지 않을 것이다.

네이선은 문득 세상을 떠난 엄마를 떠올렸다. 역사적인 소송이 있기 3년 전, 암에 걸린 엘리노어는 네이선이 이 아파트에서 사는 모습도 보지 못하고 눈을 감았다. 아이러니하게도 엘리노어가 10년 가까이 가사도우미로 일했던 센트럴파크 웨스트 145번지에 있는 산레모 아파트 23층에는 이제 그녀의 아들이 살고 있었다.

엘리노어의 삶은 결코 순탄치 않았다. 이탈리아 나폴리 북쪽의 가난한 어촌에서 태어난 엘리노어의 부모는 딸이 아홉 살 되던 해에 미국으로 이민을 떠나왔다. 갑자기 삶의 터전이 바뀐 그녀의 부모에게 절박한 건 오로지 먹고사는 문제였다. 자녀 교육은 뒷전일 수밖에 없었다.

엘리노어는 결국 영어 한마디 배워보지 못한 상태로 학교를 자퇴했다. 스무 살이 된 그녀는 링컨센터 공사 현장에서 막일꾼으로 일하던 비토리오 델 아미코를 만났다. 말재주가 뛰어나고 시원스런 미소가 매력적인 청년이었다. 비토리오와 사귄 지 몇 달 만에 그녀가 임신하게 되었고, 두 사람은 가정을 꾸렸다. 툭하면 바람을 피우고, 집에 들어오면 변변한 이유도 없이 폭력을 행사하던 비트리오는 결국 행선지도 밝히지 않은 채 가출했다.

비토리오가 집을 나간 이후 엘리노어는 오로지 먹고 살기 위해 동분서주하며 아이를 키웠다. 주로 가사도우미, 식당 직원, 허름한 모텔의 룸서비스 직원으로 일했다. 변변치 않은 일자리를 두세 군데씩 옮겨 다니다보니 몸이 지치기도 하고, 사람대접을 받지 못하는 적이 많았지만 힘들다는 내색 한 번 하지 않았다. 그녀는 친구도, 가족도, 의지할 사람도 없는 곳에서 오로지 네이선을 위해 살았다고 해도 과언이 아니었다.

비록 집에 세탁기나 비디오는 없었지만 네이선은 단 한 번도 식사를 거른 적이 없었다. 궁색하긴 했지만 결코 구차하지 않은 삶이었다. 엘리노어는 늘 네이선에게 깨끗이 세탁한 옷을 입혀 밖에 내보냈고, 학교에서 필요한 물품이라면 반드시 사주었다.

엘리노어는 늘 피곤에 찌들어 살면서도 자기 자신을 위해 휴식 시간을 갖거나 돈을 쓰지 않았다. 네이선은 엄마가 휴가를 가거나 책을 보거나 극장이나 식당에 가는 걸 단 한 번도 본 적이 없었다.

엘리노어의 유일한 관심은 오로지 네이선을 제대로 키우는 것밖에 없었다. 그녀 자신은 학교를 중퇴했기 때문에 지식이 많거나 교양이 풍부하지는 않았으나 네이선이 학교 수업 시간에 배운 내용을 복습할 때 곁에서 최선을 다해 도왔다. 배움은 짧아도 모성애만큼은 어느 누구보다 충만한 엄마였다.

엘리노어는 네이선에게 헌신적인 사랑을 베풀었다. 그녀는 네이선이 딸이 아니라 아들이라 다행이라고, 아직까지 남자들이 주도하는 세상에서 여자로 태어났으면 살아가기가 더욱 힘들었을 거라고 입버릇처럼 말했다.

네이선이 열 살이 될 때까지만 해도 엄마는 그의 일상을 비추는 태양 같은 존재였다. 악몽에 시달리는 아들의 이마를 물수건으로 닦아주며 무서움을 쫓아주던 마법사, 아침 일찍 일을 나가면서도 잠든 아들의 머리맡에 따뜻한 코코아 한 잔과 사랑 넘치는 메모, 때로는 동전 몇 닢을 잊지 않고 놓아두고 갔던 자상한 엄마였다.

서로 사회적인 신분이 달라지면서 서서히 소원한 관계가 되기 전까지 엄마는 네이선에게 세상을 비추는 빛이자 희망이었다.

네이선은 웩슬러 가문 사람들을 만나면서 부자들이 어떻게 살아가는지 눈을 떴고, 열두 살 때 매년 빈민가에서 학업 성적이 우수한 아이들 가운데 열 명을 선발해 학비를 지원해주는 장학재단의 도움으로 맨해튼에 위치한 사립학교 웰러스 스쿨에 입학했다.

부자 동네인 이스트사이드나 그레이머시 파크에 사는 친구들 집에 초대를 받아 다니다보니 난생처음 엄마가 부끄러웠다. 엄마가 사람들과 이야기를 나눌 때 문법을 무시하며 어눌하게 구사하는 영어도 창피하기 그지없었다. 엄마의 말이나 행동에서 사회적 신분 차이가 적나라하게 드러났다.

네이선은 엄마의 사랑이 부담스럽게 느껴져 의식적으로 거리를 두기 시작했다. 그가 대학에 입학한 이후 모자 관계는 더욱 소원해졌다. 네이선이 결혼한 이후로는 아예 왕래가 이루어지지 않았다. 말로리가 간혹 엄마에게 좀 더 신경 쓰라고 충고했지만 네이선은 일이 바쁘다는 핑계로 흘려들었다. 엄마와 왕래가 뜸했던 건 말로리 때문이 아니라 전적으로 그의 탓이었다. 네이선은 신분 상승에 혈안이 되어 정신없이 일했고, 엄마가 원하는 게 가끔씩 보내주는 용돈이 아니라 관심과 사랑이라는 걸 미처 떠올리지 못했다.

1991년 11월의 어느 흐린 날, 네이선은 병원에서 엄마가 사망했다는 전화를 받고 나서야 가슴을 치며 후회했다. 세상의 수많은 아들들이 그러하듯이 네이선 역시 엄마가 세상을 떠나고 나서야 지난날의 잘못을 후회하며 통한의 눈물을 흘렸다.

네이선은 요즘도 엄마의 생전 모습이 떠오를 때마다 눈두덩이 뜨거워졌다. 피로에 찌든 얼굴에 허름한 옷차림을 한 여성을 마주칠 때마다 엄마의 생전 모습이 떠올랐다. 네이선은 아들을 뒷바라지하느라 늘 초라한 행색인 엄마가 창피스러웠던 지난날이 떠오를 때마다 후회스러웠지만 이제는 다 부질없는 일이었다. 주말마다 속죄하는 심정으로 꽃다발을 들고 엄마의 무덤을 찾아가지만 텅 빈 가슴은 좀처럼 채워지지 않았다.

네이선은 엄마가 사망한 병실의 보조 탁자 서랍에서 오래된 사진 두 장을 발견했다. 그중 한 장은 1967년 어느 일요일 오후에 코니아일랜드의 놀이공원에서 찍은 사진이었다. 당시 세 살이었던 네이선이 아이스크림을 손에 들고 롤러코스터를 신기한 듯 올려다보고 있었고, 엄마가 미소 어린 표정으로 그를 팔에 안고 있었다. 엄마의 웃는 얼굴이 담긴 몇 안 되는 사진 가운데 하나였다.

다른 한 장은 컬럼비아대학교 로스쿨 졸업식장에서 찍은 사진으로 네이선은 졸업 가운을 입고 천하를 호령하듯이 당당한 표정을 짓고 있었다. 탄탄대로가 보장된 전도유망한 청년의 모습이었다.

엄마는 병원에 입원할 당시 거실에 걸어둔 액자에서 그 사진들을 빼내 가져갔고, 눈을 감는 순간까지 가슴에 꼭 품고 있었다. 신분 상승이라는 목표에만 매진하는 아들을 여전히 이 세상에서 제일 자랑스럽고 대견한 존재로 생각해준 엄마의 모습을 웅변하는 사진들이었다.

네이선은 엄마를 생각하면 눈물이 나고 마음이 약해져 가급적 떠올리지 않으려고 애썼다. 오전 6시가 조금 넘은 시간이었다. 그는 빌딩 지하 주차장으로 걸어 들어갔다. 주차장에 세워져 있는 그의 재규어 쿠페와 사륜구동 레인지로버가 눈에 들어왔다. 그들 부부는 둘째를 낳아 키우기로 결정하면서 SUV를 구입하기로 했다. 말로리는 차체가 높고 안전성이 느껴져 마음에 든다며 사륜구동 레인지로버를 고집했다. 그녀가 뭔가 결정을 내리기 전 가장 우선시하는 고려 사항은 가족의 안전이었다.

'이제 나 혼자니까 레인지로버는 처분해야겠어.'

네이선은 재규어 쿠페의 차 문을 열었다. 지난 일 년 동안 레인지로버를 볼 때마다 처분해야겠다는 생각을 해왔지만 시간이 나지 않아 차일피일 뒤로 미루어왔다. 시동을 걸려던 그는 오늘처럼 눈이 오는 날에는 힘 좋은 사륜구동차가 낫겠다고 생각했다.

레인지로버에는 여전히 말로리의 향기가 배어 있었다. 네이선은 시동을 걸면서 재규어 쿠페를 팔고 말로리가 타고 다니던 레인지로버를 운행하기로 마음을 바꾸었다.

네이선은 레인지로버를 몰고 지하 주차장을 올라와 마그네틱 카드를 넣어 차단기를 연 다음 아직 어두컴컴한 거리로 나섰다. 어느새 눈은 그친 상태였다. 요즘은 변덕이 심한 날씨가 계속되고 있었다. 그는 조수석 수납공간에서 말로리가 좋아했던 레너드 코헨의 CD를 한 장 꺼냈다. 말로리는 포크송을 유난히 좋아했고, 사회참여 운동에도 적극적이었다. 몇 년 전, 세계화의 폐해와 다국적 기업들의 횡포를 규탄하는 집회에 참석하느라 제네바에도 다녀왔고, 지난 대통령 선거 당시 민주당 성향인 랠프 네이더 후보의 캠프에서 활동하기도 했다. 동부에 살 때는 워싱턴에서 IMF와 세계은행을 규탄하는 집회가 열릴 때마다 빠짐없이 참석했다. 그녀는 후진국에서 발생하는 빈곤과 기아 문제, 무분별한 환경 파괴, 아동 노동에 반대하는 운동에도 관심이 많았다. 최근 몇 년 동안에는 유전자 변형 식물이 인체에 미치는 심각한 유해성을 알리고 다녔고, 친환경 농업의 필요성을 널리 인식시키기 위한 활동에도 많은 시간을 쏟아부었다. 말로리와 이혼하기 2년 전, 네이선은 친환경 농업 단체들이 농부들에게 전통적인 농사 방식을 장려하기 위해 토종 종자 무상 보급 프로그램을 진행하는 인도에도 다녀온 적이 있었다.

네이선은 살아오는 동안 부자들의 기부나 선행을 그다지 고운 눈길로 바라보지 않았지만 말로리와 결혼 생활을 하면서 아무런 활동도 하지 않는 사람들보다는 그녀가 훨씬 가치 있는 일을 하고 있다고 생각하게 되었다.

사회에 대해 지나치게 비판적인 시각을 가진 말로리를 가끔 놀리기도 했지만 마음속으로는 그녀가 대단히 자랑스러웠다. 부조리한 세상을 변화시키고자 하는 생각이 없는 사람들만 존재한다면 새로운 가치 창조와 발전을 기대할 수 없으리라는 걸 누구보다 잘 알기 때문이었다.

이 시간에는 비교적 교통 흐름이 원활했지만 30분만 지나도 도로 사정은 크게 달라지게 마련이었다. 네이선은 로어 맨해튼을 향해 차를 달리며 레너드 코헨의 허스키한 목소리를 음미했다.

네이선은 폴리스퀘어로 들어서기 직전 백미러를 힐끔 쳐다보았다. 뒷좌석에 노먼 록웰의 삽화가 들어간 모포 한 장이 덮여 있었다. 보니는 자동차 여행을 할 때 그들이 신혼부부였을 당시 블루밍데일스 백화점에서 구입한 모포를 몸에 덮고 있는 걸 좋아했다.

차 안에서 여전히 말로리의 향기가 났다. 바닐라 향과 꽃냄새가 섞인 싱그러운 향기. 문득 그녀가 지독하게 그리웠다. 머릿속이 말로리에 대한 생각으로 가득 찼다. 그녀가 조수석에 앉아 있는 것 같은 착각이 일었다.

말로리가 다시 돌아와 조수석에 앉을 수만 있다면……

두 집안 간의 재력과 계층 차이가 크지 않았더라면 그들 부부는 헤어지지 않았을 것이다. 말로리와 결혼할 자격이 있는 남자라는 걸 보여주기 위해 능력을 과시하려고 들지 않았더라면 이렇게 멀리 떨어져 사는 일은 없었을 것이다.

네이선은 어려서부터 냉소적이고 개인주의적인 아이였다. 실제로는 약한 면이 많았지만 사람들 앞에서 허점을 드러내지 않으려고 안간힘을 썼다. 결점을 핑계 삼아 약해지지 않고 무조건 최고가 되기 위해.

지난날을 회상하다보니 다시는 말로리를 볼 수 없게 될지도 모른다는 불안감이 엄습해왔다. 말로리와 보니는 멀리 떨어져 있고, 그의 주변에는 변변한 친구 하나 없었다.

내가 죽으면 과연 누가 슬퍼해줄까? 조던? 애비?

라파이예트 스트리트에 다다를 무렵 억누를 길 없는 슬픔이 밀려들었다.

브루클린 다리로 들어서는 순간 강철 서스펜션 케이블들이 마치 차 위를 덮칠 것 같은 기세로 출렁였다. 높이 솟은 두 개의 아치를 보자니 고딕 양식 건물의 신비스러운 출입구가 떠올랐다. 쌍둥이 빌딩이 무너 진 이후 맨해튼의 스카이라인은 영원히 바뀌었지만 브루클린 다리는 여 전히 건재했다. 안개가 자욱하게 낀 날에 브루클린 다리를 건널 때면 쌍둥이 빌딩의 번쩍거리는 외벽과 하늘을 찌르듯이 솟아 있는 빌딩 꼭 대기가 다시 눈앞으로 다가설 것 같은 기분이 들곤 했다.

앰뷸런스 몇 대가 요란한 사이렌 소리를 울리며 브루클린을 향해 달 려갔다. 어디선가 대형 사고가 발생한 게 분명했다.

이게 바로 뉴욕이야.

네이선에게 뉴욕은 애증이 뒤섞인 도시였다. 잠시 상념에 잠겨 있다 가 다리 끝에서 출구를 지나치는 바람에 어쩔 수 없이 브루클린 하이츠 로 우회하게 되었다. 주택가의 좁은 도로에서 얼마간 헤맨 끝에 그는 풀턴 스트리트로 빠져나오는 길을 찾을 수 있었다. 그는 주머니에서 휴 대폰을 꺼내 집을 나오면서 외워둔 전화번호를 눌렀다.

힘 있는 목소리가 귓전을 울렸다. "보울리 박사입니다."

보울리 박사는 명의로 명성이 자자했다. 그의 병원은 네이선이 소속 된 로펌의 신입사원 신체검사 지정 병원이기도 했다. 몇 년 전부터 보울 리 박사는 진료 영역을 넓혀 동부에 거주하는 부유층 고객들을 상대로 약물 중독 치료를 병행해오고 있었다.

"〈마블 앤드 마치〉 로펌의 네이선 델 아미코 변호사입니다. 종합검진을 받으려고요."

"종합검진 절차를 안내해줄 직원을 연결해드릴게요. 저는 바빠서 이만."

보울리 박사는 이른 아침부터 예약 환자가 많아 몹시 바쁜 눈치였다.

"박사님과 직접 통화를 하고 싶은데요."

보울리 박사가 당황했는지 한동안 말이 없다가 예의를 갖춰 말했다. "용건이 뭔지 말씀하세요."

"정밀종합검진을 받고자 합니다. 피검사, 엑스레이, 심장 검사 등등……."

"그 정도는 종합검진 항목에 다 포함되어 있으니까 걱정 마세요."

수화기 너머에서 컴퓨터 키보드를 두드리는 소리가 들려왔다.

보울리 박사가 말했다. "종합검진 예약이 많이 밀려서 열흘 후에나 예약 가능하네요."

네이선이 재빨리 응수했다. "10분 후에 찾아뵙겠습니다."

보울리 박사가 어이없어하며 화난 목소리로 말했다. "가뜩이나 일이 바쁜 사람한테 괜한 억지를 부리거나 농담을 하면 곤란합니다."

네이선은 파크 슬로프에서 프로스펙트 파크 서쪽 고급 주택가를 향해 커브를 틀었다. 그의 목소리가 갑자기 사무적으로 변했다.

"3년 전, 보울리 박사님은 〈마블 앤드 마치〉 로펌에 세금 문제로 변호를 의뢰한 적이 있을 겁니다."

보울리 박사가 놀라는 기색이 역력한 목소리로 방어적인 자세를 취했다. "그때 귀하의 로펌에서 일을 잘 처리해준 덕분에 무혐의 처분을 받았죠."

"당시 변론을 맡았던 동료에게서 들었던 말이 떠오르네요. 제 기억대로라면 보울리 박사님이 국세청에 제출한 자료 가운데 일부를 누락시켰다고 들었습니다만."

"당신, 지금 무슨 말을 하려는 거요?"

"국세청에서 일하는 친구가 있습니다. 그 친구가 누락된 자료에 대해 각별한 흥미를 보일 것 같아 미리 귀띔해드리는 겁니다."

보울리 박사가 따지듯이 소리쳤다. "당신은 지금 직업윤리에 어긋나는 짓을 하고 있어요."

"보울리 박사님께서 편의를 봐주신다면 재고해보겠습니다."

페니턴트 스트리트로 접어들 때 상향등을 켜고 역주행하는 차 때문에 눈을 뜰 수 없을 만큼 눈이 부셨다.

'미친놈!'

화들짝 놀라며 핸들을 오른쪽으로 꺾다가 손에 들고 있던 휴대폰을 바닥에 떨어뜨렸다. 그나마 극적으로 추돌을 피할 수 있어 다행이었다.

네이선은 바닥에 떨어진 휴대폰을 집어 들고 다시 통화를 시도했다. 보울리 박사가 전화를 끊었을 수도 있다고 생각했는데 아니었다.

한참 동안 말이 없던 보울리 박사가 애써 안도하는 목소리로 네이선에게 말했다. "나에게 그런 협박은 통하지 않아요. 당신이 계속 그런 식으로 나오면 나도……."

"뭐 그리 대단한 요구를 하는 건 아니잖습니까?" 네이선이 답답하다는 듯이 한숨을 쉬고 나서 말을 이었다. "오늘 종합검진을 해주시면 간단히 해결될 일입니다. 물론 검진 비용은 부담하겠습니다."

병원 주차장이 눈에 들어왔다. 어두컴컴하던 하늘에 서서히 푸르스름한 기운이 돌면서 날이 밝아오기 시작했다. 차에서 내린 네이선은 리모컨으로 자동차 문을 잠근 다음 연철 가로등이 서 있는 길을 따라 병원 건물로 걸어갔다.

한동안 말이 없던 보울리 박사가 결국 한발 양보했다.

"당신 방식이 전혀 마음에 안 들지만 스케줄을 조정해봅시다. 병원에는 몇 시에 올 생각입니까?"

네이선이 병원 문을 밀고 안으로 들어서며 말했다.

"이미 도착했습니다."

7장

죽은 사람은 눈에 보이지 않을 뿐이지 사라진 것은 아니다.

_성 아우구스티누스

보울리 박사가 조명이 어둡고 서늘한 방으로 네이선을 데려갔다. 침대 위에 종합검진 절차를 설명해주는 안내문이 한 장 놓여 있었다. 네이선은 가운으로 갈아입고 손을 깨끗이 씻은 다음 화장실에 가서 작은 용기에 소변을 받았다. 그런 다음 혈압을 재고 나서 채혈을 마쳤다.

종합검진은 병원의 여러 부서를 돌며 진행되었다. 종합검진을 받는 환자가 마그네틱카드를 들고 담당자들을 찾아다니며 검사를 받는 방식이었다. 블랙스로우*라는 성을 가진 머리 희끗희끗한 오십 대 의사가 문진을 하는 것으로 본격적인 종합검진이 시작되었다. 블랙스로우가 개인 병력과 가족 병력에 대해 물었다.

열 살 때 류마티스관절염을 앓은 적이 있고, 열아홉 살에 단핵증을 앓은 적이 있지만 건강에 문제가 있었던 적은 없습니다.

아니요, 성병에 걸린 적은 없습니다.

*검정색 모포라는 뜻

아니요, 아버지의 사인은 모릅니다. 솔직히 아버지가 돌아가셨는지 여부도 정확히 모릅니다.

아니요, 어머니는 심혈관계 질환으로 돌아가시지 않았습니다.

아니요, 당뇨를 앓은 적은 없습니다.

조부모님은 만나본 적이 없어 어떤 분들인지 모릅니다.

그다음은 생활 패턴에 대한 질문이 이어졌다.

아니요, 술은 마시지 않습니다. 딸아이가 태어나고 나서 담배도 끊었죠. 예, 호주머니에 담배가 들어 있습니다만(이 사람들이 내 옷을 뒤졌잖아!) 피운 적은 없습니다. 단지 접대용일 뿐입니다.

예, 가끔씩 항우울제를 복용하고 있습니다. 진정제를 먹을 때도 있고요. 저처럼 정신없이 바삐 일하는 사람들은 약물에 의존하는 경우가 제법 많아요.

다음으로는 정신건강의학 전문의 차례였다.

네이선은 스트레스를 측정하기 위해 복잡한 테스트를 받았다.

네, 배우자와 이혼했습니다.

아니요, 해고된 경험은 없습니다.

네, 최근에 가까운 사람의 죽음을 경험한 적이 있습니다.

아니요, 담보대출은 없습니다.

예, 최근에 재무 상황이 좋은 쪽으로 바뀌었습니다.

수면 습관에 변화가 있었냐고요? 솔직히 말하자면 수면 습관이 어떤지 따져볼 겨를이 없었습니다. 늘 눈 붙일 시간이 부족했으니까. 수면 부족이 문제가 될 수도 있겠네요. 퇴근하면 정신없이 곯아떨어지기 일쑤였죠.

진찰을 마친 의사는 '정서적 심리 불안 장애'를 개선하는 데 도움이 될 거라며 지극히 상식적인 조언들을 늘어놓았다.

네이선은 의사가 하는 말을 듣고 있자니 부아가 치밀었다.

'내가 지금 수도사가 되겠다는 게 아니라 조만간 죽게 될지 여부를 허심탄회하게 말해달라는 건데.'

잠시 후, 심장 검사를 필두로 보다 진지한 검진이 시작되었다.

심장 전문의가 인간적이고 이해심 많은 사람으로 보여 일단 안심이 되었다. 네이선은 며칠 전부터 계속 가슴에 통증이 있다는 얘기를 했다. 주의 깊게 듣고 난 의사가 통증이 느껴지는 상황과 강도에 대해 몇 가지 더 물었다. 의사가 혈압을 측정하더니 러닝머신 비슷한 의료 장비 위에서 뛰어보라고 했다. 운동 후 심장 박동을 측정하기 위한 검사였다.

네이선은 그다음으로 심전도 검사와 심장 초음파 검사, 초음파 도플러 검사를 차례로 받았다. 심장에 조금이라도 문제가 있다면 검사 과정에서 틀림없이 발견하게 되어 있었다.

이비인후과 전문의가 목과 코, 부비강, 귀에 이상이 있는지도 검사했다. 그는 지금껏 귀에는 한 번도 문제가 없었다며 청력 검사는 거부했지만 후두 광학 내시경과 폐 엑스레이 검사는 무조건 받아야 했다. 흡연 문제에 관한 그의 변명은 설득력이 없었다.

가끔 한두 개비 피웁니다. 살다보면 당길 때가 있잖아요?

직장 내시경 검사도 그다지 내키지 않았지만 병원 측에서 통증이 없을 거라 안심시키는 바람에 권유대로 따랐다.
비뇨기과 전문의는 예상대로 전립선 얘기를 꺼냈다.

아니요, 아직 한밤중에 서너 번씩 화장실에 가려고 잠을 깬 적은 없습니다. 소변을 볼 때 불쾌감도 없고요. 아직 전립선 선종이 생길 나이는 아니지 않나요?

종합검진 과정은 각 신체 부위에 대한 초음파 검사로 끝이 났다. 덕분에 작은 스크린으로 간, 췌장, 비장, 소포의 상태를 차례로 들여다볼 수 있었다.
시계를 보니 오후 2시였고, 이제 모든 검사가 마무리되었다. 머리가 어질어질하고 속이 메스거렸다. 지난 몇 시간 동안 평생을 통틀어 받았던 건강검진보다 더 많은 검사를 받았다.
"검사 결과는 2주일 후에 받아볼 수 있습니다."
목소리가 들려 뒤돌아보니 보울리 박사가 그를 바라보며 서 있었다.
"2주일 후라고요? 저는 2주일이나 기다릴 여유가 없습니다. 많이 지친 데다 몸에 통증을 느끼거든요. 어디가 아픈지 최대한 빨리 알아내야 합니다.

"진정해요, 농담이니까. 앞으로 약 한 시간만 기다리면 검사 결과를 알 수 있을 겁니다."

네이선을 바라보는 보울리의 눈빛에 우려가 깃들어 있었다.

"언뜻 보기에도 피곤해 보이네요. 2층에 빈방이 있으니까 건강검진 결과가 나올 때까지 잠깐 쉬세요. 배도 출출할 테니 간호사에게 얘기해 간단한 요깃거리를 준비시키겠습니다."

네이선은 옷을 챙겨 들고 2층으로 올라갔다. 보울리 박사가 말한 방으로 들어간 그는 침대에 눕자마자 잠에 빠져들었다.

네이선은 꿈속에서 말로리의 미소를 보았다. 그에게 말로리는 빛이자 태양이었다. 그녀는 늘 에너지가 넘치는 쾌활한 성격이었고, 네이선과 달리 사교적이었다. 언젠가 산레모 아파트에 페인트칠을 한 적이 있었다. 네이선은 일을 하러 온 인부와 며칠 동안 단 한 번도 얘길 나눈 적이 없는데 말로리는 한 시간도 지나지 않아 그들의 고향에서부터 아이들 이름까지 신상 정보를 몽땅 알아냈다. 네이선이 말수가 적은 이유는 사람들을 무시해서가 아니라 대화를 어떻게 시작해야 할지 방법을 모르기 때문이었다. 그와 달리 천성이 긍정적인 말로리는 사람들을 일단 믿고 보는 성격이었다. 매사 긍정적인 말로리와 달리 네이선은 좀처럼 타인을 믿지 않는 성격이라서 상대방의 본성에 대한 환상이나 필요 이상의 기대를 품지 않았다.

그들 부부는 성격이 많이 달랐지만 오랫동안 행복한 결혼 생활을 영위했다. 의견이 달라 충돌하기보다는 서로 적정선에서 타협의 미덕을 발휘했기 때문이었다. 네이선이 로펌에서 일에 몰두할 수 있었던 건 말로리의 배려 덕분이었다. 그녀는 남편이 얼마나 사회적 성공을 갈망하는지 알고 있었기에 너그럽게 이해해주었다.

네이선 역시 말로리가 어떤 결정을 내릴 때 깊은 고민 없이 즉흥적으로 선택하는 듯이 보일 때도 있었지만 단 한 번도 그녀가 내린 판단에 대해 반대 의견을 피력하거나 비판한 적이 없었다. 보니가 태어난 이후 그들 부부 사이는 더욱 돈독해졌다.

네이선의 마음속에는 그들 부부의 결혼 생활이 결코 파국으로 치닫지 않으리라는 믿음이 있었는데 결국 말로리와 헤어지게 되었다. 로펌에서 비중이 큰 자리를 맡게 되면서 일에 쏟아붓는 시간이 많아지다보니 결과적으로 가정생활에 소홀했던 게 파경의 원인이라고 해도 과언이 아니었다. 3년 전, 그들 부부가 이혼하게 된 결정적인 사건이 발생했다. 생후 3개월이었던 둘째 션이 목숨을 잃게 된 이후 부부는 이전의 돈독했던 관계를 회복하지 못했다.

말로리는 보니와 션을 돌보는 베이비시터를 들이길 원하지 않았다. 미국의 가정에서 흔히 그러하듯이 필리핀 출신 베이비시터에게 육아를 맡겼더라면 일이 훨씬 수월했을 텐데 말로리는 자신이 직접 돌보겠다고 고집을 부렸다. 네이선의 로펌 동료들은 대부분 필리핀 출신 베이비시터의 도움을 받아 양육 문제를 해결했다.

네이선은 아내에게 왜 베이비시터를 쓰지 않는지 묻지 않았다. 만약 물었더라면 말로리는 필리핀 여성들이 베이비시터로 일하려고 가족들 곁을 떠나 미국으로 오는 현실이 과연 바람직한지 되물었을 가능성이 컸다. 말로리는 개발도상국 여성들을 베이비시터로 고용해 육아 문제를 해결하는 방식은 지나치게 편의주의적인 발상이라서 받아들일 수 없다고 했다. 육아를 가난한 나라 여성들에게 떠넘길 게 아니라 부모들이 직접 책임져야 하고, 남편들이 적극적으로 돕는다면 충분히 가능하다는 게 그녀의 지론이었다. 필리핀 출신 베이비시터들은 미국 가정에서 육아를 해주는 대가로 받은 돈을 고국의 가족들에게 보내 자녀들의 학비로 사용하는 경우가 많았다. 그가 말로리 앞에서 필리핀 여성들을 베이비시터로 쓰는 건 서로에게 좋은 일이 될 수도 있다는 논리를 폈다가는 그 자리에서 신식민지주의자 혹은 파시스트로 몰릴 게 뻔했다. 말로리가 목청 높여 정치 토론을 시작하면 네이선은 차마 싫은 기색을 내비치지 못하고 들어줄 수밖에 없는 입장이라서 그거야말로 최악의 시나리오가 되었을 테니까.

그날 오후, 말로리가 한 달에 한 번씩 친정에 다녀오는 날이어서 네이선은 평소보다 일찍 퇴근했다. 보통 때라면 보니를 데려갔을 텐데 그날은 앙기나를 앓고 있어 뉴욕에 남겨두기로 했다.

네이선이 집에 도착하자마자 말로리는 저녁 6시에 출발하는 비행기를 타려고 집을 나섰다. 그녀는 가벼운 입맞춤을 하면서 네이선에게 주의 사항을 일러두었다.

"내가 이유식을 준비해두었어. 젖병에 든 이유식을 전자레인지에 데워 먹이면 돼. 선이 이유식을 먹고 나면 반드시 트림을 시켜야 한다는 걸 잊지 마."

네이선은 혼자 집에 남아 두 아이를 돌보게 되었다. 그가 비밀 병기로 이용하는 만화영화 〈레이디와 트럼프〉가 있어 보니를 돌보는 건 일도 아니었다. 말로리는 아동들을 상대로 노동 착취를 일삼는 중국과 아이티의 하청 업체들이 디즈니의 캐릭터 상품들을 만든다는 이유로 보니에게 디즈니에서 제작한 만화영화를 보지 못하게 했다. 보니는 사회활동가인 엄마를 만나 좋아하는 만화영화를 실컷 볼 수 없어 늘 불만이 많았다.

네이선이 엄마에게는 절대로 비밀로 해야 한다는 약속을 받고 나서 비디오테이프를 건네주자 보니는 날아갈 듯이 좋은 기분으로 영화를 보러 갔다.

네이선은 션을 요람에 눕히고 나서 그의 책상 옆으로 요람을 옮겨놓았다. 자주 울지 않는 션은 저녁 7시경 이유식을 먹고 잠들었다. 네이선은 평소 아이들과 보내는 시간을 즐기는 편이었지만 그날 저녁에는 일거리가 많아 같이 놀아줄 형편이 못되었다. 그 무렵에는 로펌에서 비중 있고 까다로운 일을 맡기는 바람에 퇴근하면서 일거리를 챙겨오는 경우가 허다했다. 언제나 주어진 일을 마다하지 않고 최선을 다했지만 점점 피로감이 쌓여가고 있었다.

만화영화를 보고 난 보니가 배가 고프다고 했다. 그는 아이가 좋아하는 스파게티를 만들어주었다. 보니는 저녁을 먹고 나서 얼마 안 있어 잠자리에 들었다.

보니를 재운 다음 네 시간 동안 집중해서 일한 네이선은 자정 무렵 마지막으로 션에게 이유식을 먹이고 나서 침대에 누웠다. 일단 자고 아침 일찍 일어나 다시 일할 작정이었다. 션은 밤낮을 구별하고 우유를 먹는 시간이 정확한 아이였기 때문에 최소한 아침 6시까지는 편안하게 잘 수 있을 거라는 계산이 섰다.

다음 날 아침, 요람에 엎드려 있는 션의 몸을 만지는 순간 유난히 차다는 느낌이 들었다. 션의 몸을 들어 올려보니 시트에 선홍색 거품 자국이 묻어 있었다. 그제야 무슨 일이 벌어졌는지 깨달았다. 끔찍한 순간이었다.

션은 자다가 숨이 멎어버렸다. 네이선은 잠귀가 밝은 편이었으나 션의 울음소리나 칭얼거리는 소리를 듣지 못했다. 의사의 말에 따르면 영아돌연사증후군은 흔한 현상이라고 했다. 네이선과 말로리는 아이를 엎드려 재우면 위험하다는 사실을 잘 알고 있었다. 그들 부부는 소아과 의사의 조언을 들은 이후 션을 재울 때 줄곧 천장을 볼 수 있도록 똑바로 눕혔다. 실내 온도는 지나치게 높지 않도록 신경 썼고, 매트리스도 비교적 딱딱한 제품을 사용했다.

말로리는 실내 온도를 20도로 균일하게 유지시키는 온도조절장치를 설치했고, 매트리스는 안전 규격에 부합하는 제품을 구입했다. 그들 부부는 아이를 안전하게 키우려고 나름 최선을 다했다.

션이 죽고 나서 네이선은 똑같은 질문을 수없이 많이 받았다.

'아기를 똑바로 눕혀 재웠나요?'

네이선의 대답은 늘 똑같을 수밖에 없었다.

'그렇다니까요. 평소와 다름없이 똑바로 눕혀 재웠어요.'

사실은 아이를 재우던 순간의 기억이 뚜렷하지 않았다. 그날 밤, 망할 놈의 항공업체 제휴 건 서류를 검토하느라 온통 정신이 팔려 있었다는 기억만이 선명할 뿐이었다.

두 아이를 키우는 동안 단 한 번도 엎드려 재운 적이 없었는데 그날 밤만 유독 실수를 저질렀을 리 만무했다. 다만 그 순간의 기억이 나지 않는다는 불확실성이 끝내 그를 괴롭혔고, 죄의식을 가중시켰다.

말로리 역시 허황된 가정을 앞세워 자신을 괴롭혔다.

'내가 진작 션에게 모유를 먹였더라면 이런 일이 벌어지지 않았을 거야.'

힘든 시련을 겪으면서 서로에 대한 신뢰가 더욱 돈독해지는 부부들도 많은데 왜 그들 사이는 점점 틈이 벌어지게 되었을까?

아무리 생각해봐도 쉽게 답이 나오지 않는 질문이었다. 네이선은 어느 순간부터 말로리와 함께 있다는 사실을 견딜 수 없었다. 말로리가 션의 죽음을 남편 탓으로 돌린 적은 없었지만 왠지 자신을 원망하고 있을 거라는 생각이 들어 눈을 마주치기 힘들었다. 아이를 잃은 것도 힘든데 서로에 대한 불신까지 싹터 힘든 시간이 계속되었다.

션이 얼마나 귀여운 아이였는지, 아이를 품에 안고 있으면 얼마나 따스했는지, 아이를 볼 때마다 얼마나 가슴이 뿌듯했는지 떠오를 때마다 고통이 가중되었다.

'션을 임신한 곳이 어딘지 기억나? 화이트산맥 스키장에 있는 그 산장이었어. 당신도 기억하지?'

말로리가 물을 때마다 네이선은 대답할 말이 없었다.

'네이선, 션이 저 하늘 어디쯤에 있을까? 당신은 죽음이 끝이라고 생각해?'

네이선은 한 번도 생각해본 적 없는 질문이었다. 그에게는 감당하기 힘든 상처, 하염없이 이어지는 슬픔, 아이를 제대로 보살피지 못했다는 죄의식만이 강하게 남아 있었다.

션의 죽음 이후 네이선은 삶의 의욕을 잃었다. 아들을 되살릴 수 있는 방법은 없었다. 그는 죽고 싶다는 생각을 떨쳐버리기 위해 일에 매달렸다. 만나는 사람들마다 그에게 말로리의 안부를 물었다. 한결같은 질문이었다.

"말로리는 어떻게 지내?"

왜 아무도 나는 어떤지 묻지 않지?

허구한 날 고통에서 벗어나지 못하고 신음하고 있는데 그의 안부를 걱정해주는 사람은 없었다. 그가 어떻게 지내는지, 아이를 잃은 슬픔을 극복했는지, 고통은 견딜 만한지 아무도 물어주지 않았다. 사람들의 눈에 그는 강한 사람으로 인식되어 있었으니까. 사실 로펌에서는 어느 누구보다 냉철하게 일을 처리했으니까 그다지 틀린 말은 아니었다. 그는 강하고 욕심 많고 때론 비정하게 보일 만큼 철두철미했다. 사람들 앞에서 결코 눈물을 보이거나 절망한 적이 없었다.

자다가 눈을 뜬 네이선이 자리에서 벌떡 일어나 앉았다. 앞으로도 절대 치유될 수 없는 상처라는 걸 그는 잘 알고 있었다. 가끔 딸아이와 함께 즐거운 시간을 보내고, 열심히 운동하고, 동료가 농담을 던지면 큰소리로 웃기도 했다. 하지만 션이 남긴 상처는 그런 순간에도 어김없이 그를 따라다니며 괴롭혔다.

한 시간 후

보울리 박사와 마주 앉은 네이선이 금장 액자를 뚫어지게 쳐다보았다. 양피지 비슷한 종이에 라틴어로 번역한 히포크라테스의 경구가 적혀 있었다.

Vita brevis, ars longa, experimentum periculosum, judicium difficile.

"인생은 짧고, 예술은 길며, 경험은 위험하고, 판단은 어렵다. 이 말 뜻은 그러니까……."

네이선은 영어로 번역해 문장의 뜻을 설명하려는 보울리 박사의 말을 냉큼 잘랐다.

"저도 그 말이 무슨 뜻인지 잘 압니다. 로스쿨에서 석사 학위를 받은 사람을 마약 중독 치료나 받는 팝스타들과 같은 부류로 생각하면 곤란 하죠."

네이선이 분위기에 찬물을 끼얹자 보울리가 얼른 수습에 나섰다.

"물론 그렇지요."

보울리가 검진 결과라고 적힌 삼십 페이지가량의 서류를 내밀었다.

네이선은 검진 결과가 나온 서류를 몇 페이지 뒤적거리다가 근심스러운 눈빛으로 보울리를 쳐다보았다.

"검사 결과 우려할 만한 사항은 없습니까?"

보울리가 서스펜스 효과를 노리며 몇 번 한숨을 들이쉬고 내쉬길 반복했다.

'이 사람, 사디스트 아니야?'

보울리가 목청을 가다듬고 나서 침을 꼴깍 삼켰다.

'어지간히 해두시지. 조만간 죽게 생겼다고 속 시원히 말하라니까!'

"내일 당장 죽을 일은 없어 보입니다. 검사 결과에서 그다지 우려할 만한 점을 발견하지 못했거든요."

"확실합니까? 그렇지만 심장이……."

"동맥경화 증세는 없어요."

"콜레스테롤 수치는?"

보울리가 고개를 가로저었다.

"우려할 만큼 심각한 정도는 아닙니다. LDL콜레스테롤 수치도 걱정할 수준은 아니고."

"그럼 가슴에서 느껴지는 통증의 원인은 뭘까요?"

"검사 결과 이상한 점은 발견하지 못했습니다. 심장 전문의의 소견에 따르면 극심한 스트레스가 원인인 협심증 정도를 의심해볼 수 있지만 그리 걱정할 수준은 아니랍니다."

"심근경색 위험은 없습니까?"

"심근경색 가능성은 전혀 없습니다. 그래도 걱정되신다면 트리니트린 스프레이를 드리죠. 몸이 피곤해서일 수도 있으니까 푹 쉬면 괜찮아질 겁니다."

보울리가 내미는 약을 받아 든 네이선은 그를 포옹해주고 싶은 마음을 억지로 눌러 참았다. 천근만근이던 마음이 순식간에 가벼워진 느낌이었다.

보울리가 모든 검사 결과를 일일이 설명해주었지만 귀에 들어오지 않았다. 우려할 만한 증상이 전혀 없다는 사실을 알게 된 것만으로 충분했다.

네이선은 차에 오르고 나서야 검진 결과 항목들을 자세히 들여다보았다. 의심의 여지 없이 건강 상태는 완벽했다. 지금처럼 건강한 적도 없었다는 생각마저 들었다. 몇 분 사이에 기분이 날아갈 듯이 좋아졌다.

네이선이 흘끔 손목시계를 보았다. 걱정거리가 모두 사라진 마당에 굳이 휴가를 낼 필요가 있을지 생각해보았다.

차라리 다시 출근할까?

'네이선 델 아미코 선수 재등장이오! 애비, 〈라이트비스〉 건 서류 가져오고, 취소했던 약속 다시 잡아요. 오늘 저녁에 좀 늦게 퇴근해도 괜찮겠어요? 처리해야 할 일이 산더미라서.'

컨디션이 나아지긴 했지만 절대로 무리할 필요는 없어.

더구나 직접 샌디에이고에 가서 보니를 데려와야 했다. 네이선은 차의 시동을 걸고 센트럴파크 웨스트를 향해 차를 몰았다. 술 한잔과 담배 한 개비 생각이 간절했다. 호주머니에 든 담뱃갑에서 담배를 두 개비 꺼내 입에 물었다. 그는 한꺼번에 두 개비에 불을 붙였다.

8장

네이선은 집으로 돌아와 파스타를 만들었다. 바질을 넣은 펜네 리가테에 파르메산 치즈를 듬뿍 뿌린 다음 캘리포니아산 와인을 곁들여 먹었다. 식사를 마치고 한 번 더 샤워를 하고 나서 캐시미어 터틀넥 스웨터를 입고 점잖은 분위기의 재킷을 위에 걸쳤다.

네이선은 주차장으로 가 레인지로버 대신 재규어 쿠페를 끌고 밖으로 나왔다.

다시 태어난 기분이야.

내일은 센트럴파크에서 조깅을 하고 매디슨스퀘어가든에서 열리는 농구 경기 티켓을 구해달라고 피터에게 부탁할 생각이었다. 그는 조수석 수납함에서 에릭 클랩튼의 CD를 찾아 꺼냈다. 〈라일라〉에 나오는 강렬한 리프 사운드가 차 안 가득 울려 퍼졌다.

네이선은 휴가를 어떻게 보낼지 구상했다. 어렵사리 기회를 얻게 된 휴가인 만큼 지금껏 간절히 바라던 일을 하며 보내고 싶었다. 돈도 있고, 세상에서 제일 멋진 도시에 살고, 남부러울 게 전혀 없이 살고 있지만 지난 며칠 사이에 지옥과 천당을 오갔다.

이제야 내일 당장 죽을지도 모른다는 두려움에서 벗어나게 되었다. 솔직히 많이 두려웠다. 한결 마음이 편해져서인지 가슴을 짓누르던 통증도 더는 느껴지지 않았다. 결국 스트레스가 원인이었는데, 그건 현대인으로 살아가려면 누구나 치러야 하는 대가였다.

네이선은 오디오 볼륨을 높이고 창문을 내렸다. 6기통 엔진소리를 뚫고 하늘을 향해 목청껏 소리를 지르다가 대낮부터 술이 좀 과했다는 생각이 들어 속도를 늦추었다. 음주운전 사고를 낼 경우 회복하기 힘든 낭패가 될 테니까.

네이선은 차를 탄 상태로 페리에 올라 전날 방문했던 스태튼 아일랜드 병원의 수술 병동에 갔다.

굿리치는 수술 병동에 없었다.

"굿리치 박사님은 호스피스 병동에 계십니다."

안내 데스크 직원이 포스트잇에 호스피스 병동이 있는 건물의 주소를 적어주었다.

네이선은 한시라도 빨리 굿리치에게 건강검진 결과를 알려주고 싶은 마음에 쏜살같이 차를 몰았다. 5분 후, 그는 나무들로 둘러싸인 분홍색 화강암 건물 앞에 도착했다.

일 층 출입문을 밀고 안으로 들어선 순간부터 이상한 느낌이 들었다. 일반적인 의료시설과는 전혀 다른 분위기가 느껴졌다. 최첨단 의료기기들도 보이지 않았고, 병원에서 통상적으로 느껴지는 분주한 움직임도 눈에 띄지 않았다. 로비에는 전통적인 방법으로 장식한 크리스마스트리가 놓여 있었다. 크리스마스트리 아래에 놓인 선물 상자들이 눈에 띄었다.

네이선은 눈 덮인 작은 공원이 내다보이는 통유리 출입문 앞으로 걸어갔다. 어둠이 깔린 하늘에서 하얀 눈송이들이 빙글빙글 곡선을 그리며 떨어지고 있었다. 잠시 밖을 내다보던 네이선은 복도를 지나 자주색과 금색 패브릭 벽지를 바른 휴게실로 들어섰다. 항공표지를 연상시키는 작은 초들이 방 곳곳에 켜져 있었고, 아름다운 성가가 배경 음악처럼 방 전체에 잔잔하게 울려 퍼지고 있었다. 실내 인테리어만 보더라도 이곳을 편안하고 안전한 공간으로 만들기 위한 노력이 엿보였다. 의료진들은 다들 일이 바빠서인지 외부 방문자에게 신경도 쓰지 않았다.

네이선의 시선이 휠체어에 앉아 있는 젊은 여성에게로 향했다. 뼈만 앙상하게 남은 몸에 한쪽으로 기울어진 머리가 절망적인 형태로 휠체어에 고정돼 있었다. 의료진이 환자의 입에 포타주를 조금씩 떠먹여주며 TV에 나오는 프로그램에 대해 설명해주었다. 만화영화였다.

갑자기 누군가 뒤에서 어깨를 잡았다.

"델 아미코 변호사, 나를 만나러 왔어요?"

굿리치는 그가 찾아온 게 별로 놀랍지 않은 눈치였다.

"호스피스 병동에는 처음 와봅니다."

굿리치가 호스피스 병동을 구석구석 안내해주었다. 말기암, 에이즈, 신경계 질환 등 불치병에 걸린 환자 백여 명이 수용되어있는 곳이었다. 대부분 죽음을 앞둔 환자들이어서 네이선은 그들과 눈을 마주치기 힘들었다.

복도 한 귀퉁이에서 네이선이 어렵게 말을 꺼냈다.

"환자들도 죽음이 임박한 사실을 알고 있습니까?"

"물론 잘 알고 있어요. 우린 환자들에게 모든 사실을 숨김없이 말해 주고 있으니까. 허황된 거짓말로 얼마 남지 않은 시간을 허비하게 만들어서는 안 되잖아요."

굿리치는 저녁 회진을 하는 동안 네이선을 대동했다. 그는 환자들과 일일이 이야기를 나누며 환한 얼굴로 그들을 안심시켰다. 대화 소재는 대부분 환자의 병과 상관없는 내용이었다. 가족이나 친구들이 면회를 다녀간 환자에게는 방문객들의 안부를 물어봐주고, 스포츠를 좋아하는 환자들과는 경기 결과나 날씨, 국제정세 등을 주제로 이야기를 나누었다. 굿리치는 자연스러운 유머가 몸에 밴 달변가였다. 성격이 까다로운 환자들도 굿리치 앞에서는 긴장을 풀고 편안한 모습이 되었다.

'굿리치가 변호사를 했다면 굉장했겠는걸.'

굿리치는 보면 볼수록 대단한 사람이라는 생각이 들었다. 호스피스 병동은 마음을 무겁게 하는 곳이었지만 생각보다 침울한 분위기는 아니었다. 환자들이 죽음에 대한 두려움을 떨쳐버리고 편안하게 눈을 감도록 도와줄 수 있을 듯했다.

굿리치가 호스피스 병동에서 일하는 자원봉사자 몇 명을 소개시켜주었다. 네이선은 소중한 시간을 쪼개 봉사하는 삶을 살아가는 사람들에게 존경심을 느꼈다. 문득 말로리 생각이 났다. 말로리에게는 분명 환자들에게 빛과 희망을 불어넣을 수 있는 자질이 있었다. 반면 그는 다른 사람에게 친근하게 다가가기 힘들었다.

네이선은 다들 바삐 움직이는데 혼자 멀뚱거리고 있기 민망해 병실로 들어가 환자들에게 도움이 되는 일을 찾아보았다. 에이즈 환자인 젊은 사진작가와는 TV 프로그램에 대한 얘기를 나누었고, 기관절개술을 받은 나이 든 환자의 식사 시중을 들었다. 환자의 입에 마지막 남은 콩포트를 한 술 떠먹이던 네이선의 손이 바르르 떨렸다. 가래가 끓어 컥컥거리며 발작적으로 기침을 하는 환자를 대하는 게 불편하면서 무섭기까지 했다.

네이선은 감정 조절이 되지 않아 슬며시 얼굴을 돌렸다. 환자는 심란한 얼굴로 서 있는 네이선을 향해 미소로 인사를 대신하고 눈을 감았다. 그때 막 굿리치가 병실로 들어섰다.

"호스피스 병동을 둘러본 기분이 어때요?"

굿리치의 말을 못 들은 척하며 네이선은 서서히 죽어가는 노인의 놀랍도록 편안한 얼굴을 응시했다.

네이선이 병실을 나오면서 나지막한 소리로 물었다.

"왜 저 환자의 얼굴에서는 죽음에 대한 두려움이 전혀 느껴지지 않을까요?"

굿리치가 안경을 벗고 눈을 지그시 눌렀다.

"저 환자의 이름이 질인데 호스피스 병동에서 가장 오래 머물고 있는 분이죠. 나이도 지긋하고, 자신의 병에 대해 잘 알아요. 질은 오래전부터 죽음을 받아들일 마음의 준비를 해온 덕분에 편안한 얼굴을 할 수 있는 겁니다."

"저는 아무리 마음의 준비를 하더라도 질처럼 죽음을 편안하게 받아들이긴 힘들 것 같습니다."

"'바라는 게 없으면 두려움도 사라진다'는 말이 있죠. 앞날에 대한 기대를 내려놓으면 죽음에 대한 두려움도 줄어들게 된다는 뜻입니다."

"사람이 앞날에 대한 기대 없이 어떻게 살아갈 수 있죠?"

"질은 마지막 순간을 기다리고 있는 셈이죠."

질은 체념이 느껴지는 목소리였다.

"모든 환자들이 다 질처럼 편안하게 죽음을 받아들이지는 않아요. 몹시 분노하거나 자신의 병을 끝내 받아들이지 못하고 거부하며 죽는 사람들도 있죠."

네이선이 전혀 놀랍지 않다는 듯 차분하게 대답했다.

"저는 그런 마음이 더욱 잘 이해됩니다."

네이선의 얼굴에 문득 그늘이 드리워지는 모습을 발견한 굿리치가 말했다.

"이 병동에 있는 사람들에게는 무조건적인 사랑과 이해가 필요할 뿐 동정은 필요하지 않아요. 다들 저마다 아주 특별한 시간을 보내고 있다는 걸 명심해요. 대부분 환자들이 이 세상에서의 마지막 크리스마스를 보내고 있으니까."

네이선이 도발적으로 물었다.

"저도 거기 포함됩니까?"

굿리치가 어깨를 으쓱했다.

"그걸 어느 누가 알겠소?"

네이선은 지금 이 순간 굿리치에게 꼭 물어보고 싶은 말이 있었다.

"죽어가는 환자들을 보노라면 의사로서 절망감이 느껴지지 않습니까?"

"의사 입장에서 환자들을 낫게 할 수 없을 때 절망감이 느껴지지는 않는지 묻고 있는 거요?"

네이선이 고개를 끄덕였다.

"내 경우 오히려 그 반대라고 할 수 있어요. 환자들의 목숨을 구하기 힘들기 때문에 더욱 의욕이 생겨요. 병을 낫게 할 수는 없더라도 치료는 반드시 필요하죠. 외과 시술은 고도의 기술을 필요로 하지만 따뜻한 가슴이 필요하지는 않아요. 호스피스 병동은 달라요. 여긴 마지막 순간을 앞둔 환자들과 동행이 되어주는 역할을 하는 곳이에요. 얼핏 하찮게 보일 수도 있지만 대단히 중요한 일이죠. 사람을 수술대에 올려놓고 환부를 도려내는 일도 가치 있지만 미지의 세계로 향하는 길에 동반자가 되어주는 일 역시 매우 중요하니까."

"동행한다는 건 구체적으로 어떤 뜻이죠?"

굿리치가 팔을 휘휘 내저었다.

"아주 복잡하면서도 간단해요. 환자들에게 책을 읽어주고, 머리 빗질을 돕고, 베개를 바로잡아주고, 공원으로 산책을 데리고 나가는 일 따위를 말하죠. 대부분은 옆에서 가만히 있어 주기만 하면 되고요. 늘 가까운 곳에 있으면서 환자의 고통과 두려움을 함께 나누는 겁니다. 옆에서 이야기를 들어주는 것만으로도 환자에게는 큰 힘이 되죠."

"죽음을 앞둔 사람이 어떻게 편안한 마음으로 눈을 감을 수 있는지 이해가 안 됩니다."

"다른 세상이 존재한다는 믿음이 사라진 현대사회에서 사후 세계 이야기는 터부시되어 있다시피 해요. 그런 까닭에 죽음을 앞둔 사람들은 몹시 불안해하며 어쩔 줄을 모르죠. 죽음을 부정하는 건 옳은 해결책이 될 수 없어요."

굿리치가 잠시 뜸을 들였다가 자신을 설득하듯 힘주어 말했다.

"죽음은 비정상적인 게 아니라 매우 자연스러운 현상이니까."

두 사람은 다시 로비로 돌아왔다. 외투 단추를 잠그며 떠날 준비를 하던 네이선이 말했다.

"한 가지는 분명하게 말해두죠. 저는 박사님이 한 말을 믿지 않습니다."

"어떤 말을 믿지 않는다는 거요?"

"박사님은 저에게 죽음과 메신저에 대해 말했죠. 누구나 혹할 수 있는 말이긴 한데 저는 믿을 수 없다는 뜻입니다."

굿리치는 전혀 놀라는 기색이 아니었다.

"당신 입장은 충분히 이해해요. 자기 자신을 운명의 주인이라고 믿어왔는데 신념을 뒤흔드는 말을 들으니 달갑지 않을 수밖에."

"한 가지 더 있는데 박사님의 우려와 달리 저는 아주 건강한 사람이라는 사실을 확인했습니다. 아직 죽을 때가 되지 않았다는 뜻입니다."

"좋은 소식이군요."

"그동안 정신없이 바쁘게 일만 했는데 이번 기회에 며칠 휴가도 냈습니다."

"부디 좋은 시간 보내요."

"가렛 굿리치 박사님, 아무리 생각해봐도 당신은 기분 나쁜 예언자입니다."

네이선이 엘리베이터 버튼을 눌렀다. 옆에 선 굿리치는 여전히 네이선에게서 눈을 떼지 않고 말했다.

"당신이 캔디스를 찾아가보는 게 좋겠군요."

네이선이 한숨을 푹 내쉬며 물었다.

"캔디스가 누굽니까?"

"스태튼 아일랜드에 사는 젊은 여성인데 세인트 조지의 번화가에 위치한 〈돌체 비타〉라는 커피숍에서 직원으로 일하고 있어요. 내가 아침에 가끔씩 들러 커피를 마시는 곳이오."

네이선이 어깨를 으쓱했다.

"내가 왜 그 여성을 찾아가봐야 하죠?"

"무슨 말인지 잘 알 텐데요?"

갑자기 케빈의 기억이 생생하게 되살아나는 느낌이었다.

"이번에는 그 여성이 죽는다는 겁니까?"

굿리치가 고개를 끄덕였다.

"난 못 믿겠어요. 박사님이 그 여자 앞을 지나다가 갑자기 번쩍하는 계시라도 받은 건가요?"

굿리치는 아무 말이 없었다.

네이선의 질문이 이어졌다.

"박사님은 어떻게 그 여성이 죽게 된다는 사실을 알게 됐죠? 장송곡이 울려 퍼지는 가운데 군중들 가운데 한 사람 머리 위에서 불빛이 깜박거리기라도 하던가요?"

"가끔 내 눈에만 보이는 하얀 빛이 나타나죠. 다만 그게 핵심은 아니지."

"그럼 핵심은 뭔데요?"

"가슴 깊숙한 곳에서 단박에 느낌이 와요. 어떤 사람이 곧 죽게 된다는 확신이 와요."

"박사님은 정말 위험천만한 사람이네요."

"내 말을 부정하지 말고 캔디스를 찾아가봐요."

굿리치는 좀 전과 똑같은 말을 되풀이했다.

9장

이 작은 초의 불빛이 얼마나 멀리까지 퍼지는지 보라!
이처럼, 작은 선행도 이 적대적인 세상을 환히 밝힌다.

_셰익스피어

12월 12일

〈돌체 비타〉카페는 세인트 조지의 번화가에 자리하고 있었다.

아침 8시, 카페 안은 손님들로 북적였고, 카운터 앞에서 두 줄로 길게 늘어선 사람들이 눈에 들어왔다. 직원들의 빠른 손놀림 덕분에 길게 늘어선 줄이 금세 줄어들었다. 아침 이른 시간에 카페를 찾는 손님들은 대부분 오랜 단골이었다. 근처 회사에 다니는 사람들이 도넛 하나와 카푸치노 한 잔으로 아침 식사를 해결하기에 적합한 카페였다.

네이선은 창가 테이블에 앉아 바삐 움직이는 직원들을 훑어보았다. 두 사람이 테이크아웃 주문을 받고, 나머지 두 사람이 홀 서빙을 하고 있었다.

누가 캔디스일까?

굿리치는 캔디스의 외모에 대해 자세히 말해주지 않고 그냥 젊은 여성이라고 했다.

"무얼 드릴까요?"

네이선의 주문을 받으러 온 직원은 얼굴에 피곤한 기색이 역력한 빨간 머리 여성이었다. 마흔이 훌쩍 넘어 보이는 여성의 가슴에 엘렌이라고 적힌 명찰이 달려 있었다.

네이선이 아침 세트 메뉴를 주문하자 그녀는 재빨리 음식을 가져다주었다. 네이선은 커피를 마시면서 직원들을 유심히 살펴보았다. 고딕 화장을 하고 입술에 실리콘을 넣은 갈색 머리 여성은 스무 살 남짓해 보였다. 가끔 풍만한 가슴을 앞으로 내미는 그녀에게로 남자들의 시선이 쏟아졌다. 그녀가 관능적인 몸짓으로 남자들의 시선을 끌고 있다는 걸 한눈에 알 수 있었다.

다른 여자 직원은 짧은 금발에 키가 작았다. 그녀는 동료 직원들이 한 사람을 상대하는 동안 두 사람을 맡을 만큼 일솜씨가 좋았다. 게다가 옷차림도 수수하고 호감이 가는 인상이었다.

네이선은 그녀가 바로 캔디스일 거라 직감했으나 정확하게 확인하려고 자리에서 일어나 카운터 옆에 있는 크롬 진열대로 걸어갔다. 그는 냅킨을 집는 척하며 카운터 쪽으로 최대한 몸을 기울여 금발 여직원의 명찰에 적힌 이름을 보았다. 예상대로 그녀가 캔디스 쿡이었다.

카페에 30분쯤 더 앉아 있던 네이선은 모처럼 얻은 휴가 기간에 과연 이런 짓을 해야 하는지 의아스러웠다. 어제까지만 해도 굿리치의 예언 따위는 신경 쓰지 않겠다고 다짐했는데, 해뜨기 무섭게 스태튼 아일랜드의 카페로 달려왔다. 마음속에서 알 수 없는 뭔가가 그를 조종하는 느낌이 들었다.

호기심일까? 몸이 건강하다는 사실을 알게 된 황홀감의 반영일까?

건강검진 결과보다 굿리치의 말이 훨씬 더 두렵기 때문일까?

여러 가지 요인이 복합적으로 작용한 결과였다. 굿리치는 사람을 신경 쓰게 만드는 사람이었다. 케빈이 자살하는 순간을 지켜본 이후 네이선은 내내 불안한 감정에 사로잡혀 있었다. 그 자신과 주변 사람들에게 언제 어떤 위험이 닥쳐올지 모른다는 생각에 마음이 조마조마했다. 캔디스를 찾아가봐야겠다고 작심한 이유였다. 하지만 오전 내내 카페에 앉아 있기가 민망했다. 오래전에 식사를 마쳤는데 계속 앉아 있다가는 엉뚱한 수작을 꾸미려는 사람으로 오해받기 십상이었다. 언뜻 보아서는 카페에서 열심히 일하는 캔디스에게 나쁜 일이 벌어질 것 같지는 않았다.

네이선은 거리로 나와 《월스트리트저널》을 한 부 구입하고 나서 가게 몇 곳을 돌며 쇼핑을 했다. 맨해튼의 번잡한 가게들에 비해 조용해서 마음에 들었다. 보니에게 줄 악보 몇 장과 음악 소프트웨어, 애비에게 선물할 고급 와인 한 병, 조던 변호사에게 줄 시가 커터를 구입했다. 말로리에게 줄 선물은 사지 않았다. 어차피 받지 않을 테니까.

네이선은 카페 앞에 주차해둔 레인지로버―사람들 눈에 띄는 재규어를 끌고 오지 않길 잘했다―를 향해 걸어가는 동안 통유리를 통해 카페 안을 힐끔 들여다보았다. 캔디스가 조금 한산해진 카페에서 일하는 모습이 눈에 들어왔다. 얼핏 보기에 아무런 문제도 없어 보였다.

네이선은 차에 키를 꽂고 시동을 걸려다가 다시 마음을 바꾸었다. 그는 알 수 없는 감정에 이끌려 좀 더 근처에 머물면서 캔디스의 움직임을 살피기로 했다. 그는 마치 잠복하는 사설탐정이라도 된 양 《월스트리트저널》을 펼쳐 들었다.

오전 11시 30분에 휴대폰이 울렸다. 보니의 전화였다.

"아빠, 안녕."

"보니, 오늘은 학교에 안 갔어?"

"쉬는 날이야. 우리 학교에서 재난 대비 훈련을 한대."

"지금은 뭐 해?"

"아침 먹고 있어."

보니가 대답을 하며 하품을 했다.

"여긴 지금 아침 8시밖에 안 됐잖아."

"엄마는 어디 있어?"

"샤워해."

보니의 하품하는 소리가 또다시 들려왔다.

"간밤에는 늦게 잠들었어?"

"어제저녁에 빈스 아저씨 따라 극장에 갔다가 늦게 돌아왔거든."

순간 피가 머리끝으로 몰리는 기분이었다. 몇 달 전부터 말로리는 대학 1학년 때 잠깐 사귀었던 빈스 타일러를 만나 데이트를 하고 있었다. 빈스는 웩슬러 가문과 오랜 친분이 있는 캘리포니아의 부유층 자제였다. 네이선이 알고 있기로 빈스는 부모에게서 물려받은 화장품 회사 주식에서 나오는 배당금을 받아 살아가고 있었다. 몇 년 전, 이혼하고 혼자 살아온 빈스는 말로리가 샌디에이고에 정착하자 다시 예전처럼 좋은 관계로 발전할 수 있으리라 믿고 있었다. 빈스는 머리끝에서부터 발끝까지 다 싫은 작자였다. 다만 빈스가 아무리 싫더라도 보니 앞에서는 가급적 그에 대한 불만을 말하길 자제하려고 애썼다. 말로리가 빈스를 재혼 상대로 여길 수도 있으니까. 부모의 이혼으로 많이 힘들어했던 보니는 엄마에게 접근하는 남자가 있을 때마다 노골적으로 싫어하는 티를 냈다.

네이선이 물었다. "어제는 빈스 아저씨와 재미있었어?"

"내가 빈스 아저씨를 얼마나 싫어하는지 잘 알면서."

'그래, 정말 잘하는 거야, 우리 딸.'

"엄마가 빈스 아저씨와 재혼하더라도 너무 섭섭하게 생각하면 안 돼."

"왜?"

"엄마는 옆에 있어줄 누군가가 필요해. 빈스 아저씨가 엄마와 너를 잘 보살펴줄 거야."

"이미 엄마랑 아빠가 나를 잘 보살펴주고 있잖아."

"그렇긴 하지만 사람이 살다보면 어떤 일이 일어날지 아무도 몰라."

굿리치가 한 말들이 다시 머리에 떠올랐다.

만약 굿리치의 말이 사실이라면? 혹시 내 인생이 얼마 남지 않았다면?

"어떤 일이 일어날까?"

"엄마가 빈스 아저씨와 재혼해 새로운 가정을 꾸릴 수도 있겠지."

"그런 일이 있더라도 빈스 아저씨는 내 아빠가 아니야. "

"엄마는 빈스 아저씨와 사는 게 행복할 수도 있잖아."

네이선은 마음에도 없는 말을 하느라 몹시 곤혹스러웠다.

"아빠, 벌써 잊었어? 아빠가 빈스 아저씨를 바보라 그랬잖아."

"그런 말 하면 안 돼."

"엄마랑 얘기할 때 아빠가 그랬다니까."

네이선은 순순히 인정할 수밖에 없었다.

"솔직히 말하자면 아빠는 빈스 아저씨를 그다지 좋아하지 않아. 우리가 서로 다른 환경에서 자라서일 거야. 빈스 아저씨는 입에 금수저를 물고 태어난 사람이거든."

보니에게 금수저라는 표현이 생경하게 들린 듯했다.

"금수저?"

"그러니까 빈스 아저씨 가족은 대대로 부자였다는 뜻이야. 빈스 아저씨는 돈이 많아 학비를 벌기 위해 아르바이트를 할 필요가 없었지."

'그 반면 아빠는 세차장에서 차를 닦거나 브루클린의 다 쓰러져가는 창고에서 하역 노동을 해가며 학비를 벌었단다.'

"엄마가 대학교에 다닐 때 빈스 아저씨랑 연애했어?"

"보니, 목소리 낮춰. 엄마가 방금 전 네가 한 말을 들으면 그다지 좋아하지 않을 거야."

보니가 그를 안심시키려는 듯이 속삭였다.

"걱정 마, 지금은 내 방에 올라와 있으니까."

잭오랜턴 무늬 잠옷을 입고, 조그만 발에 해리포터 털 실내화를 신고 있을 딸의 모습이 눈에 선했다. 네이선은 아이와 둘만의 비밀 얘기를 나누는 시간이 정말 좋았다.

"엄마가 빈스 아저씨와 몇 번 데이트를 했나봐. 그리 심각한 사이는 아니야."

보니가 잠시 생각에 잠긴 듯이 입을 다물고 있다가 지극히 상식적인 지적을 했다.

"엄마도 입에 은수저를 물고 태어났지?"

"금수저! 그렇지만 엄마는 달라. 엄마는 다른 환경에서 자란 사람들을 무시하진 않으니까. 엄마는 생각이 아주 바른 사람이거든."

"그건 나도 알아."

"우리 딸도 엄마처럼 바르게 자라야 해, 알았지? 학교에서 청소하는 분이나 학교 식당에서 일하는 분들을 업신여겨서는 안 돼. 돈을 많이 벌지는 못해도 좋은 일을 하는 분들이니까. 아빠 말, 무슨 뜻인지 이해하지?"

보니가 그의 말에서 모순되는 논리를 지적했다.

"아빠가 예전에 미국에서는 누구나 열심히 일하면 돈을 벌 수 있다고 말했잖아."

"아빠도 간혹 틀린 말을 할 때가 있단다. 열심히 일하면 먹고사는 문제를 해결할 수는 있지만 풍족한 삶이 보장되지는 않아."

"그럼 부자들이 잘못하는 거야?"

"돈으로 사람을 판단하지 말고 행동을 보고 판단해야 한다는 뜻이야."

"알았어, 아빠." 보니가 확신이 가득한 목소리로 덧붙였다. "아빠, 내 생각에는 엄마가 빈스 아저씨를 사랑하는 것 같진 않아."

네이선은 어린 딸의 말을 듣고 적잖이 놀라 잠시 할 말을 잃었다.

"반드시 서로 사랑해야 같이 사는 건 아니란다."

'내가 왜 어린아이한테 이런 말을 하고 있지? 아직 내 말뜻을 제대로 이해하기 힘든 나이인데.'

"내 생각이지만 엄마는 살아가는 데 힘이 될 사람이 필요해 보여."

그때, 부엌에서 보니를 부르는 말로리의 목소리가 들려왔다.

보니가 자기 방문을 살짝 열며 말했다. "아빠, 이제 그만 끊어야겠어. 엄마가 나를 찾고 있어."

"알았어, 우리 강아지."

전화를 끊기 전에 보니가 다시 한번 속삭였다.

"아빠. 난 엄마가 빈스 아저씨를 사랑하지 않는다고 확신해."

"네가 그걸 어떻게 알아?"

"여자들은 직감으로 알아."

보니는 언제나 귀엽고 사랑스러운 딸이었다.

"꼬마 아가씨, 우리 귀염둥이 사랑해. 세상 그 누구보다."

"나도 아빠를 많이 사랑해."

네이선은 딸과의 통화를 떠올리며 자동차 히터를 더 세게 틀었다. 아무리 생각해봐도 말로리가 왜 빈스 타일러 같은 작자를 만나는지 이해할 수 없었다. 부유한 가문에서 나고 자란 빈스는 자신이 다른 사람들과 근본적으로 다르다고 믿었다. 그가 말로리와 지척에 살아 매일이다시피 만날 수 있다는 게 마음에 걸렸다.

네이선은 처음으로 말로리가 영영 자신을 떠날지도 모른다는 생각이 들어 암담한 기분에 휩싸였다. 이혼을 하는 순간에도 말로리가 언젠가는 다시 자신의 곁으로 돌아올 거라고, 잠시 헤어지는 것뿐이라 믿었다. 그는 단 한 번도 다른 여자와 다시 시작할 수 있다는 생각을 품어본 적이 없었다. 이혼한 이후 두세 명의 여자를 만나보았지만 짧은 인연일 뿐이었다. 말로리처럼 내 여자라는 확신이 드는 경우는 단 한 번도 없었다. 그는 오래전 어린 시절에 말로리를 구하려고 샌케이티 헤드 호수의 진흙탕 물속으로 뛰어든 적이 있었다. 말로리에 대한 그의 사랑은 영원불변이었다.

오후 2시, 마침내 캔디스가 카페 일을 마쳤다. 물 빠진 청바지에 가죽 재킷 차림의 그녀가 카페 밖으로 나오더니 그리 멀지 않은 곳에 주차된 픽업트럭에 올랐다.

네이선은 레인지로버의 시동을 걸고 그녀의 차를 뒤따르기 시작했다. 오후 시간인데도 차량 통행량이 많았다. 그는 신호등 앞에 멈춰 섰다가 출발하는 순간 옆 차선에서 끼어드는 차 두 대를 앞서가도록 끼워주고 나서 픽업을 뒤따랐다. 마치 영화의 한 장면 같았다. 평생 처음 해보는 미행이라서 들킬까봐 가슴이 조마조마했다.

픽업은 번화가를 빠져나가 남쪽으로 달리기 시작했고, 20여 분쯤 달린 끝에 공동주택 단지로 접어들더니 이내 아담한 빌라 앞에 멈춰 섰다.

'저 집에 사는 건가?'

캔디스가 벨을 누르자 생글생글 웃는 얼굴의 여자가 문을 열었다. 집 안으로 들어간 캔디스가 5분 후 품이 큰 바머 재킷을 입힌 아이를 품에 안고 나오며 인사말을 건넸다.

"수고 많았어요, 타니아."

캔디스는 빨간 털모자를 쓰고 있는 아이를 안고 픽업을 향해 걸어갔다. 그녀는 조수석 카 시트에 아이를 앉힌 다음 안전벨트를 매주고 가까이 있는 대형 마트를 향해 차를 몰았다. 그녀는 마트 주차장에 차를 세운 뒤 아이를 쇼핑 카트에 태우고 안으로 들어갔다.

네이선은 쇼핑을 하는 캔디스를 뒤따랐다. 캔디스는 충동구매를 하지 않으려는 듯 천천히 둘러보다가 비교적 가격이 저렴한 제품을 골라 카트에 담았다. 그녀는 쇼핑을 하는 동안 연신 밝은 미소를 지으며 아이와 얘기를 나누었다. 카트를 세우고 아이에게 귓속말을 하거나 신기한 물건이 있으니 보라는 뜻으로 손가락으로 가리키거나 뺨에 얼굴을 비벼대곤 했다.

'조쉬, 저기 신기하게 생긴 물고기 좀 봐.'

'저렇게 예쁘게 생긴 파인애플 본 적 있니?'

그럴 때마다 방긋 웃는 얼굴에 눈을 동그랗게 뜬 아이는 신기한 표정을 지으며 주변을 둘러보았다. 캔디스가 아이에게 마시멜로우 한 봉지를 사주었다. 언뜻 보기에도 그녀는 아이를 무척이나 사랑하는 엄마였다.

캔디스는 기혼일까, 싱글 맘일까?

네이선은 두 번째 가능성에 무게를 실었다가 그녀가 주류 코너에서 버드와이저 한 팩을 구입하는 걸 보고 다시 긴가민가 고민했다. 혼자 마시려고 맥주를 한 팩씩이나 구입할 것 같지는 않았기 때문이다.

네이선은 주차장에서 캔디스의 옆을 스쳐 지나갔다. 그녀의 얼굴과 아이를 번갈아보자니 갑자기 션이 생각났다.

⌒

　캔디스는 다시 픽업트럭에 올랐다. 네이선은 다시 그녀를 뒤따랐다. 아기자기한 구릉들이 얕게 솟아 있는 스태튼 아일랜드는 뉴욕보다는 뉴저지에 가까운 느낌이 들었다. 맨해튼처럼 번잡스럽지 않고, 고층 빌딩보다는 단독주택들이 많아 소박하고 친근하게 다가왔다.

　브루클린의 노후한 지역에 살던 사람들이 조용하고 안전한 주거지를 물색하다가 스태튼 아일랜드로 대거 이사하면서 최근 급격한 인구 증가세를 보이고 있었다. 물론 맨해튼 사람들의 눈에는 여전히 촌티 나는 시골 마을로 보일 수도 있었다. 스태튼 아일랜드 주민들은 인접 지역인 맨해튼 때문에 고액의 세금을 부담하고 있다면서 행정구역 분리를 요구한 적도 있었다.

　캔디스의 차는 처음 들렀던 타니아의 집이 있는 공동주택 단지로 다시 들어섰다. 이번에는 타니아의 집 앞을 지나쳐 우회전을 하더니 아스팔트가 깔린 길을 내처 달렸다. 캔디스의 차가 공동주택 단지 제일 끝에 있는 집 앞에 멈춰 섰다.

　네이선은 50여 미터 떨어진 곳에 차를 세웠다. 마침 작년에 보니를 데리고 스토우 마운틴 리조트에 갔을 때 구입했던 망원경이 생각나 뒷좌석을 돌아보았다.

　빌어먹을! 분명 뒷좌석에 두었을 텐데?

네이선은 의자 밑에 떨어져 있는 망원경을 집어 들고 캔디스의 집을 향해 렌즈를 맞추었다. 캔디스가 베란다에서 페인트칠 중인 한 남자와 웃으며 얘기를 나누는 모습이 눈에 들어왔다. 예순이 넘어 보이는 체격 좋은 남자로 야구 모자를 쓴 모습이 무뚝뚝하지만 선한 인상을 풍겼다. 남자의 한쪽 귀에 담배 한 개비가 꽂혀 있었다. 노년의 클린트 이스트우드를 연상시키는 사람이었다.

　'캔디스의 아버지인가?'

　남자가 캔디스의 트럭에서 쇼핑 봉투를 내려 집 안으로 들여놓았다. 그와 캔디스는 부녀지간이 확실해 보였다.

　남자가 조수석의 카 시트에서 아이를 안아 내리려고 할 때 아이가 남자의 입에 마시멜로우를 하나 넣어주었다. 캔디스가 주차장에 트럭을 세우고 돌아왔다.

　'캔디스는 저 집에 사는 게 틀림없어.'

　캔디스가 아이를 안고 집 안으로 들어가고 난 뒤 담배를 귀에 꽂은 남자는 페인트칠을 끝내고 붓을 씻었다. 캔디스가 마트에서 산 버드와 이저 한 병을 들고 나와 남자에게 건넸다. 남자가 그녀의 어깨에 가볍게 손을 얹고 함께 안으로 들어갔다.

　하루 종일 우중충하던 날이 저물고 있었다.

　캔디스의 집 거실에 불이 켜지는 순간 세 사람의 모습이 창문에 비쳤다. 그들의 웃음소리가 TV 소리와 뒤섞여 집 밖으로 흘러나왔다.

　캔디스는 왜 아직 아버지와 같이 살고 있을까?

　네이선은 차 안에 앉아 행복한 가족의 일상을 한참 동안 구경했다.

사람들은 저녁에 일을 마치고 집으로 돌아오면 가족과 함께 소소한 일상을 공유하며 주말에 무엇을 할지 계획을 세운다. 이제 네이선에게는 불가능한 일이었다.

네이선은 갑자기 기분이 우울해져 히터를 세게 틀었다. 문득 타인의 사생활을 허락도 없이 엿보고 있다는 생각이 들어 얼른 망원경을 내렸다.

이제 그만 돌아가야겠다고 생각할 때 휴대폰이 울렸다. 로펌에서 온 전화려니 했는데 문자였다.

이메일 확인 바람

가렛 굿리치

아직도 나에게 볼일이 남았나?

네이선은 잠시 망설이다 실내등을 켜고 가방에서 노트북을 꺼내 전원을 켰다. 부팅이 되는 동안 이메일을 확인하기 위해 휴대폰과 노트북의 적외선 포트를 연결했다.

메일이 세 통이나 도착해 있었다.

그중 하나는 애비가 보낸 메일이었다.

'메리 크리스마스, 딸과 좋은 시간 보내요.'

평소 습관대로 그녀는 짧막한 인용구를 메일 끝에 적어 보냈다.

'가족과 시간을 보내지 않는 남자는 결코 진정한 남자가 될 수 없다.'

네이선은 피식 웃었다. 그는 평소 애비와 이런 식으로 영화 속 대사를 주고받거나 재미 삼아 출처를 알아맞히는 퀴즈를 서로에게 내곤 했다.

이번 문제는 아주 쉬워.

네이선은 '답장하기'를 클릭한 다음 '〈대부〉의 비토 코를레오네'라고 써서 보냈다.

두 번째 메일에는 보니의 사진이 한 장 들어 있었다. 보니가 손수 키우는 드워프 토끼 벅스를 볼에 갖다 대고 포즈를 취한 사진이었다. 말로리가 고화질 웹캠을 사준 이후 보니는 가끔 멋진 사진을 찍어 보내주곤 했다. 보니는 두꺼운 판지를 만화의 말풍선 모양으로 오린 다음 매직펜으로 글씨를 써 머리 위로 들고 있었다.

아빠를 만날 다음 주 토요일을 벅스랑 손꼽아 기다려요.

네이선은 한참 동안 사진을 들여다보았다. 결코 질리지 않는 딸의 사랑스러운 얼굴이었다. 헝클어진 머리, 엄마를 빼닮은 눈, 틈새가 벌어져 웃을 때 더 귀여워 보이는 올망졸망한 치열. 딸의 사진을 들여다보는 그의 마음속에서 행복과 슬픔이 교차했다.

네이선은 세 번째 메일을 열었다. MPEG 동영상 파일이 첨부된 메일이었다. 네이선은 디지털 캠코더로 촬영해 메모리카드에 저장한 동영상 파일을 압축시켜 이메일로 보내는 방법을 잘 알고 있었다. 메일 발신자는 굿리치였다.

네이선은 동영상을 재생했다. 화질은 괜찮은 편인데 자꾸 끊겨 나왔다. 아래쪽에 표시된 날짜를 보니 석 달 전에 녹화한 동영상이었다. 자동차에서 촬영한 듯했다. 도로 표지판을 보니 텍사스주 휴스턴이었다.

다운타운을 벗어난 차가 고속도로에 올랐다가 첫 번째 외곽순환도로로 빠져나갔다. 네이선은 휴스턴에 딱 한 번 가본 적이 있는데 그다지 마음에 들지 않았다. 교통이 혼잡하고, 덥고, 공해 문제가 심각했다. 휴스턴은 삶의 질을 염두에 두지 않고 계획된 도시라는 이미지가 덧씌워져 지역 로펌에서 변호사를 구하기 힘들다는 얘기를 들은 적이 있었다.

차는 복잡한 도시 외곽으로 빠져나갔다. 화물 창고들을 지나친 차가 벽돌로 지은 공동주택 주차장에서 멈춰 섰다.

동영상을 촬영한 사람이 누군지 알 수 없지만 도로 표지판을 세밀하게 잡느라 애쓴 흔적이 역력했다. 동영상만 보고도 차를 운전해 따라갈 수 있을 듯했다.

카메라에 잡힌 빌라의 내부가 눈에 들어왔다. 벽이 누렇게 바래고 가구는 옹색했지만 깨끗이 정돈된 스튜디오였다. 포마이카 테이블 위에 중고 TV 한 대가 놓여 있고, 부서진 개수대 옆에는 작은 냉장고가 있었다. 창문을 넘어 들어오는 시끌벅적한 목소리와 응원의 함성이 배경 음악처럼 깔렸다. 아이들이 농구를 하면서 질러대는 소리였다.

화면이 흔들렸지만 작은 책상이 놓인 벽 위쪽에 빼곡하게 걸린 사진들이 눈에 들어왔다. 캠코더가 가장 크고 빛이 바랜 사진을 다가가 비추었다. 금발을 흩날리며 그네를 타는 여자아이 사진이었다. 상의를 탈의한 남자가 활짝 웃고 있는 아이의 그네를 뒤에서 밀어주고 있었다. 남자의 귀 뒤에 담배가 한 개비 꽂혀 있었다.

10장

원하는 대로 일이 일어나기를 바라지 말고, 일어나는 그대로 받아들여라.

_에픽테토스

　　네이선은 헤드라이트를 켜고 차를 출발시켰다. 휴대폰을 꺼내 전화번호 안내 서비스 버튼을 누른 다음 스태튼 아일랜드 종합병원을 연결해달라고 했다. 굿리치와 통화를 하고 싶었다.

　　전화를 받은 병원 교환원이 말했다.

　　"굿리치 박사님은 오후 늦게 퇴근하셨습니다. 내일은 진료 스케줄이 잡혀 있지 않아 코네티컷의 자택에서 지내실 테고요."

　　"자택 주소를 알 수 있을까요?"

　　교환원이 몹시 의심쩍어하는 목소리로 말했다.

　　"박사님의 개인정보라서 곤란합니다."

　　"박사님과 친구 사이인데 매우 급한 일이라서 그럽니다."

　　"친구라면서 자택 주소를 모르세요?"

　　"나는 어제도 그 병원에 다녀왔어요. 〈마블 앤드 마치〉 로펌 변호사입니다. 나를 기억하지 못하겠어요?"

　　"죄송하지만 기억나지 않습니다."

신경이 곤두선 네이선이 휴대폰에 대고 버럭 소리를 질렀다.

"말로만 죄송하다고 하지 말고 굿리치 박사의 자택 주소를 당장 알려 줘요."

교환원의 깊은 한숨 소리가 들려왔다. 교환원인 샐리 그래햄은 퇴근 시간이 아직 30분쯤 남은 상태였다. 그녀는 시급 7달러를 받으며 일하고 있었고, 병원의 의사와 간호사들은 그녀를 존중해주지 않았다. 샐리는 정신 나간 남자 하나 때문에 괜스레 골치 아픈 일을 만들 생각이 추호도 없었다. 이런 상황에서는 굿리치 박사의 자택 주소를 알려주고 전화를 끊는 게 최선이었다. 샐리는 전산 데이터를 조회해 굿리치 박사의 자택 주소를 알려주었다.

"정말 고마워요. 아까는 괜히 성질을 부려서 미안해요."

네이선이 웅얼거리며 말했지만 전화가 끊긴 뒤였다. 그는 급히 핸들을 꺾어 가까스로 베라자노 다리의 진입로로 접어들었다. 페리를 타지 않고 브루클린으로 가려면 다리를 건널 수밖에 없었다.

파이낸셜 디스트릭트의 불빛이 허드슨강의 검은 물 위를 금빛으로 물들이고 있었다.

레인지로버에 오른 네이선은 95번 국도를 타고 맨해튼을 빠져나와 코네티컷을 향해 달렸다. 방금 전에 본 동영상의 이미지들이 머릿속에서 교차했다.

네이선은 액셀러레이터를 길게 밟아 속도를 높였다. 한참 동안 달리다가 속도계를 흘끗 보고 나서야 제한속도 위반이라는 사실을 확인하고 속도를 줄였다.

노먼 록웰의 그림 속에서 막 튀어나온 듯한 풍경, 예전 모습을 그대로 간직한 마을의 풍경 때문에 네이선은 뉴잉글랜드 지역을 각별히 좋아했다. 개척자 정신과 미국의 오랜 전통이 살아 숨 쉬는 곳이었고, 마크 트웨인과 스티븐 킹을 배출한 곳이 바로 뉴잉글랜드였다.

네이선은 한때 고래잡이의 중심지였고, 아직도 19세기 어항의 모습을 간직하고 있는 미스틱에 도착했다. 몇 년 전 여름, 필라델피아에 가는 길에 잠시 들른 적이 있는 곳이었다. 고래잡이가 한창이던 시절 포경선의 키를 잡았던 선장들이 살고 있는 독특한 형태의 집들을 구경한 기억이 났다. 성수기에는 외지인들로 붐비지만 겨울에는 관광객들의 발길이 뜸한 곳이었다. 차가운 바닷바람을 맞아 소금 결정체로 굳어버린 것 같은 마을에 괴괴한 적막감이 감돌았다.

1번 도로를 타고 동쪽으로 몇 마일을 더 달린 네이선은 스토닝턴 인근 해안가의 외딴집 앞에 차를 세웠다. 병원 교환원이 알려준 주소가 틀리지 않다면 여기가 굿리치의 집이었다.

네이선은 차에서 내려 도로와 집 사이에 있는 모래사장을 가로질러 걸었다. 돌풍에 모래가 날려 몇 번이나 걸음을 멈추고 눈을 감아야 했다. 바다에서 밀려오는 세찬 파도 소리가 새된 갈매기 울음소리와 뒤섞여 비현실적인 화음을 만들어내고 있었다.

길쭉한 형태의 3층짜리 집은 어딘지 모르게 신비한 느낌을 풍기는 한

편 폐쇄적인 느낌도 들었다. 층마다 폭이 좁고 크기도 제각각인 발코니가 달려 있어 전체적으로 들쭉날쭉하고 짜임새가 없어 보였다. 현관문에는 초인종이 달려 있지 않았다.

네이선은 여러 번 문을 쾅쾅 두드렸다.

'제발, 진정해, 네이선. 베이츠 모텔*에 온 건 아니잖아.'

굿리치가 문을 열었다. 그가 평소와 달리 웃는 얼굴로 네이선을 바라보았다.

"당신이 올 줄 알고 기다리고 있었어요, 델 아미코 변호사."

셔츠 소매를 걷어붙인 굿리치가 얼룩진 앞치마를 걸치고 있었다.

네이선은 그를 따라 부엌으로 들어갔다. 벽면에 감색 타일을 돌려 붙인 부엌은 안온하고 정겨운 느낌을 주었다. 고풍스런 목재 카운터탑 뒤 벽면에는 광택이 나는 갖가지 구리 냄비들이 걸려 있었다.

굿리치가 와인병을 내밀며 말했다. "자, 편하게 앉아요. 칠레산 화이트와인인데 한잔해요. 맛이 기가 막히지."

굿리치가 오븐 앞에서 분주히 움직였고, 부엌에서는 해산물 냄새가 진동했다. 그는 요리에 신경 쓰느라 한동안 아무 말도 하지 않았다.

네이선은 요리에 열중하는 굿리치를 관찰했다. 보면 볼수록 궁금증이 커지는 인물이었다.

정체가 무엇일까? 그가 내게 원하는 게 뭘까?

네이선은 비스트로 테이블에 와인병을 내려놓으면서 평소와 달리 생기발랄한 집주인의 모습이 결코 와인과 무관하지 않을 거라는 생각이

*영화 〈사이코〉에서 주인공 노먼 베이츠가 운영하는 모텔

들었다.

'분명히 전에 어디선가 본 얼굴인데 기억이 안 나. 어디에서 봤을까? 틀림없이 낯익은 얼굴이야.'

네이선은 턱수염이 없는 굿리치의 모습을 떠올려보았다. 아무리 기억을 더듬어보아도 그를 어디에서 봤는지 떠오르지 않았다. 왠지 기억에서 지워버리고 싶었던 얼굴이라는 생각이 들었다.

굿리치가 칠한 목재 크레덴자에서 도자기 볼을 두 개 꺼냈다.

"클램차우더를 만들었는데 맛을 보고 나서 솔직하게 평가해봐요."

"저는 박사님이 만든 요리를 평가하려고 온 게 아닙니다. 얘기부터 끝내고 음식을 먹든 하시죠?"

"식사를 하고 나서 얘기해도 늦지 않을 거요."

굿리치가 조개와 양파를 넣고 걸쭉하게 끓인 수프를 도자기 볼 두 개에 가득 담았다.

네이선이 수프를 한술 뜨며 물었다.

"아직 미혼이십니까?"

"베이컨 조각의 식감이 어때요? 바삭바삭하게 구웠는데."

"제가 먼저 물었잖아요. 이 집에 혼자 사시냐고요?"

"첫 번째 아내는 20년 전에 사별했고, 두 번째 아내와는 이혼했어요. 그 이후로 더는 결혼하지 않았고."

네이선이 아마 냅킨을 펼쳐 무릎 위에 올려놓았다.

"우리, 언젠가 만난 적이 있죠? 오래전에 말입니다."

굿리치는 이번에도 네이선의 질문을 피해 갔다.

"일단 식사부터 합시다. 내가 혼자 사는 집인데 어때요? 이 근처에 낚시꾼들이 즐겨 찾는 호수가 몇 군데 있는데 혹시 알고 있어요? 내일은 진료가 없는 날이라 모처럼 낚시를 즐기려고 하는데 시간 있으면 따라와요."

구운 가리비 살에 야생 쌀밥과 마늘버터 구이를 곁들여 내오는 굿리치의 얼굴에 흐뭇해하는 기색이 역력했다. 그들은 칠레산 와인을 한 병 다 비우고 나서, 이내 한 병을 더 땄다.

네이선은 모처럼 마음속 긴장감이 풀리는 느낌이었다. 굿리치와 함께 있는 자리가 편안하고 자연스럽게 느껴졌다.

굿리치는 의사로서 보고 느낀 이야기들을 들려주었다. 아직 미지의 세계로 떠날 준비가 안 된 환자들에게 들이닥치는 죽음, 그들의 고통을 조금이나마 덜어주어야 하는 의사로서의 책무, 호스피스 병동에서 느끼는 애환에 대해. 그는 새로운 요리에 도전하는 재미와 주말마다 떠나는 낚시 얘기도 들려주었다.

"의사라는 직업상 스트레스가 많아요. 고통스러워하는 환자에게 조금이나마 힘이 되어주려면 인간적으로도 아주 친밀한 사이가 되어야 하지만 지나친 감정 이입은 오히려 일을 그르칠 수 있어요. 항상 객관적인 입장을 취해야 하는데 보통 어려운 일이 아니에요."

네이선은 호스피스 병동에서 만났던 환자들이 겪고 있는 고통에 대해 다시 한번 생각해보았다. 결과를 뻔히 알면서 태연스럽게 환자들을 만난다는 건 힘든 일이었다. 마지막 순간까지 환자들에게 미래에 대한 희망과 삶의 의미를 이야기하는 건 힘든 일이 분명했다.

굿리치가 독백하듯 방금 전에 한 말을 되풀이했다.

"항상 객관적인 입장을 취하긴 어려워요."

한동안 침묵이 흘렀다.

네이선이 먼저 침묵을 깼다.

"이제 캔디스 쿡 얘기를 해주시겠어요?"

이 집의 부엌은 아치 형태의 통로를 사이에 두고 거실과 연결되어 있었다. 거실과 부엌에는 테라코타 타일이 바닥재로 깔려 있어 일체감이 느껴졌다.

거실은 보니와 말로리를 데려와 하룻밤 머물다 가고 싶을 만큼 마음에 쏙 드는 공간이었다. 밖으로 드러나 있는 천장 들보, 징두리 벽판을 대 보온 효과를 높인 내벽까지 모든 실내 인테리어가 안온한 분위기를 만들어내는 데 일조하고 있었다. 벽난로 위에는 세 개의 돛을 펼친 모형 범선과 앤티크 육분의가 놓여 있었고, 한쪽 구석에는 낚시에 필요한 잡동사니를 담아둔 여러 개의 라탄 바구니가 보였다.

네이선이 등나무 의자에 앉아 휴식을 취하는 동안 굿리치는 가느다란 세로 홈이 파인 앤티크 커피 기계로 커피를 내렸다.

"캔디스 쿡을 만나봤어요?"

네이선이 대답에 앞서 한숨을 푹 내쉬었다.

"어쩔 수 없이 그녀의 뒤를 밟았습니다."

순간 굿리치의 얼굴에 그늘이 졌다.

"괜찮은 여자 같지 않던가요?"

"캔디스 쿡에게 안 좋은 일이 생기게 되는 겁니까?"

굿리치가 한 말을 곧이곧대로 받아들이는 꼴이어서 네이선은 아차 했다.

"나로서는 불가항력이오."

굿리치가 맥이 풀린 얼굴로 네이선에게 커피잔을 건네주었다.

네이선이 힘주어 말했다.

"이 세상에 불가항력은 없어요."

"당신도 케빈의 경우를 직접 보았으니 잘 알 텐데?"

네이선이 담배를 한 개비 꺼내 촛불에 대고 불을 붙였다. 담배 연기를 길게 한 모금 빨아들이자 마음이 조금은 진정되었으나 무력감이 들었다.

"이 집은 금연이오."

"와인을 2리터나 마신 분이 왜 그러세요? 훈계 말고 캔디스가 앞으로 어떻게 되는지 말해주세요."

굿리치가 범포를 씌운 소파에 털썩 앉더니 팔짱을 꼈다.

"캔디스는 휴스턴 빈민가의 가난한 집에서 태어났어요. 세 살 때 부모가 이혼했고. 캔디스는 엄마를 따라 뉴욕으로 이주했고, 열한 살 때까지 정기적으로 아빠를 만났어요."

"그런 스토리야 흔하잖아요."

굿리치가 고개를 저었다.

"당신은 훌륭한 의사가 될 자질은 없어 보이네요. 이 세상에 똑같은 인생은 없어요."

네이선이 긴장한 표정으로 굿리치의 비판을 받아쳤다.

"나는 훌륭한 변호사인 것으로 만족합니다."

"당신은 대기업의 이익을 변호하는 능력을 발휘하고 있을 뿐이죠. 그 일을 잘한다고 과연 훌륭한 변호사라고 치부할 수 있을까요?"

"저한테 박사님의 의견은 전혀 중요하지 않습니다."

"당신은 인간미가 부족해요."

"인간미가 좋다고 만사형통은 아니죠."

"겸손의 미덕도 부족해."

"제 인성을 두고 왈가왈부하고 싶지는 않으니까 캔디스 얘기나 계속하시죠. 캔디스가 열한 살 때까지 아빠를 정기적으로 만났다는 얘기를 했습니다. 자, 그다음 얘기를 해보세요."

"그런데 캔디스의 아버지가 갑자기 연락을 끊어버렸어요."

"이유가 뭔데요?"

"감옥에 들어갔거든."

"지금 캔디스와 함께 사는 남자가 그녀의 아버지죠?"

"그는 강도 혐의로 기소되어 1985년에 재판을 받았는데 유죄가 인정돼 실형을 받았어요."

"교도소에서는 언제 나왔죠?"

"2년 전에 형기를 마치고 나왔어요. 출소 이후에는 휴스턴 공항에서 정비공으로 일했는데 당신이 동영상에서 본 그 작은 아파트에 살던 때였죠."

"박사님이 그를 찾아냈나요?"

굿리치가 고개를 끄덕였다.

"그는 캔디스에게 다시 연락할 용기를 내지 못했어요. 감옥에 있을 때 수없이 편지를 쓰고도 단 한 통도 부치지 못했으니 성품이 얼마나

고지식한지 알만하지."

"그래서 수호천사 역할을 자처했군요?"

"나는 그저 그가 집에 없는 시간에 몰래 문을 따고 들어가 편지를 훔쳐내 캔디스에게 보내주었을 따름이오. 캔디스가 아버지 집을 찾아갈 수 있도록 미리 만들어둔 동영상을 같이 넣어서."

네이선이 어이없어하며 굿리치를 쏘아보았다.

"대체 무슨 자격으로 타인의 인생에 그토록 깊이 개입하는 겁니까?"

"캔디스에게는 꼭 필요한 일이었어요. 평생 아버지에게 버림받았다고 생각하면서 살아왔거든. 편지를 받고 나서 아버지와 재회한 그녀는 아버지의 사랑을 확인하고 커다란 위안을 받았어요."

"그런 일이 박사님에게 왜 그리 중요합니까?"

"아버지의 부재는 캔디스에게 엄청난 절망과 슬픔이었어요."

"결과적으로 잘된 일이지만 아버지가 없는 게 차라리 나을 때도 있어요. 우리 아버지는 매일이다시피 엄마를 두들겨 패다가 어느 날 한마디 말도 없이 사라져버렸거든요. 아버지가 엄마를 때리는 게 너무 싫어 이가 갈렸던지라 부재가 마냥 싫지만은 않았죠."

한동안 어색한 침묵이 흘렀다.

"캔디스의 아버지는 나락으로 떨어졌던 인생을 다시 세울 수 있게 되었어요. 잃어버렸던 딸을 다시 찾고, 귀여운 외손자까지 얻게 된 그는 요즘 인생에서 가장 행복한 시간을 보내고 있지."

"캔디스가 곧 죽을 운명이라면 죽지 않도록 구해주면 되잖아요. 애초에 그런 일이 벌어지지 않도록 막을 수는 없는 겁니까?"

굿리치가 눈을 지그시 감더니 체념한 듯 말했다.

"난 캔디스의 가족을 다시 만나게 해주고 싶었어요. 힘겹게 살아온 그들의 삶에 조금이나마 위안을 주고 싶었죠. 하지만 운명의 흐름은 아무도 거스를 수 없어요. 그저 겸허하게 받아들일 수밖에."

네이선이 자리를 박차고 일어섰다.

"주어진 운명을 체념하듯 받아들이고 살았더라면 저는 지금처럼 일류 로펌에서 일하는 변호사가 되지 못했을 겁니다."

굿리치도 자리에서 벌떡 일어나더니 터져 나오는 하품을 막으려고 손바닥으로 입을 가렸다.

"당신은 뭐든 자기 입장에서 바라보는 고약한 버릇이 있어요."

"제 입장과 처지를 가장 잘 아는 사람은 바로 저니까요."

굿리치가 거실 중앙에서 2층으로 나 있는 작은 계단의 난간을 잡으며 말했다. "당신만 괜찮다면 이 집에서 묵어도 괜찮아요. 2층 손님방에 시트를 갈아둔 침대도 있으니까."

바깥에서는 윙윙 불어대는 바람 소리와 해변으로 밀려오는 파도 소리만이 들려왔다. 바다가 아주 가까이에 있었다.

네이선은 와인을 많이 마신 상태이고, 아무도 기다리는 사람이 없는 텅 빈 아파트로 돌아가고 싶지 않아 굿리치의 제안을 받아들였다.

11장

그녀는 무지개 같아서…….
_롤링 스톤스

12월 13일

네이선이 눈을 뜨자마자 거실로 내려와보니 굿리치는 이미 송어 낚시를 떠나고 없었다. 테이블에 그가 남긴 짤막한 메모가 있었다.

'집을 나갈 때 문을 잠그고 나서 열쇠는 우체통에 넣어둬요.'

네이선은 스태튼 아일랜드를 향해 레인지로버를 몰았다. 분명 거부감이 들기도 하는데 갈수록 굿리치에게 끌리는 이유가 무엇인지 궁금했다.

불쑥불쑥 나타나 그를 불편하게 만들지만 그가 마치 부모처럼 느껴지는 경우도 있었다. 물론 이런 모순된 감정들의 본질이 무엇인지 딱 꼬집어 설명하긴 힘들었다.

네이선은 하루 종일 캔디스가 일하는 카페와 집을 오가며 그녀와 가족들의 동태를 살폈다. 오늘은 캔디스의 아버지가 아이를 돌보고 있었다. 집 안에서 무슨 일이 벌어지는지는 전혀 알 수 없었다. 캔디스의 아버지가 가끔 테라스에 나와 담배를 피우는 모습만 보일 뿐이었다. 오후가 되자 캔디스의 아버지가 손자를 데리고 산책을 나섰다. 아이가 탄 유아차를 미는 모습이 매우 자연스럽고 편안해 보였다. 그는 아이가 감기에 걸리지 않도록 담요로 따뜻하게 덮어주었다.

네이선은 영국식으로 꾸민 화단과 공원 온실의 열대식물들 사이를 산책하는 할아버지와 손자의 모습을 멀리서 지켜보았다. 조금 더 가까이 있었더라면 캔디스의 아버지가 손자를 재우려고 흥얼거리는 자장가 소리도 들었을 것이다.

네이선의 머릿속에 말로리와 함께했던 순간들이 떠올랐다. 다시는 돌아오지 않을 행복한 시간들. 말로리의 미소, 그를 웃음 짓게 하던 그녀의 짓궂은 농담들이 마치 어제 일인 듯 선연하게 생각났다. 말로리와 통화하려고 몇 번이나 샌디에이고에 전화했지만 번번이 자동응답기로 연결되었다.

기분이 우울해지면 네이선의 머릿속은 온통 션의 모습으로 가득 찼다. 보드라운 볼의 감촉, 따스한 체온, 잠들기 전에 사방으로 뻗어대던 자그마한 손, 어느 하나 그립지 않은 게 없었다.

션과 함께했던 첫 번째 크리스마스, 처음 걸음마를 시작했을 때의 놀라움과 기쁨, 처음 나온 젖니, 처음 내뱉은 말, 기억 속에 박제되어있는 그 순간들을 하나씩 떠올리다보니 가슴이 미어졌다.

⌒

캔디스는 밤 근무를 하러 나가기 전에 잠시 집에 들렀다. 매주 금요일마다 그녀는 집 가까이에 있는 바에서 아르바이트를 했다. 마음 같아서는 조쉬랑 아버지와 함께 집에서 쉬고 싶었다. 셋이서 함께 맛있는 음식도 만들어 먹고, 불 지핀 벽난로 앞에 앉아 음악도 들으면서 여유 있는 저녁 시간을 보내고 싶었다. 하지만 조금이라도 돈을 더 벌 수 있는 기회를 놓칠 수는 없었다. 얼마 남지 않은 크리스마스 시즌은 분명 즐거운 시간일 테지만 지출이 많을 수밖에 없어서 고민이었다.

간단한 샤워를 마친 캔디스는 조쉬의 방문을 살짝 열고 안으로 들어갔다. 얼핏 아이가 우는 소리를 들은 듯했는데 침대 가까이 다가가보니 편안히 잠들어 있었다. 조쉬를 봐주는 타니가 말하길 요즘 독감이 유행한다고 해서 각별히 조심하고 있었다.

캔디스는 아이의 볼에 살짝 뽀뽀하고 나서 방을 나왔다. 벽시계를 보니 출근 시간이 20분밖에 남아 있지 않았다. 지각하지 않으려면 서둘러야 했다. 캔디스는 전신거울 앞에 서서 치마와 블라우스가 한 벌인 유니폼을 입었다. 바의 주인 조는 직원들이 섹시해 보이길 원했다.

캔디스는 집을 나서기 전 아버지와 포옹했다. 밤길 조심하라는 아버지에게 어린애 취급하지 말라고 투정 부리고 나서 서둘러 집을 나섰다. 그녀는 아버지와 다시 한집에서 살게 되어 행복했다. 집안에 남자가 있어 든든했고, 일 때문에 집을 비워야 할 때마다 조쉬를 세심하게 보살펴주는 아버지가 고마웠다.

픽업트럭이 낡아서인지 오늘따라 시동이 걸리지 않았다. 아버지 부시의 집권 초기에 구입한 차라서 이제는 골동품에 가까웠지만 시동을 걸기만 하면 단거리 주행에는 전혀 문제가 없었다. 몇 번의 시도 끝에 시동이 걸리자 캔디스의 얼굴이 활짝 펴졌다. 그녀는 오디오를 켜고 샤니아 트웨인의 노래를 따라 불렀다.

Man! I feel like a woman!

노래 도중에 하품이 길게 쏟아져 나왔다.

휴, 정말 피곤하다!

그나마 내일은 쉬는 날이라 모처럼 늘어지게 늦잠을 자기로 했다. 잠이 깨면 크리스마스 선물을 사러 백화점에 갈 생각이었다. 얼마 전 백화점에 들렀을 때 플러시 인형 두 개를 눈여겨 봐두었다. 싱글벙글하는 곰 인형과 목이 기다랗고 재밌게 생긴 거북이 인형이었다. 조쉬 같은 어린아이들은 누구나 품에 안고 잘 수 있는 인형을 좋아했다. 조쉬가 좀 더 자라면 장난감과 책, 컴퓨터를 사주리라 마음먹었다.

캔디스가 다시 늘어지게 하품을 했다. 미국 빈곤층의 삶은 녹록치 않았다. 빚을 지지 않고 살림을 꾸려가기는 불가능에 가까웠고, 조금이라도 돈을 더 마련하려면 추가로 일을 할 수밖에 없었다. 게다가 그녀는 매달 수입에서 조금씩 떼어내 조쉬의 학자금을 마련해오고 있었다.

캔디스는 무슨 일이 있더라도 조쉬를 대학에 보내리라 결심했다. 조쉬가 대학을 나와 사회에 도움이 되고, 안정적인 생활이 가능한 직업을 갖게 되길 바랐다. 의사, 교수, 아니면 변호사.

저녁 7시 58분

주차장으로 들어선 캔디스는 군청색 레인지로버와 거의 동시에 차를 대고 〈샐리의 바〉 안으로 들어섰다. 실내는 이미 손님들로 북적였고, 분위기는 후끈 달아올라 있었다. 직원들이 부지런히 맥주잔을 나르는 동안 브루스 스프링스틴의 노래가 흘러나왔다. 뉴욕보다는 뉴저지에 가까운 서민적인 분위기의 술집이었다.

카운터 뒤에서 바삐 움직이던 조 코놀리가 농담을 던졌다. "우리 집에서 가장 예쁜 아가씨가 이제야 오셨네."

"안녕, 조."

조는 더블린이 고향인 전직 경찰관으로 스태튼 아일랜드에 정착한 지 15년 되었다. 〈샐리의 바〉는 경찰과 소방관들이 주요 고객들이어서 안전하고 분위기 좋기로 유명했다. 캔디스가 바에서 일하는 동안 불미스러운 일이 단 한 건도 발생하지 않았다. 가끔 술에 취한 손님들이 가벼운 언쟁을 벌인 적은 있었으나 큰 싸움으로 번지지는 않았다. 손님들은 대부분 점잖았고, 직원들에게 친절했다.

캔디스는 앞치마를 두르고 나서 서빙을 시작했다.

"안녕하세요, 테드. 오늘은 뭘 주문하시겠어요?"

저녁 8시 46분

태미가 캔디스에게 말했다.

"너한테 반한 사람이 있어."

"무슨 소리야?"

"카운터 끝에 근사한 슈트를 입은 남자 보이지? 네가 출근한 이후 저 남자가 단 한 번도 눈길을 돌리지 않고 너를 훔쳐보고 있어."

"처음 보는 남자야. 괜한 신경 쓰지 말고 일이나 하자."

캔디스가 어깨를 으쓱하고 나서 파인트 잔이 수북이 담긴 쟁반을 혼자 들고 걸어갔다. 카운터 쪽을 슬쩍 보니 태미가 말한 남자가 여전히 그녀를 뚫어지게 쳐다보고 있었다. 얼핏 보기에 경찰이나 소방관은 아닌 듯했다.

두 사람의 시선이 허공에서 마주치면서 잠시 불꽃이 일었다.

'유혹이라 받아들이지 말아야 하는데.'

캔디스는 눈길을 돌리며 그렇게 생각했다.

'유혹이라 받아들이지 말아야 하는데.'

네이선도 눈길을 돌리며 그렇게 생각했다.

어떻게 하면 자연스럽게 말을 걸 수 있을까?

네이선은 혹시라도 캔디스가 케빈처럼 죽게 될까봐 마음이 조마조마했다. 그녀의 목숨을 앗아갈 수도 있는 일이 뭔지 알아내고 싶었다.

금요일 저녁을 맞아 흥청거리는 바에서 서로 자연스레 말문을 틀 수 있는 방법으로는 시시껄렁한 농담이 최고였다.

밤 9시 4분

캔디스가 먼저 말을 걸었다.

"이 동네에는 처음이시죠?"

"네, 맨해튼에서 변호사로 일하고 있어요."

"술을 한 잔 더 드릴까요?"

"아뇨, 조금 있다가 운전을 해야 하거든요."

캔디스가 바짝 다가서더니 웃으며 말했다.

"손님이 술을 안 시키면 사장님이 화나서 밖으로 내쫓을지도 몰라요. 매상도 안 올려주면서 카운터 앞자리를 차지하고 있다고."

"알았어요. 그럼 한 잔 줘요."

밤 9시 6분

태미가 버드와이저 병을 따며 말했다.

"저 남자, 인상이 제법 괜찮아 보이는데 잘해봐."

캔디스가 웃으며 받아쳤다.

"잠시 들른 손님이야. 싱거운 소리 좀 그만해."

"너처럼 젊고 예쁜 여자가 혼자 산다는 게 말이 돼?"

"지금 내 인생에 만족해. 남잔 필요 없어."

캔디스는 씁쓸한 기분으로 지난 몇 번의 연애를 떠올렸다. 하나같이 짧은 만남이었고, 함께 가정을 꾸려야겠다는 생각이 들 만큼 진지하고 지속적인 상대는 없었다.

조쉬의 아빠 생각이 떠올랐다. 고교 동창 집에서 열린 파티에 갔다가 만난 세일즈맨이었다.

어쩌다 그런 남자에게 넘어갔는지, 무슨 생각으로 그를 가까이하게 되었는지 지금 생각하면 이해하기 힘들었다. 그는 친절하고 언변이 좋았다. 캔디스는 무모하게 순진한 타입은 아니었으나 그날 밤에는 왠지 누군가 관심을 가져주길 바랐다. 그에게 안기는 순간 욕망에 몸을 맡겼고, 다음 날 눈을 뜨는 순간 후회했다. 그 이후 얼마 지나지 않아 임신 사실을 알게 되었다.

싱글 맘이 되었지만 조쉬는 세상에서 가장 아름다운 선물이었기에 기쁘게 받아들였다. 아이 아빠에게 출산한 사실은 알렸지만 양육비를 요구하지는 않았다. 그는 단 한 번도 아들을 만나고 싶다고 말하지 않았다. 함께 아이를 키울 수 있는 남자가 있었으면 좋겠다는 생각을 한 적이 있었지만 이제는 단념했다.

아버지는 아이 아빠를 용서하자고 했다.

밤 9시 8분

"맨해튼에서 일하는 변호사님께서 여긴 무슨 일로 오셨어요?"

"그냥 네이선이라고 불러줘요."

"이 바에는 어쩐 일이세요, 네이선?"

"캔디스, 사실은 당신과 얘기를 나누려고 왔어요."

캔디스가 움찔 방어적인 자세를 취했다.

"제 이름을 어떻게 아시죠?"

네이선이 빙그레 웃으며 말했다. "단골손님들이 다들 캔디스라고 부르던데요."

"아 그러네요. 제가 한 방 먹었네요."

그제야 캔디스의 표정이 누그러졌다.

"일을 마치면 다른 곳에 가서 한잔할 수 있을까요?"

캔디스가 강경한 어조로 말했다. "괜한 헛수고하지 마시고, 맨해튼으로 돌아가세요."

"괜히 해보는 소리가 아니라 진지하게 부탁하는 거예요."

"아니요, 일을 마치면 곧장 집으로 돌아가야 해요."

"당신의 입은 아니라고 하지만 눈은 예스라고 하는데요?"

"작업을 걸 때 늘 쓰는 말인가봐요. 속이 빤히 들여다보여요."

"난 벌써 당신의 재스민 향기에 흠뻑 취했어요."

밤 9시 12분

꽤 괜찮은 사람인 건 사실이야.

밤 10시 2분

"맥주 한 잔 더 가져다줘요."

"아직 맥주잔을 입에 대지도 않았잖아요."

"카운터 자리를 빼앗기기 싫어서요."

"그 자리에 꿀이라도 발라놓았어요?"

"당신과 이야기하기 좋은 자리니까."

캔디스가 어깨를 으쓱하더니 킥킥 웃었다.

"점점 더 대범해지시네요."

"내 제안, 어떻게 생각해요?"

"제안이라니요?"

"일 끝나면 같이 한잔하러 가자는 제안."

"직원은 손님과 데이트하지 않는다는 게 〈샐리의 바〉의 규정이죠."

"영업시간이 끝나면 더는 직원이 아니고, 나는 손님이 아니잖아요."

"변호사다운 지적이네요."

캔디스가 칭찬의 의미로 한 말은 아니었다.

밤 10시 18분

괜찮은 사람이지만 자신감이 지나쳐.

밤 10시 30분

"저는 유부남과는 데이트하지 않아요."

캔디스가 그렇게 말하고 나서 네이선이 손가락에 낀 결혼반지를 가리켰다.

"유부남이 오히려 괜찮은 상대가 될 수도 있어요. 이미 임자가 있으니까 부담스럽지 않고."

"말도 안 되는 소리."

"농담이었어요."

"시시한 농담이었어요."

네이선이 되받아치려는 순간 주인 조가 다가왔다.

캔디스가 조를 안심시켰다.

"아무 일 없어요, 조."

"그렇다면 다행이고."

조가 곧장 발길을 돌렸다.

네이선은 조가 멀어질 때까지 기다렸다가 캔디스에게 말했다.

"만약 내가 혼자 사는 사람이라면 나랑 한잔할 수 있어요?"

"그럴 수도 있겠죠."

밤 11시 2분

"결혼한 적은 있지만 지금은 헤어졌어요."

"그 말을 어떻게 믿죠?"

"이혼 서류를 보여줄 수도 있지만 당신과 한잔하려고 그런 짓까지 하고 싶지는 않네요."

"그냥 당신이 한 말을 믿어볼게요."

"그럼 예스인가요?"

"글쎄요, 아직은……."

밤 11시 13분

왜 처음 본 남자에게 자꾸만 마음이 가는 걸까? 한 번만 더 물어보면 예스,라고 대답해야지.

밤 11시 24분

바의 빈자리가 점점 늘어났다. 보스*의 강렬한 록 음악이 트레이시 채프먼의 어쿠스틱 발라드 곡들로 바뀌었다.

캔디스는 구석 테이블에서 네이선과 이야기를 나누고 있었다. 둘의 대화가 친근하게 바뀌어갈 무렵 갑자기 카운터 뒤에서 조가 캔디스를 부르는 소리가 들려왔다.

*록 스타 브루스 스프링스틴의 별명

"캔디스, 전화!"

캔디스가 벌떡 자리에서 일어섰다.

'바로 전화할 사람이 없는데?'

고개를 갸웃거리며 수화기를 든 캔디스의 얼굴이 순식간에 일그러졌다. 창백한 얼굴로 전화를 끊은 캔디스가 비틀거리는 걸음으로 카운터를 향해 걸어갔다. 넘어지기 직전의 그녀를 네이선이 달려가 가까스로 부축했다. 캔디스가 그의 품에 안겨 흐느껴 울기 시작했다.

"무슨 일이에요?"

"아버지가 심장발작을 일으켰대요."

"어쩌다가?"

"앰뷸런스가 이제 막 병원으로 싣고 갔나봐요."

네이선이 외투를 챙겨 들며 말했다.

"내가 병원까지 태워줄 테니 어서 가봅시다!"

스태튼 아일랜드 종합병원
심장센터 집중 치료실

앞치마를 걸친 상태로 병원에 도착한 캔디스가 아버지의 응급 치료를 맡은 의사에게로 달려갔다. 캔디스는 제발 그의 입에서 좋은 소식이 들리길 바랐다.

캔디스가 의사 앞에 섰다. 가운에 새긴 이름이 선명하게 보일 만큼 가까운 거리였다.

헨리 T. 젠킬스.

캔디스의 눈이 간절한 염원을 담고 있었다.

'제발 저에게 힘이 되는 말을 해주세요. 크게 걱정할 일이 아니라고, 잠시 후 아버지를 모시고 돌아가도 좋다고, 이번 크리스마스를 함께 보낼 수 있을 거라고 말해주세요. 제가 아버지를 잘 돌볼게요. 몸에 좋은 차와 수프도 끓여드릴게요. 제가 어릴 때 아버지가 저에게 해주었듯이…… 제발…….'

젠킬스 박사는 환자와 환자 가족의 간절한 염원이 담긴 눈빛을 보고도 초연한 사람이었다. 그는 웬만한 충격에는 흔들리지 않는 방법, 환자와 환자 가족이 겪는 불행에 감정 이입하지 않는 방법을 터득했다. 의사라는 직업을 선택한 이상 어쩔 수 없었다. 감정 소모가 많아 냉정을 잃게 되면 의사로서의 책임을 다하는 게 어려워지기 때문이었다.

젠킬스 박사는 캔디스가 가까이 다가오자 살짝 뒷걸음질 치며 기계적으로 요점을 추려 말했다.

"부엌의 타일 바닥에 쓰러진 부친께서 직접 응급실에 연락을 취했습니다. 구조대원들이 앰뷸런스를 타고 댁에 도착했을 때에는 이미 급성 심근경색 증세를 보이고 있었죠. 응급실에 도착했을 당시에는 심장이 멎어버린 상태였습니다. 즉시 심폐소생술을 시도했지만 소용없었습니다. 부친의 사체를 확인하려면 간호사를 따라가세요. 영안실로 안내해 줄 겁니다."

"아니야, 아니야, 이건 아니야! 이제 막 다시 만났는데, 말도 안 돼!"

캔디스의 볼을 타고 하염없이 눈물이 흘러내렸다. 그녀 앞에 아찔한 심연이 펼쳐져 있는 듯했다. 맥없이 주저앉는 그녀를 네이선이 가까스로 붙잡아 일으켰다. 그녀는 네이선에게 안겨 힘겹게 몸을 지탱했다.

네이선이 나서서 시급한 일을 처리해주었다. 가장 먼저 조쉬가 어떤 상태인지 알아보았다. 조쉬는 할아버지와 함께 응급차를 타고 병원으로 이동했고, 현재는 2층 소아병동에서 엄마를 기다리고 있었다. 그다음으로 네이선은 시신이 안치되어있는 영안실까지 캔디스를 부축해주었다. 그녀는 도와줘서 고맙다고 인사하고 나서 잠시 혼자 있고 싶다고 했다.

병원 로비로 돌아온 네이선은 안내 데스크를 찾아가 굿리치 박사가 오늘 밤 당직인지 물었다. 안내 데스크 직원이 아니라고 대답했다. 그는 병원에 비치된 전화번호부를 뒤져 호스피스 병동의 굿리치에게 전화를 걸었다.

네이선이 힐난하는 목소리로 언성을 높였다.

"박사님은 완전히 헛짚었어요."

어찌나 흥분했는지 손에 든 수화기가 덜덜 떨렸다.

"지금 무슨 말을 하는 거요?"

"이번에 죽을 사람은 캔디스가 아니었어요."

"그럼?"

"캔디스의 아버지."

"대체 무슨 말을 하는 거요?"

네이선이 감정을 절제하려고 크게 심호흡했다.

"캔디스는 지금 저와 병원에 와 있습니다. 방금 전 캔디스의 아버지가 심장마비로 사망했어요."

네이선의 목소리는 한결 차분해져 있었다.

"젠장."

굿리치 역시 놀란 기색이 역력했다.

네이선의 목소리는 이제 분노로 떨리고 있었다.

"박사님은 캔디스의 아버지가 숨을 거두리라고는 예측하지 못했네요. 그분 머리 뒤로 후광이 드리운 걸 못 본 겁니까?"

"그래요, 당신 말대로 아무것도 예측하지 못했어요. 내가 판단의 근거로 삼을 만큼 근거리에서 그분을 본 적도 없고."

"그렇다면 이제부터 예언자 행세를 집어치우세요. 박사님이 예언한 죽음의 대상이 바뀌었잖아요. 이제 박사님의 예언이 얼마나 엉터리인지 아시겠습니까?"

"캔디스 부친은 연세가 많으니 심장 기능이 약화되었을 수도 있겠죠. 그렇다고 그분의 죽음이 뭔가를 입증해줄 수 있는 건 없어요."

"박사님이 다음 대상으로 지목한 캔디스가 살아 있는 건 분명한 사실이잖아요."

"나도 진심으로 그렇게 되길 바라요."

캔디스 쿡의 집
새벽 3시

방은 어둠에 잠겨 있었다. 창가에서 타고 있는 몇 개의 크리스마스 양초 덕분에 그나마 사람과 사물의 윤곽이 흐릿하게 보였다. 거실 소파에서 깜박 잠이 들었던 캔디스는 오한이 일어 몸을 떨었고, 열이 나는 듯 얼굴이 불그스름했다.

네이선은 악몽에 시달리는 듯 수시로 몸을 뒤척이는 그녀를 최면에 걸린 사람처럼 바라보고 있었다. 그는 새벽 1시에 병원에서 캔디스와 조쉬를 집으로 데려왔다. 탈진 직전의 그녀는 묵묵히 따라왔다. 집에 도착한 네이선은 우선 의사가 처방해준 수면제를 캔디스에게 먹였다.

옆방에서 조쉬가 칭얼대는 소리가 들려왔다. 막 잠을 깬 조쉬가 눈을 동그랗게 뜨고 옹알이를 하고 있었다.

네이선이 조쉬를 팔에 안고 어르며 말했다. "안녕 조쉬, 아저씨는 친구니까 무서워하지 않아도 돼."

"무우……."

네이선은 조쉬에게 물을 조금 먹이고 나서 거실로 안고 나왔다.

"이제 괜찮지, 아가?"

조쉬가 말을 따라 했다.

"아…… 가."

네이선이 아기의 이마에 뽀뽀했다.

"엄마는 저기서 잠들었어."

"우움…… 마아."

네이선은 다시 조쉬를 재우려고 의자에 앉아 어르고 달래다가 브람스의 자장가를 흥얼거리기도 했다. 션이 세상을 떠나고 나서 단 한 번도 부르지 않은 자장가였다. 네이선은 갑자기 감정이 북받쳐와 노래를 멈추었다. 조쉬는 어느새 잠이 들었다.

네이선은 아기를 침대에 눕힌 뒤 다시 캔디스가 잠들어 있는 거실로 나왔다. 그는 캔디스가 마트에서 구입한 물건 목록을 적어놓은 종이 뒷면에 짤막한 메모를 적어 테이블에 올려두고 집을 나섰다.

밖에는 눈이 내리고 있었다.

12월 14일

캔디스가 빗장을 열고 문틈으로 살짝 고개를 내밀었다.

"아! 오셨군요. 들어오세요."

네이선이 그녀를 따라 부엌으로 들어갔다. 아침 9시, 아기용 의자에 앉은 조쉬는 아침을 먹느라 몸이 온통 음식 범벅이었다.

"안농."

"잘 있었니, 조쉬?"

네이선이 아이를 향해 방긋 웃었다.

캔디스가 아이의 머리를 한 번 쓰다듬고는 네이선을 쳐다보았다.

"밤늦게까지 도와줘서 정말 고마워요."

"그나저나 몸은 좀 어때요?"

"덕분에 괜찮아요."

말로는 괜찮다고 했지만 캔디스의 눈빛을 보니 전혀 안심할 수 없는 상태였다.

네이선이 호주머니에서 열쇠 꾸러미를 꺼내 흔들었다.

"어제는 내가 차를 운전해왔어요."

"변호사님 차는 바 주차장에 그대로 있겠네요?"

네이선이 고개를 끄덕였다.

"제가 주차장까지 모셔다드릴게요. 그 전에 커피라도 한잔하세요."

"고마워요."

네이선이 잠시 자리에 앉아 있다가 작심한 듯 말을 꺼냈다. "사실 부탁할 게 한 가지 있어요."

네이선이 작은 가죽 서류 가방을 테이블에 올려놓았다.

"네, 뭔데요?"

과한 친절을 베푸는 남자는 결국 시커면 속내를 드러내게 돼 있다고 생각하는 듯 그녀의 얼굴에 갑자기 근심이 어렸다.

"얼마 안 되는 액수지만 이 돈을 조쉬를 잘 키우는 데 써주었으면 해요."

깜짝 놀란 캔디스가 커피잔을 떨어뜨릴까봐 얼른 테이블에 내려놓았다.

"지금 농담하시는 건 아니죠?"

"당신을 진심으로 돕고 싶어요."

"저를 어떻게 생각하기에 그런 말씀을 하세요?"

캔디스가 화를 내며 자리를 박차고 일어섰다.

네이선이 그녀를 진정시키려 애썼다.

"아무런 대가도 바라지 않아요."

"합당한 이유 없이 변호사님의 돈을 받을 수는 없어요."

"당신은 조쉬를 공부시켜야 하고, 돈이 필요하잖아요. 게다가 30만 킬로미터를 달려 언제 퍼질지 모르는 차를 끌고 다니는 건 위험해요. 당신은 심각한 어려움에 처해 있고, 누군가의 도움이 당장 필요해요."

"그래서 얼마나 도와주실 건데요?"

"10만 달러."

"너무 큰 액수예요."

"그냥 로또에 당첨된 셈 쳐요."

캔디스가 할 말을 잃은 듯 어리둥절한 표정을 지었다.

"혹시 돈세탁이나 뭐 그런 건 아니죠?"

"불법이라고는 털끝만큼도 개입되지 않은 돈이니까 안심하고 받아둬요."

"저는 변호사님을 잘 알지 못해요."

"어젯밤에 내가 말한 신상 정보는 모두 사실이니 걱정 말아요."

네이선이 가죽 가방을 열었다.

"내 이름은 네이선 델 아미코, 파크 애비뉴에서 제법 알아주는 변호사죠. 청렴하기로 소문났고, 지금껏 내가 맡았던 소송은 깨끗하고 합법적이었어요. 내가 잔뜩 가져온 서류들을 읽어보면 내 말이 거짓이 아니라는 사실을 금세 알 수 있을 거예요. 내 여권, 은행 거래 내역서, 나에 대한 기사가 실린 법조 신문 같은 것들이니까."

캔디스가 단호하게 잘라 말했다.

"저에게 돈을 받으라고 강요하지 마세요. 당신의 과잉 친절을 받아들일 생각이 없어요."

네이선이 픽업트럭에서 내리며 말했다. "그럼 며칠 동안 시간을 줄 테니까 잘 생각해봐요."

어느새 두 사람은 〈샐리의 바〉 주차장에 당도해 있었다.

"생각해볼 여지도 없는 일이에요. 받아서는 안 되는 돈을 받고 이래라저래라 간섭받으며 살고 싶지 않아요."

네이선이 차창에 기대서서 약속하듯 말했다. "아무런 대가 없이 당신이 원하는 일에 쓰면 된다니까요."

"제가 돈을 받으면 변호사님은 뭐가 좋죠?"

"일주일 전만 해도 당신한테 이런 제안을 하지 않았을 거예요. 일주일 사이에 내 삶에 매우 중대한 변화가 있었죠. 나도 처음부터 부자는 아니었어요. 나를 키워준 어머니는 당신보다도 가난한 처지였으니까. 다만 난 운이 좋아 공부를 지속할 수 있었죠. 당신 아들 조쉬에게도 나처럼 행운을 누릴 기회를 줘야 해요."

"내 아들은 변호사님 도움 없이도 얼마든지 공부시킬 수 있어요."

뒷자리에 타고 있던 조쉬도 마치 엄마를 응원하듯 말했다.

"공부시킬 수 있어요!"

"그러지 말고 좀 더 생각해봐요. 서류 가방 안에 내 전화번호가 들어 있어요. 내가 서류들을 두고 갈 테니까 다 읽어보고 나서 전화 줘요."

"더 생각하고 말 것도 없어요. 변호사님도 알다시피 전 가진 게 없어요. 하지만 저보다 많이 가진 사람들이 갖지 못한 걸 가지고 있죠. 체면과 정직."

"그걸 포기하라는 게 아니에요."

"이제 그만하세요. 저에게 지나치게 과분한 제안이라 받아들일 수 없어요. 제가 돈을 받는다고 하면 뭔가 요구할 생각이죠?"

"내 눈을 똑바로 들여다봐요."

네이선이 목청을 높이며 그녀를 향해 바짝 다가섰다.

"그런다고 달라질 건 없어요."

그렇게 말하면서도 캔디스는 네이선의 눈을 바라보았다.

네이선이 그녀의 눈을 똑바로 응시하며 말했다.

"나는 선량한 사람이니 두려워할 필요가 없어요. 조쉬를 생각해서라도 돈을 받아요."

캔디스가 차 문을 쾅 닫으며 소리쳤다.

"저는 노라고 대답할 수밖에 없어요. 노, 노, 노!"

네이선과 캔디스는 각자 집으로 향했다.

캔디스는 오전 내내 네이선이 건넨 서류들을 꼼꼼히 들여다보았다.

네이선은 전화기에서 눈을 떼지 못했다.

정오가 되자 드디어 전화벨이 울렸다.

12장

맹금과 맹수에게 갈가리 찢겨 죽으니……
_루크레티우스

네이선은 10분쯤 동네를 빙빙 돌고 나서야 겨우 주차가 가능한 공간을 발견했다. 그는 노련한 운전자라야 가능한 종렬주차를 단번에 해냈다. 캔디스는 차가 완전히 멈춰 서길 기다렸다가 뒷좌석 카 시트에 앉힌 조쉬를 안아 네이선이 트렁크에서 꺼내준 접이식 유아차에 태웠다. 조쉬는 기분이 좋은지 젖병을 빠는 간간이 노래를 흥얼거렸다.

그들은 회색과 분홍색 벽돌로 지은 퍼스트 뱅크 오브 뉴저지 지점 건물을 향해 걸어갔다. 고객들로 북적거리는 시간이라 아이를 유아차에 태운 상태로 회전문을 통과하기 쉽지 않았다. 젊은 경비원이 다가와 유아차가 들어갈 수 있게 도와주었다. 경비원이 회전문을 쳐다보더니 유아차를 탄 아기들을 전혀 고려하지 않은 시설이라며 불평을 쏟아냈다.

건물 안 통유리로 빛이 쏟아져 들어왔다. 은행 건물은 일반 고객들이 이용하는 창구와 은행 직원과 단둘이 볼일을 볼 수 있게 짙은 색 나무 칸막이로 꾸며놓은 박스형 공간으로 나뉘어져 있었다.

캔디스가 가방에서 네이선에게서 받은 수표를 꺼냈다.

"정말 이래도 되는지 모르겠어요."

네이선이 부드럽게 말했다.

"이미 다 마무리 지은 얘기잖아요."

캔디스가 아이의 미래를 위한 결정이라는 생각으로 조쉬를 한 번 쳐다보고 나서 창구 앞으로 가 줄을 섰다.

"내가 같이 있어 줄까요?"

"그리 오래 걸리지 않을 테니까 그냥 의자에 앉아 계세요."

캔디스가 창구를 마주 보고 있는 의자들을 가리켰다.

"조쉬는 내가 데리고 있을게요."

"그냥 안고 있을래요. 대신 이 유아차를 맡아주세요."

캔디스가 유아차를 끌고 걸어가는 네이선을 향해 살짝 손을 흔들어 보이며 생긋 웃었다.

순간 말로리의 얼굴이 떠오르면서 네이선은 점점 캔디스에게 끌리는 걸 느꼈다. 그녀의 소탈한 성격과 몸에 밴 자존감이 매력적으로 다가왔다. 아이를 안아 들 때 느껴지는 모성애, 칭얼대는 아이의 얼굴에 볼을 비비며 어르고 달래는 모습을 보고 있으려면 가슴이 찡했다. 아이를 위해서라면 무엇이든 할 수 있는 엄마, 침착하고 안정감이 느껴지는 엄마였다. 싸구려 염색약으로 머리를 물들이고, 낡은 옷을 걸쳤지만 캔디스는 더없이 매력적인 여성이었다. 《코스모폴리탄》 같은 패션잡지에 나오는 여성들처럼 도도하고 시크한 매력은 없어도 은근히 사람을 끌어들이는 친근감과 신뢰감이 느껴졌다.

네이선은 그녀를 지켜보다 문득 자신의 인생 역정을 떠올렸다. 그동안 나고 자란 환경이 창피해 최대한 부정하고 감추면서 살아왔다. 캔디스처럼 성격 좋고 소탈한 여성을 만나 자그마한 아파트에서 픽업트럭을 끌고 다니며 성실하게 일했으면 차라리 더 행복했을지도 모른다. 가난한 집에서 홀어머니와 단둘이 살았던 그 시절을 돌이켜보면 오히려 지금보다 더 행복했다. 그는 가난하더라도 소소한 일상을 나누는 것이야말로 진정한 행복의 원천이라는 말을 그다지 신뢰하지 않았다. 그는 돈 때문에 고생하면서 살아온 까닭에 남부럽지 않을 만큼 사는 지금도 씀씀이가 헤프지 않았다. 이제는 돈이 전부라고 생각하지 않았다. 그에게는 함께 쓸 사람이 필요했다.

네이선은 은행 경비원과 이야기를 나누었다. 그는 뉴욕 양키스 구단이 다음 시즌에 뛰어난 선수를 영입한다는 소식에 기분이 한껏 고무되어 있었다. 한참 동안 야구 이야기에 열중하던 경비원이 갑자기 말을 멈추더니 출입문을 밀고 들어서는 거구의 남자 쪽으로 시선을 돌렸다. 그는 목에 스카프를 두르고, 스포츠 배낭을 어깨에 둘러메고 있었다.

'은행에 오는데 저렇게 큰 가방이 왜 필요하지? 특이한 사람이네.'

네이선의 눈에도 남자의 행색이 평범해 보이지 않았다. 신경이 예민해 보이는 남자가 불안하게 눈동자를 굴리며 곁눈질했다.

은행 경비원이 남자를 수상하게 여겨 그에게 다가갔다. 남자가 창구 앞으로 줄을 서러 가는 척하다가 갑자기 떡 버티고 서더니 눈 깜짝할 사이에 가방에서 총을 꺼내 들었다. 그가 얼굴에 검은 복면을 뒤집어썼다.

경비원이 총을 빼 들려는 순간 공범으로 보이는 남자가 안으로 뛰어

들어와 곤봉으로 경비원의 머리를 후려쳤다. 경비원이 쓰러지자 공범이 재빨리 달려가더니 그의 총을 빼앗아 주머니에 갈무리했다.

"움직이면 쏜다. 다들 머리 위로 손을 올려!"

복면을 쓰지 않은 공범은 군복 바지에 군용 조끼 차림이었다. 염색이 빠진 머리를 짧게 자른 그의 눈에 핏발이 서 있었다. 그는 오른손에 대구경 리볼버를 들고 있었고, 어깨에는 비디오게임에 자주 등장하는 우지 기관단총을 메고 있었다. 물론 지금 상황은 비디오게임이 아니라 현실이었다. 우지 기관단총을 난사한다면 많은 희생자가 발생할 터였다.

"다들 무릎 꿇어!"

여기저기서 비명 소리가 터져 나오기 시작했고, 고객들과 은행 직원들은 무릎을 꿇거나 바닥에 납작 엎드렸다. 네이선은 캔디스가 어디에 있는지 재빨리 살펴보았다. 캔디스는 고객 상담 박스 안에 있는 책상 밑에 숨어 품에 안고 있는 아이에게 '아가, 괜찮아. 엄마가 있으니까 안심해도 돼' 하며 달래려 애쓰고 있었다.

눈을 동그랗게 뜬 조쉬가 호기심 어린 눈으로 주위를 두리번거렸다. 불안감에 휩싸여 일그러진 사람들의 표정이 네이선의 눈에 들어왔다.

'입구에서 가방을 검색했을 텐데 어떻게 점포 안으로 들어올 수 있었을까? 경보시스템은 왜 작동하지 않았지?'

한 여자가 네이선의 옆에서 몸을 옹송그린 채 은행 창구의 나무 패널에 몸을 기대어 떨고 있었다. 캔디스를 안심시키려는데 갑자기 온몸이 감전된 듯 가슴에서 통증이 심하게 일었다. 네이선은 심장이 불규칙하게 뛰기 시작하자 트리니트린 스프레이를 흡입하려고 외투 호주머니를 뒤적거렸다.

"손을 머리 위로 올리라고 했지!"

군복 차림 강도가 네이선을 향해 소리치고 나서 지점장으로 보이는 사람에게로 걸어갔다. 눈에 보이는 강도는 두 사람이 전부였다. 만약 공범이 더 있다면 근처에 차를 대기시켜두고 범행이 끝나기를 기다리고 있을 게 뻔했다.

"죽기 싫으면 어서 금고 문을 열어."

강도가 총으로 지점장을 위협해 금고로 밀어 넣었다. 철문이 열리는 소리가 들리고 나서 잠시 후 또 다른 문이 열리는 소리가 희미하게 들려왔다. 복면한 강도는 밖에 남아 인질들을 감시했다. 그는 책상 위에 올라서서 상황을 완벽히 통제하고 있음을 과시하듯 크게 소리쳤다.

"움직이지 마! 움직이면 쏜다!"

2인조 강도 중 복면한 남자가 부하인 듯했다. 그는 자주 시계를 들여다보는 한편 복면 아래쪽이 조이는지 연신 만지작거리며 초조해했다.

"뭐가 이리 오래 걸려? 잘 돼가?"

복면한 강도가 조바심을 치며 물었지만 안으로 들어간 동료는 아무런 대답이 없었다. 얼마 후, 그는 더는 참지 못하겠다는 듯이 복면을 벗었다. 이마에 땀방울이 송골송골 맺혀 있고, 양쪽 겨드랑이에 땀자국이 크게 번져 있었다. 이미 복역한 경험이 있어 보였다. 일이 잘못돼 또다시 철창신세를 지게 될까봐 두려운 게 분명했다. 은행 강도의 경우 죄질이 나빠 중형을 받을 가능성이 컸다.

창구 안쪽으로 들어갔던 군복 차림 강도가 무거운 가방을 어깨에 메고 밖으로 나왔다. 그가 공범을 향해 소리쳤다.

"아리, 들어가서 나머지 돈을 챙겨와."

"토드, 그만 튀는 게 좋겠어. 이미 충분해."

군복 차림 강도는 끝낼 생각이 없어 보였다.

"당장 뛰어 들어가서 나머지 돈을 챙겨와, 등신 새끼야!"

네이선은 범인들이 자중지란을 일으키는 틈을 노려 캔디스 쪽으로 다가갈 생각이었다. 가슴이 두방망이질치기 시작했다.

조금씩 몸을 움직이는 그를 발견한 아리가 뛰어와 가차 없이 발길질을 했다. 네이선은 그 자리에서 쓰러지며 책상에 머리를 세게 부딪쳤다.

"가만히 있으라고 했지?"

군복 차림 강도가 다가오며 동료를 향해 소리쳤다.

"아리, 넌 어서 안으로 들어가 돈을 챙겨와. 여긴 나에게 맡기고."

책상에 머리를 부딪는 순간 기절했다 정신을 차린 네이선은 손으로 이마와 눈썹을 더듬어보았다. 피가 관자놀이를 타고 셔츠 위로 흘러내렸다. 운이 좋아 여기서 살아나간다고 해도 한동안 머리에 붕대를 감고 다녀야 할 듯했다.

캔디스가 '괜찮아요?' 하는 걱정스런 눈빛으로 네이선을 쳐다보았다. 네이선은 고개를 끄덕여 그녀를 안심시켰다. 캔디스의 안색이 창백하다 못해 파리했다. 네이선은 다시 정신이 가물가물해지고 있었고, 눈앞에 있는 캔디스의 얼굴에 말로리의 얼굴이 겹쳐 보였다. 그는 두 사람을 위험한 상황으로부터 구해내고 싶었다.

뒤늦게 경보음이 울리자 군복 차림 강도가 몹시 당황한 듯 안절부절

못했다. 경보음을 들은 아리가 양손에 지폐를 잔뜩 움켜쥐고 밖으로 달려나왔다.

"토드, 무슨 일이야?"

"경찰이 들이닥치기 전에 튀어야 해!"

"경보시스템을 해제시켜 조금도 위험하지 않다고 했잖아?"

아리의 얼굴에서 굵은 땀방울이 흘러내렸다.

토드가 출입문 쪽으로 다가가더니 아리를 돌아보며 소리쳤다.

"제랄도가 우릴 버리고 튀었어. 이런 개자식!"

"이제 차도 없는데 어떡하지?"

토드는 이미 혼이 반쯤 나간 상태라 아리의 말이 귀에 들어오지 않았다. 돈 가방을 어깨에 둘러멘 그는 오른손에 우지 기관단총, 왼손에 리볼버를 들고 은행 정문을 향해 걸어갔다. 그가 문을 박차고 밖으로 나서는 순간 경찰차 여러 대가 사이렌 소리를 울리며 그를 포위했다.

총성과 비명 소리가 이어졌다. 토드를 뒤따를지 말지 고민하던 아리가 출입문을 닫고 안으로 들어왔다.

"다들 꼼짝하지 마!"

아리가 바닥에 엎드린 직원들과 고객들을 향해 권총을 겨누었다.

네이선은 그의 손에 들린 권총에서 눈을 떼지 않았다.

'저 미치광이 놈 하나 때문에 몇 사람이 희생될까?'

밖에서 다시 여러 발의 총성이 들리더니 이내 잠잠해졌다. 곧이어 확성기에서 경찰의 경고 방송이 흘러나왔다.

너희는 포위됐다. 너희 동료는 이미 경찰에 체포됐다.
당장 무기를 버리고 밖으로 나와라.

아리는 최악의 상황을 직감한 듯 눈알을 이리저리 굴리며 초조해했다.

"너, 이리 와봐!"

네이선이 우려하던 상황이 벌어졌다. 무장 강도가 캔디스를 인질로 삼으려고 팔을 잡아끌었다. 순순히 응할 그녀가 아니었다. 그녀는 필사적으로 도망쳤고, 팔에 안긴 조쉬는 발작하듯이 울어댔다. 네이선이 벌떡 일어나 강도와 캔디스 사이를 가로막았다. 강도가 네이선에게 9밀리 구경 권총을 겨누었다.

네이선의 머리가 빠르게 돌아갔다.

'이 빌어먹을 놈이 나를 죽일 수는 있겠지만 캔디스를 해치지는 못할 거야. 총소리가 나는 순간 경찰이 들이닥쳐 인질들을 보호해줄 테니까.'

시간이 더디게 흘렀다.

'결국 굿리치 박사의 예언은 틀렸어. 이제 그가 틀렸다는 사실이 너무나 자명해진 거야. 예정된 죽음 따윈 없어. 인생은 그렇게 결정되는 게 아니야. 캔디스는 살았고, 내가 이겼어. 내가 이겼다고.'

네이선은 강도가 겨눈 총을 마주하고 있자니 정신이 아득해졌다. 9밀리 파라블럼탄을 장전한 글록17은 이 나라의 어느 총포상에서도 50달러만 내면 쉽게 구입할 수 있었다. 바비큐 파티를 벌이면서 사격 시합을 하는 게 국민적인 스포츠로 자리 잡은 이 나라에서는 흔한 총이었다.

아리는 두 손으로 권총 손잡이를 움켜쥐고 있었다. 그가 방아쇠에 손가락을 걸었다. 일촉즉발의 상황.

네이선이 출입문 쪽을 힐끔 쳐다보는 순간 경비원의 움직임이 포착되었다. 쓰러졌다가 겨우 정신을 차린 경비원이 오른쪽 장딴지에 달린 총집에서 몰래 권총을 꺼내 들고 있었다. 아리는 전혀 눈치채지 못했다. 엉거주춤 몸을 일으킨 경비원이 연이어 두 발을 발사했다. 첫 번째 탄환은 아슬아슬하게 목표물을 비켜갔지만 두 번째 탄환은 강도의 등에 명중했다. 강도가 바닥에 쓰러졌다.

공포에 사로잡힌 사람들이 출입구를 향해 뛰기 시작했고, 경찰과 구조대원들이 진압하려고 안으로 뛰어들었다.

"어서 밖으로 나가세요!"

네이선은 경찰의 명령을 어기고 캔디스가 있는 은행 구석으로 달려갔다. 누군가 바닥에 쓰러져 있었고, 몇 사람이 주변을 둘러싸고 있었다. 캔디스였다. 공포에 질린 조쉬가 딸꾹질을 해대며 엄마에게 필사적으로 매달렸다.

네이선이 소리를 질렀다.

"어서 앰뷸런스와 구조대원을 불러줘요!"

경비원이 쏜 첫 번째 총알이 하필이면 철제문에 맞고 튕겨 나와 캔디스의 옆구리에 박혀버렸다. 바닥에 피가 흥건히 고여 있었다.

네이선이 몸을 숙여 캔디스의 손을 잡았다. 그가 주저앉으며 애원하듯 말했다.

"제발 죽지 말아요!"

얼굴에서 핏기가 사라진 캔디스가 뭔가 말하려는 듯 입을 여는 순간 피가 쏟아져나왔다.

"제발 정신 차려요!"

한 시간 전만 해도 사랑스러운 눈길로 어린 아들을 어르고 달래던 캔디스는 이제 없었다.

네이선이 할 수 있는 일은 캔디스의 눈을 감겨주는 것뿐이었다. 주위에 있던 누군가가 물었다.

"당신 부인인가요?"

⌒

잠시 후 EMS 응급 구조대의 앰뷸런스가 도착했다. 네이선은 조쉬를 안고 있었다. 아이가 다치지 않은 건 기적이었다. 네이선은 들것에 실려나가는 캔디스를 뒤따라갔다. 시신을 싼 알루미늄 덮개의 지퍼가 얼굴 위로 채워지는 순간, 네이선은 이것으로 캔디스와는 마지막인가 하는 생각이 들었다.

죽음이 끝일까? 그 뒤에는 무엇이 기다리고 있을까?

엄마가 돌아가셨을 때, 아들 션을 잃었을 때 여러 번 던져본 질문이었다. 그의 머리 위에서 햇살이 쨍하게 빛났다. 뉴욕의 겨울에는 보기 드문 날씨였다. 차고 건조한 바람이 맑은 공기와 함께 불어왔다. 아직 충격에서 헤어나지 못한 사람들이 서로를 위로하며 인도에 서 있었고, 네이선의 품에 안긴 조쉬는 악을 쓰며 울었다.

네이선은 회오리바람 속으로 빨려 들어간 듯 정신이 멍해졌다. 왁자

지껄한 목소리들이 사방에서 들려왔고, 경찰차 경광등의 울긋불긋한 빛들이 빨갛게 충혈된 그의 눈앞에서 너울댔다. 방송국 카메라맨들과 기자들이 벌써 인질로 잡혔던 사람들을 붙잡고 취재하기 시작했다.

네이선은 이 혼란스럽고 끔찍한 상황으로부터 조쉬를 보호하려고 안간힘을 썼다. 의료진이 아리의 시신을 밖으로 끌어내는 동안 꼭 끼는 감색 제복을 입은 NYPD(뉴욕경찰) 형사가 몇 가지 물어볼 게 있다면서 그에게로 다가왔다. 남미 출신에 키가 작고 몸매가 다부진 동안의 남자였다.

네이선은 경찰의 질문을 듣는 둥 마는 둥 눈물과 핏자국이 범벅된 조쉬의 얼굴을 옷소매로 닦아주었다. 캔디스가 흘린 피를 보는 순간 참았던 울음이 터져 나왔다.

"내가 캔디스를 죽음으로 몰아넣었어요. 캔디스가 이 은행에 온 건 순전히 나 때문이었으니까."

형사가 안쓰러워하며 그를 바라보았다. "이런 일이 생길지 누가 알았겠어요? 정말이지 안됐습니다."

네이선은 아스팔트 바닥에 주저앉아 두 손으로 머리를 감쌌다. 온몸에 경련이 일었다.

'모두 내 탓이야. 캔디스를 죽게 만든 건 바로 나야. 내가 돈을 주겠다는 제안을 하지 않았더라면 캔디스가 이 은행에 발을 들이지 않았을 테고, 결국 아무 일도 일어나지 않았을 테니까. 다 내 탓이야.'

순간 네이선은 자신이 체스판의 말이 된 듯 거스를 수 없는 운명의 힘이 작동하고 있다는 느낌을 받았다. 굿리치의 말이 귓전에 쩌렁쩌렁 울리는 듯했다.

'인간은 죽음의 순간을 마음대로 바꿀 수 없어요. 죽음의 최종 결정 권자는 따로 있고, 어떤 인간도 그 결정에 대해 왈가왈부할 수 없어요.'

네이선이 눈물범벅이 된 얼굴로 형사를 물끄러미 올려다보았다.

"이런 일이 벌어질지 누가 알았겠어요. 아무도 몰랐잖습니까?"

13장

그러니 부디, 밤낮으로 이것을 명상하게.

_키케로

태초에는 과거도 미래도 존재하지 않았다. 물질과 공간, 시간이 탄생한 대폭발이 일어나기 전에는. 백과사전에는 우주의 역사가 150억 년 전에 시작되었다고 나와 있다. 가장 오래된 별의 나이도 그쯤 된다.

지구는 50억 년 전에 생성되었다. 지구가 생성되고 나서 10억 년 후부터 지극히 단순한 생명체인 박테리아가 생존하기 시작했다. 인간이 존재하기 시작한 건 수억 년이 더 지난 후였다.

모두들 알면서 망각하는 사실이 있다. 우주의 역사에 비해 인류의 역사는 미미하다는 사실이다. 수렵을 하던 인간이 농사를 시작해 정주 생활을 시작하면서 도시와 무역이 발달하기 시작한 건 청동기 시대 이후의 일이었다.

18세기 말에 급격한 변화가 일어났다. 생산이 지속적으로 늘어나면서 산업혁명과 근대가 도래했다. 산업혁명 이전만 해도 인간의 기대수명은 35세에 불과했다. 사람이 목숨을 잃는 건 아주 흔하고 자연스러운 일이었다. 사람들은 죽음을 당연한 귀결로 받아들였다.

태초의 인류로부터 지금까지 800억 명이 넘는 사람들이 지구에서 살아가며 삶을 영위하고, 도시를 세우고, 책을 쓰고, 음악을 지었다. 현재 지구상에 살고 있는 인류는 60억 명에 불과하다. 우리보다 앞서 살았던 조상들이 숫자로써는 현 인류의 14배쯤 되는 셈이다. 조상들은 우리 발아래에서 잠들어 부패하고 분해된다. 그들은 우리가 사는 땅과 먹을거리를 풍요롭게 해준다.

우리보다 먼저 살다간 그들을 그리워하는 이들이 많이 있다.

몇 십억 년이 지나 태양을 구성하는 수소가 고갈되면 태양의 부피는 지금보다 100배로 늘어나게 된다. 그때 지구의 온도는 섭씨 2천 도가 넘겠지만 인류는 이미 오래전에 자취를 감춘 뒤일 것이다.

우주는 팽창을 계속할 테고, 은하들은 서로 멀어질 것이다. 결국 빛을 잃은 별들이 거대한 우주 속 공동묘지를 형성하게 될 것이다.

오늘 밤, 하늘은 낮고 어둠은 고요했다.

네이선은 집에 불을 켜지 않은 채 아래로부터 올라오는 도시의 불빛 속에 잠겨 있었다. 그는 뉴욕이 내는 소음에 귀를 기울였다. 자동차 경적 소리, 앰뷸런스와 경찰차의 사이렌 소리가 와글와글 뒤섞여 끊임없이 소음을 만들어냈다.

네이선은 혼자였고, 두려웠고, 말로리가 그리웠다.

그리고 그는 죽음이 눈앞에 닥쳤음을 직감했다.

14장

죽은 자들은 오직 한 가지밖에 모른다. 죽는 것보다 사는 게 낫다는 사실.

_스탠리 큐브릭의 영화 〈풀 메탈 재킷〉 중에서

12월 15일

환한 빛이 통유리를 통해 널찍한 거실로 쏟아져 들어왔다. 흰색 페인트칠을 한 벽은 빛에 잠겨 마치 한여름 같은 열기를 발산했다. 자동 온도 시스템이 작동하자 블라인드가 저절로 내려갔다.

네이선은 밝은색 트위드 천 소파에 맥없이 늘어져 있었다. 그가 베이지색 마룻바닥에 텅 빈 코로나 맥주병을 내려놓았다. 벌써 네 병째였다. 평소 마시지 않던 술을 갑자기 많이 마신 탓에 속이 메스꺼웠다.

네이선은 아침 내내 집 안을 서성거렸다. 캔디스는 목숨을 잃었고, 굿리치 박사가 죽음을 예측하는 능력을 보유하고 있다는 사실이 증명된 셈이었다. 네이선은 자신의 종착역이 얼마 남지 않았다는 걸 받아들일 수밖에 없었다. 케빈과 캔디스에 대한 굿리치의 예언은 적중했다. 인정하긴 싫지만 이제 죽음을 받아들여야 했다.

사형선고를 받았으니 앞으로 어떻게 해야 할지 막막했다. 이 충격과 고통을 어떻게 이겨낼 수 있을까?

네이선은 여태껏 무한 경쟁의 세계, 약자들은 발붙일 수 없는 세계에서 살아왔다. 그러는 사이 자신이 필멸의 존재라는 사실을 까맣게 잊다시피 했다. 오래전, 낸터컷 섬에서 겪은 사고가 그의 삶에 큰 교훈을 남기지는 못한 듯했다.

네이선은 소파에서 일어나 센트럴파크가 그림처럼 펼쳐진 통유리 앞으로 다가갔다. 머리가 지끈지끈했다. 말로리와의 이혼, 션의 죽음 그리고 죽을 만큼 고통스러웠던 순간들과 끔찍한 이미지들이 머릿속에서 어지럽게 뒤섞였다. 문득 조쉬 생각이 났다. 사회복지사가 그의 품에 안긴 조쉬를 데려갈 때 가슴이 찢어질 듯했다. 겨우 한 살에 고아가 된 아이가 어떤 성장기를 보내게 될지 생각하자 머리가 아득했다. 천덕꾸러기 신세가 되어 입양 가정들과 사회복지시설을 전전할 게 뻔했다.

네이선은 무력감을 느꼈다.

난 강한 사람이 아니야.

인간은 언제 꺼질지 모르는 약한 생명일 뿐이야. 션이 그랬듯이 내 생명도 언제 끝날지 몰라.

언제 죽을지 모르는데 너무 많은 걸 계획하며 살아왔어!

말로리는 못마땅하게 여겼지만 네이선은 화재, 홍수, 벼락, 테러, 절도 같은 재난에 대비해 각종 보험을 들어두었다. 하지만 정작 자신의 죽음에 대해서는 아무런 준비가 되어 있지 않았다. 사람들이 신을 믿는지 물으면 그는 언제나 믿는다고 대답했다. 미국에 살면서 신이 존재하지 않는다는 말을 하긴 어렵다. 대통령 취임식 때 신임 대통령은 성경에 손을 얹고 취임 선서를 한다. 하지만 마음속으로는 단 한 번도 사후 세계나 영령의 존재를 믿어본 적이 없었다.

네이선은 실내를 둘러보았다. 그는 심플하면서도 현대적인 세련미가 돋보이는 인테리어에 입체감과 빛, 투명한 느낌이 살아나게 꾸민 이 집을 무척 아꼈다. 말로리는 아버지가 살던 아파트에서는 한사코 살지 않겠다고 했었다. 네이선은 이혼 후 직접 아파트를 꾸몄다. 평소에는 세월이 흘러도 변형되지 않는 나무와 대리석 같은 천연 소재들에 둘러싸여 아늑하고 안정된 기분을 느꼈으나 오늘은 그렇지 않았다.

투명 코팅 도료를 입힌 징두리 판벽을 붙인 벽면에 말로리의 연필 스케치 작품들이 걸려 있었다. 그녀와 함께 행복했던 기억들을 떠올렸다.

네이선은 죽음의 공포에 떨면서도 화가 치밀어 올랐다.

왜 하필 나야?

빨리 죽고 싶지 않았다. 보니가 자라는 모습을 지켜봐야 하고, 말로리의 마음을 돌려놓아야 하고, 로펌에서도 할 일이 태산 같았다.

다른 사람을 먼저 데려가도 상관없잖아.

대단한 인생은 아니었지만 벌받을 짓을 하지는 않았다.

죽음의 메신저가 존재한다면 적어도 일의 순서나 원칙, 일관성은 있어야 하지 않나? 지금 이 순간에도 수많은 아이들과 무고한 사람들의 생명이 꺼져가고 있어. 죽음 앞에서 감상 따윈 허용되지 않는 법이지. 사람들은 누가 죽으면 신이 사랑하기 때문에 먼저 하늘나라로 데려갔다고 말하지. 위안이 필요해 지어낸 터무니없는 말이야.

네이선은 지금 그 어디로도 불려가고 싶지 않았다. 그냥 여기에서, 지금 이대로 살고 싶었다. 사랑하는 사람들과 함께.

이제 어떡한다?

네이선은 일이 벌어지길 기다리는 타입이 아니었다. 지금은 특단의 대책이 필요한 긴급 상황이었다. 서둘러야 했다.

네이선은 보니의 손을 떠서 만든 석고 모형이 있는 선반으로 다가갔다. 석고로 만든 아이의 손에 자신의 손을 포개고 있으려니 어린 시절 기억이 떠올랐다. 유년기는 아주 혼돈스러운 기억으로 남아 있었다. 그 시절을 추억할 장난감이나 그 흔한 사진 한 장 남아 있지 않았다. 그때 는 사진을 찍을 처지가 못 되었다.

네이선은 실내를 한 번 더 둘러보았다. 라자스탄에 다녀온 조던 변호 사가 선물한 표범 석상이 계단 옆에서 초연한 눈빛으로 그를 내려다보 고 있었다. 그 옆에는 토스카나 양식의 테라코타 아기 천사가 자리했다.

아무리 돈이 많은들 무슨 소용인가?

불우했던 유년 시절의 기억을 돈으로 지울 수는 없었다. 그렇다고 타 인을 원망하고 싶지는 않았다. 도리어 가난했던 그 시절이 있었기에 지 금처럼 성공할 수 있었다.

대학 입학 후 그의 인생은 완전히 달라졌다. 성공이라는 목표를 이루 기 위해 악착스럽게 공부했다. 며칠씩 도서관에서 법전과 판례에 파묻 혀 지냈다. 그렇다고 공부밖에 모르는 샌님은 아니었다. 운동에 소질이 있지는 않았지만 열심히 하는 편이었고, 치어리더들 사이에서 인기가 많았다. 야구 경기가 열릴 때마다 예쁜 여대생들이 찾아와 긴 머리카락 을 흩날리며 목이 터져라 그를 응원해주었다.

네이선이 대학에 다니는 동안 아무도 그를 불우한 가사도우미의 아들로 보지 않았다. 그는 장래가 촉망되는 로스쿨 학생이었고, 모두가 그를 선망했다. 유년 시절의 추억은 거의 없다시피 했지만 대학 시절은 그에게 소중한 추억을 남겨주었다.

네이선은 실내를 가로질러 걸어갔다. 침실과 서재가 있는 2층으로 올라갈 생각이었다. 그는 주철 난간을 잡고 로마 양식으로 꾸민 화강암 계단을 지나 2층으로 올라갔다. 불투명 유리와 금속 소재의 칸막이 뒤로 돌아 들어가면 그가 직접 꾸민 휴식 공간이 있었다. 거실 겸 서재로 쓰는 망사르드 다락방으로 그가 즐겨 듣는 다양한 음반과 CD가 가지런히 정렬돼 있었다. 벽에는 뉴욕 양키스 로고가 찍힌 야구모자와 티셔츠들이 걸려 있었다. 선반에는 대학 시절 야구 경기에 출전해서 받은 트로피들과 야구공이 진열되어 있었다. 그 옆에는 중고 머스탱 앞에서 찍은 사진을 넣은 액자도 있었다. 구입할 때 이미 주행거리가 수십만 킬로미터였던 그의 첫 자동차였다.

네이선은 옛날 생각에 잠겨 80년대 초반에 즐겨듣던 LP판들을 하나씩 꺼내보았다. 대중음악의 전성기라고 해도 과언이 아닌 시절이었다. 핑크 플로이드, 다이어 스트레이트, 비지스, 팝 음악의 아이콘이 되기 전의 마돈나 등등.

그중 유독 낡은 LP판 하나가 눈에 들어왔다. 존 레논을 불멸의 이름으로 만들어준 명곡 〈이매진〉이었다.

'이 LP판은 본 적이 없는데 어디서 났을까? 말로리 건가?'

재킷 속에서 전 비틀즈 멤버 존 레논이 잔뜩 흐린 하늘을 초점 없는 눈으로 올려다보고 있었다. 알이 동글동글한 안경을 쓴 그는 이미 창공을 떠다니는 유령의 모습을 닮아 있었다.

존 레논의 음반을 어떻게 소장하게 되었는지 전혀 기억나지 않았다. 물론 〈이매진〉은 세계 평화를 부르짖는 곡으로 많이 들어보았다. 사실 존 레논이 주창하는 유토피아적 평화는 그보다 한 세대 앞선 사람들이 숭상하던 이념이었다. 재킷을 뒤집어보니 발매 일자가 1971년 9월로 찍혀 있었고, 만년필로 쓴 메모가 적혀 있었다.

네이선에게
챔피언 친구, 넌 정말 대단한 용기를 보여줬어.
이제 아무 걱정하지 말고 몸 잘 추스르길 빌어.

'챔피언?' 네이선은 지금껏 한 번도 챔피언이라 불린 기억이 없었다. 메모 아래에 사인이 적혀 있었지만 너무 희미해져서 읽을 수가 없었다.

네이선은 재킷에서 음반을 꺼내 턴테이블에 올렸다. 그는 자기도 모르게 세 번째 트랙 위에 바늘을 올려놓았다.

〈질투하는 사내(Jealous Guy)〉라는 곡이었다. 피아노 연주가 들려오자 오래도록 잊고 있었던 기억들이 되살아났다.

때는 1972년 가을이었다.

낸터킷 섬에 있는 보건소 병실.

15장

사실 우리는 아무것도 모른다. 심연 밑바닥에 진실이 있기 때문에.
_데모크리토스

재규어에 오른 네이선은 미스틱을 향해 차를 몰았다. 속도를 높여 달리다보니 뉴 헤이븐으로 빠지는 출구에서 사고가 날 뻔했다. 술을 마신 탓에 도저히 운전에 집중할 수 없었고, 머릿속에는 이런저런 이미지들이 두서없이 떠올랐다.

1972년, 그는 여덟 살이었다.

그해, 워터게이트 사건이 터졌고, 닉슨 대통령이 중국을 전격 방문했고, 세계 체스 대회에서 미국 선수가 사상 최초로 소련 선수를 물리치고 우승을 차지했다.

메이저리그에서 오클랜드 어슬레틱스가 결승에서 신시내티 레즈를 꺾고 월드시리즈 우승컵을 들어 올렸고, 슈퍼볼에서는 댈러스 카우보이가 우승의 영예를 안았다.

그해 여름, 네이선은 웩슬러 가문의 별장에서 가사도우미로 채용된 엄마를 따라 낸터컷 섬으로 갔다. 나고 자란 퀸즈의 빈민가를 벗어나 난생처음 경험한 긴 여행이었다.

네이선은 오후 늦게 굿리치의 집 앞에 도착했다. 일기가 계속 악화되고 있었다. 사나운 겨울바람이 부는 해안, 요동치는 하늘과 모래언덕들에 반쯤 가려진 성난 바다의 경계가 허물어지고 있었다.

여러 번 초인종을 눌렀지만 문을 열어주는 사람이 없었다. 굿리치 박사는 주말마다 집에 온다고 했고, 분명 일요일인데 아무리 초인종을 눌러도 인기척이 없었다. 굿리치가 집에 없다면 오히려 좋은 기회가 될 수도 있었다. 지금껏 굿리치가 게임을 주도해왔고, 많은 걸 숨기고 있을 게 분명했다. 이번 기회에 굿리치에 대해 새로운 사실들을 알아내 허를 찌를 필요가 있었다.

네이선은 재빨리 주위를 둘러보았다. 제일 가까운 집도 100미터가 넘게 떨어져 있었다. 불법 가택 침입이더라도 어떻게든 안으로 들어가볼 생각이었다. 일단 집 옆에 붙어 있는 차고 지붕으로 올라간 다음 발코니를 통해 내부로 들어가는 게 가장 쉬운 방법일 듯했다.

'그다지 어려울 것 같지는 않아.'

일단 점프를 해 차고 처마에 매달릴 생각이었는데 생각처럼 쉽지 않았다. 예상보다 지붕이 높아 발을 딛고 올라설 물건을 찾아보려고 주변을 두리번거리고 있을 때 털이 새까만 개 한 마리가 어슬렁거리며 다가왔다. 그렇게 큰 개는 난생처음이었다. 개가 2미터쯤 거리를 두고 걸음을 멈추더니 그를 노려보며 으르렁거리기 시작했다.

'이 녀석이 내가 올 줄 알고 기다리기라도 한 건가?'

녀석은 키가 그의 허리인 순종 몰로스 개였다. 다른 상황에서 만났더라면 용맹해 보이는 녀석에게 찬사를 보냈을지도 모른다. 하지만 지금 그의 눈에 보이는 건 축 늘어져 부들부들 떨리는 녀석의 입에서 흘러나오는 으르렁대는 소리와 위협적인 눈빛뿐이었다. 윤기 자르르한 털 아래 80킬로그램짜리 근육들이 촉수를 곤두세우고 있었다.

네이선은 개와 그다지 친하지 않았다. 등줄기를 타고 식은땀이 흘러내렸다. 그가 몸을 움직이자 개가 무시무시한 이빨을 드러내며 한층 더 우렁차게 짖어댔다.

네이선이 한 발짝 뒤로 물러서자 개가 무섭게 그의 얼굴을 향해 뛰어올랐다. 그는 한쪽 발로 개를 세게 걷어차 위기를 모면한 다음 몸을 솟구쳐 차고 지붕 처마에 매달렸다. 이제 살았다고 안도한 순간 장딴지를 문 단단한 이빨의 느낌과 어마어마한 통증이 전해져왔다.

'절대로 손을 놓으면 안 돼. 떨어지는 순간 녀석의 밥이 되는 거야.'

개를 떨쳐버리려고 사정없이 다리를 흔들었지만 녀석은 강력한 이빨로 물고 있는 장딴지를 놓아주지 않았다. 이러다간 아킬레스건이 파열될 위험이 컸다.

한쪽 다리를 죄다 물어 뜯기겠어!

네이선이 필사적으로 다리를 흔들어대자 그제야 개가 물고 있던 다리를 놓았다. 네이선은 팔을 당겨 지붕 위로 몸을 끌어올렸다.

'빌어먹을!'

잠시 지붕에 앉아 숨을 돌리던 네이선의 얼굴이 고통으로 일그러졌다. 바지 아래쪽 밑단이 너덜너덜 찢겨나가 있었다. 장딴지에 개 이빨 자국이 깊게 나 있었고, 피가 철철 흘러나왔지만 치료는 뒤로 미룰 수밖에 없었다. 일단 손수건으로 상처 부위를 감아 임시 지혈을 했다. 녀석이 밑에서 지키고 앉아 있어 내려갈 수도 없었다. 개가 피 섞인 침을 줄줄 흘리며 그를 올려다보고 있었다.

'이놈아, 뭘 쳐다봐. 난 네놈의 일용할 양식이 아니야. 너, 설마 광견병에 걸린 건 아니지?'

네이선은 아픈 다리를 끌고 전면 발코니로 올라섰다. 그의 예상대로 굿리치는 창을 잠그지 않고 외출했다. 그는 창문을 들어 올린 다음 안으로 들어갔다.

'자, 이제 본격적인 압수수색을 시작해볼까? 주인 없는 집에서 이러다가 발각되기라도 하면 변호사 자격증과는 영원히 결별해야겠군.'

《내셔널 로이어》에 실릴 기사의 타이틀이 벌써 눈에 선했다.

'〈마블 앤드 마치〉 로펌의 유명 변호사 네이선 델 아미코, 가택침입과 절도 혐의로 5년 징역형 선고!'

집주인이 블라인드를 모두 올려놓고 나갔음에도 흐린 날씨 탓에 2층 실내는 벌써 어둑어둑했다.

개 짖는 소리가 계속 위로 올라왔다.

'저 멍청한 녀석이 동네 사람들을 죄다 불러 모을 작정인가?'

최대한 서둘러 일을 끝내야 했다.

현관이 내려다보이는 좁은 복도를 걸어가다보니 방이 두 개 나왔고, 끝 쪽에 서재가 있었다. 그는 서재 안으로 들어갔다.

밝은 색상의 오크목이 깔린 널찍한 서재에는 각종 서류와 오디오 테이프, 비디오테이프, 디스켓, CD가 빼곡하게 꽂힌 철제 선반이 가득했다. 한눈에 봐도 굿리치가 진료한 환자들의 진료기록이라는 사실을 알 수 있었다.

'과연 정상적인 절차를 거쳐 보관하고 있을까?'

진료기록은 굿리치가 1968년부터 지금껏 근무한 병원과 연도에 따라 체계적으로 분류되어 있었다.

네이선은 정신을 집중해 진료기록을 읽어나갔다. 보스턴 메디컬 제너럴 병원, 뉴욕 프레스비테리언 병원, 워싱턴 아동병원······.

1972년 자료가 눈에 들어왔다.

그때 스물일곱이었던 굿리치는 워싱턴 소재의 병원에서 외과 레지던트 과정을 밟고 있었다. 1972년으로 분류된 서류 더미에 갈색의 소프트 바인딩 노트 한 권이 끼어 있었다.

진료 일지
낸터컷 섬 보건소
1972년 9월 12일-9월 25일

존 레논의 앨범 재킷에 적혀 있던 메모를 읽고 긴가민가했던 생각이 비로소 확인되는 순간이었다. 당시 굿리치는 2주 동안 낸터컷 섬 보건소에서 진료를 맡고 있었다. 익사 사고가 났던 바로 그 무렵이었다. 굿리치의 얼굴이 낯익어 보였던 이유를 이제야 깨달았다.

네이선은 노트를 뒤적이다가 드디어 보고 싶었던 페이지를 발견했다.

1972년 9월 19일

오늘 보건소에서 당혹스러운 일이 있었다. 늦은 오후에 여덟 살 아이가 임사 사망 상태로 보건소에 실려왔다. 호수 근처에서 산책을 즐기던 사람들이 비명 소리를 듣고 달려가 물에 빠진 아이를 구조해 데려온 것이다. 사람들은 아이가 이미 몇 분 전부터 숨을 쉬지 않았다고 증언했다.

전기충격요법을 시도해보았지만 효과가 없었다. 나는 사력을 다해 아이의 심장을 마사지하며 간호사에게 인공호흡을 병행하도록 지시했다. 다행히 심폐소생에 성공했지만 아이는 여전히 혼수상태에 빠져 있었다.

우리가 포기하지 않고 아이를 살려낸 게 과연 잘한 일인지 자신할 수 없다. 가까스로 목숨은 건졌지만 장시간 뇌에 산소 공급이 이루어지지 않아 뇌세포가 많이 파괴되었을 가능성이 컸다. 안타깝지만 그런 경우 뇌 손상을 피할 수 없다. 회복이 불가할 만큼 뇌손상이 심하지 않길 바랄 뿐이다.

네이선은 심장이 멎는 느낌이었다. 그동안 애써 외면해온 기억들이 뒤죽박죽 두서없이 떠올랐다. 손이 부들부들 떨리고 가슴이 쿵쾅쿵쾅 뛰었으나 그는 진료일지를 계속 읽어 내려갔다.

1972년 9월 20일

오늘 아침 일찍 아이가 의식을 회복했다. 아이를 진찰하고 나서 깜짝 놀랐다. 몸이 쇠약해져 있긴 해도 해도 아이는 사지를 움직였고, 의료진이 묻는 말을 정확하게 이해했다.

아이 이름은 네이선 델 아미코. 소심하고 내성적이지만 대단히 총명해 보인다. 아이와 몇 마디 이야기를 나누었다. 기분 전환을 도우려고 아이 병실에 내 전축을 놓아주고 존 레논의 음반을 가져다주었다. 아이가 상당히 좋아하는 기색을 보였다.

정오 무렵, 아이 엄마가 왔다. 보스턴 출신의 자산가 제프리 웩슬러가 소유한 낸터컷 섬 별장에서 가사도우미로 일하는 이탈리아 이민자 출신 여성이었다. 그녀는 아들의 안위를 몹시 걱정했고, 나는 그녀의 아들이 어린아이치고 집념과 용기가 대단하고, 힘든 상황임에도 잘 견뎌내더라는 말로 안심시켜주었다. 영어가 서툰 그녀가 내 말을 절반이라도 알아들었을지 궁금하다.

오후에는 네이선의 여자 친구가 병원에 들렀다. 웩슬러 가문의 딸인 소녀가 네이선을 많이 염려하기에 잠깐 면회를 시켜주었다. 나이에 비해 조숙해 보이는 그 소녀는 네이선을 무척이나 걱정했다. 익사할 뻔했던 위기에서 구해주었으니 네이선이 소녀에게는 생명의 은인이나 다름없었다.

1972년 9월 21일

아무래도 어제 내가 너무 섣부른 판단을 내린 것 같다. 오늘 아침 네이선에게 한참 동안 이것저것 물어보았는데, 아이의 대답이 횡설수설이었다. 결과적으로 사고 후유증이 아닐까 짐작된다. 어찌 되었든 정이 가는 아이다. 어휘력이 풍부하고 나이에 비해 표현력도 출중하다.

아이와 나눈 대화를 녹음해두었다.

이 대화 내용을 어떻게 봐야 할지 판단이 잘 서지 않는다.

네이선은 녹음테이프를 직접 들어보고 싶었다. 그는 카세트테이프로 가득 찬 마분지 상자들이 정리되어있는 선반을 향해 걸어갔다. 급히 상자들을 뒤지다보니 카세트테이프 절반이 탁탁 소리를 내며 바닥으로 떨어졌다.

'72-09-21'이라고 적힌 테이프가 눈에 들어왔다. 컴퓨터 옆 오디오 세트에 테이프를 꽂자 과거의 목소리가 먼저 들렸다.

네이선은 감격과 흥분에 젖었다.

짐짓 쾌활한 척하는 굿리치의 목소리가 먼저 들렸다.

"안녕, 챔피언."

"안녕하세요, 의사 선생님."

어린 시절 자신의 목소리가 생경하게 다가왔다. 소리가 잘 들리지 않아 볼륨을 높였다.

"잘 잤니?"

"네, 선생님."

병원 바닥을 구르는 카트 소리가 배경 음악처럼 깔렸다. 굿리치가 건강 상태에 대한 질문을 마친 뒤 연이어 물었다.

"무슨 일이 있었는지 기억하니?"

"사고에 대해서요?"

"그래, 사고에 대해 들려주렴."

아무런 대답이 없자 굿리치가 재차 말했다.

"사고 당시 있었던 일을 나에게 들려줄 수 있겠니?"

네이선이 잠시 침묵을 지키다 입을 열었다.

"저는 죽었다는 걸 알고 있었어요."

"뭐라고?"

"저는 죽었다는 걸 알고 있었어요."

"왜 그런 생각을 하게 되었지?"

"선생님이 그렇게 말씀하셨어요."

"나는 도무지 무슨 말인지 모르겠구나."

"제가 들것에 실려 이 병원에 처음 왔을 때 선생님은 저에게 이미 죽었다고 했어요."

"아, 사실 난 네가 죽었다고 말한 건 아니었어. 게다가 넌 내 말을 들을 수 없었잖아."

"선생님이 하는 말을 다 들었어요. 몸을 빠져나와 위에서 선생님을 내려다보고 있었거든요."

"도대체 무슨 말을 하는지 모르겠구나."

"선생님은 다급한 목소리로 제가 알아들을 수 없는 말을 했어요."

"너도 알다시피 위급한 상황이었으니까."

"그때 간호사가 기계가 두 개 들어 있는 카트를 밀고 왔어요. 선생님은 그 기계들을 제 가슴에 올려놓으면서 '비켜!' 하고 소리쳤죠. 그러자 제 몸이 위로 훌쩍 올라갔어요."

네이선은 유년 시절 자신의 고집스러웠던 목소리를 듣고 있으려니 당혹스럽기 그지없었다. 더 들어봐야 심란하기만 할 것 같아 멈춤 버튼을 누르려다가 궁금증이 일어 동작을 멈췄다.

"그 당시 벌어진 일을 어떻게 그리 잘 기억하니? 누구한테 듣기라도 했어?"

"제가 천장에서 다 내려다보았어요. 그때 저는 병원 여기저기를 떠다닐 수 있었거든요."

"말도 안 돼. 넌 꿈속에서 헛것을 본 거야."

네이선은 잠시 말이 없었다. 굿리치가 여전히 믿지 않는다는 투로 다시 물었다.

"그때 또 무얼 보았는데?"

"선생님과 더 이상 이야기하고 싶지 않아요."

"헛것을 봤다고 했던 내 말은 사과하마. 네 말이 너무 충격적이어서 믿기 힘들었을 뿐이란다. 자, 그다음에는 무엇을 보았는지 이야기해주렴, 챔피언."

"터널 같은 곳으로 순식간에 빨려 들어갔어요."

네이선이 다시 뜸을 들이자 굿리치가 재촉했다.

"계속해봐."

"터널 속으로 들어가니 사고가 일어나기 전 제 모습이 보였어요. 제 주변에 다른 사람들도 있었어요. 아마도 죽은 사람들이었던 것 같아요."

"죽은 사람들? 그들은 거기서 뭘 하고 있었는데?"

"제가 터널을 지나갈 수 있게 도와주었어요."

"터널 끝에는 뭐가 있었지?"

"말로는 표현하지 못하겠어요."

"그래도 한번 떠올리려고 애써봐, 챔피언. 부탁하마."

"하얀 불빛을 보았는데 느낌이 은은하면서도 강렬했어요."

"그래, 계속 말해봐."

"저는 죽는다는 걸 알고 있었어요. 하얀 불빛 속으로 뛰어들고 싶었는데 입구가 문으로 막혀 있어 들어설 수가 없었죠."

"문 앞에 뭐가 있었지?"

"말로는 표현하지 못하겠어요."

"그래도 한번 떠올려보려고 애써봐, 챔피언. 부탁하마."

굿리치의 목소리가 점점 애원조로 변해갔다. 잠시 입을 다물었던 네이선이 다시 말했다.

"'누군가' 있었어요."

"'누군가'라고?"

"그중 하나가 문을 열어 저를 안으로 들여보내주었어요."

"무서웠니?"

"아니, 정반대로 기분이 아주 좋았어요."

굿리치는 더 이상 아이의 말을 이해하기 힘든 듯했다.

"너는 곧 죽을 거라는 사실을 알고 있었다고 했잖아?"

"그렇지만 전혀 불안하지 않았어요. 그리고……."

"그래, 계속 말해봐, 네이선."

"저에게 선택권이 주어졌다고 느꼈어요."

"그건 또 무슨 뜻이니?"

"아직 준비가 안 되었으면 죽지 않아도 된다고 느꼈죠."

"그래서 죽지 않기로 했니?"

"사실 저는 죽고 싶었어요. 하얀 불빛 속에 있는 게 너무나 좋았거든요."

"이해하기 힘든 말이야."

"솔직히 저는 그 불빛 속으로 녹아들고 싶었어요."

"왜?"

"본래 그런 거니까요."

"뭐가?"

"죽음이요."

"그런데 왜 죽음을 선택하지 않았어?"

"마지막 순간, 뭔가 봤거든요. 그걸 보는 순간 다시 돌아오기로 결심했어요."

"무얼 봤는데?"

네이선이 기어들어가는 목소리로 대답했다.

"죄송해요."

"뭐가?"

"선생님께는 말해줄 수 없어요."

"그러니까 더욱 궁금하잖아, 네이선?"

"죄송하지만 선생님은 모르셔도 돼요."

"그래, 알았다. 괜찮아, 챔피언. 사람은 누구나 비밀을 간직할 권리가 있으니까."

네이선은 녹음된 내용을 듣고 나서 마치 어린아이처럼 펑펑 울었다. 혹시 내용이 더 있는지 테이프의 앞뒷면을 확인해보았으나 더는 없었다.

네이선은 다시 진료일지를 읽어 내려갔다.

1972년 9월 23일

이틀 전 네이선에게 들은 이야기들을 깊이 생각해보고 있다. 아무리 생각해봐도 네이선이 의료진의 응급처치 내용을 어떻게 그리 상세히 기억하고 있는지 설명할 길이 없다.

네이선의 말 대로 정말 죽음의 문턱까지 갔다가 돌아온 건 아닐까?

목숨이 경각에 달린 환자를 여럿 치료해봤지만 이런 얘기는 한 번도 들어보지 못했다. 놀라움을 넘어 당혹감을 느낀다. 동료 의사들에게 이야기해주고 의견을 들어보고 싶지만 의료계에서 금기시하는 주제라 내키지 않는다.

시카고 빌링스 병원에서 진료하던 스위스 출신의 정신과 의사 퀴블러 로스가 이와 유사한 문제를 다룬 적이 있었다. 난 《라이프》에서 그녀가 죽음을 앞둔 환자들과 대담 형식의 세미나를 개최했다는 기사를 읽었다. 그 기사는 사회적 물의를 일으키는 바람에 그녀는 병원에서 해고되었다. 그녀는 해고된 이후에도 계속 죽음과 관련된 사람들의 증언을 수집하고 있다는 말을 들은 적이 있었다.

퀴블러 로스와 연락을 취해보아야 하는 게 아닐까?

1972년 9월 25일

오늘 네이선이 퇴원했다. 상태가 많이 호전돼 더는 병원에 잡아둘 명분이 없었다. 어제저녁에 네이선이 비밀 이야기를 해주길 기대하며 말을 붙여보았지만 아이는 조개처럼 꼭 다문 입을 열지 않았다. 네이선의 입을 통해서는 더 이상 죽음과 관련된 이야기를 들을 수 없게 되었다. 오늘 아침 네이선을 퇴원시키려고 온 아이 엄마에게 천국이니 천사니 하는 얘기를 아이에게 자주 했는지 물어보았다. 그녀가 아니라고 하기에 더 이상 묻지 않았다.

퇴원하는 네이선에게 전축과 존 레논의 음반을 선물했다.

어느새 서재 안은 어둠에 잠겼다. 네이선은 난방이 되지 않는 서재에서 추위를 느낄 새도 없이 진료일지를 모두 읽었다. 까마득히 잊고 지낸 유년 시절의 기억이 다시 모습을 드러냈다. 그는 과거의 세계에 빠져 있느라 집 앞에 차가 한 대가 멈춰 서는 걸 눈치채지 못했다.

갑자기 서재에 불이 켜졌다.

네이선이 깜짝 놀라 문 쪽을 돌아보았다.

16장

매일 매일 죽음을 향해 가다 마지막 날 거기에 이른다.

_몽테뉴

굿리치가 문턱에 서서 네이선의 다친 다리에 시선을 주며 말했다.

"**쿠조**(광견병에 걸린 쿠조라는 이름의 세인트 버나드가 벌이는 무시무시한 살인 행각을 그린 스티븐 킹의 소설 제목)와 벌써 반갑게 인사를 나누었군요."

네이선이 잘못을 저지르다 들킨 어린아이처럼 진료일지를 후다닥 덮으며 물었다.

"거기서 뭐 하는 겁니까?"

굿리치가 입가에 살짝 웃음을 머금으며 짓궂게 받아쳤다.

"그런 질문을 할 사람은 내가 아닌가요?"

네이선이 몸서리를 치며 소리쳤다.

"왜 진작 말해주지 않았습니까? 박사님이 처음 로펌에 왔을 때 30년 전 저를 치료한 의사였다는 사실을 말해주었어야죠."

굿리치가 어깨를 으쓱했다.

"생명의 은인을 잊어버리다니, 당신 잘못이 더 크지 않나요? 섭섭해야 할 사람은 당신이 아니라 나인 것 같네요."

"지옥에나 떨어지세요."

"지옥에 갈 때 가더라도 그 상처는 어떻게 좀 해봅시다."

"박사님 도움 따윈 필요 없어요."

네이선이 소리를 지르며 계단을 향해 걸어갔다.

"정말 후회하지 않을 자신 있어요? 개에 물린 상처는 세균 감염으로 덧나기 쉬워요."

계단을 내려가던 네이선이 위를 올려다보며 말했다.

"어차피 얼마 남지 않은 인생인데 뭘……."

굿리치가 아래쪽을 내려다보며 소리쳤다.

"인명은 하늘이 정해요. 갈 때 가더라도 죽음을 재촉할 필요는 없지."

⌒

벽난로에서 장작이 탁탁 소리를 내며 타고 있었다. 강풍에 창유리들이 들썩거렸고, 창 너머에서는 수시로 눈보라 회오리가 일어났다. 네이선이 의자에 앉아 김이 피어오르는 그로그 한 잔을 손에 들고 두 다리를 스툴 위로 뻗었다.

반달 안경을 낀 굿리치가 물과 비누로 상처를 닦아주었다.

"아, 아파요!"

"이런…… 미안해요."

네이선이 입을 삐죽거리며 빈정거렸다.

"제가 죽는 날을 앞당기려고 그 빌어먹을 개를 풀어놓은 겁니까? 개에게 물려 죽는 것도 다 운명의 뜻이랍니까?"

굿리치가 거즈를 소독약에 적시며 말했다.

"개에 물린 상처가 덧나 죽은 사람은 드무니까 걱정하지 말아요."

"개에게 물려 광견병이나 파상풍에 걸리면 약도 없다던데요?"

"녀석은 광견병에 걸리지 않았으니까 안심해요. 원한다면 광견병 예방 접종 기록을 보여줄 수도 있지만 이번 기회에 파상풍 추가 예방 접종을 맞아두면 당연히 더 좋을 거요."

굿리치가 소독약으로 상처 부위를 소독했다.

"아야! 살살 좀 하세요, 아프니까."

"개 이빨이 힘줄까지 파고들었으니 좀 아프긴 하겠네요. 내일은 꼭 병원에 가봐야겠어요."

네이선은 그로그를 한 모금 마시면서 멍하니 허공을 응시하다 다짜고짜 물었다.

"물에 빠진 제가 어떻게 살아나게 되었는지 설명해주세요."

"그런 경우가 아주 드물지는 않아요. 호수나 강에 빠져 죽기 직전이 된 아이들을 살려낸 경우는 종종 있어요."

"어떻게 살려냈는지 방법이 궁금하다는 뜻입니다."

굿리치가 쉽고 간단하게 설명해줄 방법을 찾고 있는 듯 크게 심호흡했다.

"물에 빠진 사람들의 사인은 대부분 질식사요. 당황한 상태에서 폐에 물이 차오르니까 무조건 숨부터 참으려 하게 되고 결국 산소가 모자라 사망에 이르게 되지."

"저는 달랐나요?"

"당신은 폐에 물이 차오르는 동안에도 거부하지 않고 순응했어요. 그러다 체온이 떨어지고, 심장 박동이 느려지다가 어느 순간 멈추기 직전이 되었어요."

"그럼 제가 경험한 건 무엇인가요? 흔히 말하는 임사 체험일까요?"

"당신이 사고를 당한 1970년대 초반만 하더라도 의료계에서 임사 체험 얘기는 아예 금기시되었는데 오늘날은 상황이 달라졌어요. 당신과 유사한 체험을 한 사람들이 전 세계적으로 수천 명이 넘으니까. 지금은 과학자들이나 의사들이 임사 체험담을 수집해 철저히 분석하고 있어요."

"임사 체험을 한 사람들이 털어놓는 얘기와 저의 경험이 일치하는 부분이 있던가요?"

"당신이 말한 터널, 하얀 불빛, 그 무한한 사랑의 느낌에 대해 증언한 사람이 제법 많아요."

"그런 일을 겪은 제가 왜 아직도 죽지 않고 살아 있는 겁니까?"

"아직 때가 오지 않았으니까."

"아야! 일부러 아프게 하는 건 아니죠?"

"나이가 들어서인지 손이 자꾸만 빗나가네."

"누굴 바보로 아시나봐요. 고의인 줄 모를까봐요."

굿리치가 한 번 더 사과하고 나서 항생제 연고를 바른 다음 붕대를 두텁게 감아주었다. 여전히 궁금증을 풀지 못한 네이선의 입에서 계속 질문이 쏟아졌다.

"임사 체험은 사후 세계가 존재한다는 증거로 볼 수도 있지 않을까요?"

굿리치가 단호하게 말했다.

"꼭 그렇다고 단정할 수는 없어요. 당신이 임사 체험을 했다지만 지금 내 앞에 있는 건 죽지 않았기 때문이니까."

"그럼 저는 대체 어딜 다녀온 걸까요?"

"삶과 죽음의 중간 지대 정도라고 해야 하나? 아무튼 사후 세계는 아닐 거예요. 뇌의 작동이 멈춘 뒤에도 어떤 의식 같은 게 남아 있을 수 있다, 뭐 그 정도로 설명할 수 있을 것 같네요."

"임사 상태가 지속된다는 걸 입증할 만한 증거는 없습니까?"

"아직은 없어요."

과거에도 그랬듯이 굿리치는 이번에도 네이선의 이야기를 속 시원히 들어보고 싶었다.

"그때 당신이 본 건 무엇이었는지 말해봐요."

네이선의 얼굴이 갑자기 어두워졌다.

"저도 이제 기억나지 않아요."

"나 참, 어린애처럼 굴지 말아요. 비밀은 지켜줄 테니까 나한테만 말해줘요."

네이선은 여전히 입을 열 생각이 없어 보였다.

"기억나지 않는다니까요."

굿리치는 더 졸라봐야 소용없으리라는 걸 느낌으로 알 수 있었다. 한편으로는 네이선의 심정을 충분히 이해했다. 물에 빠져 죽음의 문턱까지 다녀온 사람이 그 신비의 세계, 그 기적적인 생환의 경험을 혼자만 간직하고 싶어 하는 건 어쩌면 지극히 당연한 일이니까.

굿리치가 둘 사이에 가로놓인 무거운 침묵을 깨기 위해 배를 문지르며 물었다.

"배가 몹시 고픈데 간단히 요기라도 할까요?"

마주 앉은 두 남자의 식사가 거의 끝나가고 있었다. 굿리치는 음식을 여러 번 더 담아 먹었으나 네이선은 거의 입에 대지도 않았다.

주방은 20분 전에 전기가 나간 바람에 캄캄했다. 두꺼비집을 열어 정전의 원인이 무엇인지 살펴보겠다며 밖으로 나간 굿리치는 퓨즈가 나가 복구가 불가능하다며 대신 허리케인 램프 두 개를 들고 나타났다. 가물가물하는 불빛이 어두운 강풍에 덜커덕거리는 주방을 비추었다.

네이선은 강풍에 덜커덕거리는 창문 쪽으로 고개를 돌렸다. 바람이 잦아들 기미가 보이지 않았다. 바람의 방향이 수시로 바뀌며 휘몰아쳤고, 창문 너머는 암흑이었다.

네이선이 고개를 가로저으며 혼잣말처럼 내뱉었다.

"메신저들이라⋯⋯."

네이선이 받았을 충격이 얼마나 큰지 잘 알기에 굿리치가 조심스럽게 입을 열었다.

"이제 내 말을 믿을 건가요?"

"제가 어떤 반응을 보이길 기대하십니까? 다음이 제 차례라는 걸 알게 되었으니 기뻐하기라도 할까요?"

굿리치는 아무런 대답도 하지 않았다.

"죽기에는 아직 제가 너무 젊다고 생각지 않습니까?"

네이선은 그렇게 말하면서도 자신의 논리가 빈약하다는 걸 알고 있었다.

"죽기에 이른 나이는 없어요. 우리 모두는 하늘이 정한 시간에 죽을 뿐이에요."

"저는 아직 준비가 안 되었어요."

굿리치가 한숨을 푹 쉬었다.

"죽을 준비가 된 사람이 어디 있겠어요."

"저에게는 시간이 좀 더 필요합니다."

네이선이 자리를 박차고 일어났다.

굿리치가 그를 잡았다.

"어딜 가려는 거요?"

"여기 계속 앉아 있다가는 얼어 죽겠어요. 거실로 나가 불이라도 좀 쬐어야겠어요."

네이선은 소파에서 뒹굴던 체크무늬 담요로 몸을 둘둘 감고 다리를 절뚝거리며 벽난로 앞으로 다가가 앉았다.

굿리치도 옆으로 다가왔다.

"강장제가 필요한 때인 것 같은데."

굿리치가 화이트와인 한 잔을 건네자 네이선이 단숨에 비웠다. 와인에서 꿀과 구운 아몬드 향기가 났다.

"설마 저를 독살할 생각은 아니시죠?"

"소테른 밀레짐 와인인데 맛이 기가 막힐 거요."

굿리치도 와인잔을 들고 네이선 옆에 자리를 잡았다.

벽난로에서 타들어가는 불꽃이 거실을 진홍빛으로 물들였다. 두 남자의 일그러진 그림자가 기이한 형태로 벽에서 어른거렸다.

네이선이 실낱같은 기대감을 품고 물었다.

"죽는 날짜를 조정하는 건 전혀 불가능합니까?"

"그런 일이 가능하다면 무슨 걱정이 있을까요."

"평생을 착하게 살아온 사람에게도 일절 예외는 없어요?"

"어떤 대답을 들을지 잘 알면서 왜 자꾸 물어요."

네이선이 담배에 불을 붙여 길게 한 모금 빨아들였다.

"자, 이제 메신저에 대해 자세히 들려주세요. 저는 알 권리가 있는 사람 아닌가요?"

"내가 전에 말한 얘기가 핵심이오. 메신저는 어떤 사람이 죽게 되리라는 예측만 가능할 뿐 다른 능력은 없어요. 나는 전지적인 능력을 보유한 사람도, 초능력자도 아니오."

"박사님 말고도 메신저가 더 있지 않습니까?"

"그럴 거요."

"사람들이 메신저가 존재한다는 사실을 알고 있나요?"

"아니, 모를 거요."

"저는 지금도 믿기지 않습니다."

"충분히 이해할 수 있는 말이오."

"메신저들은 서로를 어떻게 알아보죠?"

"밖으로 표시는 안 나지만 직감적으로 알아요."

"메신저들은 불사의 존재인가요?"

굿리치가 어이없어하는 표정을 지었다.

"말도 안 되는 소리. 메신저도 보통 사람들처럼 생로병사의 법칙을 따라요. 나는 신이 아니라 당신과 똑같은 인간이오."

네이선은 호기심을 주체할 수 없었다.

"태어나자마자 죽음을 예견하는 능력을 보유하고 있었던 건 아니죠? 1972년에 저를 치료할 당시만 해도 죽음을 예견하는 능력은 없지 않았나요?"

"그때는 그런 능력이 없었어요. 당신을 치료하고 나서부터 임사 체험과 호스피스 치료에 관심을 갖게 되었지."

"박사님이 메신저라는 사실을 언제 지각하게 되었나요? 어느 날 자고 일어나 '나는 메신저야'라고 자각하게 된 건 아닐 텐데요."

굿리치가 즉답을 피했다.

"무슨 일이든 닥치면 알게 되는 법이지."

"박사님이 메신저라는 사실을 누가 또 알고 있죠? 결혼한 적이 있으니까 가족들 가운데 누군가는 알고 있겠네요."

"내 가족들은 전혀 몰라요. 앞으로도 모를 거고."

"메신저가 되길 거부할 수도 있나요?"

"세상에는 거부할 수 없는 일이 있어요."

"도대체 메신저는 누가 정하는 겁니까? 메신저가 되는 건 벌입니까, 아니면 축복인가요, 아니면 저주인가요?"

굿리치가 표정이 어두워지더니 망설이는 기색을 보였다.

"대답하기 곤란한 질문이네요."

"도대체 어떤 사람들이 메신저가 되는 겁니까?"

"그건 나도 몰라요. 우리는 일종의 사회복지사 같은 사람들일 뿐이지. 메신저가 될 사람을 우리가 고르지는 않아요."

"박사님은 사후 세계가 있다고 믿으세요?"

굿리치가 자리에서 일어나 벽난로에 장작 한 개비를 던져 넣었다. 그는 30년 만에 네이선과 마주하고 있자니 가슴이 뭉클했다. 네이선의 얼굴에 30년 전 그가 치료한 소년의 얼굴이 겹쳐졌다.

이번에도 네이선을 도울 수 있으면 좋겠어.

"어서 대답해줘요."

"사후 세계에 대해서라면 나도 아는 게 없어요. 다 믿음의 영역이지."

"자꾸 얼버무리지 말고 명쾌하게 얘기해주세요. 이제 저에게 시간이 얼마 남지 않은 건 분명하잖아요?"

"시간이 얼마 남지 않은 건 분명하지."

"그럼 저는 어떻게 하면 좋을까요?"

굿리치가 팔을 휘휘 저으며 무력감을 표했다.

"당신은 여전히 이혼한 아내를 사랑하더군요. 아내에게도 그 사실을 털어놓아요."

네이선이 고개를 저었다.

"지금은 때가 아닙니다. 나는 아직 죽을 준비가 되지 않았어요."

"빌어먹을! 그러니까 서둘러야 하는 거요. 당신 입으로 말했듯이 한시가 급해요."

"내가 아직 아내를 사랑한다는 걸 알릴 수 있는 방법이 없어요. 얼마 전부터 아내에게 만나는 남자가 있어요."

"당신이 뛰어넘지 못할 장애물은 아닌 것 같던데."

"저는 슈퍼맨이 아닙니다."

"그건 분명하지."

굿리치가 뭔가 기억해내려는 듯 미간을 찌푸렸다.

"갑자기 기억나는 게 하나 있네요."

네이선이 관심을 보였다.

"말씀해보세요."

"당신이 사고를 당해 병원에 실려오고 나서 이틀인지 사흘인지 지났을 때 여자 친구가 오후에 면회를 왔었어요. 당신이 깊이 잠들어 있어 내가 깨우지 말라고 했죠. 소녀는 당신이 잠든 모습을 지켜보며 한 시간쯤 앉아 있다가 당신 이마에 입을 맞추고 나서 돌아갔지."

"오래전 일인데 어떻게 기억하시죠?"

희미한 램프 불빛 속에서 네이선의 눈가가 촉촉해졌다.

"아주 강렬한 인상을 받았으니까. 그날 이후 말로리는 매일이다시피 문병을 왔어요."

굿리치는 몹시 감동한 말투였다.

잠시 애틋한 마음이 되었던 네이선은 이내 현실로 돌아왔다.

"어린 시절의 추억만으로 삶을 지탱해나가긴 힘들어요. 저와 말로리 사이에는 늘 미묘한 문제들이 개입돼 있었어요."

"어떤 연인이든 풀기 힘든 문제들을 안고 살기 마련이지."

굿리치가 일어나 외투를 걸쳤다.

"어딜 가시려고요?"

"뉴욕에 가봐야 해요."

"이 밤중에? 게다가 이런 악천후에?"

"아직 그리 늦지 않았고, 차도 막히지 않는 시간이라 오히려 운전하기 좋아요. 내일 아침이면 도로 사정이 최악이 될 테니까 차라리 지금 가는 게 나을 수도 있어요. 이번 주 내내 이 집에서 꼼짝없이 갇혀 지낼 생각이 아니라면 당신도 지금 길을 나서는 게 좋을 거요."

굿리치는 어느새 현관문 앞에 서 있었다.

"집을 떠날 때 우편함에 열쇠를 꼭 넣어두고 가야 해요."

굿리치가 네이선을 돌아보며 한마디 덧붙였다.

"쿠조를 차고 안에 들여놓을 테니까 물리기 싫으면 그쪽으로 가지 말고."

혼자 남은 네이선은 벽난로 속의 불꽃을 한참 동안 바라보았다. 굿리치가 침울한 호스피스 병동에서 일하면서도 항상 웃음을 잃지 않고 살아가는 비결이 뭔지 궁금해졌다.

네이선은 가만히 앉아 죽음을 기다릴 수만은 없다고 생각했다. 그는 인생을 적극적으로 개척하며 살아온 사람이었다. 아직 뭘 해야 할지는 모르지만 잠자코 기다리고 있지는 않을 것이다. 서서히 긴박감이 느껴지고 있었다.

사방으로부터.

여전히 전기는 들어오지 않았다. 네이선은 허리케인 램프를 들고 다리를 절뚝거리며 2층으로 올라가 의료기록이 보관되어있는 서재로 들어갔다.

어찌나 냉기가 심한지 몸이 덜덜 떨렸다.

네이선은 램프를 바닥에 내려놓았다. 마치 영안실에서 수십 구의 시체에 둘러싸인 듯 기분이 으스스했다.

네이선은 굿리치의 녹음테이프와 진료일지를 주머니에 집어넣었다. 방을 나서려던 그는 마음을 바꿔 다른 선반들도 둘러보았다. 연대별로 분류된 의료일지 상자 말고도 특정 환자에 대한 진료기록을 따로 모아 보관해둔 상자가 두 개 더 있었다. 상자 겉면에 다음과 같이 적혀 있었다.

에밀리 굿리치(1947년-1976년)

네이선은 상자 하나를 열어 맨 위에 있는 파일을 집어들었다.

굿리치의 첫 번째 아내를 진료한 의료기록이었다.

네이선은 책상다리를 하고 앉아 내용을 꼼꼼하게 읽어 내려갔다.

에밀리가 앓았던 호지킨병, 즉 림프조직을 구성하는 세포가 악성화되어 생긴 악성종양에 대해 상세히 기록되어 있었다. 나머지 서류들은 에밀리가 1974년에 호지킨병 진단을 받고 2년 후 사망하기까지의 투병 기록이었다. 각종 검사 결과, 여러 병원에서 받은 진단 결과, 키모테라피 내역까지.

다른 상자에는 책처럼 제본한 두툼한 서류가 들어 있었다. 램프를 비춰보니 스크랩북이었다. 에밀리가 생의 마지막을 보낸 2년 동안 쓴 일종의 일기 같은 글이었다.

고인이 된 에밀리의 사생활을 엿보는 건 옳지 않았다. 타인의 사생활을 훔쳐보는 건 결코 용인할 수 없는 일이라는 걸 알면서도 슬그머니 호기심이 생겼다. 죽음을 앞두고 있던 에밀리가 과연 어떤 심정으로 일기를 썼는지 궁금했다. 그와 같은 처지였던 에밀리에게 혹시 뭔가 배울 게 있지 않을까 생각했다.

네이선은 스크랩북을 열었다.

온갖 사진들, 그림들, 신문 기사들, 말린 꽃잎들이 눈에 들어왔다. 슬프다기보다는 예술적 감수성이 느껴지는 글이었다. 에밀리가 남긴 글들의 결론은 대체로 비슷했다.

'눈앞에 다가온 죽음이 나에게 다르게 살라고 요구한다. 얼마 남지 않은 시간을 맘껏 즐기라고 한다. 조금만 더 살 수 있다면 지옥에라도 떨어지겠다.'

조깅하는 모습을 찍은 사진 아래에 에밀리가 제목처럼 적어놓은 글이 보였다.

'내가 빨리 달리면 죽음이 절대로 따라잡지 못하겠지?'

키모테라피를 시작하면서 빠지기 시작한 머리카락을 모아 스카치테이프로 붙여놓은 페이지도 시선을 끌었다. 에밀리가 반복해서 던지는 질문이 하나 있었다.

'우리가 사후에 가게 되는 곳이 과연 존재할까?'

에밀리의 일기는 프랑스 남부로 여행을 다녀온 이야기로 끝이 났다. 에밀리는 호텔 숙박비 계산서와 솔밭, 바위, 태양이 그려진 엽서 한 장을 스크랩해두었다. 1976년 6월이면 그녀가 세상을 떠나기 몇 달 전이었다.

스크랩 아래에 〈앙티브의 풍경〉이라 적혀 있었다. 그 옆에 붙여둔 작은 봉투에는 금색 모래, 다른 봉투에는 마른 해초가 들어 있었다. 봉투에 코를 대자 연한 라벤더 향이 났다.

마지막 페이지에는 스크랩해둔 한 장의 편지가 있었다. 필체를 보는 순간 굿리치가 쓴 편지라는 걸 알 수 있었다. 굿리치가 죽음을 앞둔 에밀리에게 쓴 편지인데 날짜가 1977년으로 되어 있었다. 에밀리가 세상을 떠난 지 일 년 뒤!

에밀리, 나한테 말해줘.

우리가 앙티브 해변에서 어쩜 그리 행복한 시간을 보낼 수 있었는지, 죽음을 한 달 앞둔 마지막 순간까지 당신은 어쩜 그리 해맑고 아름다울 수 있었는지, 내가 당신의 죽음 앞에서 어떻게 무너지지 않고 버틸 수 있었는지.

우린 앙티브에서 더없이 행복한 시간을 보냈어. 수영을 하고, 낚시를 하고, 손수 잡은 물고기를 구워 먹고, 저녁이 되면 해변을 산책했지. 당신이 비키니를 입고 모래사장을 뛰어다니는 모습을 보는 동안 나는 당신이라면 죽음도 능히 피해 갈 수 있지 않을까 하는 기대감에 젖어들곤 했어. 당신이 세상 모든 의사들을 깜짝 놀라게 해줄 기적을 만들어낼 거라고.

해변에서 보내던 어느 날 나는 테라스로 나가 우리가 즐겨 듣던 바흐의 〈골드베르크 변주곡〉을 크게 틀어놓았어. 멀리서 당신을 바라보며 음악을 듣고 있으려니까 갑자기 엉엉 울고 싶어졌지. 하지만 당신이 나를 쳐다보고 있었기에 도저히 울 수 없어 씩 웃어주고 말았어. 당신은 뜨거운 햇살을 받으며 춤을 추기 시작하더니 내 옆으로 다가와 같이 수영을 하자며 두 팔을 활짝 펼쳤지.

그날, 바닷물에 젖은 당신의 입술은 짭조름하고 촉촉했어. 당신은 나에게 키스하면서 하늘과 바다, 태양 아래에서 마르는 몸들의 미지근한 떨림을 새롭게 느끼게 해주었지.

당신이 내 곁을 떠난 지 어느새 일 년이 되었어.

너무 보고 싶어.

어제가 내 생일이었는데 이제 내게 나이는 아무런 의미도 없어.

스크랩북을 더 뒤지다보니 굿리치가 쓴 글이 하나 더 눈에 띄었다. 에밀리가 숨을 거두기 직전의 이야기.

이제 10월이다. 끝이다.

기적을 바란 내 기대와 달리 에밀리는 자리에서 일어나지 못하고 있다. 사흘 전, 에밀리는 잠시 상태가 호전됐을 때 마지막으로 피아노 앞에 앉았다. 왼손은 분산화음을 연주하고, 오른손은 손가락 바꾸기를 계속해야 하는 이탈리아 작곡가 스칼라티의 소나타 곡이었다. 에밀리의 빠른 손놀림에 나는 깜짝 놀랐다.

내가 에밀리를 안아 침대에 눕힐 때 그녀가 말했다.

"당신을 위해 연주한 곡이야."

며칠 동안 천둥을 동반한 폭풍우가 몰아쳤다. 파도에 밀려온 나뭇등걸들이 해변에 가득했다.

에밀리는 다시 일어나지 못하고 있다.

나는 에밀리의 침대를 햇빛이 잘 드는 거실로 옮겨주었다.

에밀리가 입원하지 않겠다고 고집을 부려 따를 수밖에 없었다. 담당 의사가 매일 집으로 와 에밀리의 상태를 체크한다. 혹시 내 선택이 잘못된 건 아닌지 겁이 난다.

에밀리가 점점 더 숨 쉬기 힘들어한다. 몸은 불덩이인데 계속 춥다고 한다. 라디에이터의 온기로는 부족해 벽난로에 불을 지폈다. 지난 한 달 동안 에밀리와 담당 의사 말고는 얼굴을 마주한 사람이 없다. 요즘은 수시로 하늘과 바다를 바라보며 술을 마신다. 이렇게 술로 괴로움을 달래려고 하는 내 자신이 한심하다. 술은 고통을 더 생생하게 느끼게 해줄 뿐이다. 내가 술을 마시는 건 에밀리에게 전혀 도움 되지 않는다.

에밀리는 말을 잃었다. 말을 하고 싶어도 할 수 없다. 치아가 두 개나 빠진 모습이 보기에도 참혹하다. 나에게 이런 일이 벌어질 줄은 몰랐다. 지금 내게 닥친 일은 그동안 내가 의사로서 숱하게 봐온 그간의 직업적

경험들과는 전혀 다른 느낌이다.

나는 지금 그랑크뤼 와인을 한 병 따서 물처럼 들이켜고 있다.

오늘, 잠시 정신이 든 에밀리가 모르핀을 주사해달라고 했다.

에밀리의 입에서 언젠가 그 소리가 나올 거라 예상했기에 놀라진 않았다.

의사에게 얘기했더니 별말 없이 부탁을 들어주었다.

네이선은 큰 충격 속에 스크랩북을 덮었다. 그는 거실로 내려가 램프를 끈 다음 문을 닫고 밖으로 나왔다.

우리가 죽고 난 뒤에 가는 세계가 과연 존재할까?

17장

사는 법을 배우다 보니 어느새 때가 너무 늦어버렸다.
_아라공

네이선은 눈 덮인 밤길을 달렸다. 기분이 무겁게 가라앉으면서 우울해지더니 어느 순간부터 불안하고 초조해지기 시작했다. 삶이 이제 통제 불가능한 영역에 다다랐다는 생각이 들자 참담했다.

암흑 같은 도로 위를 달리다보니 네이선은 이따금 자신이 이 세계의 일원이 아니라 뉴잉글랜드 지방의 어느 시골 마을을 떠도는 유령이 된 듯했다.

사는 동안 불만이 정말 많았다. 일이 너무 많아서, 세금이 너무 많이 부과되어서 무슨 일을 하려고 들 때마다 제약이 심해서. 그런데 막상 불만에 찼던 삶을 뒤로 해야 한다니 후회가 밀려왔다.

'어리석기 그지없었어. 세상에 존재한다는 사실 자체만으로도 얼마나 큰 기쁨이고 행복인 걸 몰랐다니? 기쁨이든 슬픔이든 살아 있을 때만 느낄 수 있다는 평범한 진리를 그동안 깨닫지 못하고 살아왔어. 어이, 친구. 그런 후회를 하는 사람이 자네가 처음은 아닐 거야. 죽음이 우리에게 근본적인 질문들을 던지기 시작하면 이미 돌이킬 수 없을 때가 많지.'

네이선의 입가에 잠시 허허로운 미소가 떠올랐다 사라졌다. 백미러를 쳐다보니 사형선고를 받은 남자의 얼굴이 있었다.

'지금 솔직한 내 심정은 뭘까? 더 이상 나 자신을 속일 때가 아니야. 인간은 세포 덩어리일 뿐이야. 육신이 썩거나 불태워지면 그것으로 끝이야. 나머진 다 헛소리야.'

'그걸로 끝이야'라는 결론이 어둠 속을 달리고 있는 네이선의 솔직한 생각이었다. 추위가 몸속을 파고들었다. 입김이 하얗게 새 나왔다. 그는 히터를 최대한 높이고 다시 생각에 잠겼다.

육신이 사라지면 정말 끝일까? 그다음에는 아무것도 없을까? 혹시 어떤 신비의 영역 같은 것이?

육신의 죽음과 별개로 어떤 또 다른 세상이 존재하지는 않을까?

인간은 영혼이 있잖아. 육신이 죽으면 영혼은 어디로 가는 걸까?

죽음을 예견할 수 있는 메신저들이 존재한다는 건 어떤 의미일까?

일 년 전 메신저에 대한 얘기를 들었더라면 피식 웃어넘기고 말았겠지만 지금은 존재한다는 사실을 의심치 않았다. 사람이 죽고 나서도 영혼은 사라지지 않는다고 치자. 인간의 영혼은 어떤 경로를 거쳐 어디에 다다르게 될까? 어렸을 때 바로 문턱까지 갔다가 돌아온 '저세상'이 과연 존재할까?

네이선은 이 세상과는 전혀 다른 곳으로 통하는 문 앞에 당도했었다. 그 순간 그는 깊은 잠에 빠져들 때처럼 극도로 편안한 기분이었다.

그런데 왜 돌아왔지?

네이선은 자기도 모르게 그 기억을 지우려고 애썼다. 그동안은 막연히 아직 그때 일을 정면으로 바라볼 마음의 준비가 되지 않았다고 생각했다. 하지만 이제 상황이 달라졌다. 죽음이 임박했다는 불안감이 그의 목을 조르고 있었다. 이 세상에서의 시간을 조금이라도 더 늘릴 수 있다면 어떤 희생이라도 감수할 마음가짐이 되었다. 단 며칠, 아니 단 몇 시간이라도.

뉴욕이 가까워지자 통행량이 점차 많아졌다. 네이선은 뉴욕 진입 표지판을 지나고 나서 한 시간 뒤 집에 도착했다.

네이선은 은은한 조명과 고풍스러운 인테리어가 돋보이는 산레모 아파트 로비로 걸어 들어갔다. 성실한 경비원 피터가 아파트 주민인 할머니 한 분과 얘기를 나누는 모습이 눈에 들어왔다. 네이선은 엘리베이터를 기다리는 동안 본의 아니게 둘의 대화를 엿들었다.

"안녕하세요, 피츠제럴드 부인. 메리 크리스마스."

"피터도 메리 크리스마스. 멜리사와 아이들에게도 안부 전해줘요."

'멜리사와 아이들?'

네이선은 지금껏 피터에게 아이들이 있다는 사실을 몰랐다. 생각해보니 단 한 번도 그와 가족 얘기를 나눈 적이 없었다.

내 문제는 바로 이거야. 타인의 삶에 대해 도무지 관심이 없었다는 것.

말로리가 자주 그에게 해주었던 말이 떠올랐다.

'타인에게 관심을 갖는다는 건 결국 자기 자신에게 관심을 갖는 거야.'

네이선은 두 시간 가까이 운전해 맨해튼으로 돌아와 심신이 지쳐 있었다. 눈이 얼면서 도로에 결빙이 생겨 운전하기가 여간 힘들지 않았다. 개에게 물린 다리와 장딴지 통증도 심했다.

네이선은 며칠 전부터 육체적인 고통에 이전보다 훨씬 예민하게 반응하고 있었다. 죽음을 앞둔 몸이 어떤 반응을 보일지 궁금했다.

죽기 직전의 몸은 얼마나 고통스러울까?

케빈과 캔디스의 죽음을 목도하고 나니 더는 환상을 가질 수 없었다. 네이선은 집으로 들어서자마자 약장을 향해 발을 절뚝이며 걸어갔다. 통증을 누그러뜨리기 위해 아스피린을 두 알 먹고 나서 의자에 주저앉았다. 의자 왼쪽 선반에 잎이 많이 떨어진 분재 한 점이 올려져 있었다.

말로리가 선물한 이 자그마한 나무를 어떻게 가꾸어야 할지 아직 방법을 몰랐다. 가끔 전지도 해주고, 분무기로 물을 규칙적으로 뿌려주었지만 효과가 없었다. 시간이 지날수록 나뭇잎이 누렇게 뜨더니 이내 다 떨어져 내렸다.

요즘은 삶을 아기자기하게 만들어주는 말로리의 노하우가 절실히 필요한 때였다. 대학을 졸업하고, 결혼하고, 첫 아이가 생긴 게 엊그제 일처럼 느껴졌다. 이대로 떠날 수는 없었다.

네이선을 괴롭히는 생각이 하나 더 있었다. 빈스 타일러가 끈적끈적한 입술로 말로리와 키스하고 그녀의 머리카락을 어루만지고, 섹스를 하려고 옷을 벗기는 모습이 뇌리에서 사라지지 않았다.

빈스 타일러는 말로리의 상대가 되기에는 많이 부족하고 한심한 작자였다.

네이선은 감았던 눈을 뜨다가 벽에 걸린 그림으로 시선이 향했다. 하얗게 칠한 캔버스 한가운데를 찢은 다음 얼룩처럼 황갈색 붓 터치를 한 그림이었다. 어떤 의미를 담고 있는지 이해하기 힘들었지만 말로리의 작품 중 그가 가장 좋아하는 그림이었다.

네이선은 TV를 켜고 리모컨으로 채널을 이리저리 돌렸다. 나스닥 주가 하락, 오지 오스본의 뮤직비디오, 데이비드 레터맨 토크쇼에 출연한 힐러리 클린턴, 목욕 가운을 입은 토니 소프라노, 사담 후세인 다큐멘터리, 설교 중인 목사, 영화 〈소유와 무소유〉에서 로렌 바콜이 험프리 보가트에게 '내가 필요하면 휘파람을 불어요'라고 말하는 장면이 아주 잠깐 사이에 스쳐 지나갔다.

영화를 계속 보려다가 우연히 자동응답기에서 깜박이는 불빛에 눈이 갔다. 네이선이 힘겹게 자리에서 일어나 재생 버튼을 눌렀다. 보니의 쾌활한 목소리가 흘러나왔다.

'아빠, 나야. 잘 지내? 오늘 학교에서 고래에 관해 배웠어. 그래서 말인데 우리 올봄에 고래들이 이동하는 모습을 보러 스텔웨건 뱅크에 다녀오는 건 어때? 아빠가 예전에 엄마를 거기에 데려갔었다며? 정말 멋진 광경을 봤다고 엄마가 말했어. 나도 꼭 가보고 싶어. 내 장래 희망이 수의사라는 거 아빠도 잘 알지? 또 전화할게. TV에서 심슨 가족이 나올 시간이야. 뽀뽀.'

말로리와 함께 스텔웨건 뱅크를 여행했던 기억이 떠올랐다. 초봄에서 10월 중순까지 고래들은 카리브해를 출발해 메인 만을 거쳐 그린란드까지 이동하는데, 그 장면을 볼 수 있는 곳이었다. 무수한 고래들이 떼를 지어 이동하는 모습은 평생 기억에 남을 장관이었다. 수의사가 꿈인 보니가 꼭 봐야 하는 장면이 틀림없었다. 하지만 올봄에 스텔웨건 뱅크에 보니를 데려갈 수 있을지 알 수 없었다. 4월이면 아직 몇 달이 남았는데 이 광대한 우주의 한구석에서 누군가가 네이선 델 아미코에게 '올 봄'은 없다는 결정을 내렸으니까.

보니가 말한 1994년 5월의 어느 날이 떠올랐다. 매사추세츠주 해안, 해가 쨍하지만 쌀쌀하게 느껴지던 어느 늦은 오후에 네이선은 말로리와 뱃전에 앉아 있었다. 배를 빌려 바다로 나갔던 그들은 케이프 코드와 케이프 만 사이, 바닷물에 잠긴 모래밭에 닻을 내리고 고래가 나타나길 기다렸다.

네이선은 말로리 옆에 바짝 붙어 앉아 그녀의 어깨에 턱을 올리고 있었다. 수평선을 응시하던 말로리가 갑자기 손을 들어 바다 한 지점을 가리켰다. 열대여섯 마리의 고래들이 요란한 소리와 함께 수면 위로 솟구치며 마치 불꽃놀이 같은 수 미터 높이의 분수를 뿜어냈다. 그들이 탄 배 가까이에서도 고래의 머리와 몸체 일부가 보이기 시작했다. 무게가 50톤에 이르는 거대한 고래들이 신비한 울음소리를 내며 배를 스치듯 헤엄치고 있었다. 눈을 동그랗게 뜬 말로리가 네이선을 바라보며 활짝 웃었다. 평생 잊지 못할 장면이 눈앞에서 펼쳐지고 있었다.

잠시 후 고래들은 두 갈래 꼬리지느러미를 우아하게 하늘로 뻗으며 물속으로 자취를 감추었다. 고래들이 사라진 자리에는 잠시 자리를 내어주었던 바닷새들이 돌아와 배 주변을 저공비행하고 있었다.

항구로 돌아오는 길에 선주인 프로빈스타운의 늙은 어부가 재미있는 얘기를 들려주었다. 50년 전, 해안가 모래사장으로 떠밀려온 혹등고래 두 마리가 발견되었다. 덩치 큰 수놈은 왼쪽 귀에 출혈이 심한 상태였고,

암컷은 다친 데 없이 건강했다. 그 일대는 파도가 높지 않아 사람들은 다치지 않은 암컷이 곧 바다로 돌아갈 수 있으리라 예상했다. 해양경비대는 작은 어선 몇 척을 바다에 띄우고 로프를 연결해 건강한 암컷을 바다로 끌어들였다. 예상과 달리 암컷은 바다에 띄우자마자 구슬프게 울며 다시 수컷이 있는 해안가로 돌아와 곁에 남아 있으려고 했다. 혼자서는 절대로 바다에 돌아가지 않겠다는 듯이.

몇 차례 시도를 반복한 지 3일째 되던 날 아침, 수컷이 숨을 거두자 사람들은 한 번 더 암컷을 바다로 끌어들였다. 바다로 나간 암컷은 숨을 거둔 수컷의 곁으로 돌아오지 않고 해안 근처에서 끊임없이 원을 그리면서 장송곡처럼 서글픈 휘파람 소리를 냈다. 해변을 산책하던 사람들의 가슴이 뭉클해질 만큼 처량한 소리였다.

한참 동안 계속되던 암컷 고래의 울음소리가 갑자기 멈추었다. 나름의 장례 의식을 마친 암컷은 다시 해안가 모래사장으로 돌아와 이내 숨을 거두었다.

어부가 담배를 입에 물고 불을 붙였다.

"암수 고래의 애절한 사랑이 너무나 감동적이었죠."

말로리가 네이선의 귀에 대고 속삭였다.

"당신이 숨을 거두면 나도 그 옆에 누울 거야."

네이선이 그녀를 힘껏 껴안았다

"절대 그런 일이 있어선 안 되지."

네이선이 그녀의 배에 살며시 손을 얹었다.

그때 말로리는 임신 6개월이었다.

네이선이 벌떡 자리에서 일어났다.

'아내와 딸을 내버려두고 내가 고작 지나간 추억이나 되뇌고 있다니?'

알람 시계가 새벽 2시 14분을 가리키고 있었지만 시차를 고려할 때 캘리포니아는 밤 11시가 조금 넘은 시간이었다. 네이선은 1번으로 저장된 전화번호를 눌렀다. 여러 번 신호가 가고 나서야 말로리가 피곤한 목소리로 전화를 받았다.

"여보세요?"

"나 때문에 잠을 깬 거야?"

"이 늦은 시간에 무슨 일이야?"

"아무 일도 없어."

"용건이 뭐야? 전화를 했으면 말을 해야지."

말로리가 시큰둥하게 대답했다.

"조금만 더 살갑게 전화를 받아주면 안 될까?"

말로리가 짜증스럽다는 듯이 질문을 되풀이했다.

"용건이 뭐냐니까?

"내일 보니를 데리러 갈게."

"사람이 왜 그리 진중하지 못해?"

"내 얘기부터 들어봐."

말로리가 날카롭게 말했다.

"들을 가치도 없어. 보니는 이번 주말까지 학교에 가야 해."

네이선이 한숨을 푹 쉬었다.

"학교를 며칠 빠진다고 큰일 나는 건 아니잖아."

말로리가 또다시 그를 쏘아붙였다.

"학교를 빼먹으면서까지 보니를 일찍 데려가려는 이유가 뭔지 들어봐도 될까?"

'나, 이제 곧 죽어.'

"로펌에 며칠 휴가를 냈는데 이참에 보니와 좀 더 많은 시간을 보내고 싶어서."

"우리가 정한 규칙을 지켜."

"보니는 내 딸이기도 하잖아."

따지듯 말하는 네이선의 목소리에서 당혹감이 묻어났다.

"우리 둘이 함께 보니를 키운다는 사실을 잊지 마."

"그래, 알고 있어. 만약 당신이 이런 부탁을 했다면 나는 두말하지 않고 들어주었을 거야."

말로리는 한동안 아무 말이 없었고, 작은 숨소리만 들려왔다.

네이선이 절충안을 생각해냈다.

"당신 부모님은 아직 버크셔에 계셔?"

"응, 거기서 연말을 보내시려나봐."

"내일 보니를 데려올 수 있게 해주면 버크셔에서 이틀 동안 지내게 할게."

말로리가 믿기 어렵다는 듯이 물었다.

"당신이 그렇게 해주겠다고?"

"이미 말했잖아."

"보니가 할머니와 할아버지를 본 지 오래되긴 했지."

"그럼 얘기 끝난 거야?"

"조금 더 생각해볼게."

말로리가 전화를 끊으려는 순간 네이선이 오랫동안 마음속에 담아둔 얘기를 꺼냈다.

"우리가 무슨 얘기든 서로에게 다 털어놓던 시절이 있었지."

말로리가 어리둥절해하는 사이 네이선이 재빨리 말을 쏟아냈다.

"우리가 손을 꼭 잡고 다니던 시절, 회사에 출근해서도 하루에 서너 번씩 전화 통화를 하던 시절, 시간 가는 줄도 모르고, 지루한 줄도 모르고 이야기를 나누던 시절이 있었어."

"다 지난 일이야. 새삼스럽게 옛날 얘긴 왜 꺼내?"

"솔직히 난 단 하루도 그 추억들을 떠올리지 않은 날이 없어."

"헤어져 사는 마당에 다 부질없는 얘기야."

말로리가 전화를 끊고 싶어 하는 눈치였다.

"당신은 그 추억들을 다 잊었어? 우리가 함께했던 시간을 깨끗이 지워버릴 자신이 있어?"

"그런 얘기들이 이제 와서 무슨 소용이야?"

말은 그렇게 했지만 말로리의 목소리는 한결 누그러져 있었다.

"만약 나에게 무슨 일이 생긴다면, 가령 차에 치어 죽는다면 당신에게는 상처투성이 기억밖에 남지 않겠지?"

"안타깝지만 그게 우리가 직면한 현실이야."

말로리의 목소리에 슬픔이 묻어 있었다.

"우리가 지금 서로를 원망하며 전화를 끊을 경우 당신은 앞으로 몇 년 동안 자책감에 시달리게 될지도 몰라. 무거운 짐을 가슴에 얹고 살아가는 게 쉽지는 않을 거야."

말로리가 더는 참지 못하고 폭발했다.

"우리 사이가 이렇게 된 게 누구 탓인지 몰라? 다 당신 탓이야."

울음이 터져 나오기 직전 전화를 끊은 말로리는 보니가 잠에서 깰까 봐 눈물을 삼키며 계단에 걸터앉았다. 거울 속에 비친 핼쑥한 얼굴과 눈이 붉게 충혈된 여자가 어색하게 느껴졌다.

션을 잃고 나서 살이 많이 빠졌고, 삶의 의욕을 완전히 잃었다. 그녀는 사회운동을 하면서 의식적으로 벗어나려고 했던 차가운 이미지의 여자로 돌아와 있었다. 그녀가 남들에게 주었던 완벽한 지식인 여성의 이미지를 버리고 싶었다.

말로리는 집 안의 불을 모두 끄고 초 몇 개에 불을 붙였다. 사춘기 때는 거식증에 시달릴 만큼 심리적으로 불안정했던 그녀지만 성인이 되어서는 그럭저럭 안정되고 균형 잡힌 삶을 살아왔다. 션을 잃기 전까지는. 이미 3년이 지난 일이지만 그때 받았던 충격과 고통은 어제 일처럼 생생했다. 그날 밤, 자신이 션의 곁에 있었더라면 사고가 일어나지 않았을 거라는 자책감에 시달린 적이 많았다. 단 하루도 션을 생각하지 않은 날이 없었다. 겨우 몇 달을 살았을 뿐인 션의 모습이 머리에서 좀처럼 사라지지 않았다. 겨우 몇 달을 살고 떠난 아기의 얼굴이 뇌리를 떠나지 않았다.

혹시 내가 발견하지 못하고 지나친 증상이 있었던 건 아닐까?

어릴 때 호수에 빠져 익사할 뻔했던 이후로 늘 죽음의 공포를 느꼈다. 자식을 먼저 떠나보낸 엄마의 고통은 그 죽음의 공포에 비할 바가 아니라는 걸 알게 됐다.

18세기에는 영아의 90퍼센트가 세 살이 되기 전에 사망했다는 통계를 본 적이 있었다. 죽음이 너무나 흔했던 시대여서 중세 사람들은 가족의 죽음을 지금보다 훨씬 더 자연스럽게 받아들였다. 반면 말로리는 션이 죽는 순간 자신의 삶도 동시에 멎어버린 느낌이 들었다. 오랫동안 그녀는 삶의 좌표를 잃고 방황했다. 션의 죽음은 그녀 인생의 가장 끔찍한 비극이었다.

네이선과 헤어진 이후 그녀는 삶에 환멸을 느꼈다. 평생 함께하리라 믿었던 네이선과 헤어지게 되자 그녀는 무력감을 느꼈다.

션을 잃고 나서 생전 처음으로 네이선이 낯설게 느껴졌다. 그와 자연스러운 대화를 나누는 게 불가능했다. 일에 파묻혀 지내던 네이선은 힘든 시간을 보내는 그녀에게 손을 내밀어주지 않았다.

말로리는 우울증을 극복하기 위해 사회운동에 뛰어들었다. 사회단체에서 기업윤리에 위배되는 행위를 감시하는 일을 맡아서 했다. 다국적 기업들이 노동법과 환경 관련법을 준수하는지, 미성년자를 고용하지는 않는지 살펴보는 것도 그녀가 주로 하던 일이었다. 적발된 기업의 제품에 불매운동을 벌이기도 했다.

말로리의 사회참여 활동은 계속 이어졌다. 그녀가 사는 지역은 부촌에 속하는 라호야이지만 샌디에이고는 여전히 빈곤에서 벗어나지 못한 사람들이 많았다. 바다를 마주한 백사장, 여기저기에 멋진 빌딩들이 자리하고 있지만 변변한 수입 없이, 거처도 없이 하루하루 힘겹게 살아가는 빈곤층도 허다했다. 말로리는 일주일에 세 번씩 노숙자 쉼터를 찾아가 봉사활동을 했다. 그 일은 그녀에게 세상에 필요한 존재라는, 아무리 심신이 피곤해도 그 일을 할 때만큼은 자신이 세상에서 꼭 필요한 존재라는 자긍심을 느끼게 해주었다.

말로리는 사람들의 소비 만능주의에 염증을 느꼈다. 크리스마스조차 본연의 의미가 퇴색되어 안타까웠다.

말로리는 한때 네이선도 사회운동에 나서주길 바랐다. 유명 로펌에서 실력을 인정받은 네이선이 자신의 뛰어난 능력을 이상적인 가치를 위해 써주길 바랐지만 그녀의 바람은 이루어지지 않았다. 의식하지 못하는 사이 그들 부부는 서로 다른 길을 가고 있었다.

말로리는 부유층 사람들의 사교 모임에 나가지 않았다. '가난한 집에서 태어난 당신의 신분이 나에게는 전혀 문제되지 않아'라는 메시지를 네이선에게 전달하기 위한 노력의 일환이었다. 네이선은 정반대로 말로리가 그저 그런 남자와 결혼하지 않았다는 사실을 증명해 보이려고 애썼다. 그는 신분 상승이 가능하고, 가족을 남부럽지 않게 부양할 능력이 있다는 사실을 보여주고자 최선을 다했다.

두 사람은 서로 노력했지만 끝내 접점을 찾지 못했다. 네이선에게 삶은 투쟁이자 쟁취였다. 그의 삶에서 성공은 최우선적인 목표였다.

말로리는 지금도 네이선이 세상 사람들에게 증명해 보이고 싶어 하는 게 뭔지 알 수 없었다. 그녀는 사회적으로 성공한 사람과 살려고 결혼한 게 아니라고 네이선에게 입이 닳도록 얘기했지만 통하지 않았다.

네이선은 혹시라도 말로리를 실망시킬까봐 매 순간 자신을 채찍질하며 살았다. 반면 말로리는 성공에 목말라하는 네이선이 탐탁지 않았다. 하지만 그녀는 네이선을 사랑했다. 눈을 감자 지난 추억이 8밀리 영화 속 장면들처럼 그녀의 머릿속에서 명멸했다.

18장

젊음은 단 한 번뿐이지만 우리는 그 시절을 평생 기억한다.

_배리 레빈슨의 영화 〈리버티 하이츠〉 중에서

1972년 초여름

낸터컷 섬

말로리의 나이 여덟 살 때 그들은 처음 만났다.

전날 저녁에 보스턴에서 온 소녀가 뜰을 거닐고 있었다. 소녀의 엄마
는 소녀가 싫다는 데도 굳이 무릎 아래까지 내려오는 면 소재 원피스를
입혔다. 짧은 반바지에 폴로셔츠 차림이 제격인 더운 날씨인데 소녀의
엄마는 딸에게 단정한 옷차림을 강요했다.

소녀는 가까이 다가가면 우물쭈물하다가 도망쳐버리는 까만 머리 소
년을 여러 번 보았다. 소녀는 부끄러움을 많이 타는 그 소년이 누군지
궁금해 엄마에게 물어보았다. 엄마는 시큰둥한 반응을 보이며 가사도
우미 아들이니 신경 쓸 필요 없다고 말했다.

말로리는 해변에 나갔다 다시 소년과 마주쳤다. 소년은 대나무살과
어부에게서 얻은 자투리 보일로 만든 연을 날리며 놀고 있었다. 커튼
봉에서 고리를 뜯어내 그럴싸한 얼레도 만들었다. 소년이 서툰 솜씨로

만든 연이었지만 하늘 높이 잘 날았다.

　말로리도 연을 날리려고 해변으로 나온 참이었다. 보스턴의 장난감 가게에서 구입한 제대로 된 연이었다. 하지만 소녀의 연은 하늘로 날아오르지 못했다. 연을 들고 이리저리 뛰어다녀봤지만 소용없었다. 연은 좀처럼 날아오르지 못하고 모래사장으로 떨어졌다. 그럴 때마다 소녀는 자신을 힐끗거리는 소년의 시선을 느꼈다. 모래가 잔뜩 묻은 연을 바라보는 소녀의 눈에 눈물이 그렁그렁했다. 소년이 다가와 커튼 고리로 만든 얼레를 손목에 걸어주었다. 소년은 바람을 등지고 서서 얼레를 돌려 실을 풀어주어야 한다고 말했다. 연이 하늘로 날아오르자 소녀가 활짝 웃으며 탄성을 질렀다.

　소년이 은근히 지식을 자랑했다.

　"중국 사람들은 연이 행운을 가져온다고 믿는대."

　소녀도 뒤질세라 지식을 뽐냈다.

　"벤자민 프랭클린이 피뢰침을 개발하려고 번개를 연구할 때 연을 이용했대."

　사실은 연이 든 장난감 상자에서 읽은 내용이었다.

　소년은 소녀에게 연을 자세히 보여주었다. 연에 그려 넣은 그림을 보여줄 생각이었다.

　"내가 그린 그림이야."

　"거북이야?"

　소년이 뾰로통한 얼굴로 대답했다.

　"아니, 용."

소녀가 깔깔거리며 웃기 시작했다. 두 아이는 이내 함께 배를 잡고 웃어댔다.

모래사장에 설치된 스피커에서 그해 여름 최고의 히트곡인 캐롤 킹의 〈유브 갓 어 프렌드(You've got a friend)〉가 흘러나오고 있었다.

소녀는 정말 잘생긴 아이라 생각하며 소년을 바라보았다. 소년이 먼저 자기소개를 했다.

"난 네이선이야."

"난 말로리."

1972년 가을
낸터컷 섬

소녀가 입 안으로 흘러들어오는 물을 필사적으로 뱉어냈다. 체온이 떨어지고 호흡이 가빠졌다. 나뭇가지라도 잡으려고 손을 뻗어보았지만 호수 기슭으로부터 너무 멀리 와 있었다.

공포에 휩싸여 죽음을 직감한 소녀의 눈에 자신을 향해 헤엄쳐오는 네이선의 모습이 보였다. 이제 그녀를 살릴 수 있는 있는 방법은 네이선의 도움밖에 없었다.

"겁먹지 말고 나를 꼭 잡아."

기진맥진한 소녀는 마치 구명튜브를 붙잡듯이 소년에게 매달렸다. 소년은 사력을 다해 헤엄쳤고, 소녀는 몸이 떠밀려 올라가는 느낌이 들었다. 소녀는 수풀더미를 움켜잡고 호수 기슭으로 올라섰다. 즉시 뒤돌아본 순간 네이선이 보이지 않았다.

"네이선!"

소녀가 눈물이 그렁그렁한 얼굴로 목이 터져라 친구의 이름을 불렀다.

"네이선! 네이선!"

아무리 불러도 소년은 물 위로 떠오르지 않았다. 소녀는 어른들에게 구조요청을 하기 위해 달리기 시작했다.

'빨리 뛰어, 말로리!'

1977년 7월 13일
낸터킷 섬

열세 살이 된 소년과 소녀가 함께 자전거를 타고 섬에서 제일 큰 서프 사이드 비치에 도착했다. 하늘은 점점 어두워지고 있었고, 파도는 하얗게 부서지며 높이 솟아올랐다. 소년과 소녀는 바닷물로 뛰어들어 지칠 때까지 헤엄쳤다. 파도가 위험할 만큼 높아지고 나서야 둘은 해변으로 나왔다. 네이선이 한 장뿐인 타월로 이빨을 맞부딪치며 몸을 떠는 말로리의 머리와 등을 닦아주었다.

굵은 빗줄기가 쏟아지기 시작하자 금세 해변이 텅 비었다. 남아 있는 사람은 이제 소년과 소녀 둘뿐이었다.

네이선이 말로리의 손을 잡아 일으켰다. 눈 깜짝할 사이에 그가 말로리의 얼굴 위로 고개를 숙였다. 말로리가 본능적으로 눈을 살며시 감고 발끝을 살짝 들어 올렸다. 네이선의 손이 말로리의 허리를 감싸안았다. 말로리의 두 팔이 네이선의 목을 감았다. 네이선의 입술이 닿는 순간 말로리는 찌르르한 전율이 몸을 타고 흘러내리는 느낌을 받았다. 네이선의 입술에서 짭짤한 소금기가 느껴졌다. 그들의 첫 키스는 한참 동안 이어졌다.

1982년 8월 6일
사우스캐롤라이나
보포트

말로리는 어느새 열여덟 살이 되었고, 여름을 맞아 카운슬러 자격으로 캠프에 참가했다. 저녁에 말로리는 작은 어선들과 멋진 요트들이 정박해 있는 아담한 항구 주변을 산책했다. 수평선으로 기우는 태양이 하늘을 붉게 물들이고 있었다. 멀리서 보면 마치 배들이 뜨겁게 녹아내리는 용암 위를 떠다니는 듯했다.

아름다운 일몰을 바라보는 말로리의 마음은 우울하기만 했다. 그녀는 방파제를 때리는 파도 소리를 들으며 지난 몇 달을 회상했다. 대학 생활은 실패였다. 학과 공부는 그런대로 만족스러웠으나 교우 관계는 실망스러웠다. 친한 친구 하나 사귀지 못했고, 별 볼 일 없는 남학생을 잠시 만나다 헤어졌다. 책을 많이 읽고, 시사 문제에 관심을 갖게 된 건 그나마 소득이라 할 수 있었다. 원래 사람들을 좋아하는 성격이던 말로리는 대학 생활을 하면서 서서히 내성적으로 변해갔다. 입맛을 잃어 식사량도 현저히 줄었다. 아침을 자주 걸렀고, 음식에 손을 대지 않게 되었다. 배를 비워 혼란스러운 머릿속을 정리하려던 시도는 결국 강의실에서 빈혈로 쓰러지는 결과를 불러왔다.

네이선과 연락이 끊긴 지 벌써 3년이 되어가고 있었다. 네이선의 엄마가 가사도우미 일을 그만둔 이후 그를 다시 만나지 못했다. 처음에는 장문의 편지를 주고받았지만 시간이 갈수록 소원해졌다. 네이선을 잊은 건 아니었다. 그녀의 마음속에는 늘 네이선이 자리잡고 있었다.

말로리는 문득 네이선의 소식이 궁금했다.

아직 뉴욕에 살고 있을까? 좋은 대학에 들어갔을까? 나를 다시 만나고 싶어 할까?

바다를 향해 뻗어 있는 방파제를 걷던 말로리의 걸음이 빨라졌다. 네이선과 통화하고 싶었다. 지금, 당장.

공중전화 부스로 들어선 말로리는 전화번호 안내 서비스센터에 전화를 걸었다. 네이선의 전화번호를 알아낸 말로리는 두근거리는 마음으로 그에게 전화했다.

'네이선이 전화를 받아야 할 텐데.'

"여보세요?"

'그래, 네이선이야.'

두 사람은 한참 동안 이야기를 나누었다. 네이선은 지난여름에 그녀에게 연락을 취했었다고 했다.

"내가 전화했었는데, 집에 없다고 하더라고. 부모님이 얘기 안 해?"

"아니, 금시초문이야."

네이선의 목소리는 예전 그대로였다. 마치 어제 헤어진 듯이. 두 사람의 대화는 전혀 어색하지 않고 자연스러웠다. 그들은 결국 이달 말에 만나기로 약속하고 전화를 끊었다. 어느새 해가 완전히 기운 항구는 어두컴컴했다.

말로리는 한결 가벼운 마음으로 캠프장을 향해 걸었다. 네이선과 통화한 이후 전혀 다른 사람이 된 느낌이 들었다. 쿵쾅거리며 뛰는 심장 박동 소리가 머리끝까지 전해졌다.

네이선…… 네이선…… 네이선…….

1982년 8월 28일
뉴저지, 시사이드 하이츠
새벽 2시

상인들이 해변에 펼쳐놓았던 가판대 위 물건들을 정리하기 시작했지만 화려한 조명 장식이 여전히 반짝거리며 주변을 밝히고 있었다. 튀김 냄새, 솜사탕 냄새, 캐러멜을 입힌 사과 냄새가 후각을 자극했다. 대로변에 설치된 대형 앰프에서 조 카커와 제니퍼 원스가 부르는 〈업 웨어 위 빌롱(Up Where We Belong)〉이 수십 번째 흘러나오고 있었다.

말로리는 노천 주차장에 차를 세웠다. 네이선이 맨해튼에서 한 시간 거리인 이 해수욕장에서 여름방학 기간 동안 아르바이트를 한다기에 만나러가는 길이었다. 네이선은 해변가에 줄지어 늘어선 아이스크림 가게 중 한 곳에서 시급을 받고 일하고 있었다.

어제 통화할 때는 오는 일요일에 만나기로 약속했지만 말로리는 그를 깜짝 놀라게 해주려고 사전 연락도 없이 찾아왔다. 그녀는 구동력이 좋은 아버지의 진녹색 애스턴마틴을 운전해 네 시간 만에 이곳에 도착했다.

네이선이 아이스크림 가게 로고가 새겨진 티셔츠를 입고 함께 아르바이트를 하는 동료들과 나란히 걸어오고 있었다. 어디선가 남미계 악센트와 아일랜드계 악센트가 들려왔다.

말로리가 올 줄은 꿈에도 몰랐던 네이선은 저 멀리 애스턴마틴의 문에 비스듬히 기댄 상태로 그를 바라보는 영화배우 같은 여자가 누구인지 궁금했다.

네이선이 마침내 말로리를 알아보고 한달음에 달려갔다. 그가 말로리를 번쩍 안아 들고 빙글빙글 돌았다. 네이선의 목에 매달린 말로리가 그의 얼굴을 잡아당겨 키스했다. 네이선의 심장 박동 소리가 그녀의 가슴에 그대로 전해졌다.

그들의 사랑은 그렇게 무르익어갔다.

1982년 9월 20일

네이선에게

여름이 끝나갈 무렵 너와 함께 보낸 시간들이 자꾸만 떠올라 이렇게 편지를 쓰고 있어. 보고 싶어.

오늘 아침에 개강해 모처럼 학교에 나왔는데 계속 네 생각이 나 수업에 집중이 안 될 지경이야. 캠퍼스를 걷다가 하루에도 몇 번씩 네가 내 옆에서 나란히 걸으며 얘기하고 있다는 착각이 들어. 다른 학생들 눈에는 하늘을 올려다보며 혼잣말을 하는 내가 정신 나간 사람처럼 보일 거야.

네이선, 나는 언제 어디서든 늘 너와 함께 있어. 내가 일일이 말하지 않아도 언제나 내 마음을 깊이 헤아려주는 네가 정말 좋아.

너도 나처럼 항상 행복했으면 좋겠어.

안녕. 사랑해.

말로리가

말로리는 편지봉투에 포스트잇을 붙이고, 빨간 볼펜으로 우편배달부에게 남기는 메모를 적었다.

'제 남자 친구가 저의 사랑을 빨리 확인할 수 있도록 이 편지를 제시간에 꼭 배달해주세요.'

1982년 9월 27일

말로리에게

방금 너와 통화하고 막 전화를 끊었는데 벌써부터 보고 싶어.

너와 함께 있을수록 오래도록 같이 있고 싶다는 생각이 간절해.

말로리, 네가 있어서 행복해. 이렇게 행복해도 되는지 걱정될 만큼 행복해.

미래를 떠올릴 때마다 '나는'보다 '우리는'이라고 말하게 돼.

그 순간, 세상이 완전히 달라 보여.

네이선이

네이선은 말로리와 함께 보러 갔던 영화 〈ET〉의 입장권을 편지에 붙여 보냈다. 사실 영화가 상영되는 동안 키스에 열중하느라 내용이 뭔지 잘 기억나지도 않았다.

1982년 12월의 어느 일요일
캠브리지에 있는 기숙사 방

전축 스피커에서는 전설적인 스트라디바리우스 첼로로 드보르작 콘체르토를 열정적으로 연주하는 첼리스트 자클린 뒤 프레의 음악이 흘러나오고 있었다.

네이선과 말로리는 한 시간째 침대에서 키스를 나누고 있었다.

네이선이 말로리의 브래지어를 벗기고 나서 조심스럽게 애무를 시작했다. 두 사람이 처음으로 사랑을 나누는 순간이었다.

"정말 괜찮겠어?"

말로리가 한 치의 망설임도 없이 대답했다.

"응."

말로리는 세심하고도 속 깊은 배려를 해주는 네이선의 마음 씀씀이가 좋았다. 이미 그녀의 무의식 속에는 언젠가 아이를 낳게 된다면 틀림없이 네이선의 아이일 거라는 확신이 있었다.

1983년 1월 3일

내 사랑 네이선

크리스마스 휴가가 눈 깜짝할 사이에 끝나버렸어.

너와 함께한 지난 며칠 밤들이 얼마나 행복했는지 몰라.

오늘 밤 네가 다시 맨해튼으로 돌아가서 너무 슬퍼.

다음 방학이 될 때까지 너를 기다리려면 많이 힘들 거야.

너와 함께한 행복이 갑자기 사라질까봐 두려워.

나에게 넌 너무도 특별한 존재니까.

널 미치도록 사랑해.

말로리가

말로리는 봉투에 립스틱 자국을 여러 개 찍어놓고 나서 이렇게 적었다.

'이 키스 자국이 있는 편지를 네이선 델 아미코의 편지함에 꼭 넣어주세요. 저의 편지를 슬쩍 하시면 가만 안 돼요!'

1983년 1월 6일

사랑스러운 나의 나침반, 말로리

정말 보고 싶어. 너는 늘 내 주변의 공기 속을 떠다니며 내 가까이에 있어.

내가 얼마나 너를 품에 안고 싶은지, 매일 아침 눈을 뜰 때마다 네가 옆에 누워 있길 바라는지 모를 거야.

내가 너에게 보낸 키스들이 벌써 내 방을 나가 캠브리지를 향해 날아가고 있어.

나도 널 미치도록 사랑해.

네이선이

네이선은 지난 방학 때 캠퍼스 내 공원에서 찍은 말로리의 사진을 봉투에 넣어 보냈다. 사진 뒷면에는 〈로미오와 줄리엣〉에 나오는 대사를 적었다.

'그들의 검 스무 자루보다 당신의 그 눈빛이 내겐 더 위험하게 느껴지오.'

1984년

보스턴, 말로리의 집

문밖에서 클랙슨 소리가 울렸다.

말로리가 창문을 내다보았다. 네이선이 중고 무스탕을 집 앞에 세워 놓고 기다리고 있었다.

아버지가 현관을 향해 달려가는 말로리를 가로막았다.

"이제부터 저 녀석과의 데이트는 금지다, 말로리."

"왜 그래야 하는지 이유를 말해주세요."

"설명이 필요 없는 일이야."

이번에는 엄마가 나섰다.

"넌 앞으로 저 녀석보다 훨씬 더 멋진 남자를 만나게 될 거야."

"제가 아니라 엄마 아빠한테 멋진 남자겠죠."

말로리가 그 말을 하고 나서 문밖으로 나가려고 했지만 아버지가 여전히 완강하게 막아섰다.

"넌 이 문턱을 넘는 순간……."

"저를 집에서 내쫓으시게요? 상속자 명단에서 제외시키고요? 저는 어차피 돈이 있어도 쓸 데가 없어요."

"넌 아직 내가 준 돈으로 먹고살고, 학비도 내고 있어. 넌 아직 어린 아이에 불과해!"

"저는 스무 살이고, 법적으로 성인이에요."

"아빠 말을 듣는 게 좋아. 다 너를 위해서 하는 말이니까 쓸데없이 반항하지 말고."

"저도 하나만 말할게요. 앞으로 저에게 부모와 네이선 중에서 어느 한쪽을 선택하라고 강요하지 마세요." 말로리가 잠시 틈을 두었다가 덧붙였다. "그래도 어느 한쪽을 선택하길 원하신다면 저는 네이선을 택할게요."

말로리는 말을 마치자마자 문을 쾅 닫고 집을 나왔다.

1987년 여름
처음으로 함께 외국에서 보내는 휴가
석고상들로 유명한 피렌체의 한 정원

그들은 오렌지나무, 무화과나무, 편백나무를 심어놓은 대형 분수대 앞에 서 있었다. 물줄기가 햇빛을 받아 반짝이며 무지개를 만들어냈다.

말로리가 분수대 안으로 동전을 던지고 나서 네이선에게도 똑같이 하라고 권했다.

"너도 나처럼 동전을 던지면서 소원을 빌어."

네이선이 싫다고 했다.

"난 이런 거 믿지 않아."

"그러지 말고 어서 소원을 빌라니까."

네이선은 계속 고개를 가로저었지만 말로리도 쉽사리 물러서지 않았다.

"우리 두 사람을 위해서야."

네이선이 마지못해 호주머니에서 천 리라짜리 동전 하나를 꺼내 분수 대 안으로 던졌다.

말로리와 늘 지금처럼 함께할 수 있게 해달라고 소원을 빌었다.

지금처럼 영원히.

1990년 여름
스페인에서 보낸 휴가

그들은 바르셀로나 오르타의 미로 공원에 있었다. 둘이 난생처음 한바탕 크게 싸운 날이었다. 어제 네이선이 일 때문에 휴가 일정을 이틀 앞당겨 돌아가야겠다고 얘기한 탓이었다.

말로리는 세상에서 제일 로맨틱한 곳에 와서 돌아가야 한다고 고집을 부리는 네이선이 미웠다. 말로리가 손을 잡으려는 그를 뿌리치고 녹음이 짙은 미로 속으로 혼자 걸어 들어갔다.

"미로 속에서 나를 잃어버리는 날이 올지도 몰라."

"그럼 되찾으면 되지."

말로리가 도전적인 눈빛으로 네이선을 쳐다보았다.

"당신은 당신 자신에 대해 너무 자신만만해."

"우리 두 사람의 사랑에 대해 자신만만한 거야."

1993년 8월

어느 일요일, 그들의 아파트

말로리가 열쇠 구멍으로 욕실을 들여다보고 있었다. 네이선이 샤워할 때마다 욕실 안은 마치 사우나처럼 수증기로 가득 찼다. 네이선이 U2의 노래를 음정에 맞지 않게 제멋대로 목청껏 부르고 있었다. 잠시후 뜨거운 물을 잠그고 샤워 커튼을 걷어 젖힌 그의 입에서 환호가 터져 나왔다.

거울 위의 수증기가 응결되면서 글자가 나타났다.

'당신, 이제 곧 아빠가 돼!'

1993년
같은 날
10분 후

둘이 함께 샤워를 했다. 그들은 입맞춤을 하다가 아이의 이름을 어떻게 지을지 상의했다.

"딸이면 어떤 이름이 좋을까?"

"보니타 어때?"

네이선의 목소리가 제법 진지했다.

"보니타?"

"아니면 보니는 어때? '선량'하다는 뜻이 이름에 들어갔으면 좋겠어. 아이 이름을 부를 때마다 그런 의미가 떠오르면 좋지 않겠어?"

말로리가 빙그레 웃더니 보디 클렌저를 네이선의 가슴에 묻혀주었다.

"좋아, 하지만 조건이 하나 있어."

"뭔데?"

"다음 아이는 내가 이름을 지을 거야."

네이선이 라벤더 향 비누를 집어 들고 말로리의 등에 문지르기 시작했다.

"다음 아이?"

"둘째 아이."

말로리가 네이선을 앞으로 끌어당겼다. 비누 거품에 덮인 두 사람의 몸이 하나가 되었다.

1994년

임신 8개월인 말로리가 침대에 누워 잡지를 뒤적이고 있었다. 네이선은 말로리의 배에 머리를 바짝 대고 태동을 느끼려고 애썼다. 베르디의 오페라 아이다를 부르는 루치아노 파바로티의 멋진 목소리가 시디플레이어를 통해 들려왔다. 네이선은 클래식 음악이 태교에 좋다는 글을 읽고 나서부터 저녁마다 오페라 아이다를 틀어놓았다.

태교에는 좋을지 모르나 아이다를 그다지 즐기지 않는 말로리는 워크맨 헤드폰을 귀에 꽂고 너바나의 〈어바웃 어 걸(About A Girl)〉을 들었다.

1999년
맨해튼 웨스트빌리지의 어느 레스토랑

그들이 샴페인 병을 앞에 두고 마주 앉아 있었다.

"만약 남자아이라면……."

"남자아이일 거야, 네이선."

"당신이 어떻게 알아?"

"내 직감이야. 게다가 5년 만에 생긴 아이잖아."

"남자아이라면 이름을 뭐로 지을까?"

"션으로 지을 거야."

"션?"

"아일랜드어로 '신의 선물'이라는 뜻이야."

네이선이 이맛살을 살짝 찌푸렸다.

"난 아이 이름에 왜 신이 들어가야 하는지 모르겠는걸."

"알 거야, 당신도 알 텐데."

네이선은 그제야 말로리가 왜 그런 이름을 지었는지 알 수 있었다. 보니를 낳고 나서 의사들은 말로리에게 다시는 임신이 불가능할 거라고 말했다. 하지만 말로리는 그 말을 믿지 않았다. 그녀는 네이선이 종교적 의미가 담긴 이름을 좋아하지 않으리라는 걸 알면서도 밀어붙이기로 했다. 네이선은 행복한 기분에 젖어 까다롭게 굴지 않고 그녀의 의견을 받아들였다.

네이선이 잔을 들었다.

"이제 곧 태어날 우리의 둘째 아이 션을 위해."

눈을 뜨는 순간 말로리는 아쉬움을 달랠 길이 없었다. 지난날을 회상하는 일은 고통스러웠다. 감정에 북받친 말로리가 눈가에 고인 눈물을 닦았다.

'이제 돌이킬 수 없게 되었어.'

말로리는 여전히 네이선이 그리웠지만 서로 감정의 골이 너무 깊어져 도저히 손을 내밀 용기가 나지 않았다. 노숙자 쉼터에서 배식을 해주고, 아동 노동을 착취하는 다국적 기업의 횡포를 고발하고, 유전자 변형 식품 생산을 반대하는 시위에 나서는 건 전혀 두렵지 않았다. 하지만 네이선 앞에 다시 설 자신은 없었다.

말로리는 창가에 서서 한참 동안 하늘을 올려다보았다. 구름이 흩어진 자리에 달이 들어서 있었다. 은은한 달빛이 전화기가 놓인 테이블 위를 비추었다.

말로리가 수화기를 집어 들고 전화를 걸었다.

네이선이 금방 전화를 받았다.

"말로리?"

"당신이 원한다면 보니를 일찍 데려가도 괜찮아."

"그래 고마워. 오후 일찍 도착하도록 애써볼게. 잘 자."

"한 가지 더."

"뭔데?"

"나 역시 우리가 함께한 시간들과 추억들을 생생하게 기억하고 있어. 첫 키스를 나누었을 때의 하늘빛과 모래 냄새, 내가 임신했다고 알렸을 때 당신이 했던 말, 밤새도록 키스를 나누었던 무수한 밤들을. 지금까지

내 인생에 당신보다 더 소중한 사람은 없었어. 날 함부로 재단하지 마."

말로리의 목소리에서 애잔함이 느껴졌다.

"말로리, 난 그저……."

네이선이 뭔가 말을 더 하려고 했지만 전화는 이미 끊긴 뒤였다.

네이선은 창가로 걸어갔다. 센트럴파크에 눈이 내려 쌓이고 있었다. 바람이 불 때마다 크게 소용돌이치며 쏟아지던 굵은 눈송이들이 창가에 수북이 쌓였다. 그는 말로리가 한 말을 되뇌면서 하얀 눈에 뒤덮인 바깥 풍경을 물끄러미 바라보고 서 있었다.

눈물이 고이며 눈앞이 흐려졌다. 그는 옷소매로 눈물을 닦았다.

19장

이 지구상에는 치졸한 작자들이 한둘이 아니다.
_팻 콘로이

휴스턴 스트리트
소호
12월 16일, 새벽 6시

굿리치가 도로에 면한 작은 갈색 벽돌 빌딩의 바깥 계단을 조심스럽게 내려왔다. 간밤에 내린 눈이 얼어 계단이 무척이나 미끄러웠다.

굿리치의 차 위에 10센티미터쯤 눈이 쌓여 있었다. 굿리치는 호주머니에서 고무 브러시를 꺼내 앞 유리에 얼어붙은 눈을 긁어내기 시작했다. 출근 시간이 촉박해 운전석 쪽 유리에 쌓인 눈만 대충 긁어내고 차문을 열었다. 운전대 앞에 앉아 손바닥을 마주 비빈 다음 차 키를 꽂는 순간…….

"공항으로 갑시다!"

깜짝 놀라 뒤돌아보니 네이션이 뒷좌석에 앉아 있었다.

"사람 간 떨어질 뻔했네. 앞으로 다시는 이런 짓 하지 말아요. 그나저나 내 차에는 언제부터 타고 있었던 거요?"

"이런 일을 미연에 방지하려면 여분의 열쇠를 저에게 맡기지 말았어야죠."

네이선이 열쇠 꾸러미를 굿리치의 눈앞에서 짤랑짤랑 흔들어댔다.

"어젯밤에 우체통에 넣고 오는 걸 깜빡했어요."

"내 차에 타고 있는 이유가 뭐요?"

"비행기를 타고 캘리포니아로 날아가면서 설명해드리죠."

굿리치가 고개를 절레절레 흔들었다.

"무슨 뚱딴지같은 소리야. 난 오늘, 일정이 아주 빡빡하게 잡혀 있어요. 출근 시간에 늦기 전에 가봐야 해요."

"저는 아이를 데리러 샌디에이고에 가야 합니다."

굿리치가 어깨를 으쓱했다.

"누가 말려요? 잘 다녀와요."

네이선이 목소리를 높였다.

"아이에게 조금이라도 위험한 일이 생기게 하고 싶지 않습니다."

"내가 샌디에이고에 따라가는 게 당신에게 어떤 도움이 되는지 모르겠군."

굿리치가 일단 시동을 켜고 히터를 틀었다.

네이선이 앞좌석으로 몸을 기울이며 말했다.

"상황을 객관적으로 보자고요. 그러니까 저에게는 일종의 '사망 선고'가 내려진 반면 박사님은 아주 팔팔하십니다. 혹시 24시간 이내에 저에게 불길한 일이 일어날 것 같은 조짐은 없었죠? 오늘 아침에 거울을 볼 때 하얀 불빛 같은 걸 보진 않았죠?"

굿리치는 슬슬 짜증이 나기 시작했다.

"내가 무슨 점술가라도 되는 줄 아시오? 내가 그런 사람이 아니라고 몇 번이나 말해야 알아들을 건지 원."

"박사님한테서 충격적인 얘기를 들은 뒤로 무서워서 밖으로 나다니지도 못하겠어요. 택시에 치이기라도 하면 어떡하나, 머리 위로 사다리라도 떨어지면 어떡하나 전전긍긍하고 있어요. 생각다 못해 한 가지 결론을 내리게 되었죠. 저에게 좋지 않은 일이 벌어질 확률을 최대한 낮추려면 박사님과 동행하는 방법밖에 없다고."

"내 얘길 들어봐요. 마음대로 단정 짓지 말고."

네이선이 고집을 굽히지 않았다.

"아니, 제 얘기부터 끝까지 들어보세요. 제 딸은 그 사람 소름 돋게 하는 빌어먹을 예언과 아무런 상관이 없잖습니까? 저와 아이가 비행기에 타고 있는 동안 나쁜 일이 생기면 안 된다는 말이죠. 그래서 박사님과 같이 움직이려는 겁니다. 아이가 안전하게 도착할 때까지 박사님이 저와 동행해줘야 해요."

굿리치가 기가 막힌다는 듯이 말했다.

"나에게 일종의 생명보험 역할을 해달라는 건가요?"

"바로 그겁니다."

굿리치가 고개를 절레절레 흔들었다.

"정신 나갔어요? 세상사는 우격다짐으로 되는 게 아니오. 괜한 억지 부리지 말아요."

"제가 된다는 데 왜 그러십니까? 게임의 규칙이 바뀌는 것뿐이죠."

"아무리 우겨봐야 소용없어요. 난 당신이 하자는 대로 따를 입장이 못 돼요. 일이 많아서 잠시도 자리를 비울 수 없으니까. 내 말이 무슨 뜻인지 알아들었을 거요. 난 당신을 따라갈 수 없어요."

몇 시간 후

네이선이 시간을 확인했다. 유나이티드에어라인 211편은 샌디에이고 공항에 착륙하기 직전이었다. 샌디에이고 직항 티켓을 구하지 못해 워싱턴을 경유해오는 바람에 비행시간이 약간 길어졌다.

네이선은 옆자리에 앉은 굿리치를 바라보았다. 그는 30분 전에 스튜어디스가 가져다준 기내식을 먹고 있었다. 네이선은 그가 어떤 사람인지 아직 제대로 몰랐다. 한 가지 분명한 건 굿리치가 나타나면서 인생이 꼬이기 시작했다는 사실이다. 한편으로 네이선은 굿리치에게 야릇한 존경심과 함께 연민을 느꼈다. 네이선은 그가 메신저라는 사실을 더 이상 의심하지 않았다. 메신저로서의 삶은 결코 평탄하지 않았을 게 뻔했다. 신비로운 능력의 보유자가 평범한 삶을 살기란 쉽지 않았을 것이다. 얼마 안 있어 유명을 달리할 사람들이 눈에 보인다면 얼마나 심적인 부담이 클지 뻔했다. 굿리치를 만나지 않았더라면, 아니 다른 상황에서 만났더라면 훨씬 더 좋았을 터였다. 정말이지 그는 좋은 사람이니까. 감각이 예민하면서도 상대에 대한 배려심이 각별한 사람, 아내를 열렬히 사랑하고, 아픈 상처를 품고 있으면서도 환자들을 위해 열정을 다하는 사람이니까.

굿리치를 설득해 샌디에이고행 비행기에 태우기는 쉽지 않았다. 오늘 잡혀 있는 수술 일정이 있었고, 일을 대신해줄 사람이 없으면 호스피스 병동을 비워서도 안 되기 때문이었다. 네이선은 그 어떤 협박이나 회유도 통하지 않자 마음을 솔직하게 털어놓고 도움을 요청하기로 작전을 바꾸었다.

딸과의 마지막 만남이 될지도 모른다.

아직 말로리를 깊이 사랑하기 때문에 마지막으로 한 번 더 화해의 노력을 해보고 싶다.

죽음을 앞둔 남자의 간절한 부탁이다.

네이선의 절절한 호소는 결국 굿리치의 마음을 움직였다. 굿리치는 부랴부랴 일정을 조정해 이번 여행에 동행하게 되었다. 네이선의 삶에 닥친 불행에 대해 굿리치 역시 일말의 책임과 연민을 느끼는 듯했다.

스튜어디스가 기내를 돌며 식사가 끝난 쟁반을 치우기 시작했다.

굿리치가 자기 몫을 깨끗이 먹고 나서 네이선에게 물었다.

"그 연어알 토스트는 안 먹을 거요?"

"네, 저는 생각 없으니까 원하시면 드세요."

스튜어디스가 쟁반을 치우기 직전 굿리치가 재빨리 토스트를 집어 들었다. 그가 입 안 가득 음식을 물고 네이선에게 물었다.

"무슨 근심거리라도 있어요? 왜 그리 안절부절못해요?"

네이선은 절로 한숨이 나왔다.

"이제 곧 죽을 거라는 소리를 들은 뒤부터 생긴 버릇입니다."

"아까 스튜어디스가 나눠준 호주산 와인을 한 잔 마셨으면 긴장이 한결 풀렸을 텐데 그랬군요."

"박사님은 술을 좀 과하게 드시는 편 아닌가요?"

"와인이 심혈관 계통에 좋다는 말을 듣고 자주 먹고 있어요."

네이선이 손을 저으며 반박했다.

"다 술을 마시기 위한 핑계로 들리는데요?"

굿리치가 펄쩍 뛰었다.

"와인이 심혈관계 질환에 좋은 건 확실해요. 포도 껍질에 들어 있는 폴리페놀 성분이 혈관수축을 일으키는 엔도텔린의 생성을 억제한다는 건 이미 과학적으로 입증된 사실이니까요."

네이선이 어깨를 으쓱하고 나서 말했다.

"아무리 과학적으로 입증되었다고 해도 맹신하지는 마세요. 어떤 술이든 과음하면 좋을 게 없으니까."

굿리치가 신이 나서 말했다.

"술을 적당히 마실 수 있으면 좋겠지만 그리 쉬운 일은 아니죠."

네이선이 급소를 찔렀다.

"심혈관 계통에 좋은 와인은 레드와인이잖아요. 분명 어디선가 그렇게 읽었어요."

"그렇긴 하죠."

네이선의 지적에 허를 찔린 굿리치는 잠자코 수긍할 수밖에 없었다.

"스튜어디스가 나눠준 건 호주산 와인 아니었나요?"

굿리치가 입을 비쭉거리며 말했다.

"다른 건 몰라도 분위기 깨는 재주는 이 세상에서 당신이 최고네."

그때, 안내 방송이 흘러나왔다.

'승객 여러분, 우리 비행기는 곧 샌디에이고 공항에 착륙하겠습니다. 좌석 벨트 착용을 다시 한번 확인해주시기 바랍니다. 승객 여러분의 안전을 위해 좌석 등받이와 테이블을 제자리로 해주시기 바랍니다. 감사합니다.'

네이선은 창밖을 내다보았다. 산들이 보이고, 멀리 사막성 건조 기후를 보이는 캘리포니아 해안이 눈에 들어왔다. 말로리가 사는 곳이었다.

'승객 여러분 워싱턴 발 유나이티드에어라인 435편이 샌디에이고 공항에 착륙했습니다. 승객 여러분께서는 9번 게이트를 이용해주시기 바랍니다. 감사합니다.'

두 사람은 금세 공항 밖으로 빠져나왔다. 네이선이 〈에이비스〉에서 차를 렌트했고, 굿리치가 운전을 하겠다고 나섰다.

뉴욕과는 완벽하게 대조적인 날씨였다. 하늘은 맑게 개었고, 20도를 웃도는 날씨는 온화했다. 그들은 차에 오르자마자 목도리와 외투를 벗어 뒷좌석으로 집어던졌다.

샌디에이고는 두 개의 반도를 따라 세로로 길게 형성된 도시였다. 샌디에이고에 대해 잘 아는 네이선은 운전대를 잡은 굿리치에게 점심시간마다 극심한 교통 혼잡을 빚는 도심 도로를 피해 해안 도로를 따라 이동하는 게 좋을 거라고 조언했다. 차는 자그마한 만들과 해안 암벽들 사이로 난 도로를 따라 북쪽으로 달렸다.

고급 주택들이 늘어선 구불구불한 해안 도로를 따라가다보니 야트막한 구릉에 자리 잡은 라호야 리조트가 나타났다. 처음 와보는 곳이었지만 굿리치는 첫눈에 프랑스 여행 때 가본 코트다쥐르를 떠올렸다. 그는 바다를 향해 수시로 시선을 돌렸다. 에이고의 바다에 매료된 굿리치는 자꾸만 창밖으로 시선을 돌렸다. 서퍼들을 집어삼킬 기세로 밀려오던 집채만 한 파도가 해안가 절벽에 부딪치며 하얗게 부서졌다.

"길을 똑바로 보고 운전하세요!"

굿리치는 속도를 줄이며 해안 경치와 태평양에서 불어오는 상쾌한 바람을 만끽했다. 보라색으로 재도색한 포드 머스탱 한 대와 젊은 시절 히피족이었을 법한 육십 대 노인 둘이 탄 할리데이비슨 오토바이가 그들을 추월해 지나갔다.

"사시사철 온화한 캘리포니아에 사는 것도 나름 색다른 맛이 있겠어."

다양한 식당들과 아기자기한 상점들이 늘어선 라호야는 매력적인 고급 주거지였다. 두 사람은 간선도로에 차를 세워두고 걷기 시작했다. 네이선은 마음이 급해 발걸음을 재촉했지만 굿리치는 주변 경치에 시선을 빼앗겼다.

네이선이 뒤를 돌아보며 빽 소리를 질렀다.

"빨리 걸으면 어디가 덧납니까?"

굿리치가 가판대에서 신문을 한 부 산 뒤 상인과 수다를 떨고 서 있었다.

'생판 처음 보는 사람일 텐데 무슨 할 얘기가 있을까? 정말 특이한 사람이야.'

네이선을 뒤따라온 굿리치가 부동산중개소 유리창을 가리키며 말했다.

"이 지역 부동산 가격이 저렇게 비싼지 미처 몰랐어요."

지난 몇 년 사이에 이 지역 부동산 가격이 폭등했다. 말로리가 살고 있는 집은 다행히 라호야가 평범한 어촌이던 당시에 그녀의 할머니가 구입해 살다가 유산으로 물려준 집이었다.

그들은 말로리가 사는 아담한 목조주택 앞에 도착했다.

네이선이 굿리치를 돌아보며 말했다.

"여기가 바로 말로리와 제 딸이 사는 집입니다."

현관문에 독특한 팻말이 붙어 있었다.

사이버 동물 출입 금지

말로리다운 발상이었다.

네이선이 떨리는 가슴으로 문을 두드렸다.

"네이선 델 아미코, 오랜만이야."

'빈스 타일러 이 개자식!'

네이선은 말로리의 집 문을 빈스 타일러가 열어줄 거라고는 꿈에도 생각지 못했기에 절로 인상이 찌푸려졌다. 훤칠한 키에 금발의 소유자인 빈스 타일러가 선탠한 피부와 선명한 대비를 이루는 하얀 이를 드러내며 씩 웃었다.

'아니, 이놈이 남의 집에서 대체 뭘 하는 거야? 보니하고 말로리는 어딜 갔지?'

그가 옆으로 비켜선 사이 두 사람은 집 안으로 성큼 들어섰다. 네이선이 불쾌한 기색을 애써 감추며 빈스 타일러에게 굿리치를 소개했다.

"이분은 가렛 굿리치 박사님이야."

"안녕하세요, 빈스 타일러입니다."

네이선이 빈스 타일러에게 물었다.

"말로리와 보니는 어디 가고 왜 자네 혼자 이 집에 와 있어?"

"자네 딸은 금방 들어올 거야. 친구 집에 놀러 갔거든."

"말로리도 같이 갔어?"

"아니, 로리는 위층에 있어. 옷을 갈아입는 중이야."

'로리?'

아무도 말로리를 로리라 부르지 않았다. 말로리가 이름을 줄여 부르거나 애칭으로 부르는 걸 싫어하기 때문이었다.

네이선은 어서 말로리의 얼굴을 보고 싶었지만 그녀가 싫어할까봐 2층으로 올라가지 못하고 엉거주춤 현관에 서 있었다.

빈스 타일러가 네이선의 속을 뒤집기로 작정한 듯이 말했다.

"말로리와 〈크랩캐처〉에서 바닷가재를 먹기로 했어."

〈크랩캐처〉는 바다가 내려다보이는 프로스펙트 스트리트에 있는 고급 레스토랑이었다.

'감히 저 자식이 내가 말로리에게 청혼한 식당, 보니의 생일 때마다 식사하러 가던 식당, 우리 가족의 추억을 간직한 식당에서 말로리와 식사를 한다고?'

학창 시절, 네이선은 아르바이트한 돈을 모아 말로리를 고급 식당에 데려가곤 했었다.

빈스 타일러가 갑자기 생각났다는 듯이 말했다.

"예전에 자네가 그 식당에서 서빙을 했었지."

네이선이 빈스 타일러의 눈을 똑바로 쳐다보며 말했다.

"여름방학 때면 잔디 깎는 일이나 식당에서 서빙 아르바이트를 했었지. 세차장에서 일할 때 자네 차를 세차해준 적도 있었어. 가난한 학생이던 내가 아르바이트를 해 용돈을 벌었던 얘기를 꺼내니 속이 후련한가?"

빈스 타일러는 들은 체 만 체 제 집 안방인 양 소파에 앉아 위스키를 홀짝거렸다. 가슴을 풀어헤친 셔츠에 청색 재킷을 걸친 빈스 타일러를 네이선이 고까워하며 쳐다보았다.

빈스 타일러가 〈크랩캐처〉 레스토랑의 팸플릿을 손에 들고 와인 메뉴판을 읽어 내려갔다.

"보르도, 소테른, 키안티……. 난 무엇보다 이 집의 프랑스산 와인들이 마음에 들어."

굿리치가 기회를 놓치지 않고 끼어들었다.

"키안티는 이탈리아산 와인인데."

네이선이 속으로 반색했다.

'굿리치 박사님, 한방 시원하게 먹이셨네요.'

"아, 그런가요? 아무렴 어때요."

아는 체를 하다가 무안을 당한 빈스 타일러가 화제를 바꾸기 위해 변호사가 주인공으로 등장하는 한물간 이야기를 꺼냈다.

"재미있는 얘기 좀 들어봐. 법률학회에 다녀오는 변호사들을 태운 버스 한 대가 어떤 농부의 땅에서 사고가 났어."

네이선은 상대의 말을 귓등으로 흘려들었다. 그의 관심은 오로지 말로리와 빈스 타일러의 관계가 얼마나 진척되었는지 뿐이었다. 빈스 타일러는 오래전부터 말로리를 집요하게 쫓아다녔다. 보니가 대놓고 싫어해 그동안 별 진전을 보지 못했다. 하지만 〈크랩캐처〉 같은 식당에서 자주 식사를 하며 어울리다보면 이야기가 달라질 수도 있을 것 같아 불안했다.

아무리 생각해봐도 말로리처럼 똑똑한 여자가 골 빈 빈스 타일러를 왜 자꾸 만나는지 알 수 없었다. 누가 보더라도 빈스 타일러는 과대망상에 시건방진 인간이었다. 그의 뻔하고 어설픈 구애 방식을 두고 말로리와 네이선이 농담을 한 적이 한두 번이 아니었다. 그때마다 말로리는 천성이 나쁜 사람은 아니라며 빈스 타일러를 두둔해주었다.

네이선이 보기에 빈스 타일러는 이중인격자였다. 빈스 타일러는 얼마 전 사회참여 활동의 중요성을 새롭게 깨달았다며 어린이 관련 단체들을 지원하는 〈타일러 파운데이션〉이라는 법인을 설립했다.

'빈스 타일러는 겸손하고 착한 사람이야!'

말로리는 긍정적으로 평가했지만 빈스 타일러가 뜬금없이 사회참여 활동에 뛰어든 이유가 궁금했다. 자선 단체에 주어지는 세제 혜택과 함께 말로리의 환심을 사기 위한 목적인 게 분명했다.

'녀석이 일석이조를 노리는 거야.'

네이선은 말로리가 그의 교활한 수법에 속아 넘어가지 않기만 바랄 뿐이었다.

빈스 타일러의 지루한 농담이 거의 끝나가고 있었다.

"…… 그 사람들이 사망한 사실을 분명히 확인하고 매장했습니까? 하고 경찰이 물었지. 그러자 농부가 하는 말이 몇 사람은 아니라고 끝

까지 우기더군요. 하지만 형사님도 잘 아시겠지만 변호사 놈들이 얼마
나 **뻔뻔한 사기꾼들인가요?**"

빈스 타일러가 자기가 한 말에 포복절도했다.

"이봐 친구, 정말 재미있는 이야기지?"

네이선이 정색하고 대답했다.

"누가 자네 친구야?"

"자넨 너무 예민한 게 문제야. 어젯밤, 로리와 대화할 때도 내가 자네
의 그런 단점을 지적해주었지."

"내 와이프 이름은 로리가 아니라 말로리야."

네이선은 그 말을 내뱉는 순간 실수했다는 사실을 깨달았다. 빈스 타
일러가 던진 미끼를 덥석 물어버린 꼴이었다.

빈스 타일러가 즉각 맞받아쳤다.

"이제는 자네 와이프가 아니지."

그가 가까이 다가오더니 쐐기를 박으려는 듯 네이선의 귀에 대고 속
삭였다.

"로리는 내 와이프가 되기 일보 직전이거든."

마음 같아선 한 방 날리고 싶었다. 말로리가 싫어해도 어쩔 수 없었
다. 그 순간, 퀸즈에서 주먹깨나 쓰던 이탈리아 출신 가사도우미 아들
과 유명 변호사는 종이 한 장 차이라는 생각이 들어 멈칫했다. 성공을
위해 달려온 그동안의 시간들이 물거품이 되게 할 수는 없었다. 바로
그때 현관문이 열리며 보니가 안으로 들어오자 분노가 봄눈 녹듯이 사
라졌다.

보니가 환하게 웃었다.

"부에노스 디아스(안녕)."

라호야는 멕시코 국경에서 불과 20킬로미터 떨어져 있어 스페인어를 접할 기회가 많았다. 이 세상 무엇보다 소중한 존재인 보니가 한달음에 네이선의 품으로 달려왔다. 네이선은 딸을 번쩍 안아 들고 빙글빙글 맴돌았다.

알록달록한 색깔의 옷에 페루 전통 모자를 쓰고 있어 보니의 까맣게 그을린 얼굴이 한층 더 건강하게 보였다.

네이선이 보니를 내려놓으며 말했다.

"보니, 폰초 하나만 걸치면 당장 라마 떼를 몰고 안데스산맥을 넘어가도 되겠는걸?"

보니가 눈을 반짝이며 물었다.

"크리스마스 때 폰초를 선물로 사주면 안 돼?"

"폰초를 입고 싶어?"

"아니, 라마를 데리고 살고 싶어서."

그때 뒤쪽에서 말로리의 목소리가 들렸다.

"라마는 너무 커서 집에서 기를 수 없어. 아빠가 농담한 거야, 보니."

말로리가 보니의 작은 여행 가방을 끌며 계단을 내려오고 있었다.

네이선은 잘 알고 지내는 외과의사인데 학회 일 때문에 샌프란시스코에 올 일이 있어 동행하게 됐다며 굿리치를 소개했다. 말로리는 조금 당혹스러워하며 굿리치에게 정중하게 인사를 건넸다. 그런 다음 손목시계를 내려다보며 네이선에게 말했다.

"레스토랑을 예약해두었는데 늦어서 나가봐야 해."

'레스토랑에 전화해 좀 늦는다고 양해를 구하면 될 텐데 얼굴을 보자마자 이런 식으로 자리를 떠야겠어?'

네이선은 그녀와 입씨름을 하고 싶지 않았다. 더군다나 빈스 타일러가 지켜보는 앞에서 인상을 붉히고 싶지 않았다.

"우리도 비행기 시간에 맞춰 공항에 가려면 바쁘니까 어서 가봐."

말로리가 출입문의 경보시스템을 작동시키며 물었다.

"로스앤젤레스를 경유해서 가는 항공기야?"

네이선이 대답 대신 고개를 끄덕였다.

빈스 타일러가 자동차 열쇠를 흔들며 현관문을 나섰고, 뒤이어 다들 밖으로 나왔다.

당장 천둥이라도 칠 듯이 하늘이 어두컴컴해지고 있었다. 말로리는 현관문을 닫고 딸을 꼭 껴안아주며 말했다.

"여행 잘하고, 뉴욕에 도착하면 엄마한테 꼭 전화해!"

말로리는 딸의 볼에 뽀뽀하고 나서 빈스 타일러의 메탈 색상 포르쉐를 향해 걸어갔다.

"아스따 루에고(안녕)!"

보니가 페루 전통 모자를 흔들어대며 엄마의 등 뒤에 대고 소리쳤다.

말로리는 뒤돌아 보니에게 손 인사를 하면서도 네이선과는 눈길조차 마주치지 않았다.

"본 아뻬띠(식사 맛있게 해)!"

네이선이 불어로 한마디 했지만 말로리는 들을 체 만 체했다.

굿리치가 보니의 작은 여행 가방을 끌며 앞장서 걷기 시작했다. 요란한 시동소리와 함께 빈스 타일러의 포르쉐가 미끄러질 듯이 길을 내려갔다. 빈스 타일러가 마치 칠 듯이 네이선 옆에 차를 바짝 붙여 지나갔다. 조수석에 앉은 말로리는 가방에 든 물건을 꺼내느라 고개를 숙이고 있어 빈스 타일러의 유치한 행동을 보지 못했다. 빈스 타일러는 이중인격자답게 네이선을 향해 손을 흔들어대기까지 했다. 네이선은 욕이 나오려는 걸 가까스로 참았다.

'치졸한 녀석 같으니.'

샌디에이고 국제공항

'승객 여러분, 로스앤젤레스행 유나이티드에어라인 5214편이 25번 게이트에서 곧 탑승 수속을 시작할 예정입니다. 승객 여러분께서는 항공권과 신분증을 지참하시고 탑승구로 오시기 바랍니다. 감사합니다.'

안내 방송을 들은 사십여 명의 승객들이 일제히 의자에서 일어나 탑승구 앞으로 이동해 줄을 섰다. 네이선 일행은 줄 앞쪽에 있었다. 보니는 MP3 플레이어를 귀에 꽂고 힐러리 한의 바이올린 연주를 들으며 연신 고개를 까딱거렸다. 굿리치는 초콜릿 바를 벌써 다섯 개째 먹고 있었다.

네이선은 항공관제사들이 활주로에 내린 항공기들을 구경하는 척하며 창밖을 내다보고 있었다. 다시는 말로리를 볼 수 없을지도 모른다는 생각에 가슴이 먹먹했다. 아무리 생각해봐도 말로리와 이런 식으로 헤어질 수는 없었다. 네이선은 마지막으로 말로리를 만나보고 가야겠다고 생각했다. 말로리와의 만남은 그에게 일생일대의 행운이자 기쁨이었다. 한 번 더 행운을 누리기에는 이미 늦었을지라도 작별 인사를 나눌 기회는 갖고 싶었다. 빈스 타일러 때문에 말로리와 눈도 제대로 마주치지 못했다. 그 어색한 순간을 마지막 이별의 장면으로 남길 수는 없었다.

네이선이 항공권을 꺼내 승무원에게 건네려는 굿리치의 팔을 잡아끌었다.

"저는 다음 비행기로 가야겠습니다."

"표정을 보아하니 대단히 중요한 일이 있나봐요."

"마지막으로 말로리를 한 번 더 만나보려고 합니다. 이대로 돌아가면 크게 후회할 것 같아서요."

굿리치가 말했다. "원하는 대로 해요."

전혀 감정이 실리지 않은 목소리였다.

"보니는 제가 데려갈게요."

"그러지 말고 아이는 내게 맡겨두고 가요. 나와 함께 있으면 별일 없을 테니까."

네이선이 몸을 숙여 보니와 눈을 맞추었다. 보니가 머리에 쓰고 있던 헤드폰을 빼면서 활짝 웃었다.

"엄마에게 꼭 해주어야 할 말이 있는데 아빠가 깜빡 잊고 그냥 왔어. 다시 가서 엄마를 봐야 하니까 우린 다음 항공편으로 가자."

보니가 고개를 끄덕이고 나서 굿리치를 한번 쳐다보더니 말했다.

"나는 그냥 의사 선생님이랑 먼저 갈게."

네이선이 깜짝 놀라며 아이의 머리를 쓰다듬어주었다.

"정말 괜찮겠어, 우리 딸?"

"무이 비엔(좋아)!"

보니가 아빠를 꼭 끌어안았다.

네이선이 굿리치를 뚫어져라 바라보았다. 굿리치는 잠시라도 딸을 믿고 맡길 수 있는 지구상의 몇 안 되는 사람이었다. 그가 보니를 안전하게 데려갈 것이다. 메신저가 볼일이 있는 사람은 보니가 아니라 바로 그 자신이니까.

"보니는 나와 함께 있으면 안전할 거요. 내가 생명보험이란 사실을 잊지 말아요."

네이선의 얼굴에 비로소 미소가 감돌았다.

"말로리를 만나보고 나서 다음 비행기로 뒤따라갈게요."

네이선은 줄을 선 사람들 사이를 빠져나와 반대 방향으로 걷기 시작했다.

"도착하면 호스피스 병동으로 보니를 데리러 와요. 잘 돌보고 있을 테니까 걱정하지 말고."

뛰다시피 공항을 빠져나온 네이선은 택시를 잡아타고 라호야로 향했다.

20장

당연히 우정과 사랑은 닮았다.
우정의 열렬한 형태가 바로 사랑이라고도 할 수 있다.
_세네카

폭우가 쏟아지고 있었다. 네이선이 초인종을 눌렀으나 응답이 없었다. 말로리는 아직 집에 들어오지 않은 듯했다. 그는 나들목에서 간선도로로 진입하는 차들을 물끄러미 바라보았다.

젠장! 아예 쏟아붓네.

비를 피할 만한 곳이 없었다. 이웃집 베란다 아래에서 잠시 비를 피할까 생각하다가 이내 포기했다. 집 근처에 수상한 사람이 보이면 일단 경찰에 신고부터 하는 게 부자 동네의 특징이었다. 이런 동네에서는 비를 맞더라도 남의 눈에 띄지 않는 게 상책이었다.

네이선이 요란하게 재채기하며 피식 웃었다.

'온화한 캘리포니아의 날씨가 뭐 이래?'

죽음을 속수무책으로 기다려야 하는 신세였다.

'내가 지금 여기서 뭘 하고 있지?'

말로리가 언제 돌아올지 알 수 없었다. 어쩌면 빈스 타일러와 함께 나타날 수도 있었다. 혼자 오더라도 그를 문전박대할 수도 있었다. 비에 흠뻑 젖어 몸을 떨고 있자니 마치 인생 낙오자가 된 기분이었다. 빗줄기가 굵어지고 있을 때 빈스 타일러의 포르쉐가 말로리의 집 앞에 멈춰 섰다.

네이선은 실눈을 뜨고 길 건너편을 바라보았다. 빗물에 가려 정확하게 보이지는 않았으나 누군가 차에서 내리지는 않은 듯했다. 둘이 차 안에 앉아 쉽게 결론나지 않는 얘기라도 하고 있나? 아니면 혹시 키스라도?

정차해 있는 차 쪽으로 조금 더 다가갔지만 차 내부는 보이지 않았다. 2, 3분쯤 지나자 말로리가 혼자 차 밖으로 나왔다. 비를 맞고 서서 잠시 망설이던 그녀는 집으로 뛰어 들어갔다.

포르쉐가 흙탕물을 튀기며 전속력으로 멀어져 갔다.

잠시 후, 집 안의 전등들이 하나둘씩 켜지면서 모슬린 커튼 뒤로 말로리의 그림자가 비쳤다. 네이선은 막막한 심정으로 비를 맞고 서 있었다. 말로리에게 아직 사랑하고 있다는 말만은 꼭 전하고 싶었다. 하지만 그 말이 과연 무슨 의미가 있을지 알 수 없었다.

별안간 현관문이 열리더니 말로리가 쏟아지는 빗속으로 걸어 나왔다.

'우산도 없이 왜 다시 밖으로 나왔지?'

하늘에서 번개가 번쩍하며 천둥이 쳤다. 말로리가 사방을 두리번거리며 큰 소리로 이름을 불렀다.

"네이선?"

향초들이 계피 향을 내며 타고 있었다. 네이선은 셔츠를 벗고 수건으로 몸에 흐르는 빗물을 닦아냈다. 밖에서 쏟아지는 비 때문에 집 안이 한층 더 아늑하게 느껴졌다. 구석구석 놓인 꽃들과 화사한 색깔의 인테리어로 거실 전반에 밝은 분위기가 났다. 크리스마스트리와 장식들은 보이지 않았으나 네이선은 그리 놀라지 않았다. 크리스마스 때만 되면 말로리의 심리 상태가 매우 불안정해진다는 걸 잘 알기 때문이었다.

네이선은 옷걸이에 재킷과 바지를 걸어 라디에이터 위에 올려놓았다. 그러고 나서 두꺼운 모포를 둘둘 감고 소파를 뒤덮다시피한 알록달록한 쿠션들 사이에 앉았다.

쿠션을 이불 삼아 달콤한 낮잠을 즐기던 줄무늬 고양이가 깜짝 놀라 신경질적인 울음소리를 냈다.

"야옹아, 겁내지 않아도 돼."

네이선이 재빨리 턱밑을 쓰다듬어주자 고양이가 가르랑거리기 시작했다. 네이선은 소파에 편하게 몸을 파묻고 앉아 고양이 울음소리를 자장가 삼아 혼곤한 잠 속으로 빠져들었다. 천둥소리에 이어 다시 번개가 폭죽처럼 터지며 하늘을 환하게 밝혔다.

말로리는 부엌에서 커피를 끓였다. 라디오에서는 그녀가 좋아하는 밴 모리슨의 오래된 노래가 흘러나왔다. 그녀가 거실로 난 부엌문으로 살짝 몸을 내밀어 네이선을 쳐다보았다. 막 잠이 든 그의 얼굴이 보였다. 애틋한 느낌이 밀려들었다. 네이선이 항공기에 탑승하지 않았다는 사실을 몰랐음에도 그녀는 그가 집 근처에 있다고 직감했다. 마치 어떤 신비한 힘에 사로잡힌 듯이 문밖으로 나갔고, 그의 이름을 불렀다. 그가 길 건너편에서 자신을 기다리고 있을 거라 확신했다. 이런 일이 처음은 아니었다. 네이선도 그녀도 종교적인 사람은 아니었으나 둘 사이에 영적인 유대 관계가 형성되어 있다고 믿었다.

말로리는 다시 깊이 잠든 네이선을 쳐다보았다.

네이선은 왜 돌아왔을까? 오늘 아침, 외과의사와 함께 나타났을 때부터 느낌이 이상했다. 막연히 네이선에게 심각한 문제가 생겼을지도 모른다는 생각이 들었다.

네이선이 무슨 병을 앓고 있나?

요사이 통화할 때마다 그의 목소리에서 왠지 모를 불안감을 느꼈다. 방금 빗속에 서 있는 그를 보았을 때도 눈빛에서 두려움이 읽혔다. 지금 소파에 누워 잠든 남자는 그녀가 가장 잘 아는 사람이었다. 그녀가 기억하는 한 그는 두려움을 모르는 사람이었다.

1984년 겨울
제네바 공항

말로리는 공항 입국장에 와 있었다.

네이선과는 3일 전에 마지막으로 통화했다. 그녀는 집에서 6천 킬로미터나 떨어진 타국의 요양원에서 오늘 스무 번째 생일을 맞았다. 네이선이 오겠다고 하는 걸 극구 말렸다. 뉴욕과 제네바를 오가는 왕복 항공권을 구하는 게 가난한 그에게 얼마나 벅찬 일인지 잘 알기 때문이었다. 그녀가 대신 사줄 수도 있었으나 거절할 게 뻔해 얘기도 꺼내지 않았다. 그럼에도 그녀는 뉴욕에서 오는 항공편에 혹시 그가 타고 있을지도 모른다는 기대와 함께 공항에 나와 있었다.

말로리는 떨리고 흥분된 마음으로 입국장으로 쏟아져 들어오는 여행객들의 얼굴을 일일이 살피기 시작했다.

몇 달 전, 완치되었다고 믿었던 병이 재발했다. 네이선과의 재회도 큰 도움이 되지 않았다. 그동안 그들의 사랑은 수많은 장애물을 만났다. 부모의 반대, 계층 간 장벽, 두 사람 사이의 물리적 거리……. 말로리는 다시 살이 빠지기 시작해 몸무게가 40킬로그램으로 줄었다.

처음에는 부모와 네이선을 속일 수 있었다. 방학에 집에 갈 때마다 건강하고 활기 있는 척했으나 그녀의 엄마는 딸의 변화를 알아챘다. 그녀의 부모는 또다시 그들의 방식으로 해결책을 찾아냈다.

말로리는 부모님의 권유로 청소년 심리 질환을 전문적으로 치료하는 스위스의 의료시설에 입원하게 되었다. 이 요양원에서 지낸 지 정확하게 3개월이 됐다. 불만은 많았지만 치료에 도움이 된 건 분명한 사실이었다. 그녀는 다시 정상적으로 식사하기 시작했고, 조금씩 몸의 활력을 되찾아갔다. 하지만 그녀의 마음속에 도사리고 있는 파괴적인 유혹과 매일 투쟁을 벌여야 했다.

의사들의 말에 따르면 말로리가 음식을 거부하는 행위는 괴로움에 대한 그녀 나름의 의사 표현 방식이라고 했다. 문제를 해결하려면 괴로움의 실체가 뭔지 파악하는 게 우선이라고 입을 모았다.

말로리를 괴로움에 빠뜨리는 정체는 무엇일까?

말로리는 힘든 어린 시절을 보내거나 충격적인 일을 겪지 않았다. 아니, 애매모호하고 특정하기 힘든 뭔가가 있긴 했다. 아주 어릴 적부터 어렴풋이 다른 사람들과는 다르다고 느껴온 부분이 있었다. 어른이 되어가면서 그 느낌은 거의 확신으로 바뀌었다. 가령 친구들과 함께 백화점에 가는 길에 마주친 노숙자들에게서 눈을 떼지 못했다. 그녀와 같이 있던 사람들은 그들에게 전혀 신경 쓰지 않았다. 다른 사람들의 눈에 그들의 존재가 보였는지 안 보였는지 알 수 없지만 그녀에게는 유독 그런 사람들이 눈에 잘 띄었다. 그녀는 자신이 특권을 누리며 살고 있다는 생각에 죄책감을 느꼈다. 부와 빈곤이 그토록 가까이에서 공존한다는 사실이 받아들이기 힘들었다.

⌒

뉴욕에서 출발한 항공기 탑승자들은 이제 거의 다 입국장으로 들어온 듯했다. 세관 심사를 마친 마지막 승객 몇 명이 에스컬레이터를 타고 내려오고 있었다.

말로리는 힘껏 깍지를 끼었다. 그녀가 다시 음식을 먹기로 결심한 건 네이선 때문이었다. 그는 그녀의 인생에 닻과 같은 존재였다. 어떻게든 지금의 행복을 지키고 싶었다.

말로리가 포기하고 돌아서려고 할 때 에스컬레이터에 네이선의 모습이 나타났다. 머리에 뉴욕 양키스 모자를 쓰고 그녀가 생일날 선물한 파란 케이블 스티치 스웨터를 입고 있었다. 그는 그녀가 기다리고 있으리라고 생각하지 못했기에 주변을 두리번거리지도 않았다. 그녀는 수하물 컨베이어벨트를 향해 걸어가는 그의 모습을 잠시 가만히 지켜보았다.

그러다 그의 이름을 크게 불렀다.

"네이선 델 아미코."

뒤를 돌아본 네이선이 깜짝 놀라며 가방을 내려놓고 달려와 그녀를 힘껏 껴안았다. 그녀는 그의 어깨에 얼굴을 파묻고 그의 체취를 맡았다. 포옹하는 내내 그녀는 눈을 꼭 감았다. 삶의 고통과 괴로움을 모르던 어린 시절의 추억이 되살아나며 몸에 생기가 돌았다.

"네이선, 당신이 지구 끝까지라도 나를 찾으러올 줄 알았어."

말로리가 농담을 건네며 네이선의 입술에 키스했다.

네이선이 그녀의 두 눈을 응시하며 진지하게 말했다.

"난 더 멀리도 갈 수 있어. 지구 끝보다 더 멀리도."

그 순간, 말로리는 네이선을 자신의 남자라 확신했다. 영원한 자신의 남자.

네이선이 눈을 뜨며 중얼거렸다.

"당신이 다가오는 소릴 듣지 못했어."

말로리가 커피잔을 생나무 스툴 위에 올려놓았다.

"당신 바지를 세탁해 건조기에 돌리고 있어. 조금 있으면 꺼내 입을 수 있을 거야."

"고마워."

두 사람은 우여곡절 끝에 헤어진 연인처럼 어색해하며 눈을 맞추지 못했다.

네이선이 현관 입구에 놓인 여행 가방 두 개를 가리키며 물었다.

"저 가방들은 뭐야?"

"포르투 알레그레에서 열리는 세계 사회포럼 준비 회의에 참석하려고. 보니 때문에 못 갈 거라고 생각했는데 당신이 아이를 일찍 데려가기로 해서 다녀오려고."

"브라질에 간다고?"

"3, 4일 일정이니까 크리스마스 전에는 돌아올 거야."

말로리가 가방 하나를 열어 안에서 뭔가를 꺼냈다.

"여기, 이 티셔츠라도 입어. 감기 걸리겠어."

말로리가 잘 다려진 티셔츠 한 장을 건넸다.

"낡았지만 당신한테 맞을 거야."

네이선이 티셔츠를 펼쳤다. 아주 오래전 둘이 처음으로 사랑을 나누던 날 밤 그가 입었던 옷이었다.

"당신이 아직 이 옷을 보관하고 있는지 몰랐어."

말로리가 어색함을 떨치려고 소파에 놓인 숄을 몸에 누르며 말했나.

"푸…… 춥긴 춥다."

말로리가 몸을 떨었다. 그녀가 잠시 사라지더니 멕시코산 데킬라 한 병을 들고 나타났다.

"자, 몸을 덥히는 데는 데킬라가 최고지."

말로리가 술을 한 잔 따라 건넸다. 네이선은 모처럼 그녀의 웃는 얼굴을 보았다. 게다가 그를 위해 지어 보이는 미소였다.

"아 뚜 살루드(건배)! 보니라면 이랬겠지?"

네이선이 화답했다.

"아 뚜 살루드!"

잔 두 개가 쨍그랑 소리를 내며 부딪쳤다. 데킬라 주법대로 그들은 단숨에 잔을 비웠다. 그녀가 네이선이 덮고 있는 모포 끝자락을 살짝 끌어다 덮으며 그의 곁에 앉았다. 그런 다음 그의 어깨에 머리를 기대고 지그시 눈을 감았다.

"우리 둘이 이렇게 마주 보고 얘길 나눈 지도 한참 됐어."

세찬 빗줄기가 유리창을 때리며 흘러내렸다.

"당신, 무슨 걱정거리라도 있어?"

네이선은 거짓말을 했다.

"아니, 없어."

말로리에게 메신저 이야기를 털어놓을 수는 없었다. 그가 생각해도 비논리적이고, 초현실적인 이야기였다. 말로리가 정신 나간 사람에게 보니를 맡겼다며 안절부절못할 게 틀림없었다.

말로리가 자꾸 캐물었다.

"당신, 얼굴이 많이 안 좋아 보여. 도대체 무슨 일이야?"

네이선이 이번에는 솔직하게 대답했다.

"당신을 잃을까봐 두려워."

말로리가 씁쓸한 표정을 지으며 어깨를 으쓱했다.

"우린 이미 서로를 많이 잃어버렸어."

"사람을 잃는 것에도 여러 단계가 있겠지."

말로리가 흘러내린 머리칼을 뒤로 쓸어 넘겼다.

"무슨 뜻이야?"

네이선이 대답 대신 물었다.

"우리가 어쩌다 이렇게 됐을까, 말로리?"

"그건 당신이 더 잘 알 텐데."

네이선이 멍하니 허공을 바라보았다.

"션이 죽지 않았다면 아무 일도 없었을 거야."

말로리의 언성이 높아졌다.

"션 얘기는 이제 그만해! 당신은 예전에 내가 사랑한 남자가 아니야, 네이선. 그게 전부야."

"사랑은 그렇게 쉽게 사라질 수 있는 게 아니야."

"내가 더 이상 당신을 사랑하지 않는다는 뜻이 아니야. 당신이 내가 예전에 사랑했던 남자가 아니라는 사실을 확인했다는 뜻이지."

"당신은 여덟 살 때부터 나를 알았어. 내가 달라진 건 천만다행이지. 사람은 누구나 살아가는 동안 변하게 되어 있어."

"내 말뜻을 못 알아듣는 척하지 마. 당신에게는 일이 전부였어. 늘 일이 바빠 예전처럼 나에게 관심을 가질 여유가 없게 되었지."

"열심히 일해야 했으니까."

"그렇다고 우리 아버지와 소송을 벌여 모욕을 줄 필요까지는 없었지. 당신은 나보다 자존심이 더 중요한 사람이었던 거야."

"장인어른이 먼저 시작한 일이야. 당신 가족이 우리 엄마를 어떻게 대했는지 잘 알잖아."

"하지만 난 엄마 아버지와 다르잖아. 가장 먼저 내 입장을 고려했어야지. 당신은 내게서 너무 멀리 떠나 있었어. 당신은 도무지 만족을 모르는 사람이야. 늘 완벽한 행복을 바랐지만 지금 우리 모습이 어떤지 봐."

"다 우리 가족을 위해서였어. 당신과 아이들을 행복하게 해주고 싶었을 뿐이야."

"그 행복은 이미 당신 손에 쥐어져 있었어, 네이선. 당신은 몰랐겠지만 우린 이미 행복을 손에 쥐고 있었다고. 우리에게 대체 뭐가 더 필요했지? 더 많은 돈? 자동차를 세 대, 네 대씩 사서 타고 다니게? 아니면 고급 사교클럽에 가입하고, 그 빌어먹을 골프라도 치고 싶어서?"

"당신에게 어울리는 사람이 되고 싶었거든. 내가 성공해야 가능하다고 생각했어."

말로리의 분노가 극에 달했다.

"그래, 우린 또 예전에 늘 하던 그 얘기로 돌아왔어. 성공한 모습을 나에게 보여주고 싶었던 게 당신의 야망이었다는 말이잖아."

"당신은 이해하기 쉽지 않을 거야. 내가 자란 환경에서는……."

말로리는 그의 말을 더 이상 듣고 싶지 않았다.

"당신이 어떤 환경에서 자랐고, 얼마나 힘들게 살았는지 나보다 더 잘 아는 사람은 없어."

말로리의 말 한 마디, 한 마디에 힘이 들어갔다.

"인생은 경쟁이나 성공이 전부가 아니야. 당신이 성공했다는 사실을 과시하며 살 필요는 없어."

말로리가 결국 소파를 박차고 일어났다.

"말로리!"

네이선이 붙잡으려고 했지만 말로리는 들은 체도 하지 않고 거실 반대편으로 걸어갔다. 그녀가 마음을 진정시키려는 듯 촛대 대용으로 쓰고 있는 오목한 유리 볼 안에 든 작은 양초들에 불을 붙였다.

네이선이 다가가 어깨에 손을 얹으려고 하자 냉정하게 뿌리쳤다.

"이 신문을 좀 봐."

말로리가 거실 테이블에 놓인 《뉴욕타임스》를 집어 네이선에게 내밀었다.

캘리포니아로 이사한 이후로도 말로리는 학생 시절부터 즐겨 읽던 《뉴욕타임스》를 여전히 구독하고 있었다.

네이선이 신문을 건네받아 1면의 타이틀 기사 제목을 훑어보았다.

오하이오 : 한 고등학생이 학교에서 권총을 난사해 3명 사망

칠레 : 화산 폭발로 대규모 인명 피해 예상

아프리카 : 대호수 지역에서 발생한 난민 수십만 명이 육로를 통해 이

동 중

중동 : 자살테러 이후 다시 긴장 조성

잠시 후 말로리가 어두운 목소리로 물었다.

"이렇게 험난한 세상에 서로 사랑하고 나누지 않는다면 무슨 의미가 있겠어?"

말로리가 눈시울을 붉히며 화난 표정으로 그를 쳐다보며 말을 이었다.

"우리가 사랑하는 것보다 당신에게 더 중요한 건 뭐였지?"

네이선이 아무런 대답이 없자 말로리가 말을 이었다.

"나는 결점이라고는 없는 남편과 사는 게 편하지 않아. 적어도 내 앞에서는 약한 모습을 보여줄 수도 있어야지. 당신은 나를 신뢰하지 않았던 거야."

네이선이 눈물이 그렁그렁한 얼굴로 말로리를 바라보았다. 그녀의 말은 전부 사실이었다. 하지만 그에게 모든 책임을 전가하는 건 받아들일 수 없었다.

"난 아직 결혼반지를 손에 끼고 있어."

네이선이 반지를 낀 약지를 보란 듯이 흔들었다.

"당신은 어떻게 그 한심한 녀석을 우리가 즐겨 가던 식당에 데려갈 수 있어?"

네이선은 배심원들 앞에서 결정적인 증거를 제시하는 변호사처럼 결혼반지를 내밀어 보였다. 하지만 여긴 재판정이 아니라 그가 사랑하는 여자의 집이었다.

말로리는 '나에게 이런 식으로 따지는 건 옳지 않아' 하는 시선으로 그를 쳐다보고 있었다. 그녀가 터틀넥 스웨터 안에서 백금 반지가 매달린 작은 목걸이를 꺼내 보였다.

"나 역시 아직 결혼반지를 간직하고 있어. 하지만 이건 그냥 반지일 뿐 그 이상의 의미는 없어."

이미 눈가가 젖은 말로리가 솔직한 얘기를 털어놓았다.

"당신이 빈스 타일러 얘기를 꺼내서 하는 말인데 그는 우리와 아무런 상관이 없어."

말로리가 어깨를 으쓱하고 나서 말을 이었다.

"내가 그 미련한 남자를 왜 만나는지 아직 눈치 못 챘어? 당신 스스로 냉철하게 생각해보면 해답을 알 수 있을 거야."

"당신과 관련된 문제에 대해서라면 난 냉철해질 수가 없어."

"자랑할 만한 일은 아니지만 나는 빈스 타일러가 좋은 일을 하도록 유도할 생각이야. 당신도 알다시피 그는 돈이 많아. 가난한 사람들을 위해 그가 지갑을 열게 할 수 있다면 나는 레스토랑이 아니라 어디든지 데리고 다닐 수 있어."

"너무 목표지향적인 생각이야."

말로리가 씁쓸한 미소를 지었다.

"'과감성과 목표지향적 행동이 비즈니스의 두 축이다'라고 말한 사람이 누구더라? 당신은 잊었을지 몰라도 나는 똑똑히 기억하고 있어."

말로리가 주머니에서 화장지를 꺼내 눈물을 닦았다. 네이선은 그녀가 또다시 자신의 손길을 뿌리칠까 두려워 다가갈 엄두를 내지 못했다.

대신 그는 거실을 한 바퀴 빙 돌아 창문을 열고 시원한 바깥 공기를 들이마셨다. 먹구름들이 북쪽으로 물러나고 있었다.

네이선이 불편한 분위기를 바꿀 생각으로 한마디 던졌다.

"이제 비가 그쳤어."

"비가 오든 안 오든 무슨 상관이야."

말로리의 반응은 여전히 냉담했다.

네이선이 고개를 돌려 말로리를 쳐다보았다. 볼이 푹 꺼진 얼굴이 창백했다. 그녀에게 지금까지, 그리고 앞으로도 영원히 당신은 내 인생에서 제일 소중한 존재라 말해주고 싶었으나 입 밖으로 나온 말은 달랐다.

"나도 알아, 말로리."

"뭘 알아?"

"당신이 물질적 풍요가 행복의 조건이 아니라고 말했잖아. 사랑과 나눔을 실천할 때 비로소 행복해질 수 있다는 당신의 관점은 나도 익히 알아."

네이선이 체념한 표정으로 팔을 넓게 벌리며 계면쩍은 미소를 지었다. 네이선을 바라보는 말로리의 눈길이 한결 부드러워 보였다. 네이선을 보고 있으면 항상 어린 시절의 사랑스럽던 소년이 떠올랐다.

말로리는 그의 가슴에 얼굴을 묻었다. 그를 죄인으로 모는 건 사실 온당치 않았다. 네이선은 선의 죽음을 잊기 위해 일에 매달렸을 뿐이니까.

말로리는 눈을 감았다. 네이선이 떠나고 나면 그의 빈자리가 얼마나 고통스럽게 느껴질지 잘 알았다. 그가 옆에 있는데도 이미 공허감이 밀려왔다. 네이선을 사랑하지만 아직은 그를 원망하는 마음이 너무 컸다.

말로리가 네이선의 품에서 빠져나오며 말했다.

"당신 이제 가봐야 할 시간이야. 마지막 비행편을 놓치면 안 되잖아."

⌣

네이선은 발길이 떨어지지 않아 문턱에 서 있었다. 그가 부른 택시가 벌써 5분이나 시동을 건 상태로 기다리고 있었다. 말로리에게 이것이 마지막이 될지도 모른다는 말을 해야 하는데 차마 입이 떨어지지 않았다.

"혹시 나한테 무슨 일이 생기면, 당신이⋯⋯."

"말도 안 되는 소리 그만해."

"괜한 소리가 아니야, 말로리."

"우린 다시 만나게 될 거야. 약속할게."

네이선은 그녀의 말대로 될 거라 믿고 싶었다. 말로리가 자기 손바닥에 입맞춤을 하더니 그 손바닥으로 네이선의 볼을 어루만졌다.

네이선은 택시에 타고 나서도 자꾸 뒤를 돌아보았다. 그의 시선은 말로리를 향해 있었다. 사랑하는 여자를 잃는 게 두려운 말로리는 비 온 뒤 한결 상쾌해진 공기를 느끼며 사라지는 택시를 쳐다보았다. 그녀가 목걸이에 매달린 결혼반지를 만지작거리며 반지에 새겨진 문구를 속으로 되뇌었다.

사랑은 죽음보다 강한 것.

바닷물도 그 사랑의 불길 끄지 못하고,

강물도 그 불길 잡지 못합니다.

21장

나한테 아이가 있다는 건 결국 이런 뜻이다.
내가 태어나 살아보니 참 괜찮더라,
나 같은 경험을 더 많은 사람이 해도 좋겠다,라는.
_밀란 쿤데라

12월 17일

막 잠을 깬 보니가 눈을 비비며 물었다.

"께 오라 에스(몇 시야)?"

"맞춰봐!"

네이선이 아이를 팔에 안았다. 그는 새벽 6시 비행기로 샌디에이고에서 돌아와 굿리치의 호스피스 병동으로 아이를 데리러 갔다. 악천후 탓에 항공기가 연착되는 바람에 보니가 밤늦게 잠들었다고 굿리치가 전해주었다.

네이선은 굿리치의 진료실 소파에서 잠든 보니를 차에 태워 아파트로 돌아왔다. 아이가 집에 도착해 편히 잠든 시간은 아침 8시 무렵이었다.

잠을 깬 보니가 부엌에 걸린 벽시계를 보더니 믿을 수 없다는 듯이 말했다.

"벌써 오후 3시야?"

"우리 아가가 잠을 푹 잤단다."

보니가 하품을 하고 나서 따지듯이 말했다.

"난 아가가 아니야."

"아빠에게는 영원한 아가야."

네이선은 아이를 들어 올려 높은 스툴에 앉혔다. 식탁에는 김이 모락모락 나는 코코아와 참깨 베이글이 놓여 있었다.

보니가 참깨 베이글을 하나 집어 들며 말했다.

"이렇게 늦게 일어난 건 처음이야."

아이를 바라보는 네이선의 눈에 애정이 충만했다. 보니와 함께 있는 시간은 언제나 큰 힘이 되었다. 아이는 밝고 행복한 얼굴이었고, 무엇보다 아주 건강해 보였다. 지난 방학에 보았을 때만 해도 우려되었던 심리적인 불안감을 많이 극복한 듯했다. 부모의 이혼에 따른 충격이 서서히 가시고 있다는 의미였다. 부모가 이혼했다고 엄마와 아빠 중 한 사람과 멀어지는 건 아니라는 사실을 이해하게 되었다는 뜻이었다.

그런 아이에게 또 하나의 시련이 기다리고 있었다. 아주 심각한 문제였다. 아이는 곧 아빠를 영원히 잃게 되었다. 보니가 걱정되었지만 아무리 생각해봐도 아빠의 죽음을 보니가 충격 없이 받아들이게 할 방법이 떠오르지 않았다. 네이선은 우울한 생각을 잊고 아이와 후회 없는 시간을 보내기로 했다.

"우리, 크리스마스트리를 사러 갈까?"

"와 신난다. 트리에 크리스마스 장식을 아주 많이 달고 싶어. 공이랑 별도 달고, 반짝거리는 전구도 달아야지."

"크리스마스트리를 사고 나서 장을 봐 맛있는 저녁을 해 먹자."

"오징어 먹물을 넣는 탈리아텔레 파스타는 어때?"

아이가 트라이베카의 어느 식당에서 먹어 본 뒤로 가장 좋아하는 음식이었다.

"디저트도 맛있게 만들어 먹자."

"좋아."

보니가 신이 나서 폴짝폴짝 뛰었다.

"디저트로는 뭐가 좋을까?"

보니가 한 치의 망설임도 없이 대답했다.

"호박파이!"

"호박파이는 추수감사절에 주로 먹는 디저트니까 크리스마스 특식을 만들어보는 건 어때?"

아이가 고개를 저었다.

"아니, 난 마스카르포네 크림치즈를 듬뿍 넣은 호박파이가 좋아."

아이가 침을 꼴깍 삼켰다.

"그래, 그럼 호박파이를 만들지 뭐. 장을 보러 가야 하니까 아침 식사부터 뚝딱 끝내자."

"알았어."

식사를 마친 보니가 스툴에서 내려서더니 그의 품에 안겼다. 아이가 조그마한 맨발을 비벼대며 그의 품을 파고들었다.

"우리 딸, 뉴욕이 샌디에이고보다 훨씬 춥지?"

"어찌나 추운지 명태가 되었어."

비유법을 쓰는 아이의 모습이 사랑스러웠다.

"그럴 때는 동태가 되었다고 하는 거야. 우리 딸, 몸이 얼기 전에 따뜻한 옷으로 갈아입자."

⌒

검정 탈리아텔레는 쉽게 구할 수 있는 식재료가 아니라서 소호에 있는 〈딘 앤드 델루카〉까지 가야 했다. 크리스마스가 코앞인 탓에 이 유명 식료품점은 사람들로 발 디딜 틈이 없었다. 네이선과 보니는 슬쩍 새치기하는 사람들을 너그럽게 봐주었다. 그들은 조금도 서두를 필요가 없었다.

보니는 브로드웨이 길가에서 파는 소나무 여러 그루를 꼼꼼하게 비교한 끝에 마음에 드는 하나를 골랐다. 네이선은 레인지로버 트렁크에 나무를 싣고 집으로 가다가 맨해튼에서 가장 신선한 과일과 야채를 파는 3번 애비뉴의 마트에 들렀다. 먹음직스러운 단호박 한 개와 '수프 아라 세트와즈*'라는 알쏭달쏭한 이름의 프랑스 수입 생선 수프를 한 병 샀다.

해가 저물 무렵 집에 도착한 부녀는 요리에 착수할 만반의 준비를 끝냈다. 보니는 입고 있던 더플코트를 벗자마자 부엌 조리대 위에 식재료를 펼쳐놓기 시작했다. 쇼트크러스트 페이스트리**, 단호박, 오렌지, 바닐라 설탕, 아몬드 주, 마스카르포네 치즈 등등…….

*세트식 수프라는 뜻으로 세트는 지중해에 면한 프랑스 남동쪽 랑그독 루시옹 지방의 작은 항구 도시다.
**보통 타르트나 파이를 만들 때 쓰는 반죽을 뜻하는데, 베이킹소다 같은 팽창제를 쓰지 않아 오븐에서 구울 때 부풀어 오르지 않는다.

보니가 활짝 웃으며 물었다.

"아빠, 이리 와서 좀 도와줄래?"

"그래, 당연히 도와야지."

네이선은 대견하게 자란 딸을 보며 가슴이 미어졌다. 보니에게 앞날을 두려워하지 말라고, 죽어서도 아빠가 늘 곁에서 지켜줄 테니까 걱정하지 말라고 말해주고 싶었다. 하지만 자신이 수호천사가 되어 딸을 보호해줄 수 없는 이상 아이는 스스로 험난한 세상을 헤쳐나가야 한다. 네이선은 그 사실이 가슴 아팠다.

네이선은 조리대로 다가갔다. 몸집에 비해 세 배는 큰 앞치마를 두른 보니가 진지한 표정으로 서 있었다.

"자, 이제 본격적으로 요리를 시작해볼까?"

네이선은 반죽을 밀대로 밀어 파이 팬에 깔았다. 반죽 위에 황산지를 둥그렇게 잘라 깐 다음 마른 강낭콩을 수북이 덮고 오븐에 넣었다. 보니는 단호박의 섬유질을 제거하고 씨를 빼냈다. 그런 다음 아빠의 도움을 받아 호박을 정사각형 모양으로 작게 잘랐다. 그 위에 아몬드 주를 몇 방울 떨어뜨리고 나서 흡족한 미소를 지었다.

네이선은 단호박을 불에 올려놓고 끓이며 딸에게 물었다.

"션이 죽었을 때 기억나니?"

"당연히 기억나고말고."

보니가 그의 눈을 똑바로 응시했다.

네이선은 애써 태연한 척하는 아이의 얼굴에 순간적으로 드리워진 그늘을 보았다. 그는 아이에게 계속 말을 시켰다.

"넌 아주 어렸을 때였지."

마치 2, 30년 전 일이라도 되는 양 아이가 기억을 더듬으며 말했다.

"네 살이었어."

"그때 엄마 아빠가 너에게 '션은 하늘나라에 갔다'고 말해주었는데, 기억나니?"

아이가 고개를 끄덕였다.

"그때 넌 하늘나라가 춥지는 않은지, 션은 거기서 뭘 먹고 지내는지, 언제 동생을 보러 가도 되는지 물었어."

"나도 기억나."

"그때 엄마 아빠는 너에게 죽음을 제대로 설명해주지 못했어."

"사람이 죽으면 하늘나라로 가는 게 아니었어?"

"솔직히 말하면 어디로 가는지 아무도 몰라."

아이가 잠시 생각에 잠겼다 말했다.

"내 친구 새라가 말하길 사람이 죽으면 천국 아니면 지옥에 간대."

"솔직히 아무도 몰라."

아이에게 충분한 답변이 되지 않으리라는 걸 알면서도 네이선은 같은 대답을 되풀이할 수밖에 없었다.

"혹시 백과사전에 나오지 않을까? 엄마가 모르는 게 있으면 백과사전을 찾아보라고 했거든."

"백과사전에도 안 나와 있을 거야."

그때, 오븐의 알람이 울렸다.

네이선이 하얀 파이 쉘과 그 위에 얹은 강낭콩을 오븐에서 꺼냈다.

무슨 영문인지 보니가 이번에는 돕겠다고 나서지 않았다.

"보니, 아빠를 좀 도와줘. 파이 필링을 만들어야 해. 아빠가 지난번에 계란 깨는 방법을 가르쳐주었는데 잘하는지 볼까?"

보니가 솜씨 좋게 계란을 몇 개 깨 휘젓기 시작했다. 금세 아이의 얼굴에 미소가 돌아왔다.

"아빠, 계란에서 거품이 보글보글 일어."

"그래, 이제 호박, 오렌지주스, 마스카르포네 치즈를 넣을 차례야."

네이선이 오렌지즙을 짜는 동안 보니는 잘 익은 호박을 포테이토 라이서에 넣고 으깼다. 보니가 직접 만든 파이 필링을 맛보겠다고 했다. 퓨레 상태의 호박이 흘러내려 아이의 턱에 주황색 수염을 그렸다.

네이선이 카메라를 가져와 그 모습을 찍었다. 그러고 나서 카메라를 머리 위로 높이 치켜든 다음 부녀가 볼을 맞대고 셀프 사진을 찍었다.

"하나, 둘, 셋, 치즈!"

'또 하나의 좋은 추억.'

보니가 파이 쉘 위에 필링을 골고루 펴 바르고 나서 아빠의 도움을 받아 오븐에 집어넣었다.

보니는 오븐 앞에 쭈그리고 앉아 호박파이가 익어가는 모습을 신기한 듯 들여다보았다. 아이는 재밌는 TV 프로그램을 보듯이 오븐에서 시선을 떼지 못했다.

"정말 맛있겠다. 오래 기다려야 해?"

"40분쯤 기다리면 돼."

보니가 자리에서 일어나더니 할 말이 있는 듯한 표정으로 그를 올려다보았다. 잠시 후 아이가 입을 열었다.

"외할머니는 내가 죽음에 대해 물어보는 걸 싫어해. 내가 아직 어려서 그런가봐."

"어른들은 아이들과 죽음에 대해 얘기하는 게 두려운 거야."

"왜?"

"아이들이 무서워할까봐 그러지. 사실은 얘기를 나누지 않아서 무서운 건데 어른들이 그걸 몰라. 누구나 가보지 않은 길 앞에서는 두려움을 느끼게 마련이야."

네이선의 말을 가만히 듣고 있던 아이가 물었다.

"죽음에 대해 뭘 알아야 하지?"

네이선은 잠시 고민했다.

"죽음은 필연적이라는 걸 알아야 해."

"어느 누구도 죽음을 피해 갈 수 없다는 뜻이지?"

"그래, 사람은 언젠가 죽어."

"라라 크로프트*도?"

"라라 크로프트는 실존 인물이 아니라는 걸 너도 알잖아."

"그럼, 알지."

아이의 얼굴에 미소가 크게 번졌다.

"죽음은 불가역성이 있어."

아이가 뜻을 모르는 생소한 단어를 따라 말했다.

---

*툼 레이더 비디오 게임 시리즈의 여주인공. 고대 무덤과 유적들을 탐사하는 아름답고 지적인 영국 고고학자이자 모험가로 그려진 가상 캐릭터다.

"부가역성?"

"불가역성. 아주 어려운 말인데 한 번 죽으면 다시 살아날 수 없다는 뜻이야."

"슬퍼."

아이는 금세 풀이 죽었다.

"슬픈 일이지만 그다지 걱정하지 않아도 돼. 우리가 내일이나 모레 죽는 건 아니니까."

"그럼 난 언제 죽어?"

네이선은 괜한 얘기를 꺼냈다는 후회가 들었다. 보니가 아빠 입에서 자신의 미래에 대해 어떤 말이 나올지 기대하며 눈을 크게 뜨고 쳐다보고 있었다.

"네가 오래 살아서 나이가 많이 들고 늙게 되면……."

"얼굴에 주름이 많이 생기고?"

"머리는 하얗게 세고, 턱에 털이 날 때."

아이가 턱에 털이 난다는 말을 듣고 피식 웃더니 이내 진지한 표정으로 돌아왔다.

"그럼 아빠랑 엄마는 언제 죽어?"

"당장 죽지는 않으니까 걱정하지 마. 설령 아빠가 죽는다고 해도 너무 슬퍼하지 마."

아이가 이해할 수 없다는 듯이 눈을 크게 뜨더니 되물었다.

"아빠가 죽는데 슬퍼하지 말라니 무슨 뜻이야?"

"물론 슬픈 감정을 억누를 수는 없겠지. 다만 너무 안타까워하거나 네 잘못이라 여기지는 말라는 뜻이야. 아빠가 죽는 게 네 잘못은 아니 잖아. 아빠는 네가 정말 자랑스러워. 엄마도 물론이고. 아빠가 죽었다고 마냥 슬퍼하기보다는 함께했던 추억을 생각하며 잘 살아가면 된다는 뜻이야."

"아빠도 부모님이 돌아가셨을 때 그랬어?"

네이선은 순간 몹시 당혹스러웠다.

"슬픔을 잊고 잘 살아가려고 애쓰긴 했어. 어쨌든 사는 동안 사랑하는 사람에게 맘껏 애정을 표현하는 게 좋아."

"응."

아이는 어쨌든 씩씩하게 대답했다.

"소중한 사람이 세상을 떠나게 된다면, 주변 사람들의 도움을 받아 최대한 빨리 슬픔을 극복하는 게 좋아. 가까이 있는 사람들이 큰 힘이 되어줄 거야."

"난 엄마나 아빠에게 도움을 받으면 되겠네."

"두려운 일이 있거나 고민거리가 있으면 언제든지 물어봐. 지금보다 훨씬 커서도 마찬가지야. 언제나 엄마 아빠를 찾아와 상의해. 혹시 아빠가 먼저 죽으면 엄마랑 서로 의지하면서 어려움을 이겨내야 해. 엄마는 너랑 슬픔을 나누는 방법을 잘 알고 있을 거야."

"그래도 많이 힘들 거야."

아이의 목소리가 크게 떨렸다

"그래, 물론 힘들겠지. 때로는 울고 싶기도 할 거야. 그럴 때는 맘껏 울고 나면 속이 후련해져."

보니가 눈물이 그렁그렁한 얼굴로 따지고 들었다.

"아기들이나 우는 거야."

"사람은 어른이나 아이나 다 울어. 울지 못하는 사람이야말로 이 세상에서 가장 불행한 사람이야. 아빠가 보고 싶어지면 우리가 함께 갔던 장소를 찾아가서 아빠에게 말을 걸어."

"아빠는 가끔 션과도 얘기해?"

네이선이 기다렸다는 듯이 대답했다.

"그럼, 아빠는 션이나 아빠의 엄마와도 늘 이야기를 나눠. 션은 아빠의 가슴속에 영원히 살아 있어. 아빠는 언제나 보니의 아빠이듯이 션의 아빠니까. 엄마도 언제나 네 엄마야. 그건 죽더라도 달라지지 않아."

"그럼 아빠와 이야길 나누고 싶으면 무덤으로 찾아가야 하는 거야?"

"아니, 굳이 무덤까지 갈 필요 없어. 아침 일찍 한적한 공원을 달리면서 아빠를 만나면 돼. 아빠는 매일 아침 건강을 위해 달리기도 하지만 세상을 떠난 사람들과 대화를 나누기 위해 달리기도 해. 누구에게나 그런 장소가 필요하지. 사랑하는 사람들과 영원히 함께하려면 그런 식의 대화가 필요하거든."

"죽은 사람들을 매일 생각해?"

"매일은 아니지만 자주."

네이선은 독백하듯 허공을 향해 말했다.

"삶은 너무도 소중한 거야."

보니가 폴짝 뛰어올라 네이선의 목에 매달렸다. 부녀는 서로에게서 따뜻한 위안을 받았다. 보니는 서로를 칭찬해주기에 바쁜 엄마 아빠가 왜 이혼하게 되었는지 도저히 이해할 수 없었다. 서로 사랑하는데 왜 크리스마스를 함께 보낼 수 없는지 궁금했다. 보니는 마음속으로 아이는 어른들의 복잡한 세계에 함부로 끼어들어서는 안 된다고 생각했을 뿐이다.

네이선은 보니와 화기애애한 분위기 속에서 저녁 식사를 했다. 어둡고 무거운 얘기는 더 이상 화제에 올리지 않았다. 수프와 파스타 샐러드도 괜찮았지만 붉은 호박 퓨레와 아이싱 슈거가 들어가 달콤하게 구워진 호박파이는 델리씨오사*라는 말이 저절로 튀어나올 만큼 맛있었다.

그들은 저녁 식사를 마치고 나서 크리스마스트리를 장식했다. 오디오를 켜고 클로드 드뷔시의 〈어린이 세계〉를 틀어주었더니 보니가 아주 좋아했다.

바깥에서는 소리 없이 눈이 내리고 있었다.

"왜 엄마는 크리스마스를 싫어할까?"

"크리스마스 본연의 정신이 퇴색되었다고 생각해서 그래."

아이가 이해하기 힘든 것 같은 표정을 지었다.

"무슨 뜻인지 모르겠어."

네이선이 어려운 어휘를 사용했다고 자책하며 좀 더 쉬운 말로 설명을 시작했다.

"엄마는 세상 모든 사람들이 크리스마스를 즐겁게 보내야 한다고 생각해. 사람들이 꼭 필요하지도 않은 물건을 사느라 돈을 낭비할 게 아니라 고통받는 이웃을 돌아봐야 한다고 생각하는 거야."

*스페인어로 맛있다는 뜻

아이가 더는 생각할 필요도 없다는 듯이 말했다.

"엄마의 생각이 옳잖아, 그치?"

"그래, 맞아. 우린 이렇게 따뜻한 집에서 즐거운 크리스마스를 보내고 있지만 외롭고 힘든 사람들도 많아. 크리스마스에 혼자 외롭게 보낸다면 정말 서글픈 일이지."

"엄마도 집에 혼자 있잖아."

네이선이 떠오르는 대로 말했다.

"빈스 타일러 아저씨와 같이 있을 거야."

"아니야."

"이번에도 여자의 직감이니?"

네이선이 그렇게 말하며 아이에게 윙크했다.

"바로 그거야."

아이가 두 눈을 동시에 감았다. 보니는 아직 한쪽 눈으로 윙크를 하지 못해 '더블 윙크'를 했다.

네이선은 사랑스러운 눈빛으로 아이의 머리를 쓰다듬었다.

그들은 크리스마스 장식을 마치고 나서 〈슈렉〉 DVD를 함께 보았다. 그러고 나서 보니가 아빠를 위해 바이올린을 연주해주고 학교에서 배운 〈베사메 무초〉를 스페인어로 멋지게 불러주었다.

네이선이 여러 번 앙코르를 신청했다.

이제 보니가 잠잘 시간이 되었다. 네이선은 보니를 침대에 눕히고 난 뒤 이불을 덮어주었다. 아이는 복도 불을 끄지 말아 달라고 했다.

"우리 딸, 많이 사랑해. 잘 자."

"나도, 아빠 많이 사랑해. '부가역성'이야."

네이선은 차마 아이의 표현을 고쳐주지 못하고 볼에 뽀뽀했다.

보니를 재우고 네이선은 1995년 4월의 그날을 떠올렸다. 샌디에이고의 산부인과에서 네이선이 막 세상에 나온 딸을 품에 안았던 순간을. 그는 떨리기도 했지만 살짝 겁이 나기도 했다. 그의 눈앞에 주름투성이 자그마한 아기가 있었다. 두 눈을 꼭 감은 아기가 앙증맞은 손을 쉴 새 없이 사방으로 뻗으며 알 수 없는 몸짓을 했다.

그때만 해도 눈앞의 아기가 그의 인생에서 가장 소중한 존재로 자리매김할지 상상도 못했다. 눈에 넣어도 아프지 않을 만큼 귀엽고 사랑스러운 존재가 될지 꿈에도 몰랐다. 딸에게 이토록 큰 사랑을 느끼게 될 줄은 미처 몰랐다. 그때만 해도 자식이 얼마나 사랑스러운 존재이고, 자식을 잃으면 하늘이 무너지는 듯한 고통을 느낀다는 걸 몰랐다.

아기를 안아 들고 그는 안절부절못했다. 그 작은 천사가 눈을 뜨고, 말똥말똥 그를 쳐다보면서 '내겐 당신의 사랑이 필요해요'라고 말하는 것 같이 느껴질 때 그는 가슴 벅찬 사랑과 무한한 행복을 느꼈다. 그 기쁨은 말로 표현할 수 없는 영역이었다.

22장

다들 혼자이면서 타인에게는 관심이 없다.
우리의 고통은 망망대해에 떠 있는 무인도 같다.

_알베르 코엔

내키지 않았지만 보니를 외가에 데려가 이틀 동안 지내게 하겠다는 약속을 지켜야 했다. 아침 일찍 일어난 네이선은 전화를 걸기에는 이른 시간이었지만 웩슬러 부부에게 보니를 데리고 방문한다는 사실을 알렸다. 휴가 기간에도 웩슬러 부부의 사전에 '늦잠'이란 단어는 없다는 걸 잘 알고 있었다.

간밤에 늦게 잠든 보니를 오전 8시까지 자도록 내버려두었다. 아이를 깨우고 출발 준비를 하다보니 한 시간 반이 훌쩍 지나버렸다. 네이선은 아이를 집 근처 스타벅스에 데려가 마시멜로우가 듬뿍 든 핫초코를 한 잔 사주었다. 그런 다음 눈길에도 안전한 사륜구동 레인지로버를 끌고 나왔다. 보니도 바퀴가 큼지막하고 차체가 큰 레인지로버를 좋아했다. 높은 좌석에 올라앉아 있으면 마치 낮은 고도로 지상에 떠 있는 우주선에 탄 기분이 든다고 했다.

웩슬러 부부는 지난 30년 동안 매사추세츠주에 있는 버크셔산맥에서 크리스마스 휴가를 보냈다. 뉴욕에서 직접 차를 운전해 가기에는 먼 거리였지만 뉴잉글랜드의 그림 같은 마을들을 구경하면서 지나가다보면 피로가 씻기는 기분이 들었다.

네이선은 노르워크에서 7번 도로에 올라 그레이트 배링턴을 지난 다음 스톡브리지로 향했다. 아직 도로에 결빙 구간이 남아 있어 운전하는 동안 각별한 주의를 기울여야 했다. 떡가루 같은 눈이 덮인 대자연이 그의 눈앞에 펼쳐졌다.

보니가 CD를 틀었다. 키스 자렛이 〈오즈의 마법사〉 주제곡인 〈오버 더 레인보우〉를 즉흥으로 연주한 곡이었다. 보니가 음악에 푹 빠져 노래를 따라 하기 시작했다.

'Somewhere, over the rainbow……'

보니가 노래를 부르면서 아빠에게 '더블 윙크'를 보냈다. 햇빛을 가리려고 아빠의 야구 모자를 쓴 아이가 그렇게 사랑스러울 수 없었다.

네이선은 사람을 이토록 기분 좋게 해주는 아이는 세상에 둘도 없을 거라 생각했다. 그들 부부는 아이가 아주 어릴 때부터 가급적 엄하게 키우려 애썼다. 무엇보다 아이를 응석받이로 만들지 않으려고 애썼다. 2백 달러가 넘는 운동화나 유명브랜드 옷은 절대 사주지 않았다. 어른 앞에서 버릇없이 말하거나 행동하면 호되게 야단을 쳤다. 과잉보호를 받은 아이들은 이기적인 사람이 될 가능성이 크고 사회생활에서 실패를 겪으며 큰 좌절감을 느끼게 된다.

네이선은 다시 옆자리에서 잠든 딸을 쳐다보았다. 아이는 재즈 피아노곡을 자장가 삼아 햇살이 쏟아지는 유리창으로 고개를 돌리고 주먹을 꼭 쥔 채 자고 있었다.

네이선은 아이의 앞날을 그려보았다. 지금까지는 아이를 키우는 게 그리 힘들지 않았다. 정말 힘든 일은 지금부터일 것이다. 아이가 밤에 외출하겠다고, 피어싱을 하겠다고 고집을 피우는 날이 곧 올 테니까. 부모가 자식을 다루기 힘들어지는 때가 반드시 온다. 말 잘 듣던 딸이 훌쩍 자라 부모를 이해 불가한 늙은이로 취급하는 때가 반드시 오게 되어 있다. 천사 같은 아이가 반항적인 사춘기 소녀가 되는 날이 반드시 온다. 그는 이미 세상에 없을 테니 말로리 혼자 그런 변화를 감당해야할 것이다. 네이선은 딸이 처음으로 밖에서 밤을 새고 들어올 때, 처음으로 남자 친구를 집에 데려올 때, 여자 친구들끼리 지구 반대편으로 여행을 떠나겠다고 할 때 어떤 심정일지 경험하지 못하고 세상을 떠날 것이다.

보니의 어린 시절이 떠올랐다. 그때만 해도 네이선은 엄마와 돈독한 관계를 유지했다. 하지만 그가 성공에 다가갈수록 관계는 소원해졌다.

네이선은 이제 와서야 엄마가 자신을 위해 해준 일들이 너무 많았다는 사실을 절감했다. 엄마는 그에게 헌신했고, 무엇보다 강인한 정신력을 물려주었다.

'엄마, 아들이 해냈어요. 저를 위해 애쓴 엄마의 노력이 결코 헛되지 않았어요. 지금 이렇게 행복하게 살고 있어요.'

네이선은 유명 변호사가 된 이후에도 엄마에게 소홀했다. 가끔씩 얼굴이나 비추고 두둑하게 용돈을 주는 게 전부였다.

어느 누구에게도 말하지 못하고 평생 엄마와 단둘이 비밀로 간직한 일, 그의 기억에서 평생 지워지지 않는 일이 있었다.

1977년 8월 초, 네이선은 열세 살이었다. 낸터컷 섬에서 보낸 마지막 여름방학, 말로리와 처음으로 키스한 바로 그 여름.

네이선은 우수한 성적으로 맨해튼의 윌러스 스쿨에 합격해 입학을 기다리고 있었다. 성적이 우수해 학비의 절반을 지원받을 수 있었지만 나머지 절반은 부모가 부담해야 했다.

엘리노어 델 아미코가 감당하기에는 지나치게 큰 액수였다. 학기 시작 전에 학비를 완납하는 게 학교의 규정이었다. 네이선은 엄마가 학비를 마련하려고 얼마나 동분서주하고 있을지 잘 알고 있었다. 수입이 변변치 않은 엄마가 그 돈을 마련하는 건 불가능에 가까웠다.

네이선은 아들의 장래를 위한 투자라고, 아들이 배달부나 청소부로 살길 바라지 않는다면 반드시 학비를 마련해야 한다고 엄마를 압박했다.

그해 여름, 엘리노어는 겨울 내내 기관지염을 앓다가 병원에 입원하는 바람에 그동안 아들의 대학 등록금을 내려고 저축해놓은 돈을 입원비로 몽땅 쓰게 되었다. 등록금을 내야 할 8월이 되었을 때 엘리노어는 웩슬러 부부에게 아들의 학비를 낼 수 있도록 월급을 가불해달라고 부탁했다. 철저한 원칙주의자인 제프리는 그녀의 부탁을 단호하게 거절했다.

엘리노어는 분통을 터뜨렸다.

"정말 모진 사람들이더라. 네가 목숨을 걸고 말로리를 구해주었을 때 아무런 보상도 해주지 않았다는 걸 벌써 다 잊었나봐. 내가 등록금을 내게 돈을 빌려달라고 했더니 고민하는 기색도 없이 단칼에 거절하더라."

벌써 몇 년이 지난 얘기를 들춰내 웩슬러 부부를 성토하는 엄마의 태도가 마음에 들지는 않았으나 딱히 틀린 말은 아니었다. 그 무렵 리사의 패물함에서 고가의 진주 팔찌가 사라지는 사건이 발생했다. 웩슬러 부부는 뚜렷한 증거도 없이 네이선 모자에게 혐의를 뒤집어씌웠다.

제프리는 두 사람이 벽을 짚게 한 다음 몸수색까지 벌였다. 당시만 해도 네이선이 법학도가 되기 전이라 임의로 타인을 범죄자 취급하거나 몸수색을 하는 행위가 법에 저촉된다는 사실을 까마득히 몰랐다.

네이선 모자를 몸수색해도 진주 팔찌가 나오지 않자 제프리는 마치 가택수색을 나선 경찰처럼 방을 샅샅이 뒤지고, 서랍을 일일이 열어보고, 여행 가방까지 탈탈 털어가며 조사를 벌였지만 끝내 진주 팔찌를 찾지 못했다. 제프리는 경찰에 신고하겠다며 엘리노어를 위협했다. 겁을 집어먹고 범행을 실토할 줄 알았는데 엘리노어는 완강하게 혐의를 부인하면서 제프리 앞에 주저앉았다.

"맹세컨대 저는 진주 팔찌를 훔치지 않았습니다."

엄마는 그 일로 가사도우미를 그만두게 되었다. 리사는 경찰에 신고해야 한다고 목소리를 높였지만 제프리는 엘리노어를 해고하는 선에서 일을 마무리했다. 퇴직금 한 푼 없는 일방적인 해고였다. 그해 여름, 그들 모자는 도둑으로 몰리는 수모를 당하고 뉴욕으로 돌아왔다.

그 당시 몸수색을 당할 때 말로리와 눈이 마주쳤다. 그때 느낀 치욕감이 오늘날의 네이선을 있게 한 원동력이었는지도 모른다. 그날 이후 그의 목표는 오로지 성공이었다. 유능한 변호사가 되어 제프리의 코를 납작하게 해주고 싶었다. 말로리가 아버지와 갈등을 싫어해도 어쩔 수 없었다. 네이선이 지금도 가슴 아프게 생각하는 건 그 당시 엄마의 말보다 제프리의 말을 더 신뢰했다는 사실이었다. 그 뒤로는 단 한 번도 엄마와 그 이야기를 나눈 적이 없었지만 내심 엄마가 팔찌를 훔쳤다고 결론지었다.

1977년 10월, 새 학기가 시작되기 직전에 그는 기적적으로 학비를 낼 수 있게 되었다. 엄마에게 어떻게 학비를 마련했는지 묻지 않았다. 이후 마음이 가라앉을 때마다 엄마가 도둑질을 할 수밖에 없었던 처지를 자신이 헤아리지 못했다는 생각이 머리를 떠나지 않았다.

⌒

보니가 목적지에 거의 다 와서 눈을 떴다. 버크셔산맥 한가운데에 자리 잡은 스톡브리지는 원래 모히칸족이 세운 마을인데, 선교사들이 들어오면서 원주민들은 삶의 터전에서 쫓겨났다.

웰슬러 가문은 스톡브리지 초입에 농가형 주택을 한 채 보유하고 있었다. 말이 농가일 뿐 승마용 말들과 보니가 좋아하는 포니가 한 마리 있는 별장이었다.

네이선은 감시 카메라가 설치된 출입문 앞에 도착해 클랙슨을 울렸다. 잠시 후 출입문이 열렸고, 그가 운전하는 레인지로버는 자갈길을 따라 본채로 향했다. 그는 관리인 부부가 사는 작은 방갈로 옆에 차를 세웠다.

네이선은 죽기 전에 마음을 차분히 정리하라는 굿리치의 조언을 받아들이기로 했다. 그는 아직 어느 누구에게도 말하지 않은 비밀을 털어놓으려고 이곳에 왔다. 힘들게 쌓아 올린 명성이 일순간에 무너지고 변호사 자격까지 박탈당할 수도 있었지만 장인의 입장에서는 속이 후련해지는 얘기였다.

네이선은 학생 시절부터 변호사에 대해 매력을 느꼈다. 변호사는 약자를 보호해줄 수 있는 직업이라 확신하고 일종의 소명 의식을 느꼈다. 그는 늘 직업윤리를 지키면서 떳떳하게 일해왔다. 단 한 번을 제외하고.

네이선이 차에서 내려 차 문을 닫았다. 해가 하늘 높이 떠 있었고, 바람이 몹시 불어 갈색 먼지가 날렸다. 멀리서 제프리가 천천히 걸어오는 모습이 보였다.

보니가 환호성을 지르며 할아버지를 향해 달려갔다. 이제 네이선과 제프리의 거리는 불과 몇 미터로 좁혀졌다.

네이선은 장인을 볼 때마다 똑같은 생각을 했다.

말로리는 아버지를 많이 닮았다. 투명하고 푸른 눈, 우아하면서도 기품이 느껴지는 얼굴이 유난히 비슷했다. 말로리가 아버지를 많이 닮았기 때문인지 몰라도 네이선은 웩슬러 가문에 대해 응어리진 원한이 있었지만 제프리를 온전히 미워할 수는 없었다.

네이선은 집에 도착하자마자 제프리에게 단둘이 이야기를 나누고 싶다고 제안했다.

두 사람은 제프리의 서재에 마주 앉았다.

제프리가 토치 형 라이터로 하루 종일 입에 물고 있다시피 하는 시가에 불을 붙였다. 그가 시가를 몇 모금 빠는 동안 네이선은 가죽 장정으로 된 법률 서적들이 빼곡하게 꽂혀 있는 책장들을 훑어보았다.

제프리의 서재는 작은 도서관을 연상케할 만큼 책이 많았다. 초록색과 금색 램프들이 고색창연한 느낌을 주는 고급 목재 책장들을 은은하게 비추고 있었다. 큼지막한 집무용 책상에는 서류 더미들과 디스켓 박스들, 데이터베이스에 연결된 두 대의 노트북이 비치되어있어 빈자리가 없었다.

제프리는 공식적인 은퇴를 몇 달 앞둔 현재까지도 여전히 왕성하게 활동하고 있었고, 이 지역에서 영향력이 막강한 변호사였다. 그는 독특한 인생 역정을 보유한 사람이기도 했다. 어릴 때 야구에 뛰어난 재능을 보였으나 등산을 갔다가 낙상하는 바람에 두개골 골절을 입은 뒤로 운동을 포기하고 학업에만 전념했다. 하버드대학을 수석 졸업한 그는 판사보를 거쳐 보스턴 최고의 로펌에 취직하게 되었다. 그는 몇 년 전 독립해 집단 소송 전문변호사 사무실을 개업했다. 그는 석면에 노출된 조선업계 노동자들의 변호를 맡아 승소했고, 담배 제조사들을 상대로 한 흡연 피해보상 청구 소송에서 이겨 막대한 수임료를 챙겼다. 최근에는 전자파의 유해성을 공개하지 않은 휴대폰 회사들을 상대로 뇌종양 환자들이 벌이는 소송을 맡기도 했다.

네이선도 장인인 제프리가 얼마나 뛰어난 변호사인지 잘 알고 있었다. 그는 법조인들이 비즈니스상의 이해관계보다는 신념에 따라 행동하던 때를 그리워하는 변호사 가운데 하나였다. 진주 팔찌 사건 이전에는 장인과의 사이에 모종의 유대 관계가 존재했다. 네이선은 지금도 여전히 제프리의 눈부신 커리어에 남몰래 경외심을 품고 있었다.

제프리가 시가를 한 모금 빨아들이고 나서 연기를 내뱉으며 물었다.

"나에게 할 말이 있다고 했나?"

"장인어른과 적으로 만났던 그 소송 말씀인데요."

제프리가 신경질적으로 반응했다.

"그 얘긴 왜 또 꺼내려고? 그 얘길 하려고 나를 찾아온 건가?"

"그때 제가 리빙스톤 판사를 매수했습니다. 저에게 유리한 판결을 내려달라고 부탁하면서 그의 비서를 통해 뇌물을 전달했죠."

제프리는 그 말을 듣고도 눈 하나 깜짝하지 않았다. 그는 어느 자리에서든 감정을 완벽하게 숨길 수 있는 인물이었다. 오늘 그의 모습에서 어쩐 일인지 예전 같은 위압감이 느껴지지 않았다. 다크서클과 주름이 선명한 눈가, 정리되지 않은 턱수염, 피로에 시달리는 전형적인 노인의 모습이었다.

"저는 산레모 아파트를 빼앗아서라도 장인어른께 반드시 복수하고 싶었습니다. 엄마가 장인어른께 당한 수모를 되갚아주고 싶었거든요. 다만 치졸한 방법을 동원해 이겼으니 변호사라는 직업에 먹칠을 한 셈입니다."

제프리가 고개를 끄덕이고 나서 잠시 생각에 잠겼다. 그가 뭔가 말을 하려다가 창가로 걸어가더니 눈 덮인 언덕을 내다보았다.

네이선의 입에서 오랫동안 가슴에 묻어둔 말들이 술술 흘러나왔다.

"호수로 낚시를 가실 때 여덟 살이던 저를 가끔 데려가신 적이 있었죠? 그럴 때마다 낚시터에서 저에게 승소한 재판 얘기를 들려주셨죠. 제가 변호사가 된 건 장인어른께 인정받고 싶다는 욕구가 크게 작용했어요. 순진한 생각이었죠."

'내가 얼마나 당신 같은 아버지가 있었으면 했는지…….'

얼마간 침묵이 흘렀다.

네이선의 공격을 피하지 않겠다는 듯 제프리가 뒤로 돌아섰다.

"저를 받아주셨어야 합니다."

네이선이 울부짖듯이 말했다.

"저는 죽을힘을 다해 여기까지 왔습니다. 장인어른께서는 능력과 노력만이 어떤 사람을 판단하는 기준이 돼야 한다고 말씀하셨죠. 그런데 정작 최선을 다해 살아온 저를 벼랑 끝으로 내몰아 판사를 매수하게 만드셨어요."

제프리가 더는 참지 못하고 말했다.

"내가 자네를 살려주었어."

"무슨 말씀이십니까?"

"리빙스톤 판사는 내 대학 동기야. 그가 나를 찾아와 자네에게 뇌물을 받았다고 하더군."

네이선은 할 말을 잃었다.

"사실입니까?"

"리빙스톤 판사는 신중한 사람이라 미끼를 던진다고 함부로 덥석 물지 않아. 그때 자네를 경찰에 신고해 인생을 끝장나게 할 수도 있었지만 리빙스톤에게 부탁해 자네에게 유리한 판결을 내려달라고 했지. 자네가 그에게 준 돈의 두 배를 주면서."

"왜 그러셨죠? 왜?"

제프리가 말하길 주저하는 눈치였다.

"말로리를 위해서였지. 자네 때문에 그 아이까지 덩달아 구설수에 오르게 할 수는 없었으니까. 자네 생각도 조금은 했네. 자네한테 진 빚이 있었으니까."

네이선이 미간을 찌푸렸다.

제프리가 허공을 바라보며 지난 일을 떠올렸다.

"1977년 여름, 그 사건이 일어난 날 저녁 나는 술을 아주 많이 마신 상태였어. 개인적으로 아주 힘든 시간을 보내고 있었지. 결혼 생활도 일도 다 꼬이기만 했었으니까. 그날 난 보스턴에서 돌아오는 길이었어. 리사가 보석상에 잠금 고리가 망가진 진주 팔찌를 맡겼다며 찾아오라고 하더군. 집으로 오기 전 오후 늦게 내연녀이던 비서의 집에 들르게 되었지. 물론 그녀와 미래를 약속한 사이는 아니었어. 그 시절에는 비서와 결혼하려고 이혼하는 사람은 없었으니까. 그날, 비서는 리사와 즉시 헤어지라면서 나를 협박했어. 그녀의 집을 나온 나는 기분이 착잡해 위스키나 한잔하려고 호텔 바에 들르게 되었지. 위스키 한 잔으로는 헛헛한 기분을 달랠 수 없어 다섯 잔이나 마셨어. 자네도 내가 술과 관련해 문제가 있었다는 걸 알 거야."

네이선이 어리둥절해했다.

"문제라니요?"

"그 당시 나는 알코올의존증이 있었어. 지금도 고생하고 있고."

네이선이 전혀 뜻밖이라는 반응을 보였다.

"대체 언제부터죠?"

"1980년대 초에 알코올의존증 진단을 받고 술을 완전히 끊었는데,

그 뒤로 여러 번 재발했어. 할 수 있는 건 다 해봤네. 좋다는 치료는 다 받아봤고, 알코올의존증 환자 모임에도 나가보았지. 생판 처음 보는 사람들 앞에서 내 속사정을 털어놓기 그리 쉽지는 않더군."

"저는 전혀 몰랐습니다."

이번에는 제프리가 깜짝 놀랐다.

"말로리가 아무 얘기도 안 하던가?"

네이선은 난생처음 장인의 눈가에 이슬이 맺힌 걸 보았다. 제프리는 방금 사위 앞에서 부끄러운 고백을 했지만 말로리가 사랑하는 남편에게도 아버지의 비밀을 말하지 않았다는 사실에 감동한 눈치였다.

네이선은 장인의 말을 듣고 나서야 비로소 말로리가 심적인 고통을 겪었던 이유를 이해할 수 있을 듯했다.

제프리가 이야기를 계속했다.

"낸터컷 섬에 도착해 확인해보니 진주 팔찌가 사라지고 없는 거야. 그 일이 있고 나서 한참 지나서야 비서가 우리 부부 사이를 갈라놓으려고 일부러 진주 팔찌를 훔쳤다는 사실을 알게 되었지. 하지만 그때는 진주 팔찌를 어디다 두었는지 도저히 생각나지 않았어. 리사에게는 팔찌를 찾아와 보석함에 넣어두었다고 거짓말을 했지. 결과적으로 자네 모친이 누명을 뒤집어쓰게 되었어. 그때 리사는 모든 사실을 알면서도 모른 척했을 거야."

한동안 말이 없던 제프리가 창백한 목소리로 덧붙였다.

"미안하네, 네이선. 내가 비겁했어."

'입이 열 개라도 할 말이 없겠지.'

네이선은 충격에 할 말을 잃었다. 장인의 고백을 듣고 나니 한편으로는 안도감이 느껴졌다.

제프리도 결국 똑같은 사람일 뿐이었다. 네이선 자신도 크게 다르지 않았다.

고개를 들어 제프리의 얼굴을 쳐다보는 순간 지난날의 응어리가 풀리는 느낌이 들었다. 이 순간만은 장인에 대해 어떠한 가치 판단도 내리고 싶지 않았다. 비밀을 털어놓아서인지 제프리의 얼굴이 한결 편안해 보였다. 네이선 자신도 마찬가지였다.

제프리가 먼저 침묵을 깼다.

"용서받을 수 없는 짓이었다는 걸 알아. 그 일로 커다란 죄책감을 느꼈고, 자네 어머니가 좋은 일자리를 구할 수 있도록 도와드렸지. 그때 자네의 등록금을 낸 사람도 나였어."

네이선의 눈시울이 붉어졌다.

"네, 용서받을 수 없는 일입니다."

제프리가 금고로 걸어가더니 안에서 뭔가를 꺼내 네이선에게 건넸다. 잠금 고리에 작은 보석이 박힌 네 줄짜리 진주 팔찌였다.

23장

무슨 일이든 할 준비가 안 됐으면 결국 아무런 준비도 안 된 것이나 마찬가지다.
_폴 오스터

'어 뷰티풀 사이트, 위 아 해피 투나잇. 워킹 인 어 윈터 원더랜드(A beautiful sight, we're happy tonight. Walking in a winter wonderland).'

네이선은 유명한 크리스마스캐럴의 마지막 화음을 건반으로 살며시 눌러 연주했다. 그런 다음 피아노를 닫고 가죽 소파에 누워 잠든 딸을 애틋이 바라보았다. 밖에는 눈발이 날리고 있었다. 조금 전만 해도 빨강, 분홍, 주홍으로 불타던 지평선이 어두침침한 빛에 물들어 있었다. 그는 벽난로에 장작을 던져 넣어 꺼져가던 불씨를 살렸다. 옆방에서 자수가 놓인 담요를 하나 꺼내와 넓게 펼쳐 딸의 다리를 덮어주었다.

그들 부녀는 시골의 자연 속에서 조용한 오후 시간을 보내고 있었다. 모처럼 단둘이 보내는 시간이었다. 점심 식사를 마치자 리사는 그녀가 관여하는 자선단체에서 크리스마스 선물을 수집하는 날이라며 집을 나섰고, 제프리는 날씨가 풀릴 때를 대비해 미리 낚시 장비를 마련해두겠다며 네이선의 레인지로버를 빌려 타고 피츠필드로 향했다.

네이선은 딸과 둘이서만 오붓한 시간을 보낼 수 있게 되었다. 보니는 점심을 먹자마자 '스피릿'이라는 이름을 직접 지어준 코네마라 포니를 보러 마구간으로 뛰어갔다. 네이선은 보니가 조랑말에 올라타게 도와주고 나서 자신도 장인 소유의 말 한 마리에 안장을 얹었다. 별장 주변에는 야트막한 언덕이 펼쳐져 있었다. 부녀는 눈 덮인 언덕을 달렸다. 그림엽서 속 풍경 같은 설경을 달리다보니 죽음에 관한 생각은 어느새 뒤로 밀려났다. 네이선은 말의 움직임, 폭포수와 강물 소리에 몸을 맡기고 앞으로 달릴 뿐이었다. 이제 세상에는 보니의 맑은 미소, 청명한 공기, 대자연을 뒤덮어 백지로 만들어버린 하얀 눈만이 존재할 따름이었다.

네이선이 즐거웠던 오후를 떠올리며 앉아 있는데 거실 출입문이 열리면서 리사가 나타났다.

"네이선, 그동안 잘 지냈어?"

장모는 나이가 들었어도 날씬한 몸매를 유지하고 있어 여전히 아름다웠다. 늘 그랬듯이 격조 있는 옷차림을 한 그녀에게서 오랜 세월에 걸쳐 자연스럽게 몸에 밴 품위가 느껴졌다.

"차 소리를 못 들었는데, 잘 다녀오셨어요?"

"엔진 소리가 워낙 조용한 차야."

'그 비싼 벤틀리인데 어련하시겠습니까?'

리사가 사랑스러운 눈길로 보니를 바라보며 물었다.

"산책하기에 좋은 곳이지?"

"네, 아주 좋더군요."

네이선이 짓궂은 장난기가 발동해 덧붙였다.

"'장모님의 가난한 친구들'은 어떻게 지내십니까?"

리사가 힐끗 쳐다볼 뿐 대구하지 않았다. 상대가 농담을 건넨다고 순순히 받아줄 사람이 아니었다.

"자네 장인은 어디 계시나?"

"새 낚시 장비를 구입해야겠다면서 피츠필드에 가셨어요. 곧 돌아오실 겁니다."

순간 리사의 얼굴에 그늘이 졌다.

"자네 차를 빌려 타고 갔단 말이지?"

"네, 무슨 문제라도 있습니까?"

"아니, 아니야."

리사가 불안감을 감추려고 애쓰며 우물거렸다. 한동안 거실을 서성이던 그녀가 소파에 다리를 꼬고 앉아 작은 테이블에 놓인 책을 집어 들었다. 지극히 자연스러우면서도 권위 있는 행동을 통해 단박에 상대와 거리를 두는 그녀 나름의 방식이었다. 더 이상 할 얘기가 없으니 그만 입을 다물라는 뜻이었다.

네이선 역시 이쯤에서 얘기를 그만두는 게 나았다. 장인한테서 진주 팔찌 얘기를 들은 까닭에 장모가 조금이라도 심기를 건드리는 말을 하면 폭발해버릴 수도 있으니까.

네이선은 유리가 끼워진 책장에서 고급스런 장정의 책들을 살펴보다가 한 권을 꺼내 펼쳐 들었다. 마음 같아서는 술이라도 한잔하고 싶었지만 집 안 어디에서도 술이라곤 보이지 않았다.

네이선은 책을 읽다가 간간이 고개를 들어 리사를 쳐다보았다. 그녀가 안절부절못하며 연신 손목시계를 들여다보았다.

'장인어른 때문에 걱정이신가?'

네이선은 보스턴 귀족 출신인 리사의 차갑고도 우아한 태도를 볼 때마다 놀라움을 금치 못했다. 완고한 성격인 리사와 정반대 성격인 말로리를 보고 있으면 모녀가 어쩌면 이렇게 다를 수 있는지 의아했다. 말로리가 아버지를 각별히 좋아한다는 건 알았지만 부녀에게 어떤 사연이 있는지는 몰랐다. 오늘 아침, 제프리의 고백을 듣고 나서야 알게 되었다. 말로리가 아버지를 좋아하는 건 네이선에게는 없는 약한 부분이 존재하기 때문이라고. 말로리는 아버지에게 일종의 동지 의식 같은 걸 느낀 게 분명했다. 알코올의존증과 싸우는 아버지나 만성 우울증에 시달리는 자신이나 비슷한 처지로 여겼을 것이다. 반면 리사는 늘 한 치의 흐트러짐 없이 꼿꼿한 사람이었다. 그런 리사도 남편이 피츠필드에 갔다는 소리를 듣더니 몹시 초조해했다. 제프리는 수천 달러를 호가하는 낚시 장비를 구입할 때도 일일이 아내의 허락을 받는 사람이 아니었다.

네이선은 아무리 생각해도 리사가 왜 그리 불안해하는지 알 수 없었다. 그녀가 어떤 직감이 왔는지 자리에서 벌떡 일어나 현관으로 달려갔다. 네이선도 급히 뒤따라갔다. 그녀가 별장 진입로의 가로등을 환히 켜고 정문의 자동 개폐 시스템을 작동시켰다. 곧이어 부르릉거리는 레인지로버의 엔진 소리가 들려왔다. 진입로로 들어서는 순간부터 제프리가 운전하는 차가 중심을 잃고 지그재그로 움직이더니 결국 길을 벗어났다. 잔디로 돌진한 차가 스프링클러를 부서뜨리고 작은 화단을 짓밟으며 내달렸다. 언뜻 봐도 차체 곳곳에 흠집이 나 있고, 앞쪽 타이어의 휠 하나는 어디로 사라졌는지 보이지 않았다. 사고가 났던 게 분명했다. 덜덜거리며 달리던 차가 넓은 잔디밭에 힘없이 멈춰 섰다.

"내가 이럴 줄 알았다니까!"

리사가 차가 멈춰 선 곳을 향해 뛰어갔다.

힘겹게 차에서 빠져나온 제프리가 아내를 세게 밀쳤다. 만취 상태로 보였다.

제프리가 별안간 소리를 버럭 질렀다.

"오줌 마려워!"

네이선이 장인 가까이 다가갔다. 지독한 술 냄새가 코를 찔렀다.

"제가 부축할게요, 장인어른. 저랑 같이 가시죠."

"이거 놔! 자네 도움 따위는 필요 없어. 오줌이 마려워서 그래."

제프리가 바지 단추를 풀더니 현관으로 올라가는 계단 옆 잔디에 오줌을 누기 시작했다.

네이선은 할 말을 잃고 멍하니 서 있었다. 장인의 행동이 놀라운 한편 마음이 아팠다.

리사가 팔짱을 끼며 나지막하게 말했다.

"처음 있는 일이 아니야, 네이선."

평소의 그녀답지 않게 친근한 말에 네이선은 가슴이 찡했다.

"전에도 이런 일이 있었다는 말씀이세요?"

"제프리는 몇 달 전에도 음주운전으로 걸린 적이 있어. 우리가 아는 인맥을 최대한 동원했지만 상당한 액수의 벌금이 부과되었고, 일 년간 면허정지를 당했지. 제프리 이름으로 등록된 차는 모두 압수되었고."

"그러니까 오늘은 무면허로 운전했다는 말입니까?"

리사가 고개를 끄덕였다.

"그렇다면 정말이지 심각한 상황이 될 수도 있어요. 오늘, 사고가 일어나지 않았는지 확인해봐요 해요."

네이선이 장인에게로 다가갔다.

"장인어른, 사고를 내셨나요?"

제프리가 사위의 면전에 대고 소리를 꽥 질렀다.

"아니야!"

"제가 보기에는 심상치 않은 일이 벌어진 것 같은데요?"

"아니야, 내가 피했어!"

네이선이 제프리의 외투 깃을 잡고 추궁했다.

"누굴 피하셨는데요?"

"그 자전거…… 내가…… 잘 피했어."

불길한 예감이 네이선의 뇌리를 스쳐 지나갔다. 술에 취한 제프리는 눈 덮인 잔디밭에 나자빠졌다.

네이선은 그를 일으켜 세워 집 안으로 부축해 들어갔다. 어쩔 수 없이 얌전해진 그가 아내의 손에 이끌려 침실로 올라갔다. 수치심을 느낀 리사의 눈에서 뜨거운 눈물이 흘러내렸다.

네이선은 외투를 들고 급히 밖으로 나왔다. 리사가 그를 뒤따랐다.

"자네, 어딜 가려고?"

"장모님은 장인어른을 잘 보살펴주세요. 저는 차를 타고 나가 무슨 일이 일어났는지 알아보고 오겠습니다."

"제발 이번 일을 비밀로 해줘, 네이선. 제프리가 형편없이 취한 모습을 봤다는 걸 아무한테도 얘기해서는 안 돼."

"제 생각에는 일단 경찰에 알리고 의사부터 부르는 게 좋겠습니다. 무슨 사고가 있었는지 모르니까요."

"그 누구에게도 이 일을 알려서는 안 돼."

리사가 절대로 안 된다는 뜻으로 고개를 저으며 문을 닫고 집 안으로 들어갔다. 방어본능을 느끼는 순간 리사는 본연의 모습으로 돌아갔다.

네이선이 차에 올라 액셀러레이터를 밟으려는 순간 보니가 차 앞으로 뛰어나오며 소리쳤다.

"나도 같이 가, 아빠!"

"안 돼, 보니. 너는 어서 집으로 들어가 할머니를 도와드려. 혼자 계시게 놔두지 말고."

"싫어. 난 아빠랑 같이 갈 거야."

아이가 어느새 차에 올라타 차 문을 쾅 소리가 나게 닫았다.

"무슨 일이야, 아빠?"

아이가 아직 잠이 덜 깬 보송보송한 얼굴을 손으로 비비며 물었다.

'술에 취한 할아버지와 마주치지 않아서 다행이야.'

"그 얘긴 나중에 하고, 일단 안전벨트부터 매."

네이선은 차를 몰고 빠른 속도로 내리막길을 달려갔다.

네이선은 시내로 차를 몰았다.

"아빠 말 잘 들어, 보니. 조수석 앞 수납함에 아빠 휴대폰이 들어 있을 거야. 휴대폰을 꺼내 911을 누르고 보안관을 연결해달라고 해."

보니가 흥미진진한 모험의 세계에 뛰어든 듯이 신이 나서 아빠가 시키는 대로 했다. 신호음이 두 번 가고 나서 보니가 자랑스러운 표정으로 아빠에게 휴대폰을 내밀었다.

"스톡브리지 보안관 사무실입니다. 먼저 전화한 분의 신원을 밝혀주세요."

"저는 네이선 델 아미코이고 변호사인데 잠시 장인어른 별장에 와 있습니다. 장인어른의 성함은 제프리 웩슬러입니다. 혹시 이 근처에서 발생한 교통사고가 있는지 확인하려고 전화했습니다."

"그러잖아도 레녹스 로드와 183번 국도가 교차하는 지점에서 교통사고가 발생했다는 신고를 받았습니다. 혹시 교통사고 목격자이십니까?"

"목격자는 아닙니다. 일단 잘 알겠습니다."

네이선은 보안관이 말할 틈을 주지 않고 전화를 끊었다. 그는 5분도 걸리지 않아 보안관이 말한 사고 지점에 도착했다. 마을 어귀에 있는 작은 교차로였다. 경광등을 켠 경찰차 세 대가 이미 사고 현장에 출동해 있었다. 구급차 한 대가 요란한 사이렌을 울리며 반대편에서 달려왔다.

네이선은 경광등 불빛과 사이렌 소음이 뒤섞인 곳으로 다가갔다. 뭔가 심각한 사고가 발생한 게 분명했다. 현장 분위기가 어수선해 상황 파악이 쉽지 않았다. 게다가 사고 차량이나 사고 피해자는 보이지 않았다.

보니가 불안한 얼굴로 물었다.

"무슨 일이야, 아빠?"

"아빠도 잘 모르겠어."

경관이 다가오더니 갓길에 차를 대라는 신호를 보냈다. 네이선은 경관이 가리키는 자리에 차를 세우고 나서 도로법 규정에 따라 운전대에 손을 올리고 그가 다가오기를 기다렸다. 구급대원들이 도랑에서 의식불명이 된 어린아이를 안아 올리는 모습이 보였다. 보니 또래 남자아이였다. 아이는 야간 운전자들의 눈에 잘 띄도록 형광색 비옷을 입고 있었다.

'아이가 중상인가본데 장인어른이 곤경에 처하겠어.'

보니가 의자에서 일어나 밖을 내다보며 물었다.

"저 아이는 죽은 거야?"

"잠시 의식을 잃었을 수도 있어. 보니, 이제 자리에 앉아."

네이선은 아이를 꼭 안아주었다. 보니가 그의 어깨에 머리를 기댔다. 그는 품에 안은 아이를 살며시 흔들며 안심시켜주었다.

'장인어른은 대체 무슨 생각으로 도망친 거야? 변호사니까 뺑소니가 얼마나 중범죄인지 모를 리 없을 텐데.'

네이선이 고개를 옆으로 돌리자 차를 향해 걸어오는 경관의 모습이 보였다. 아이를 실은 구급차는 급히 현장을 떠났다.

'병원 응급실 아니면 영안실로 가겠지? 하느님, 제발 아이를 살려주세요.'

네이선은 다시 한번 도랑 쪽으로 눈길을 돌렸다. 아이가 타고 있던 자전거가 형체를 알아보기 힘들 만큼 찌그러져 처박혀 있었다. 도랑을 수색하던 구조대원이 배낭 하나와 아이가 다시는 머리에 쓸 일이 없을지도 모르는 진회색 헬멧을 찾아내 들고 서 있었다. 또 다른 경관은 알루미늄 휠 하나를 도랑에서 건져 올리고 있었다.

'아이가 죽었다면 장인에게는 무조건 살인죄가 적용될 거야.'

네이선은 변호사의 시각으로 판단 내렸다.

'무면허 음주운전 재범에 피해자를 방치하고 현장을 이탈한 뺑소니 운전자라면 모든 양형 가중 사유가 다 적용되는 중대 범죄야.'

최대 25년까지 선고가 가능한 범죄였다. 심지어 어느 음주운전 재범에게 고의적 살인죄를 적용해 종신형을 선고한 판례도 있었다.

'아무리 음주운전에 관대한 판사를 만난다고 해도 실형을 면할 수는 없어!'

네이선의 머릿속에서 교도소에 수감된 장인의 모습이 아른거렸다.

경관이 레인지로버를 향해 랜턴을 비추었다. 그가 차를 둘러보면서 차체에 난 흠집들과 휠이 빠진 앞바퀴 상태를 확인했다.

'장인은 수감 생활을 견디기 힘들 거야. 장모와 말로리는 큰 충격을 받게 되겠지. 그때쯤 나는 이미 이 세상 사람이 아닐 테고, 말로리는 어쩔 줄 몰라 하며 고통 속에 살아가게 될 거야.'

죽어서 무덤에 있는 남편, 감옥에 있는 아버지, 수치심으로 괴로워하는 엄마, 그 무거운 짐을 말로리 혼자 감당할 수 있을지 의문이었다.

'웩슬러 가문은 파멸을 맞는 건가?'

"여기 술병이 있어. 아빠가 술을 마셨어?"

보니가 뒷좌석에서 술이 아직 조금 남은 위스키병을 찾아 들고 흔들어 보였다.

'이제 그림이 완벽하네.'

"그 술병에 손대지 마라, 아가."

경관이 랜턴을 흔들며 창문을 내리라는 신호를 보냈다.

네이선이 천천히 경관의 지시를 따랐다.

싸늘한 냉기가 순식간에 차 안으로 밀려들었다. 네이선은 앞으로 힘겨운 날들을 맞게 될 말로리를 생각하며 숨을 깊이 들이쉬었다.

"제가 아이를 차로 치고 달아났습니다."

24장

다른 것들로부터는 우리를 안전하게 지킬 수 있다.
하지만 죽음이 있기에 우리 인간이란 존재는
성벽 없는 도시에 사는 것이나 마찬가지다.

_에피쿠로스

매사추세츠주 피츠필드 병원 응급실, 저녁 8시 6분

"클레어, 나를 좀 도와줘야겠어요."

이제 막 근무를 마친 인턴 의사 클레어 줄리아니는 수간호사로부터 긴급 호출을 받았다. 그녀와 교대할 인턴 의사가 아직 출근 전인데, 중상을 입은 응급환자가 곧 병원으로 이송되어올 거라고 했다.

클레어는 털모자와 코트를 벗고 방금 캐비닛 안에 넣었던 하얀 가운을 꺼내 입었다. 재빨리 근무 자세로 돌아가야 했다. 이 병원에서 환자들을 돌본 지 한 달밖에 안 된 새내기 인턴인 그녀는 혹시 실수라도 할까봐 늘 신경을 곤두세웠다. 지난 한 달 동안의 인턴 생활을 돌이켜보면 그다지 흡족하지 않았다. 베테랑 의사들이 여럿 지켜보는 가운데 그녀의 실수를 지적하면 상처받았다. 스물넷의 인턴 의사에게 완벽해지길 바라는 건 무리한 요구였다.

클레어는 주차장을 향해 달려오는 앰뷸런스의 사이렌 소리를 듣는 순간 가슴이 덜컥 내려앉았다. 오늘 밤, 응급실을 혼자서 책임져야 하는 만큼 마음을 단단히 먹어야 했다. 몇 초 후, 응급실 문이 열리더니 구조대원들이 침상을 밀고 뛰어 들어왔다.

클레어는 숨을 깊이 들이마시고 바닷속으로 뛰어드는 잠수사의 심정으로 응급환자를 맞았다.

클레어가 제일 먼저 들어온 구조대원에게 물었다.

"어떤 상황이죠, 아르만도?"

"차에 치인 일곱 살짜리 남자아이로, 20분 전부터 혼수상태입니다. 골반, 늑골, 경골 등 여러 부위에 좌상과 골절상을 입었고 GCS6, 혈압9, 맥박 110, 산소 포화도는 정상입니다."

다친 아이를 내려다보니 구조대원들이 이미 기도에 삽관하고 급격한 혈압 저하를 막기 위해 정맥주사를 놓아주는 등 간단한 응급처치를 해둔 상태였다. 그녀는 숨을 고르며 아이의 왼쪽 가슴에 청진기를 댔다.

'오케이, 다행히 혈흉은 없어.'

클레어가 환자의 복부를 살짝 만졌다.

'비장 파열도 일어나지 않았어.'

"이온 수치, NFS(혈구수 측정), 혈액 응고를 검사해요."

'침착해, 클레어.'

"그런 다음 뇌 CT를 찍고, 흉부, 골반, 경부, 어깨 X-Ray를 찍어요."

'뭐가 빠졌지. 분명 뭐가 빠졌는데.'

"경골 X-Ray도 찍어요. 자, 다들 서둘러 움직여주고, 신호가 가면 들어요. 하나, 둘……."

"하나, 둘, 셋! 분명 세 놈이었어. 내가 녀석들을 한주먹에 보내버렸지. 그렇게 가만 있는 사람을 왜 건드려. 싸움도 못 하는 자식들이!"

네이선은 슈퍼마켓에서 난동을 피우다가 잡혀 온 주정뱅이가 쉴 새 없이 떠들어대는 소리를 듣고 있었다. 그는 경찰서 유치장에 주정뱅이와 함께 갇히는 신세가 되었다. 철창이 철커덕 소리를 내며 닫힌 지 15분 가까이 흘렀다. 유치장에서 밤을 보내야 한다는 사실이 아직 실감 나지 않았다. 어제까지 존경받는 변호사였던 그는 차로 어린아이를 치고 달아난 뺑소니 운전자로 전락하고 말았다. 사고를 당한 소년의 모습이 자꾸만 눈앞에 아른거렸다. 형광색 비옷 안에 들어 있던 아이의 연약한 몸.

경관들에게 아이의 상태를 물어봤지만 아무도 대답해주지 않았다. 아이를 치고 달아난 인간 말종과는 말도 섞기 싫다는 태도였다.

네이선은 아이의 이름이 벤 그린필드라는 사실만 겨우 전해들었을 뿐이었다.

'케빈, 캔디스 그리고 꼬마 벤까지.'

네이선은 자신이 가는 곳마다 죽음이 따라다닌다고 느꼈다. 모든 일이 굿리치의 예언대로 되어가고 있었다.

'빌어먹을! 날씨는 왜 이리 추운 거야. 저 주정뱅이는 쉴 새 없이 떠들어대네.'

네이선은 손을 들어 어깨를 주물렀다. 기진맥진한 상태였지만 당장 잠이 올 것 같지는 않았다.

'내 앞에서 케빈, 캔디스, 벤이 차례로 죽었어.'

그들을 떠올리는 순간 공포가 밀려왔다. 네이선은 지난 두 시간 동안 벌어진 일을 다시 떠올렸다. 경관이 차창을 내리라고 지시하는 순간 시간이 팽창하는 듯했다. 온갖 생각들이 두서없이 떠오르는 가운데 그의 손에 웩슬러 가문의 운명이 달렸다는 생각이 들었다. 단 한 번도 자신을 가족의 일원으로 받아준 적이 없는 그들을 위해 구세주가 되어야 했다.

네이선은 웩슬러 가문을 살리기로 결심했다. 말로리와 보니의 미래가 달린 문제였다. 죽음을 앞둔 그에게 말로리와 보니의 안위만이 중요했다.

'말로리를 잃어서는 안 돼. 그녀를 잃으면 다 잃는 거야.'

경관은 불필요한 동작을 삼가고 차에서 조용히 내리라고 했다. 경관이 몸수색을 하고 나서 그의 손목에 수갑을 채웠다. 그 장면은 평생 보니를 따라다니게 될 것이다. 경관이 아빠 손목에 수갑을 채우고 순찰차에 태워 경찰서 유치장으로 데려가는 장면을 고스란히 지켜보았으니까.

'보니는 그때 무슨 생각을 했을까?'

사실 보니는 아빠의 직업에 대해 아는 게 없었다. 아빠가 '기업 전문 변호사'라고 알고 있었으나 구체적으로 무슨 일을 하는지 몰랐다. 하지만 경찰이 어떤 일을 하는 사람들인지는 정확하게 알고 있을 것이다. 아이들에게 경찰은 나쁜 사람을 잡아가는 선한 사람들로 각인돼 있으니까. 그런 경찰이 눈앞에서 아빠를 체포해갔다.

경찰은 장인이 다 비우다시피 한 위스키병을 증거물로 압수했다. 매사추세츠주에서는 개봉한 술병을 차에 싣고 다니는 것만으로도 불법이

어서 한 가지 죄가 더 추가되었다. 술병을 발견한 경관은 네이선이 음주운전을 했을 거라고 의심했다.

네이선은 음주운전을 부인하며 음주 테스트를 자처했다. 경관이 움직이는 손가락을 따라 눈동자를 움직이고, 엄지로 나머지 손가락들을 짚으며 숫자를 세기도 하고, 거꾸로 세기도 했다. 경찰이 여전히 의심어린 시선을 보내자 네이선은 혈중알코올농도 측정을 제안했다. 그 결과 음성으로 판명되었다. 검사 결과를 받아들이지 못한 경관이 서너 차례 재측정을 시도했으나 마찬가지였다. 네이선은 결국 뺑소니 혐의만 적용받게 되었다.

엘리트 변호사라고 해서 법적 책임을 면할 수는 없었다. 더구나 피해자가 중상을 입은 상황이라 실형을 선고받을 가능성이 컸다. 만약 아이가 사망하게 된다면 형량이 더욱 늘어나게 될 것이다.

한동안 잠자코 있던 주정뱅이가 다시 악을 써댔다.

"에이 씨발, 왜 이리 추워? 좆이 얼어 터지겠네!"

네이선은 절로 한숨이 나왔다. 지금은 주정뱅이의 푸념 따위에 신경쓸 때가 아니었다. 내일 판사가 정한 보석금을 내면 일단 석방되어 집으로 돌아갈 수 있다. 법정 소송으로 가더라도 몇 달이 지나야 재판이 열리게 된다. 그때가 되면 그는 이미 이 세상 사람이 아닐 것이다. 아마 매사추세츠주 법원 판사보다 훨씬 더 무시무시한 판사 앞에 불려가게 되겠지.

그 시각, 네이선이 갇혀 있는 경찰서 유치장에서 백 킬로미터쯤 떨어진 노르워크 근처의 한 식료품 가게 주차장에 애비 쿠퍼스가 도요타를 세웠다. 그녀는 보닛 위에 지도를 펼쳐놓고 스톡브리지까지 가려면 어느 길이 제일 빠른지 체크하고 있었다.

"에취!"

지독한 감기에 걸린 애비는 쉴 새 없이 재채기가 나왔다. 진눈깨비가 떨어져 안경알이 자꾸 뿌옇게 흐려졌다. 진작 렌즈를 끼지 않은 게 후회됐다. 그녀는 상사와의 전화를 떠올리며 믿기지 않는 표정을 지었다.

'네이선 변호사가 유치장에 갇히다니?'

경찰은 수감 직전 네이선에게 외부 사람과의 통화를 딱 한 번만 허용하겠다고 했고, 그는 즉시 조던 변호사에게 전화했다. 자리를 비운 조던 변호사 대신 애비가 전화를 받았다. 애비는 괴로워하는 네이선과 통화를 끝내자마자 뉴욕에서 매사추세츠를 향해 출발했다. 네이선이 아이를 차로 치고 달아났다니 믿기지 않았다.

'열 길 물속은 알아도 한 길 사람 속은 모른다는 말이 있긴 하지.'

네이선이 이혼 후 잠시 그와 새로운 관계를 꿈꾼 적도 있었으나 어디까지나 그녀의 희망 사항이었다. 비록 이혼한 사이지만 네이선과 말로리가 여전히 단단한 끈으로 연결되어있다는 걸 모르지 않았다.

피츠필드 병원 대기실, 새벽 1시 24분

"벤의 부모님 되십니까?"

클레어가 잔뜩 긴장해 병원 대기실을 향해 걸어갔다. 그녀가 의사로서 가장 두려워하는 순간이었다.

"네, 선생님."

몇 시간째 피 말리는 심정으로 기다리던 부부가 초조한 얼굴로 젊은 인턴을 올려다보았다. 아이 엄마의 눈에는 눈물이 그렁그렁했고, 아빠의 눈은 분노로 이글거리고 있었다.

"저는 클레어 줄리아나라고 합니다. 벤의 응급 시술을 맡은 의사이고……."

"아이는 어떤가요, 선생님?"

벤의 엄마가 그녀의 말을 잘랐다.

"벤은 여러 곳에 심한 골절상을 입었습니다. 일단 응급치료를 통해 안정된 상태로 만들었으나 안심할 단계는 아닙니다. 가장 걱정되는 건 두개골 상해로 뇌경막 하혈증을 동반한 뇌좌상을 입은 것입니다."

"뇌경막 하혈종이라면?"

"뇌부종을 말합니다. 뇌부종 때문에 뇌조직이 압박당한다는 뜻입니다. 우선 뇌압을 내리려고 최선을 다하고 있습니다."

아이 아빠가 더는 참을 수 없다는 듯이 버럭 소리를 질렀다.

"그러니까 어려운 얘긴 그만하고 어서 결론을 말해보세요."

클레어가 담담하게 말했다.

"아드님이 혼수상태에서 언제 깨어날지 알 수 없다는 뜻입니다. 몇 시간이 걸릴지, 아니면 그 이상의 시간이 걸릴지 기다려보는 수밖에 없습니다."

"뭘 기다리란 말입니까? 아들 녀석이 깨어날지 아니면 평생 식물인간으로 살게 될지 기다리란 뜻인가요?"

클레어는 보호자를 안심시키려 애썼다.

"희망을 잃지 마세요, 아버님."

클레어가 위로하기 위해 보호자의 어깨에 손을 얹자 뿌리친 그는 음료수 자판기를 주먹으로 치며 소리쳤다.

"그 빌어먹을 자식을 죽여버리겠어. 만약 벤이 깨어나지 못하면 변호사 놈을 찾아가 내 손으로 죽여버릴 거야."

12월 19일

"자네가 나를 대신해 죄를 뒤집어쓰겠다니, 말도 안 되는 일이야."

제프리가 사위와 함께 인터스테이트* 90번 근처에 있는 한 휴게소 식당에 앉아 있었다. 그들은 벌써 커피를 여러 잔째 커피를 마시고 있었다. 테이블 위쪽에 걸린 코카콜라 시계가 오전 10시를 가리키고 있었다. 휴게소는 활기가 넘쳤다. 지역 라디오 방송에서 눈이 내려 도로가 빙판길이 될 거라는 일기예보가 흘러나왔다. 트럭 운전자들이 시끌벅적하게 떠드는 소리에 묻혀 쉴 새 없이 오가는 차들의 엔진소리는 거의 들리지 않았다.

네이선은 30분 전 부보안관 토미 딜루카가 지켜보는 앞에서 보석으로 풀려났다. 네이선이 간밤에 화장실에 다녀와도 되는지 묻자 대답 대신 욕설을 퍼부은 작자였다. 그는 네이선에게 로우웰 감옥에서 '20년간 옥살이'를 하게 될 시 고참 재소자들에게 어떤 괴롭힘을 당하게 되는지

---

*미국에서 주와 주 사이를 잇는 고속도로

자세히 설명해주었다.

제프리는 판사가 5만 달러로 책정한 보석금을 지불했고, 애비는 법적인 절차를 모두 처리했다. 네이선은 즉시 소지품을 챙겨 유치장을 나왔다. 그런 곳에서는 단 일 분도 더 머물기 싫었다.

"또 봅시다."

부보안관 토미 딜루카가 능글맞게 웃으며 한마디 던졌다.

"변호사 양반, 또 봅시다."

네이선은 가까스로 냉정을 유지했다. 그는 들은 체 만 체하며 딱딱한 나무 침대에서 새우잠을 자 욱신거리는 등을 쭉 펴며 일어났다. 유치장 유리문에 그의 초췌한 얼굴이 비쳤다.

기사가 운전하는 차를 타고 도착한 제프리가 차가운 아침 공기를 맞으며 서 있었다. 그는 깔끔하게 면도한 얼굴에 기사의 조각상* 같은 풍모로 고급 캐시미어 외투를 걸치고 서 있었다. 지난밤, 술에 취해 의식을 잃기 직전까지 갔던 사람이라고는 감히 상상조차 할 수 없는 모습이었다. 하지만 시가를 빨아들이는 그의 모습에서 감출 수 없는 초조감이 묻어났다.

네이선이 차에 타자 애정 표현에 서투른 제프리가 사위의 어깨를 가볍게 두드렸다. 휴대폰을 돌려받은 네이선은 가장 먼저 브라질에 있는 말로리에게 전화를 걸었으나 몇 번 신호음이 가더니 음성사서함으로 넘어갔다.

---

*몰리에르의 희곡 〈돈주앙〉에서 가끔 돈주앙 앞에 나타나 책임과 의무를 상기시키는 역할을 하는 죽은 기사의 석상. 절대적인 존경과 신뢰를 받는 인물을 가리킬 때 쓰는 불어 표현

제프리 역시 딸과 통화를 시도해보았으나 번번이 실패했다고 털어놓았다.

경찰서에서 나온 두 사람은 곧장 고속도로 휴게소를 찾아 들어갔다. 앞으로 벌어지게 될 일에 대해 상의가 필요한 상황이었다.

"자네가 나 대신 죄를 뒤집어쓰는 건 말도 안 돼."

제프리가 포마이카 테이블을 주먹으로 세게 내려쳤다.

"그냥 모른 척하고 제 말대로 하세요. 그렇게 하는 게 최선입니다."

"자네야말로 내 말 들어. 난 알코올의존증 환자지만 비겁자는 아니야. 내 책임을 자네에게 전가시킬 생각이 없어."

네이선은 장인의 뜻을 따를 생각이 없었다.

"장인어른께서는 가족들을 보살피면서 제가 하는 대로 지켜보시면 됩니다."

제프리도 고집을 꺾지 않았다.

"난 자네에게 대신 감옥에 가달라고 한 적 없어. 자네 마음은 고맙지만 결코 좋은 생각이 아니야. 자네, 감옥에 가면 얼마나 고생할지 모르나?"

"장인어른보다는 제가 나서야 최대한 형을 줄일 수 있습니다. 장인어른은 감옥에서 인생을 끝내고 싶으세요?"

"영웅이 될 생각은 버리고 현실적으로 생각해봐. 나야 이제 살 만큼 산 사람이지만 자네는 보살펴주어야 할 딸이 있잖아. 말로리와도 아직 정리해야 할 문제가 남아 있고. 좀 더 신중하게 생각하고 책임감 있게 처신할 필요가 있어!"

네이선이 장인의 시선을 피하며 말했다.

"집사람과 보니에게 더 필요한 사람은 장인어른입니다."

제프리가 미간을 찌푸렸다.

"나는 도무지 자네가 무슨 말을 하는지 모르겠어."

네이선은 길게 한숨을 내쉬었다. 장인을 납득시키려면 메신저에 대해 말하지는 못하더라도 어느 정도 설명이 필요했다.

네이선이 머뭇거리다 입을 열었다.

"저는 곧 죽게 됩니다, 장인어른."

"그게 대체 무슨 말인가?"

"병을 앓고 있습니다."

"자네 지금 날 놀리는 건 아니지?"

"아닙니다, 진지하게 말씀드리는 겁니다."

"암인가?"

네이선이 고개를 끄덕였다.

제프리는 할 말을 잃었다.

"암 치료에 권위가 있는 의사들을 찾아가보았나? 내가 매사추세츠 종합병원의 암 전문의들을 많이 알고 있으니까 진료를 받아보게."

네이선이 당황해하며 말을 더듬었다.

"소용없습니다, 장인어른. 저는 이미 사망 선고를 받았습니다."

"자넨 아직 마흔도 안 됐어. 그렇게 젊은 나이에 죽는다는 건 말이 안 되잖아."

제프리가 별안간 소리를 빽 지르는 바람에 사람들이 놀란 눈으로 쳐다보았다.

네이선이 씁쓸한 표정을 지으며 대답했다.

"모두 부질없는 일입니다. 저는 이미 사망 선고를 받았어요."

"자넨 전혀 죽음을 앞둔 사람으로 보이지 않아."

제프리가 사위의 죽음을 도저히 받아들이지 못하겠다는 듯이 말했다.

"겉모습만 보면 그렇게 보일 수도 있죠."

"빌어먹을!"

제프리의 눈에서 굵은 눈물이 흘러내렸다.

"시간이 얼마나 남았나?"

"몇 달······ 어쩌면 그보다 일찍 끝날 수도 있습니다."

"빌어먹을!"

제프리는 달리 할 말이 없었다.

네이선의 목소리가 다급해졌다.

"장인어른, 어느 누구한테도 제가 죽는다는 말을 하시면 안 됩니다. 말로리도 아직 모르고 있어요. 기회를 봐서 제가 직접 얘기하겠습니다."

"그래야지."

"부디 말로리를 잘 보살펴주세요. 아내가 장인어른을 얼마나 좋아하는지 잘 아실 겁니다. 말로리에겐 장인어른이 필요해요. 왜 요즘은 자주 연락하지 않으세요?"

"말로리를 볼 면목이 없었어."

"면목이라면?"

"술을 끊지 못한 게 부끄러웠어."

"세상에 완벽한 사람은 없다는 걸 잘 아시면서 그러십니까?"

이제 입장이 완전히 뒤바뀐 꼴이었다. 죽음을 앞둔 사람은 네이선인데, 오히려 그가 장인을 위로해주고 있었다.

제프리는 사위를 살릴 수만 있다면 무슨 짓이든 할 생각이었다. 지난 시간들이 주마등처럼 스쳐 지나갔다. 네이선을 낚시터에 데려갔던 일, 친아들처럼 여겨 학비를 대주기로 마음먹었던 일, 그가 변호사가 되면 웰슬러 앤드 델 아미코 로펌을 설립해 사회적 약자들을 위해 일하기로 마음먹었던 일. 그런데 진주 팔찌 사건과 알코올의존증 때문에 모든 계획이 어긋나게 되었다.

발버둥 쳐봐야 결국은 죽음으로 귀결되는 것을······.

차가운 소름이 온몸을 훑고 지나갔다. 어젯밤에는 아이를 차로 치었는지조차 몰랐다.

어쩌다 이토록 망가졌단 말인가?

제프리는 수없이 실패했지만 다시 한번 술을 끊기로 결심했다.

'하느님, 도와주십시오.'

이미 오래전 신에게 버림받았다는 걸 알면서도 제프리는 한 번 더 매달렸다.

"그럼 내가 자네 변호를 맡겠네. 내가 자네를 변호하도록 해주게."

제프리가 갑자기 네이선에게 변호를 제안했다.

제프리는 변론이라면 자신 있었다.

네이선이 고개를 끄덕였다.

"내가 반드시 자네를 구할 거야."

제프리의 눈빛이 형형했다.

"검사하고 담판 지을 자신이 있어. 보호관찰 18개월, 사회봉사활동 백 시간 정도 선에서 합의를 볼 수 있을 거야. 나는 해낼 수 있어. 난 최고로 유능한 변호사니까."

네이선이 커피를 한 모금 마시고 나서 씽긋 웃었다.

"저 다음으로 최고시죠."

두 남자의 의기투합을 축하하듯 햇살이 구름 사이로 고개를 내밀었다. 그들이 창가로 몸을 트는 순간 애비가 차를 몰고 주차장으로 들어서는 모습이 보였다. 그녀는 제프리의 부탁을 받고 네이선의 레인지로버를 운전해오는 길이었다. 경찰이 네이선에게 음주운전은 무혐의 처분을 내렸기 때문에 체포될 당시 차는 압수당하지 않았다. 앞으로도 재판이 열리기 전까지 합법적으로 운전대를 잡을 권리가 있었다.

네이선이 유리창 너머로 애비에게 손짓했다.

"자네 비서가 맨해튼까지 태워다줄 거야. 비서가 타고 온 차는 내가 책임지고 맨해튼으로 돌려보낼게."

네이선이 장인에게 말했다.

"보니는 제가 데려가겠습니다."

제프리가 난처한 표정을 지었다.

"오늘 아침에 리사가 보니를 데리고 낸터킷 섬으로 이틀간 여행을 갔어. 아이는……."

"하필이면 이런 때 저에게서 아이를 빼앗아가면 어떡합니까?"

"아무도 자네한테서 아이를 빼앗지 않아. 리사가 아이를 데리고 돌아오는 대로 뉴욕으로 보낼게. 자네는 앞으로 벌어질 소송을 어떻게 대비해야 할지 생각해봐.”

“저에게는 아이와 함께 할 시간이 얼마 남지 않았습니다, 장인어른.”

“리사가 내일모레 돌아오면 보니를 자네에게 보내주겠다고 약속할게. 일단 돌아가서 조금이나마 휴식을 취하고 있어.”

네이선은 장인의 말을 따를 수밖에 없었다.

“네, 알겠습니다.”

그런 다음 한마디 덧붙였다.

“말로리한테서 연락이 오면 즉시 저에게 전화하라고 일러주십시오.”

밖으로 나온 두 사람은 주차장에 와 있는 애비를 만났다.

애비는 불편한 기색이 역력했다.

“이렇게 만나니 좋네요, 애비.”

네이선이 다가가 두 팔로 안자 애비의 몸이 뻣뻣하게 경직되었다.

“보석금 문제는 다 처리됐어요.”

애비가 마치 고객이 의뢰한 업무에 대한 처리 결과를 설명하듯 의례적이고 딱딱한 목소리로 말했다.

“아이 소식은 들었어요?”

애비가 병원에 들렀다 오는 길이라는 걸 알고 있는 변호사 둘이 동시에 물었다.

애비가 네이선을 쳐다보며 심각한 표정으로 말했다.

“아이는 아직 혼수상태입니다. 예후가 어떨지 아직 의사가 판단을 내리지 못하고 있다고 하더군요. 저라면 그 병원 근처에는 얼씬도 안 할 거예요. 아이 부모가 보통 흥분해 있는 상태가 아니더군요.”

제프리는 고개를 푹 숙였고, 네이선은 아무 말이 없었다.

네이선은 제프리를 차가 있는 곳까지 배웅하고 나서 오랫동안 악수를 나누었다.

장인을 다시 볼 수 있을까?

네이선이 장인을 보내고 나서 애비를 돌아보며 말했다.

"이렇게 멀리까지 와줘서 정말 고마워요, 애비."

"변호사님 일인데 모른 척할 수 없잖아요."

애비가 뒤로 돌아서더니 리모컨 키를 눌러 차 문을 열었다.

"괜찮으시다면 제가 운전할게요."

"아니, 애비 그렇게까지……."

"제가 운전한다니까요!"

애비가 너무 완강하게 나오는 바람에 네이선은 더 이상 거절하기 힘들었다.

네이선이 조수석에 앉기 무섭게 크라이슬러 모노 스페이스 한 대가 그들을 향해 달려왔다. 건장한 체격의 남자가 자동차에서 걸어 나오더니 네이선을 향해 다짜고짜 욕설을 퍼붓기 시작했다.

"당신은 살인자야. 당신 같은 사람은 당장 감방에 처넣고 다시는 밖으로 나오지 못하게 만들어야 해!"

애비는 떨리는 목소리로 말했다.

"저 사람이 바로 아이 아버지예요."

네이선이 목소리를 높였다.

"엄연히 사고였습니다. 얼마나 힘드실지 잘 압니다. 아드님이 최고

수준의 치료를 받을 수 있게 해드릴 테니 너무 걱정하지 마세요. 당연히 상당한 액수의 손해배상도 따를 테고요."

남자가 네이선의 옆으로 바짝 다가서더니 분을 이기지 못하고 숨을 씩씩거렸다.

위로의 말을 해주고 싶었지만 네이선은 차마 입이 떨어지지 않았다.

"당신이 주는 더러운 돈은 필요 없어. 나는 당신이 죗값을 치르길 바랄 뿐이야. 당신은 어린아이를 차로 쳐놓고 아무런 조치도 취하지 않고 도망쳤어. 당신은 인간 말종이야. 당신은……."

네이선은 느닷없이 날아온 주먹을 피하지 못해 바닥에 나뒹굴었다. 남자가 그를 내려다보더니 호주머니에서 아들의 사진을 꺼내 눈앞에 대고 흔들었다.

"내 아들의 얼굴이 죽을 때까지 당신을 따라다니며 괴롭힐 거야."

네이선이 힘겹게 몸을 일으키며 코를 만졌다. 굵은 핏방울이 눈 위로 뚝뚝 떨어지며 하얀 바닥에 빨간 화살표를 그리고 있었다.

25장

어떤 문제가 있는지 당신도 나만큼 잘 안다고 생각한다.

_스탠리 큐브릭의 영화 〈2001 스페이스 오디세이〉 중에서

"자꾸만 사람을 그런 눈으로 쳐다보지 말아요, 애비."

벌써 30분째 뉴욕을 향해 달려가고 있었지만 두 사람은 지금껏 단 한 마디도 나누지 않았다.

애비가 트럭 한 대를 추월하며 물었다.

"변호사님이 아이를 차로 치고 달아난 게 사실인가요?"

네이선이 한숨을 푹 쉬었다.

"도망친 게 아니라니까요. 구조를 요청할 생각으로 잠시 처가로 갔던 것뿐입니다. 이미 자초지종을 설명했잖아요."

애비가 듣기에는 석연치 않은 변명으로 들릴 뿐이었다.

"변호사님은 항상 휴대폰을 가지고 다니시잖아요."

"하필 휴대폰을 두고 나갔어요."

애비가 여전히 미심쩍은 듯 고개를 저었다.

"죄송하지만 그다지 설득력이 없어요."

"아니, 왜 내 말을 믿지 않아요?"

"사고 현장에 직접 가봤는데 가까이에 집들이 제법 많았어요. 변호사님이 아이를 구해야겠다고 마음먹었다면 어느 집이든지 들어가 전화를 빌려 쓸 수 있었을 거예요."

"너무 당황스러워 생각하지 못했어요. 장인어른의 별장이 거기서 그렇게 먼 곳인지도 몰랐고요."

애비가 쐐기를 박듯이 말했다.

"변호사님이 빨리 구조요청을 했다면 아이가 살아날 가능성이 훨씬 더 컸겠죠. 아이의 목숨이 달린 문제를 어떻게 그리……."

"내가 얼마나 큰 잘못을 저질렀는지 나도 알아요, 애비."

애비가 독백처럼 작은 소리로 중얼거렸다.

"하필이면 그 아이가 우리 아들과 나이가 똑같아요."

네이선은 어리둥절했다.

"아들이 있어요?"

"제가 양육권을 갖고 있지는 않아도 아들이 있어요."

"난 전혀 몰랐어요."

네이선이 당혹해하며 애비를 보았다.

"몇 년을 함께 일한 동료끼리도 서로의 사생활에는 무심할 수 있죠. 비즈니스라는 게 그렇고, 시대도 그렇고."

애비가 은근히 네이선의 무관심한 태도를 비난하더니 잠시 뜸을 들였다가 솔직한 심정을 털어놓았다.

"그동안 저는 변호사님이 정말 대단한 분이라고 생각해왔어요. 금수저 출신들과는 차원이 다른 분이라 생각했기에 조금도 망설이지 않고 샌디에이고에서 뉴욕까지 변호사님을 따라왔죠. 저에게 어려운 일이 생기면 변호사님이 적극……."

"당신은 나를 너무 이상적인 사람이라 생각했군요, 애비."

"제 말이 아직 끝나지 않았어요. 끝까지 들어보세요! 저는 변호사님이 정말 좋은 사람이고, 남들이 뭐라 하든 인간적인 사람이라고 생각해왔어요."

애비가 조심스럽게 트럭 한 대를 추월하고 나서 말을 이었다.

"어제 일 때문에 변호사님에게 품고 있던 환상이 깨져버렸어요. 저는 이 세상에서 가장 소중한 가치를 잃게 되었죠."

"그게 뭔데요?"

"사람에 대한 믿음."

"어째서 믿음을 잃었다고 생각해요?"

앞만 보고 운전하던 애비가 옆으로 고개를 홱 돌렸다.

"죽어가는 어린아이를 길가에 버려두고 도망치는 사람에게는 더 이상 믿음을 가질 수 없으니까요."

네이선은 잠자코 듣고 있었다. 애비가 이런 식으로 말한 건 처음이었다. 고속도로 한가운데지만 당장 차를 멈춰 세우고 모든 진실을 털어놓고 싶은 마음이 굴뚝같았다.

메신저, 임박한 죽음, 아내와 딸을 위해 거짓말을 할 수밖에 없는 이유에 대해.

네이선은 끝내 유혹을 뿌리치고 맨해튼에 도착할 때까지 한마디도 하지 않았다. 계획대로 일을 추진하려면 그 누구에게도 진실을 털어놓아서는 안 되었다.

보니와 말로리를 빼고, 그 누구에게도.

◠

"네이선 델 아미코 변호사님, 트라이얼 TV인데 한 말씀 해주시죠!"

네이선은 기자가 앞으로 들이미는 마이크를 밀쳐냈다. 그의 뒤쪽에서는 카메라맨이 쓸 만한 사진을 건지려고 플래시를 터뜨리고 있었다. 둘 다 낯익은 얼굴들로 유명인들의 스캔들을 주로 취재하는 케이블 텔레비전 방송국 기자들이었다.

'빌어먹을! 아무리 내가 잘못을 저질렀더라도 O.J. 심슨 취급하는 건 너무 하잖아.'

네이선은 파크 애비뉴에 위치한 로펌 빌딩으로 서둘러 들어갔다. 건물 로비를 장식한 비잔틴 양식의 모자이크 인테리어가 눈에 들어온 순간 비로소 마음이 놓였다.

애비를 먼저 사무실로 올려보낸 뒤 네이선은 휴게실이 있는 30층에 내렸다. 피곤하고 기분도 착 가라앉아 뜨거운 물로 30분 정도 몸을 씻었다. 그제야 단비를 맞은 나무처럼 몸에 생기가 돌았다. 그는 면도까지 마친 깨끗한 모습으로 사무실로 들어섰다.

애비가 기다렸다는 듯이 커피 두 잔과 머핀 몇 개를 책상에 갖다놓았다. 그는 벽장을 뒤져 아직 비닐 포장을 뜯지 않은 새 와이셔츠를 한 장 꺼냈다.

'최고의 호사지.'

네이선은 와이셔츠를 입으며 생각했다. 가죽 의자에 편안하게 앉은 그는 컴퓨터를 켜고 책상 위에 나뒹구는 서류 몇 개를 앞으로 끌어당겼다. 수많은 소송을 성공적으로 이끄느라 거의 살다시피 했던 사무실에 다시 와 있으니 그나마 마음이 편안했다. 변호사란 직업은 누군가에게 끌려가지 않고 스스로 주도할 수 있어서 마음에 들었다.

말로리에게 전화를 걸었으나 받지 않았다. 그는 《내셔널 로이어》의 인터넷 사이트에 접속했다. 법조계는 원래 소문이 삽시간에 퍼지는 곳이었다. 기자들이 사무실 앞에 진을 치고 있다는 건 이미 그에 대한 소문이 다 퍼졌다는 증거였다. 그가 '업계 동향'이라는 섹션을 클릭하자 뺑소니 사고에 관한 단신이 화면 상단에 떴다.

파크 애비뉴의 유명 변호사, 교통사고 혐의로 기소!

〈마블 앤드 마치〉 로펌의 간판 변호사 네이선 델 아미코가 간밤에 매사추세츠주 스톡브리지의 한 도로에서 자전거를 타고 가던 소년을 치고 도주한 혐의로 체포되었다. 피츠필드 병원으로 응급 수송돼 입원 치료 중인 피해자(7세)는 아직 의식을 회복하지 못한 상태로 알려졌다. 오늘 아침에 보석금 5만 불을 지불하고 풀려난 네이선 델 아미코의 변호는 보스턴의 거물급 변호사 제프리 웩슬러가 맡게 되었다.

그동안 세상을 떠들썩하게 한 사건들을 연달아 맡아 뛰어난 능력을 발휘해 '아마데우스'라고 불린 네이선 델 아미코 변호사는 이번 일로 변호사 자격 정지가 불가피해 보인다.

12월 20일, 〈마블 앤드 마치〉 로펌의 애슐리 조던 매니징 파트너 변호사는 인터뷰를 통해 이번 사건은 네이선 델 아미코 변호사의 '개인적인 일'이며 '그를 고용한 회사와는 전혀 무관한 일'이라는 사실을 분명히 했다.

현재 기소된 혐의들이 모두 유죄로 인정되면 네이선 델 아미코 변호사는 최고 8년의 실형을 선고받을 가능성이 있다.

'애슐리, 참 고맙기도 하네.'

기사 창을 닫았음에도 자꾸만 화면으로 눈길이 갔다. 《내셔널 로이어》는 비즈니스 전문변호사들 사이에서는 교과서나 다름없는 신문으로 업계를 웃고 울게 할 만큼 영향력이 컸다. 네이선은 입가에 쓸쓸한 미소를 머금고 '자격 정지'라는 문구를 떠올렸다. 그는 이제 곧 변호사 활동을 중단해야 한다. 하지만 신문에서 언급한 이유가 아니라 전혀 다른 이유 때문이었다.

어느 쪽이든 명예로운 퇴장은 아니었다. 지난 수년간 세상을 시끌벅적하게 만든 대형 사건들만 골라 맡아 스타 변호사로서의 입지를 구축해왔는데 공든 탑이 일시에 무너져 내리는 소리가 들렸다.

네이선이 생각에 빠져 있을 때 애비가 그를 불렀다.

"변호사님, 방금 이상한 팩스가 한 장 들어왔어요."

애비가 사무실 문틈으로 고개를 삐죽 내밀었다.

"내가 사무실에 계속 남아 있을지 모르겠는데 나중에 조던 변호사와 검토하도록 해요."

"변호사님이 관심 있어 할 내용 같은데요."

애비가 아리송하게 대답했다.

얼핏 봐서는 특별할 게 없는 사진이었다. 주유기 앞에 서 있는 사륜구동차를 찍은 흑백사진이었다. 특이한 건 자동차 번호판이 잘 보이도록 일부러 그 부분을 확대해 보낸 점이었다.

의심할 여지없이 네이선의 레인지로버였다.

사진 속 차는 차체에 흠집도 없고, 오른쪽 앞 타이어 휠도 제자리에 붙어 있었다.

'사고 전에 찍은 사진이야.'

유명 웹 호스팅 업체에서 관리하는 웹사이트 주소가 사진 아래쪽에 적혀 있었다.

'다음 편은 인터넷에서 계속……'이라는 메시지를 암시하는 듯했다.

네이선이 인터넷에 접속해 해당 웹사이트를 찾아 들어갔지만 하이퍼텍스트 링크가 하나 걸린 시커먼 창이 뜰 뿐 텅 빈 사이트였다. 링크를 클릭해보았으나 연결되지 않았다.

'대체 무슨 장난이지?'

왠지 모를 불안감이 엄습해왔다.

네이선은 팩스 송신자를 확인해달라고 애비에게 부탁했다. 애비는 발신 번호 추적 서비스를 제공하는 인터넷 사이트에 접속해 순식간에 팩스 송신자를 알아냈다.

"피츠필드에 있는 복사 가게 전화번호인데요."

'누구나 익명으로 팩스를 보낼 수 있는 곳이야.'

네이선이 오타에 각별히 신경 쓰며 다시 한번 사이트 주소를 입력했으나 여전히 콘텐츠가 전혀 없는 창이 떴다. 그는 팩스에 나온 사진을 유심히 들여다보았다.

'대체 누구 짓일까?'

컴퓨터로 눈을 돌리니 화면에 에러 메시지가 떠 있었다. 새로고침 버튼을 클릭하자 하이퍼텍스트 링크가 다시 나타났다. 링크를 클릭하자 멀티미디어 재생 프로그램 창이 열리더니 잠시 후 동영상이 떴다. 회사에 초고속 인터넷이 깔려 있어 화질은 나쁘지 않았다.

한 주유소의 감시 카메라가 연속적으로 잡은 화면이었다. 팩스 속 사진과 배경은 똑같은데 레인지로버 주유구 앞에 서서 기름을 넣는 제프리 웩슬러의 모습이 찍힌 게 달랐다. 처음에는 이 장면을 찍어 보낸 사람의 의도를 파악하지 못했는데 화면 오른쪽 아래에 12월 19일 오후 7시 14분이라고 찍힌 날짜와 시간을 보고 나서야 정신이 번쩍 들었다.

네이선이 읽은 경찰 보고서에는 사고 시간이 대략 오후 7시 20분으로 추정된다고 나와 있었다. 스톡브리지에 주유소가 수백 개 있는 것도 아니고, 화면에 비교적 선명하게 찍힌 텍사코 주유소 로고와 주유 펌프 번호로 해당 주유소의 위치를 알아내는 건 그리 어려운 일이 아니었다. 장인이 벤 그린필드를 치어 사고를 낸 장소에서 멀지 않은 넘케그 주유소가 확실했다.

제프리가 저 주유소에 들러 차에 기름을 가득 채우고 떠났다면 그에게 혐의가 돌아가는 건 시간문제였다. 그런데 제프리가 기름을 넣고 나서 계산하는 장면에서 갑자기 화면이 뚝 끊기더니 다른 화면으로 건너뛰었다. 제프리가 술이 가득 찬 술병을 손에 들고 비틀거리며 레인지로버로 돌아와 운전대를 잡는 모습이었다.

어느새 다가와 네이선의 등 뒤에서 동영상을 본 애비가 신이 나서 말했다.

"이 화면만 있으면 변호사님은 무죄를 완벽하게 입증할 수 있겠어요."

네이선이 고개를 끄덕였다. 흥분한 애비의 눈이 기대감으로 반짝였다.

레인지로버가 주유소를 떠나면서 동영상은 끝이 났다. 다시 한번 재생 버튼을 눌렀지만 더 이상 화면이 나오지 않았다. 컴퓨터 하드디스크에 혹시 남아 있지 않나 해서 확인해보았지만 저장되어 있지 않았다.

"빌어먹을! 사이트에서 동영상을 삭제했어."

"대체 어떤 사람이 동영상을 올렸을까요?"

"주유소 주인이겠죠. 그 작자는 엄청난 비밀을 발견하고 지금쯤 입이 귀에 걸려 있겠네요."

"그런데 왜 굳이 신분을 감추려고 할까요?"

"신중하게 일을 처리할 생각이겠죠. 우리 쪽에서 정체를 알았으면 하면서도 자기한테 불리한 증거는 남기고 싶지 않다는 뜻이기도 하고."

애비가 순진하게 물었다.

"무슨 증거요?"

"그가 우릴 협박하고 있다는 증거."

애비가 네이선 옆 의자에 앉았다.

"변호사님은 속히 냉정을 되찾아야 해요. 왜 죄를 덮어쓰려고 하는지 이유를 모르겠지만 결코 좋은 생각이 아니에요. 아직 발을 뺄 기회는 남아 있어요. 사정이 뭔지 몰라도 장인어른을 지키기 위해 애써 쌓아 올린 커리어를 포기해선 안 돼요."

"나는 장인을 지키려는 게 아니라 내 아내와 딸을 지키려는 거예요."

"장인을 대신해 죄를 뒤집어쓴다고 해서 가족을 지킬 수 있는 건 아니잖아요."

애비가 《내셔널 로이어》에 실린 기사를 네이선 앞에서 흔들어 보였다.

"다들 변호사님은 이제 끝났다고 수군대요. 제가 굳이 설명하지 않아도 잘 아시겠지만 신속히 대처하지 않으면 업계에서 매장당할 수도 있어요."

네이선은 즉답을 피했다. 마음이 흔들리기 시작했다. 애비의 말은 조금도 틀리지 않았다. 문득 발을 빼고 싶은 유혹이 일었다. 예기치 않았던 동영상이 존재하는 한 불가능한 일도 아니었다.

장인을 구하기 위해 할 만큼 했다. 선을 넘어 오히려 돌이킬 수 없는 상황이 됐다.

'현실적으로 판단하고 추락한 명예를 회복할 궁리를 해야 하는지도 몰라.'

순간 마음이 한결 편해졌다.

바로 그때, 애비의 방에서 팩스 들어오는 소리가 들려왔다.

네이선이 달려가 팩스를 손에 들고 읽기 시작했다. 애비도 상사의 어깨 너머로 슬쩍 내용을 확인했다. 펠트펜으로 대충 휘갈겨 쓴 네 글자가 선명하게 보였다.

백만 달러

"백만 달러? 정신 나간 놈 아니야?"

애비가 펄쩍 뛰었다.

네이선은 혼이 나가 팩스에서 눈을 떼지 못했다. 애비를 쳐다보는 순간 그는 결심을 굳혔다.

'내 생애 마지막으로 맡은 사건에서는 지는 게 결국 이기는 길이야.'

"나를 좀 도와줄 수 있어요, 애비?"

"사실을 밝히시겠다면 물론 도울 수 있죠."

"사실을 밝히자는 게 아니에요, 애비. 내가 이 일에 더 깊숙이 개입할 수 있도록 도와달라는 거예요."

26장

돈을 벌어라. 온 세상이 당신 앞에 머리를 조아릴 것이다.
_마크 트웨인

크리드 르로이는 비디오테이프를 앞으로 되감았다. 이틀 만에 벌써 스무 번도 넘게 봤지만 여전히 질리지 않았다.

몇 달 전, 적외선카메라를 구입했다. 카메라를 사고 나서 아내에게 쓸데없는 돈을 쓴다고 핀잔을 들었다. 사실 통신판매를 통해 배송비 포함 475달러를 주고 샀으니 턱없이 비싸게 구입한 건 아니었다. 하긴 크리스티는 그가 무얼 하든 눈에 쌍심지를 켜고 깎아내릴 궁리만 하는 여자였다.

이제 아내에게 구박받고 살던 시간은 끝이다!

475달러를 주고 산 카메라가 이제 곧 백만 달러를 벌어줄 것이다!

백만 달러, 백만 달러, 더 부르실 분 없습니까?

사상 최고의 수익을 올린 재테크였다. 주가 하락으로 세상이 한숨짓는 마당에 크리드 르로이는 대박을 터뜨릴 자신감으로 충만해 있었다.

크리드 르로이는 모니터의 밝기를 조절하고 나서 원본 테이프가 든 VCR에 새로 VCR을 하나 더 연결한 다음 공테이프를 집어넣었다. 복사 테이프를 하나 더 만들어두는 게 좋을 듯했다.

이번에는 운이 정말 좋았다. 보통 때는 저녁에 일을 마치면 녹화 테이프를 보지도 않고 지웠다. 그런데 12월 18일 저녁에는 한 시간 가까이 경보장치를 다시 세팅하느라 시간이 늦어져 다음 날 아침에 일어나서 해야겠다고 마음먹고 자리에 누웠다.

하하!

'오늘 일은 내일로 미루지 말라'는 속담은 틀렸어.

다음 날 아침, 신문을 펼쳐보니 그린필드의 아들이 교통사고를 당했다는 기사와 함께 전날 주유소에 다녀간 레인지로버 사진이 실려 있었다. 그는 사고 직전에 주유소에 들러 기름을 가득 넣고 간 레인지로버를 분명히 기억했다. 그런데 그가 기억하는 운전자는 신문에 나온 젊은 변호사가 아니었다.

'차를 몰고 온 사람은 주로 기사가 운전하는 차를 타고 다니는 제프리 웩슬러 영감이었어. 이 근방에서는 내로라하는 부자이지.'

녹화 테이프를 확인해보니 역시 그의 기억은 정확했다. 제프리 웩슬러는 차로 아이를 치기 불과 몇 분 전 만취 상태로 주유소에서 기름을 넣고 사라진 것이다!

신문에서는 뉴욕 출신 젊은 변호사가 혐의를 인정했다고 나와 있었다. 크리드 르로이가 아무리 대학 문턱에도 가보지 못한 사람이라 해도 금세 앞뒤가 맞지 않는 얘기라는 결론이 나왔다.

변호사 놈들이 무슨 수작을 꾸미는 걸까?

세상 사람들이 다 그러하듯이 크리드도 변호사들을 욕심이 득실득

실한 장사치라 생각해왔다. 그는 금전등록기를 열어 결제 사실을 확인해보았다. 제프리 웩슬러가 20달러 지폐를 꺼내 현금으로 지불했기 때문에 신용카드 거래 기록은 남아 있지 않았다. 게다가 제프리 웩슬러가 주유소로 들어오는 걸 본 사람도 그 자신 말고는 아무도 없었다.

크리드 르로이는 처음에는 경찰에 신고할까 하다가 이내 생각을 고쳐먹었다. 선량한 행동을 한다고 알아주는 사람도 없는 세상이었다. 경찰 수사에 협조한다고 해서 금전적 보상이 돌아올 것 같지도 않았다. 기껏 지역 신문에 이름이 실리는 정도의 보상을 받을 것이다. 신문기자가 찾아와 인터뷰를 마치고 가면 하루 이틀 사람들 입에 오르내리다가 금세 잊힐 것이다.

크리드 르로이는 기발한 아이디어를 짜냈다. 위험이 따를 게 분명하지만 인생을 바꿀 수 있는 절호의 기회였다. 그는 본능적으로 아내에게도 비밀로 해야겠다고 생각했다. 요즘 들어 사는 게 정말이지 힘들었다. 어디론가 훌쩍 떠나 지금과는 다른 삶을 살고 싶었다. 전혀 다른 사람이 되어 새로운 삶을 개척하고 싶었다.

크리드 르로이는 저녁에 일을 마치고 나면 오랫동안 인터넷 서핑을 즐기는 버릇이 있었다. 여유 시간이 많으면 호수에서 낚시하거나 등산을 떠났다. 손님이 없을 때는 가끔 주유소 회전 진열대에 꽂힌 베스트셀러 소설을 꺼내 읽었다. 시리얼 킬러 스토리는 좋아하지 않았지만 법정 스릴러나 금융 스릴러는 즐겨 읽는 편이었다. 물론 내용을 다 이해하고 읽는 건 아니었다. 언젠가 한번 정말 재미있는 책을 만나 끝까지 읽은 적이 있었다. 전직 변호사 출신이라는 게 마음에 들지 않았지만 존 그리샴이라는 작가가 쓴 소설이었다. 제목이 《파트너》였고, 죽은 사람으로 위장한 주인공이 전혀 다른 사람이 되어 새 삶을 살아가는 내용이었다. 인생을 처음부터 다시 시작하자니 돈이 필요했던 주인공은 동료 변호사들을 속여 수천만 달러를 빼돌린다. 크리드 르로이는 수천만 달러까지도 필요 없었다. 백만 달러면 족했다. 그는 네이선 델 아미코 변호사가 돈가방을 들고 찾아오길 기대했다. 처음에는 제프리 웩슬러를 협박해 돈을 뜯어내려고 계획했다가 고심 끝에 네이선 델 아미코 쪽으로 방향을 틀었다. 그가 뺑소니 혐의를 인정한 사람이니까. 게다가 제프리 웩슬러는 이 지역에서 너무나 힘이 막강한 거물급 인사였다.

결심을 굳힌 크리드 르로이는 오늘 하루 주유소 문을 닫기로 하고 인터넷에 접속해 네이선 델 아미코에 대한 정보를 검색했다. 일단 인터넷에서 그의 사무실 팩스 번호를 찾아 적어두었다. 그는 VCR에 연결해 감시 카메라로 찍은 영상들을 인터넷 임시 사이트에 띄울 수 있는 디지털 녹화 장치를 구입했다. 그러고 나서 흔적을 남기지 않으려고 피츠필드에 있는 복사 가게에 들어가 팩스를 보냈다.

평생을 기다려온 순간이었다. 크리드 르로이가 누군지 세상 사람들에게 보여주고 싶었다. 일이 순조롭게 풀리면 조만간 이태리 수입 정장을 걸치고 랄프로렌 셔츠를 입고 다닐 수 있게 된다. 네이선 델 아미코 변호사처럼 최신형 레인지로버를 끌고 다닐 수도 있다. 계획대로 되면 여길 떠날 작정이었다. 지긋지긋한 이 촌구석에서 한시바삐 벗어나고 싶었다. 아내의 닦달로부터 멀어지고 싶었다. 고작 가슴 성형을 하고, 등에 뱀 문신을 새기는 게 삶의 희망인 아내에게서 벗어나고 싶었다.

크리드 르로이는 VCR에서 비디오테이프를 꺼낸 다음 큼지막한 크라프트 봉투에 담았다. 이틀 전부터 그의 심장은 쿵쾅거렸다. 이번에야말로 행운의 여신이 그에게 미소를 보내주었다. 이 나라 사람들은 행운의 중요성을 믿지 않지만 그는 능력보다는 행운이 따라줘야 삶이 바뀔 수 있다고 믿는 사람이었다. 기회를 잘 포착하면 인생을 바꿀 수 있다고 확신했다.

크리드 르로이는 경보 시스템을 작동시킨 뒤 출입문을 잠갔다. 스모크 글라스를 끼운 유리창에 얼굴이 비쳤다. 올 3월에 마흔이 되니 아직 그리 늙은 나이는 아니었다. 인생의 전반부는 실패했으나 후반부에는 성공을 거머쥐고 싶었다. 그러기 위해서는 우선 네이선 델 아미코 변호사로부터 돈을 건네겠다는 약속을 받아낼 필요가 있었다.

12월 20일

네이선은 아침 6시에 일어나 센트럴파크에서 조깅하고 9시 30분에 사무실에 도착했다.

네이선이 사무실 문을 열며 말했다.

"도넛을 사 왔어요."

"도넛이라면 꺼내놓지도 마세요. 보기만 해도 2킬로그램은 찔 것 같으니까."

네이선은 애비와 함께 스톡브리지에 있는 주유소 주인에 대한 조사에 착수했다. 문제의 인물은 크리드 르로이라는 사람이었다. 네이선은 죽기 전에 이 문제를 해결할 생각이었다. 장인이 감옥에 가는 걸 막고 말로리를 지키려면 크리드 르로이가 요구하는 돈을 주는 수밖에 없었다. 평소였다면 다른 방법을 썼을 것이다. 크리드 르로이의 과거를 뒤져 약점을 찾아낸 뒤 어쭙잖은 협박을 못 하게 겁을 주었을 것이다. 하지만 지금은 그럴 시간이 없는 만큼 돈을 줄 수밖에 없었다. 이제 그에게 중요한 건 돈이 아니었다. 처음부터 다시 시작한다는 생각에 마음이 설레기까지 했다.

'인생을 두 번 살 수 있는 기회가 주어진다면?'

네이선은 꿈꾸듯 생각했다. 만약 인생을 두 번 살 수 있다면 똑같은 실수를 반복하지 않을 것이다. 두 번째 삶 역시 큰 꿈을 꾸며 살아야 하겠지만 허황된 욕심을 버릴 것이다. 허영심을 버리고, 무의미한 일들에 시간을 허비하지 않을 것이다. 인생에서 가장 소중한 부분을 풍요롭게 가꾸며 살아갈 것이다. '내면의 정원을 가꾸라'는 어느 철학자의 말대로.

'죽을 때가 다가오니까 이런 생각이 드는 거야.'

네이선은 손목시계를 보고 나서 금융 자산을 관리해주는 은행 담당자에게 전화해 예금 내역을 확인했다.

"잘 지냈어, 필? 요즘 월스트리트는 어때?"

필 나이트는 네이선의 대학 동기로 가끔 식사도 같이 하는 가까운 사이였다.

"자네는 요즘 또 어떤 기업에게 고가의 소송을 피하는 행운을 안겨주고 있나? 아직 빌 게이츠한테서는 연락이 없어?"

네이선은 일단 캔디스가 입금한 수표가 제대로 현금화되었는지 확인했다. 그런 다음 자신이 보유하고 있는 주식과 채권을 모두 매각해 현금화해달라고 부탁했다.

네이선이 예금을 전액 인출하는 걸 불안하게 여긴 필이 물었다.

"무슨 일 있어, 네이선?"

"용처가 생겼을 뿐이야."

'정말 이것이 최선의 방법일까?'

네이선은 슬슬 회의가 들기 시작했다. 공갈 협박에 넘어가면 끝이 좋지 않은 경우가 많았다. 상대가 요구하는 금액을 마련한다고 끝나는 문제가 아니었다. 앞으로도 협박이 계속 이어질 수도 있다는 게 문제였다. 크리드 르로이가 앞으로 제프리나 말로리를 다시 협박할 수도 있었다. 동영상 원본을 언제든지 복사할 수 있으니까.

네이선은 팔짱을 끼고 가죽 의자에 앉아 깊은 생각에 잠겼다. 우선순위부터 정해야 했다. 지금으로서는 크리드 르로이가 경찰에 신고하겠다는 마음을 접게 만드는 게 급선무였다.

사무실 벽에 걸린 괘종시계가 오전 10시 22분을 가리키고 있었다. 네이선은 수화기를 들고 크리드 르로이의 전화번호를 눌렀다.

바하마 군도의 나소, 오전 이른 시간

크리드 르로이는 아침 일찍 보스턴에서 나소행 항공기에 탑승했다. 바하마 군도의 수도 나소에 도착한 그는 햇살을 만끽하며 크리스마스 휴가를 보낼 생각에 마음이 부푼 상태로 공항 셔틀버스에 올랐다.

나소 시내는 휴가를 즐기러 몰려든 관광객들 탓에 교통이 혼잡했다. 크리드 르로이가 탄 미니버스 운전기사가 경적을 울리며 차를 대자 승객들이 밖으로 쏟아져 나왔다. 크리드 르로이는 사람들 무리에 섞여 있으니 마음이 편안했다. 그는 대도시와 인간미가 배제된 장소들의 익명성이 좋았다. 낡은 자동차들과 관광객을 태운 포장 사륜마차들로 꽉 막힌 베이 스트리트를 걸어 올라가다보니 갑자기 카멜레온이 된 느낌이 들었다. 베이 스트리트는 나소의 동맥과도 같은 거리였다. 여기에서 그는 작은 주유소 주인 크리드 르로이가 아니었다. 여기선 누구든 될 수 있었다.

크리드 르로이는 지난 몇 년 동안 읽은 금융스릴러 소설들에서 익힌 방법을 써먹어볼 작정으로 나소에 왔다. 그런 소설에는 돈세탁과 오프쇼어 은행 계좌*와 관련된 이야기가 자주 등장한다. 나소에 있는 4백여 개 은행과 금융기관들은 돈세탁 관련 이야기가 나올 때마다 빠지지 않고 언급되었다. 국세청의 감시망을 피해 조세천국 은행 계좌에 거금을 저축해둔 자산가들이 마우스 클릭 한 번으로 수백만 달러를 자유자재로 운용하는 방법이 생생하게 나와 있었다.

크리드 르로이는 현실과 픽션이 과연 닮은꼴일지 궁금했다. 이제 곧 두 눈으로 직접 확인할 수 있을 것이다. 그는 인터넷 검색을 하다가 관심이 가는 서비스들을 제공하는 나소의 은행을 찾아냈고, 담당자에게 메일을 보내 필요한 서류를 전달받았다. 은행을 방문하지 않고도 계좌를 만들 수 있었지만 그는 담당자를 직접 만나보고 싶었다.

크리드 르로이는 베이 스트리트의 무수한 사잇길 가운데 하나로 접어

*예금자의 거주국이 아닌 다른 나라, 흔히 조세피난처라 불리는 과세율이 낮고 각종 금융과 법률 혜택을 제공하는 나라에 개설하는 은행 계좌를 말한다.

들었다. 그런 다음 도로에 면한 여러 작은 은행 한 곳으로 들어갔다.

30분 후, 은행을 나온 크리드 르로이의 얼굴에 희색이 만면했다.

존 그리샴이 거짓말쟁이는 아니었어!

소설에서보다 오히려 절차가 간단했다. 은행 담당자의 입에서 가장 먼저 나온 얘기는 그가 기대했던 내용들이었다. 금융 거래 비밀 보장, 면세……. 계좌 개설도 일사천리로 진행되었고, 20분도 되지 않아 은행 거래 약정서 작성과 서명을 모두 마칠 수 있었다.

연이율 5퍼센트의 이자 소득에 대한 면세, 수표책 한 권, 전 세계 모든 ATM에서 사용할 수 있지만 마그네틱 밴드에 카드 소유자의 성명과 신상 정보가 담기지 않은 은행 카드 발급, 바로 그가 원한 서비스였다. 담당 직원은 국세청이나 사법당국에서 계좌에 대한 정보 열람을 요청하는 게 불가능하다는 얘기도 덧붙였다.

원하던 대답을 들은 크리드 르로이는 은행 지하로 내려가 그에게 일확천금을 안길 동영상이 든 갈색 봉투를 작은 비밀 금고 안에 소중히 모셔두었다. 절차를 모두 마치는데 여권 복사본과 1만 5천 달러의 보증금만 있으면 되었다. 어제 그는 아내에게 비밀로 하고 픽업트럭을 팔아 보증금 일부를 마련했다. 모자라는 금액은 부부 공동명의의 계좌에서 5천 달러를 인출해 충당했다. 나중에 부자가 되면 반드시 두 배로 돌려주겠다고 마음속으로 다짐했다.

은행 밖으로 나온 크리드 르로이는 바하마의 뜨거운 열기를 느꼈다. 이렇게 날아갈 것 같은 기분은 생전 처음이었다. 이제 딱 하나, 네이선 델 아미코가 전화를 걸어와 단둘이 만날 장소를 정하는 것만 남아 있었다. 그다음에는 그토록 원하던 천국이 펼쳐질 것이다.

크리드 르로이는 콜로니얼 양식의 고급 헤어살롱 앞을 지나다가 창밖에서 안을 들여다보았다. 옛날식 면도를 마친 손님 하나가 얼굴에 뜨끈뜨끈한 수건을 덮고 앉아 편안한 휴식을 취하고 있었다. 그 모습을 보니 당장 안으로 들어가고 싶어졌다. 여태껏 단 한 번도 누군가가 면도를 대신해준 적이 없었다. 그는 문을 열고 안으로 들어갔다. 지저분한 턱수염도 말끔히 밀고 덥수룩하게 목뒤를 내리덮은 머리카락도 단정히 잘라 용모부터 바꿀 필요가 있었다. 그다음에는 시내의 고급 옷 가게에 들러 장차 그의 사회적 수준에 어울리는 옷을 마련할 생각이었다.

헤어살롱 직원의 안내를 받아 의자에 앉으려는데 휴대폰이 울렸다. 그는 주유소로 걸려오는 전화가 휴대폰으로 자동 연결되도록 착신 전환 서비스를 신청해놓고 보스턴을 떠나왔다. 손목시계를 흘끔 내려다보았다. 시차를 감안해 시계를 한 시간 앞당겨놓는 걸 깜빡했다는 생각이 들었다. 시계는 오전 10시 22분을 가리키고 있었다.

"여보세요?"

크리드 르로이가 기다렸다는 듯이 전화를 받았다.

⌒

"네이선 델 아미코입니다."

가렛 굿리치가 목청을 높였다.

"메시지를 여러 번 남겼는데 왜 답장이 없는 거요? 신문에서 사고니 어쩌니 떠드는 얘기는 대체 다 뭐고?"

"일단 만나서 설명해드리겠습니다. 지금 제가 병원 카페테리아에 와 있는데, 혹시 시간 되세요?"

굿리치가 완전히 시간 감각을 상실한 사람처럼 물었다.

"지금 몇 시죠?"

"오후 12시 30분입니다."

"잠깐 몇 가지 서류를 처리해야 하니까 10분 후에 봅시다."

"가렛?"

"말해봐요."

"이번에도 저를 많이 도와주셔야 합니다."

마블 앤드 마치 사무실, 오후 4시 6분

"뭐 좋은 생각 없어요, 애비?"

"좋은 생각이라니요?"

네이선이 알 수 없는 표정으로 의자에 앉아 두 손을 모으고 몸을 좌우로 흔들었다.

"내가 이미 말했다시피 크리드 르로이가 요구하는 돈을 마련해주려고요. 하지만 이번 한 번으로 끝나야 해요. 협박이라는 게 원래 한 번 시작하면……."

애비가 네이선의 말을 이어받았다.

"언제 끝날지 알 수 없죠."

"그래서 걱정이에요. 크리드 르로이가 6개월이나 일 년 후에 다시 나타나 제프리나 말로리 또는 나에게 협박을 가할 수 없게 대책을 세웠으면 하는데 좋은 방법이 없을까요?"

"공갈 협박은 중형이 선고되는 중대 범죄행위잖아요. 크리드 르로이도 쉽게 생각하진 못할 거예요."

"크리드 르로이가 다시는 돈을 요구하지 못하게 하려면 우리 쪽에서 협박 증거를 쥐고 있어야 해요. 그런데 보통 신중한 작자가 아니라서."

"크리드 르로이와 벌써 통화를 하셨어요?"

애비가 자기에게는 귀띔도 없이 통화한 게 화가 난다는 듯이 소리를 빽 질렀다.

"아침에 전화했더니 5분 뒤에 건물 아래 공중전화 부스에 가서 다시 걸겠다고 하더군요. 매사 신중하게 일을 처리하는 사람이라는 뜻이죠."

"만날 약속을 정하셨어요?"

"내일 만나기로 했어요."

"만나서 어떻게 하실 생각인데요?"

"우선 크리드 르로이의 입을 열게 할 방법을 찾고 나서, 대화 내용을 녹음해두어야 하겠죠. 그래서 말인데 첩보요원들이 쓰는 스파이용 고성능 마이크 같은 최첨단 장비가 필요해요."

애비가 키득거리며 말했다.

"지금은 워터게이트 사건이 일어났던 시대와는 달라요."

"혹시 더 좋은 방법이 있을까요?"

"가령 휴대폰은 어때요?"

애비가 상사의 휴대폰을 가리켰다.

"휴대폰?"

"휴대폰을 본래의 용도와는 조금 다르게 사용하는 거죠."

애비가 호기심 가득한 얼굴로 미간을 찌푸리는 네이선에게 설명을 시작했다.

"변호사님 휴대폰에도 '핸즈프리' 이어폰이 있죠?"

"운전 중 전화를 받을 때 핸즈프리를 사용하죠."

"변호사님은 운전 중에 전화가 걸려오면 어떻게 하죠?"

"세 번 통화음이 울리고 나면 자동으로 전화를 받게 설정돼 있어요. 그런데 핸즈프리가 무슨 소용이 있을까요?"

"휴대폰 소리를 무음으로 설정해놓으면 어떻게 될지 생각해보세요."

"진동모드 말인가요?"

"아니, 진동으로 해놓으면 휴대폰이 부르르 떨잖아요. 그럼 다른 사람이 알아차릴 수도 있어요."

"진동모드 말고 어떤 방법이 있는데요?"

"자, 보세요."

애비가 네이선이 들고 있던 휴대폰을 건네받아 몇 가지 조작을 했다.

"일단 벨 소리를 무음으로 설정하는 거예요."

"그런 다음에는?"

"자, 이제 변호사님 휴대폰이 007 첩보 작전의 스파이 마이크로 둔갑했어요."

네이선은 애비가 건넨 휴대폰을 받아 들었다. 그는 애비가 말한 내용을 직접 확인해보기 위해 사무실 전화로 휴대폰에 전화를 걸었다. 예상대로 휴대폰이 아무 소리도 없이 곧장 통화 모드로 넘어갔다.

"이런 건 어디서 배웠어요?"

"여성 잡지에서 읽었어요. 〈불륜 현장을 잡기 위해 배우자를 감시하는 10가지 방법〉이라는 제목의 흥미로운 기사였죠."

27장

나는 결점 없는 인간이 아니다.

_프랑수아 비용

피츠필드 병원 소생실, 새벽 1시

"굿리치 박사님, 바로 여깁니다."

"고마워요."

클레어 줄리아니는 한 발 뒤로 물러섰다. 그녀는 지금 자신이 치료하고 있는 환자를 보기 위해 가렛 굿리치 같은 저명한 의사가 직접 찾아왔다는 사실이 여간 감격스럽지 않았다.

"그럼, 전 이만. 필요하신 게 있으면 언제든 저를 부르세요."

"고마워요, 닥터 줄리아니."

굿리치가 문을 열고 소생실 안으로 들어섰다. 침상 위에 달린 작은 조명등 하나가 희미한 불을 밝히고 있을 뿐 대체로 어둡고 우중충한 방이었다. 구석에 차가운 느낌의 흰색 책상이 하나 놓여 있었고, 그 옆으로 스테인리스 개수대가 보였다. 환자의 기도에 삽입된 관으로 공기를 뿜어 들여보내는 거대한 인공호흡기의 요란한 바람 소리와 맥박 소리가 특유의 기계음과 함께 방 전체에 공명을 일으키고 있었다.

가렛 굿리치는 침상으로 걸어가 아이를 내려다보았다. 간호사들이 저체온증을 막기 위해 시트를 얼굴까지 끌어 올리고 모포를 덮어준 상태였다. 횡와상 도자기를 연상시키는 모습으로 커다란 침대 위에 작은 점처럼 누워 있는 아이의 모습이 애처로워 보였다. 얼굴 여기저기에 피하출혈 흔적이 보였다. 아이의 팔에 걸쳐 있는 여러 가닥의 주사 튜브들이 거치대에 매달린 링거병들과 연결되어 있었다.

가렛 굿리치의 눈이 반사적으로 맥박과 혈압 수치를 표시하는 모니터 화면으로 향했다. 그는 일정한 간격으로 모르핀을 주사하는 자동 주사 장치의 상태를 확인했다.

눈을 감아도 될 만큼 익숙한 곳이지만 그는 병실에 들어올 때마다 번번이 묘한 기분이 되면서 환자에게 감정 이입이 되었다. 안으로 들어오기 전에 닥터 줄리아나라는 젊은 인턴과 잠시 얘기를 나누었다. 아직 자기 실력에 확신이 없는 의사처럼 보였지만 응급 시술을 완벽하게 해놓았다. 이제 환자의 상태를 지켜보는 것 외에 다른 할 일은 없었다. 그가 여기까지 온 건 순전히 네이선의 부탁 때문이었다. 사고 얘기를 전해 들었을 때만 해도 도저히 믿기지 않았다. 네이선은 그에게 아이가 최상의 의료 시술을 받았는지, 앞으로 경과가 어떻게 될지 직접 살펴보고 가감 없이 얘기해달라고 부탁했다. 네이선의 부탁 내용은 그게 전부였다. 드러내놓고 말은 안 했지만 네이선은 아이의 소생 가능성이 궁금했다.

가렛 굿리치는 유리문 쪽을 돌아보면서 보는 사람이 없는지부터 확인했다. 그러고 나서 침상 위에 켜진 조명등을 껐다. 다행히 아이의 얼굴에서 하얀 띠 모양의 빛은 발견되지 않았다. 벤이 당장 혼수상태에서 깨어나지 못할 수는 있어도 목숨이 위태로운 상황은 아닌 게 분명했다.

가렛 굿리치는 지금껏 단 한 번도 해본 적 없는 실험을 해보기로 마음먹었다. 그는 아이의 얼굴에 살며시 손을 얹었다. 이에 대해 네이선에게 말하지 않았다. 사실은 그 자신도 능숙하게 제어할 수 없는 신비한 능력이었다. 아니, 능력이나 재주로 치부할 수 없는 영역에 속했다. 메신저로서 경험이 축적되면 자연스럽게 확보되는 능력이었으니까. 순간적으로 영혼에 작은 문 같은 게 열리며 섬광처럼 아주 잠시, 짧은 영상 같은 게 나타나곤 했다. 몸속에서 에너지가 몽땅 빠져나가는 느낌이 들면서 가끔 일시적으로 통증이 느껴지기도 하지만 절대 오래가지 않고 금세 정상으로 돌아왔다. 하지만 그런 현상이 가능하려면 반드시 신체 접촉이 필요했다.

가렛 굿리치의 손이 벤의 얼굴과 불과 몇 밀리미터 사이로 가까워졌다. 그는 오랫동안 자기 자신에게 이런 능력이 있다는 사실을 몰랐다. 지금도 시도할 때마다 성공하는 건 아니었다. 그저 가끔씩 '어렴풋이 보일' 뿐이었다. 그 문을 밀고 들어가 미래를 보는 것이었다. 물론 합리적으로 설명이 가능한 일이 아니었다. 그냥 미래가 보일 뿐이었다. 미래에 대한 예지.

가렛 굿리치가 손끝을 아이의 이마에 대는 순간 어떤 이미지가 섬광처럼 머릿속을 채웠다. 스무 살가량 되어 보이는 벤이 낙하산을 등에 지고 뛰어내리는 모습이었다. 영상은 오래 지속되지 않았다. 가렛 굿리치는 금세 예지의 세계에서 벗어나 현실로 돌아왔다.

몸이 땀으로 축축했다. 가렛 굿리치는 잠시 아이 옆에 앉아 쉬다가 외투를 입고 병원을 나섰다.

스무 살이 된 벤 그린필드가 어떤 상황에서 낙하산을 등에 지고 공중에서 뛰어내리는지 알 길이 없었다. 하지만 한 가지만은 분명했다. 벤은 죽지 않는다는 사실, 조만간 혼수상태에서 깨어난다는 사실.

12월 21일

맨해튼, 그랜드센트럴역

네이선은 사무실에서 역까지 백여 미터를 걷고 있었다. 거대한 메트라이프 빌딩 앞을 지나면서 그는 초조한 눈으로 손목시계를 내려다보았다.

'오전 11시 41분. 늦진 않았어.'

네이선은 약속 시간보다 4분쯤 일찍 그랜드센트럴역에 도착했다. 햇살이 쏟아져 들어오는 대형 유리창들이 위쪽에 나 있는 역사의 드넓은 홀은 마치 대성당을 연상케 했다. 천장에 매달린 금빛 샹들리에들과 대리석 조각들은 대형 박물관에 와 있는 것 같은 착각을 불러일으켰다. 그야말로 세계에서 가장 아름다운 역이라는 명성에 손색이 없었다.

네이선은 거대한 홀을 가로질러 안내 데스크를 굽어보고 서 있는 둥그런 시계탑 앞으로 걸어갔다. 크리드 르로이는 시계판이 네 개여서 사방 어느 곳에서나 시간을 확인할 수 있는 그랜드센트럴역의 명물 앞에서 만나자고 했다.

그랜드센트럴 역사는 네이선이 평소에도 무척이나 좋아하는 장소였다. 알프레도 히치콕 감독의 영화 〈북북서로 진로를 돌려라〉의 명장면 중 하나가 촬영된 장소라는 이미지가 강하게 남아 있는 곳이었다.

오늘도 역사는 사람들로 북적거렸다. 매일 오십만 명이 넘는 사람들이 맨해튼을 드나들기 위해 이 역을 이용하고 있었다.

'사람들 눈에 띄지 않고 움직이기에는 최적의 장소지.'

네이선은 사방에서 밀려드는 인파 속에 잠시 가만히 서 있었다. 그는 휴대폰이 '통화' 상태로 켜져 있는지 다시 한번 확인했다. 크리드 르로이를 꼼짝 못 하게 만들 결정적인 얘기가 나오면 언제든지 녹음을 시작할 만반의 준비를 갖추고 애비가 수화기 건너편에서 대기 중이었다. 이선은 초조해지기 시작했다. 그 작자가 대체 어떻게 생겼는지도 모르는 형편이었다.

'내가 당신을 알아볼 수 있으니까 그건 걱정하지 마세요'라고 크리드 르로이는 말했다. 2, 3분 동안 더 그렇게 서 있는데 갑자기 누군가 그의 어깨에 손을 얹었다.

"드디어 만나게 되었군요. 정말 반갑습니다, 델 아미코 변호사님."

네이선은 조금 전부터 가까이 서 있던 남자가 크리드 르로이일 거라고는 꿈에도 생각지 못했다. 그의 눈앞에 서 있는 남자는 도무지 주유소 주인이라고는 볼 수 없는 차림을 하고 있었다. 깔끔하게 재단된 짙은 색 슈트, 고급 외투, 완벽하게 닦아 신었거나 새로 사 신은 구두. 목에 넥타이 하나만 매면 맨해튼에서 일하는 로펌 변호사와 하나 다를 게 없는 모습이었다. 게다가 특별한 신체적 특징이 없는 사람이었다. 깊숙한 안구에서 이글거리는 에메랄드빛이 뿜어져 나온다는 게 특별하긴 했지만 키, 몸집, 얼굴 생김새까지 너무나 평범한 사람이었다.

크리드 르로이는 말이 많아 보이지는 않았다. 그가 고갯짓으로 자기를 따라오라는 신호를 보냈다. 두 사람은 플랫폼으로 이어지는 통로들마다 늘어선 상점들을 지나 아래층으로 내려갔다. 카페와 샌드위치 가게, 레스토랑들이 모여 있는 곳이었다. 소음과 공해를 줄일 목적으로 그랜드센트럴역 승강장들은 모두 지하에 있었다. 그러다보니 역을 찾는 사람들은 마치 기차가 없는 기차역을 걸어 다니고 있는 느낌을 받았다.

네이선은 크리드 르로이의 뒤를 따라 오이스터 바의 문을 밀고 안으로 들어섰다. 맨해튼에서 최고로 신선한 해산물 요리를 맛볼 수 있는 곳이었다. 평소에도 네이선은 둥근 아치형 천장이 올려다보이는 웅장한 홀을 갖춘 오이스터 바에서 음식을 자주 먹는 편이었다.

크리드 르로이가 안절부절못하며 말했다.

"먼저 화장실부터 갑시다."

"뭐라고요?"

"토 달지 말고 따라와요."

네이선은 그를 따라 화장실로 갔다.

크리드 르로이는 화장실에 빈칸이 생길 때까지 기다렸다가 말했다.

"당신 코트를 벗어서 이리 줘요."

"왜 그러는데요?"

"코트에 녹음기를 숨기고 있을지도 모르니까."

"난 아무것도 숨기지 않았어요."

네이선은 계획한 일이 한순간에 수포로 돌아갈 것 같은 위기감을 느끼면서 버럭 화를 냈다.

크리드 르로이가 명령하듯 말했다.

"내가 시키는 대로 따르는 게 좋을 거예요."

네이선은 코트와 재킷을 벗고 나서 재킷 주머니에서 휴대폰을 꺼내 셔츠 주머니에 넣었다. 나중에 빼앗기게 되더라도 일단 시도는 해볼 필요가 있었다.

"시계도 끌러요."

네이선은 시키는 대로 했다.

"셔츠 단추도 풀어요."

"혹시 편집증이 있습니까?"

"두 번 말할 생각 없으니 어서 풀어요."

네이선이 한숨을 내쉬며 셔츠 단추를 풀었다.

크리드 르로이가 가슴을 들여다보았다.

"몸수색하는 겁니까? 이왕이면 아랫도리도 구경하지 그래요? 캘빈클라인 팬티를 입었는데."

네이선이 도발적으로 응수했다.

"휴대폰도 이리 줘요."

"내 참, 기가 차서!"

크리드 르로이가 휴대폰을 낚아챘다.

'젠장!'

"반지도."

"이건 손대지 마!"

잠시 망설이던 크리드 르로이가 네이선의 손목을 잡았다.

"저리 비켜!"

네이선이 순식간에 크리드 르로이의 목을 조르며 문으로 밀어붙였다.

크리드 르로이가 뭔가 말하려고 했지만 네이선은 손아귀에 더욱 힘을 가했다.

"이 반지는 절대로 손대지 말란 말이야! 알았어?"

"으으윽…… 아…… 알았어요."

네이선이 그제야 손에 힘을 풀었다.

크리드 르로이가 등을 구부리고 한참 기침을 하고 나서야 겨우 호흡을 가다듬었다.

"빌어먹을! 네이선 델 아미코, 당신을 가만두지 않겠어."

네이선이 닦달하듯 말했다.

"당신이 클램 차우더나 먹자고 나를 여기까지 부른 건 아닐 테니까 얼른 필요한 일부터 처리합시다."

두 사람은 체크무늬 테이블보가 깔린 작은 테이블에 마티니 두 잔을 놓고 마주 앉았다. 넓은 홀은 손님들로 시끌시끌했다.

네이선의 코트와 재킷, 휴대폰을 물품 보관소에 맡기고 나서 한결 침착해진 크리드 르로이가 타로 카드를 네이선에게 내밀었다.

"앞에 있는 아홉 장의 카드 숫자를 연결한 게 바하마 군도의 내 은행 계좌번호요. 당신 은행에 전화해 그 계좌로 돈을 송금하라고 이야기해요. 은행 이름은 엑셀시오르."

네이선은 고개를 끄덕였다.

'애비가 이 말을 녹음하지 못하는 게 아쉽군.'

빌어먹을! 어떻게든 휴대폰부터 돌려받아야 한다. 그러려면 크리드 르로이의 의심을 불식시켜야 했다.

"그 카드 아이디어는 나쁘지 않네요."

"당신이 생각하기에도 괜찮죠?"

"흔적을 전혀 남기지 않는 거지. 카드를 섞어버리면 협박의 증거가 순식간에 사라질 테니까."

크리드 르로이의 얼굴에 초조한 기색이 감돌기 시작했다.

"자, 내 칭찬은 그 정도로 끝내고 어서 은행에 전화해요."

"당신이 내 휴대폰을 압수한 사실을 잊었어요?"

"시외전화면 레스토랑 전화를 사용해요."

"그럽시다."

네이선은 크리드 르로이를 향해 미소를 지어 보이고 나서 기다렸다는 듯 벌떡 일어나 카운터로 걸어갔다.

크리드 르로이는 상대가 흔쾌히 자신의 요구에 응하자 오히려 더 초조해졌다.

"잠깐, 네이선 델 아미코. 당신 휴대폰으로 전화하는 게 낫겠어. 그래야 내가 들을 수 있을 테니까."

네이선은 물품 보관소에서 휴대폰을 찾아 제대로 작동하는지 확인했다.

'좋아, 바로 이거야.'

네이선은 수화기 건너편에서 녹음기를 대고 때를 기다리고 있을 애비를 떠올렸다.

이제, 네이선 델 아미코 변호사가 '변론'을 시작할 차례였다.

유능한 변호사 네이선 델 아미코가 과연 크리드 르로이의 입을 열게 만들 수 있을까? 당연히 자신이 있었다.

네이선은 자리로 돌아와 휴대폰을 테이블에 내려놓았다. 크리드 르로이의 표정이 예민해져 있었다.

"자, 전화를 오늘 해야 하나, 아님 내일 해야 하나?"

네이선이 휴대폰을 집어 들고 통화 버튼을 누르는 듯하다가 갑자기 동작을 멈추었다.

"내 계좌를 관리하는 은행 담당자가 점심을 일찍 먹는 사람이라서……."

"허튼소리는 당장 집어치워요, 네이선 델 아미코!"

네이선이 머리를 긁적거렸다.

"만 달러가 필요하다고 했던가?"

"씨발, 지금 날 놀리는 거야?"

"진정해요. 어쨌든 당신은 내가 애써 모은 돈을 꿀꺽 삼키려고 하면서 뭘……."

"잔말 말고 어서 전화해."

"신천지가 눈앞에 보이는 기분이 어때요? 내 생각에는 오만 가지 생각이 들어 어지간히 머릿속이 복잡할 것 같은데. 매일 아침 '난 이제 부자야' 하면서 눈을 뜨게 될 생각을 하거나 아니면……."

"자꾸 사람 성질 돋우지 마."

"아무래도 약속을 다시 잡는 게 좋을 것 같네요. 당신이 영 불편해서 말이지."

크리드 르로이가 주먹으로 탁자를 세게 내리치더니 드디어 네이선이 기다리던 말을 내뱉었다.

"염병할 은행에 빨리 전화를 걸란 말이야. 어서 백만 달러를 내 계좌로 송금시키라니까!"

"알았어요, 알았어. 히든카드를 쥔 사람은 당신이니까."

'하지만 승자는 나야.'

네이선이 휴대폰을 들었다. 그는 마이크 기능을 끄려고 순식간에 휴대폰을 껐다가 다시 켰다. 그는 은행에 전화해 크리드 르로이의 감시를 받으며 송금을 부탁했다.

"지금쯤 당신 계좌로 돈이 들어갔을 거예요."

네이선이 말을 마치기 무섭게 크리드 르로이가 자리에서 벌떡 일어나 인파 속으로 사라졌다. 잠깐 모습을 놓쳤을 뿐인데 아무리 찾아도 보이지 않았다.

크리드 르로이는 증발하고 없었다.

⌒

크리드 르로이가 여유 있게 식당을 걸어 나오고 있었다. 사람들 무리에 섞여 눈에 띄지 않게 움직이고 있어 하마터면 애비는 그를 놓칠 뻔했다. 그가 인도를 따라 몇 걸음 걷더니 택시를 불러 세웠다.

크리드 르로이가 차 문을 열며 기사에게 말했다.

"뉴어크 공항으로 갑시다."

애비도 황급히 그를 뒤따라 택시에 올랐다.

"저도 뉴어크 공항까지 가요. 합승해도 괜찮겠죠?"

애비가 순식간에 택시 안으로 밀고 들어온 탓에 크리드 르로이는 미처 거절할 틈이 없었다.

택시가 막 움직이기 시작했을 때 애비의 휴대폰이 울렸다.

"선생님 앞으로 온 전화 같은데요."

애비가 크리드 르로이에게 휴대폰을 건넸다.

"아니, 그게 무슨 소리요?"

"전화를 받아보면 알 거예요. 저는 여기서 내리는 게 나을 것 같네요."

애비가 창문을 똑똑 두드려 기사에게 하차 의사를 표시했다.

"즐거운 여행 되세요, 크리드 르로이 씨."

크리드 르로이는 이내 택시가 멈추고 애비가 차에서 내리는 모습을 어안이 벙벙해져 지켜보았다. 전화를 받을까 말까 망설이던 그가 호기심을 참지 못하고 수화기를 귀에 가져다 댔다.

"여보세요?"

놀랍게도 수화기에서 다름 아닌 자신의 목소리가 흘러나왔다.

'염병할 은행에 빨리 전화를 걸란 말이야. 어서 백만 달러를 내 계좌로 송금시키라니까!'

'알았어요, 알았어. 히든카드를 쥔 사람은 당신이니까.'

"젠장! 당신 지금 무슨 짓을 한 거야, 네이션 델 아미코?"

"돈을 한 번은 줄 수 있지만 두 번은 줄 수 없어서 당신 목소리를 녹음해둔 거야."

"그래서 어쩔 셈이야?"

"나는 아무 짓도 안 해. 그냥 당신이 주유소에서 찍은 비디오테이프를 보관하듯이 나도 보험용으로 가지고 있으려는 것뿐이야. 만약의 경우에 대비해야 하니까. 당신이 어떻게 하느냐에 따라 쓸 수도 있고, 쓰지 않을 수도 있겠지."

"다시는 협박하지 않을 테니까 안심해."

"감옥에 가지 않으려면 그래야지."

"이번 한 번으로 끝이라니까."

"일단 당신을 믿어볼게. 그런데 사람은 필요에 따라 약속을 저버리기도 하지."

"무슨 얘기야?"

"돈 문제가 개입되면 배신을 한다는 뜻이야."

네이선이 전화를 끊었다.

∩

낸터컷 섬의 하늘이 붉은 노을로 물들었다. 온종일 세찬 동풍이 불더니 해가 지자 파도가 거세게 일기 시작했다. 집채만 한 파도가 굉음을 내며 웩슬러 가의 별장을 둘러싼 암석들에 부딪치며 부서졌다.

제프리와 말로리는 바다가 내려다보이는 베란다에 나와 있었다. 바다가 한눈에 들어왔다.

말로리는 아침 비행기로 브라질에서 돌아왔다. 샌디에이고에 도착해 버크셔산맥의 웩슬러 별장으로 전화를 걸자 가사도우미가 웩슬러 부부는 낸터컷 섬에서 크리스마스 휴가를 보내기로 했다는 얘기를 전해주었다. 부모가 갑자기 계획을 변경한 사실을 불안하게 여긴 말로리는 보스턴행 비행기를 탔고, 한 시간 전에 낸터컷 섬에 도착했다.

"내가 자초지종을 모두 말해주마."

제프리는 딸에게 지난 며칠 동안 일어난 일들을 상세히 들려주었다. 만취 상태에서 자신이 벤 그린필드를 차로 치었고, 네이선이 자청해 죄를 뒤집어쓴 것, 그리고 크리드 르로이의 협박에 대해서도 얘기해주었다. 25년 전, 알코올의존증 때문에 네이선의 엄마에게 억울한 누명을 뒤집어씌웠던 일도 언급했다. 네이선이 죽음을 앞두고 있다는 얘기만 빼고 모두 털어놓은 셈이었다.

눈에 눈물이 가득한 말로리가 아버지 옆으로 다가왔다.

"그 아이 소식은 들으셨어요?"

"아침저녁으로 병원에 전화해 알아보고 있는데, 차도가 없다고 하더라. 아이가 살 수 있을지 아직은 미지수다."

말로리는 팔을 벌려 자신을 안으려는 아버지를 사정없이 밀쳤다.

"어떻게 그러실 수 있어요?"

말로리는 목이 메었다.

"어떻게 네이선이 아빠 대신 죄를 뒤집어쓰게 하실 수 있어요?"

"나도 영문을 모르겠어. 네이선이 막무가내로 고집을 피우더구나. 우리 모두를 위해 그런 선택을 하겠다면서."

"아빠한테는 최선이겠죠."

원망에 찬 딸의 말이 제프리에게 비수로 꽂혔다.

제프리는 변명할 말을 찾지 못했다. 딸에게 비겁한 아버지로 보이는 한이 있더라도 네이선과의 약속을 지킬 생각이었다. 그가 지고 가야 하는 짐이고, 속죄할 수 있는 유일한 길이었다.

"네이선이 감옥에 가는 걸 가만히 두고 보시지는 않을 거죠?"

"네이선이 감옥에 들어가는 일은 없을 거라고 약속하마. 그나마 아비가 이 세상에서 단 한 가지 잘하는 게 변론이야. 내가 최선을 다할 테니까 걱정하지 마."

제프리의 손이 덜덜 떨리며 경고를 보내기 시작했다. 금단현상이 일어나고 있었다. 그는 10분 동안 벌써 세 번째 테이블 위에 놓인 에비앙 생수병을 집어 들고 목을 축였다. 물론 물이 보드카를 대신할 수는 없었다.

"애비를 용서해라, 말로리."

제프리는 수치심을 넘어 참담한 심사였다. 그가 너무도 사랑하는 딸, 착하고 여린 마음을 가진 딸이 옆에서 흐느껴 울고 있었지만 따뜻하게 안아줄 수 없다는 사실이 참담했다.

말로리가 베란다를 빙 둘러싼 커다란 통유리 창으로 걸어가 수평선을 응시했다. 어릴 때는 파도 소리와 바람 소리가 뒤섞여 울부짖는 소리를 내면 창가로 다가갈 엄두를 내지 못했다. 분노로 들썩대는 폭풍의 한가운데 서 있는 기분이 들어서였다.

제프리가 어렵사리 딸을 향해 한 걸음 다가섰다.

"말로리……."

말로리가 뒤돌아보며 눈을 맞추더니 열 살 때처럼 아버지의 가슴에 얼굴을 파묻었다.

"네이선이 떠나고 나서 견딜 수 없을 만큼 힘들었어요, 아빠."

"네이선하고 진지하게 대화를 나눠보거라. 네이선이 너에게 해줄 말이 있을 테니까."

"헤어지고 얼마 지나지 않았을 때는 이상하게도 괴로움과 함께 안도감 같은 게 느껴졌어요."

"안도감?"

"나는 평생 그가 더 이상 나를 사랑하지 않으면 어쩌나, 어느 날 문득 그가 내 나약한 모습을 발견하고 싫어하면 어쩌나 두려웠어요. 그렇다 보니 그가 옆에 없게 되자 일종의 해방감을 느끼게 된 거예요. 이제 그를 잃었으니 앞으로 다시는 잃을 일이 없겠구나 안도하면서."

"네가 네이선을 필요로 하는 만큼 그도 너를 필요로 할 거야."

"과연 그럴까요? 아니, 그는 이제 저를 사랑하지 않아요."

"네이선이 날 구하기 위해 선택한 일을 보면 그 반대라는 걸 알 수 있잖니?"

아버지를 쳐다보는 말로리의 얼굴에 기대가 서려 있었다.

"어서 가서 네이선을 만나봐."

제프리의 목소리가 진지해졌다.

"서둘러야 해. 시간이 별로 없어."

28장

눈을 감고, 발뒤꿈치로 탁탁탁 세 번 치고 나서,
정신을 집중하고 생각해보라.
세상에서 집이 최고다.
_빅터 플레밍의 영화 〈오즈의 마법사〉 중에서

12월 24일

"핫도그 하나 먹어도 돼?"

보니가 5번 애비뉴와 58스트리트가 만나는 모퉁이의 노점상 앞에서 폴짝폴짝 뛰었다.

"오후 4신데 과일을 먹는 게 낫지 않을까?"

"싫어! 난 겨자를 듬뿍 올린 핫도그랑 어니언링이 좋아."

네이선은 탐탁지 않은 표정을 지었다가 결국은 고개를 끄덕였다.

"꾸안또 꾸에스따 에스또(얼마죠)?"

보니가 용돈을 넣고 다니는 작은 지갑을 주머니에서 꺼내며 진지하게 물었다.

네이선이 보니를 야단쳤다.

"그렇게 무턱대고 스페인어를 쓰면 안 돼."

상인이 보니에게 윙크하며 대답했다.

"쏜 도스 돌라레스(2달러)."

네이선 역시 지갑에서 반듯하게 반으로 접힌 지폐 몇 장을 꺼냈다.

"지갑 넣어, 이 녀석아."

네이선이 2달러를 내자 보니가 귀여운 미소를 지으며 고마움을 표시했다.

보니는 핫도그를 받아 들고 크리스마스캐럴을 부르고 있는 사람들에게로 달려갔다.

매섭게 춥지만 상쾌한 날씨였다. 겨울 햇살이 고층 빌딩들의 외벽에 부딪쳤다. 네이선은 보니를 뒤따라갔다. 여기저기에서 거리 공연이 한창인데다 인파가 많아 어수선한 분위기여서 보니에게서 눈길을 떼지 않으려 애썼다. 뒤를 쫓아가면서 보니 아이의 더플코트에 노란색 겨자가 묻어 있었다.

두 사람은 걸음을 멈추고 서서 흑인영가 그룹이 부르는 아카펠라를 감상했다. 몇 곡을 따라 부르던 보니가 어느새 또 다른 거리 공연 팀 쪽으로 걸음을 옮겼다. 아이는 산타클로스 복장을 하고 구세군에게 전달할 성금을 모금하는 바이올린 연주자에게 꼬깃꼬깃하게 접힌 일 달러짜리 지폐 두 장을 건넸다. 아이는 이번에는 아빠의 팔을 끌고 그랜드 아미 플라자와 마주 보고 있는 센트럴파크 남동쪽 출입구를 향해 걸었다.

추운 날씨였지만 공원에 나와 한가하게 늦은 오후를 즐기는 사람들이 제법 많았다. 공원 안은 걷거나 자전거나 사륜마차를 타거나 심지어 크로스컨트리 스키를 신고 나와 산책하는 사람들로 활기가 넘쳤다.

부녀는 센트럴파크의 나무를 입양하라는 안내문이 적힌 곳을 지나갔다.

"내 생일 기념으로 나무를 한 그루 입양해도 돼?"

보니가 물었지만 네이선은 단호하게 거절했다.

"나무를 입양하다니, 말도 안 돼."

보니는 더 이상 조르지 않고 금방 다른 제안을 했다.

"그럼 타임스퀘어에 가서 새해를 맞는 건 어때?"

"거긴 어린아이가 갈 곳이 아니야. 대단한 볼거리가 있지도 않고."

"아빠, 제발 타임스퀘어에 데려다줘. 새라한테 들었는데, 타임스퀘어에서 하는 야외 송년식이 정말 멋지다던데."

"그래, 생각 좀 해보자. 일단 옷이나 단단히 여며. 기온이 내려가고 있어."

보니가 페루 전통 모자를 눈 바로 위까지 푹 눌러 썼다.

네이선은 목도리를 벗어 보니의 목에 둘러주고 티슈 한 장을 꺼내 코를 풀게 했다. 이토록 사랑스러운 아이를 돌보는 건 무엇과도 바꿀 수 없는 부모로서의 특권이라는 생각이 들었다.

자동차 사고가 일어나던 날 저녁의 경험이 다행히 보니에게 큰 상처를 남긴 것 같지는 않았다. 아빠가 경관에게 잡혀가는 모습을 지켜보는 게 아이 입장에서 쉽지는 않았을 것이다. 하지만 다음 날 할머니 할아버지에게서 진실을 전해 듣고 금세 오해를 풀었다. 요 며칠 사이, 보니는 사고로 다친 벤의 상태를 물을 때만 그 얘기를 꺼냈다.

다행히 오늘 아침 네이선은 좋은 소식을 들었다. 제프리가 전화를 걸어 벤이 혼수상태에서 깨어났다는 소식을 전해주었다. 아이의 생명이 위독하지 않다는 걸 알고 나자 두 사람은 다소 이기적인 안도감을 느꼈다.

'이제 감옥에 가지 않아도 되겠구나.'

네이선은 보니와 함께 사흘째 휴가를 보내고 있었다. 머리를 비우고 아이와 함께하는 매 순간을 즐기고 있었다. 그는 아이에게 특별히 메시지를 남길 생각도, 철학적인 얘기를 해주느라 소중한 시간을 낭비할 생각도 없었다. 그저 훗날 보니의 기억에 소중한 추억으로 남을 시간을 만들어주고 싶을 뿐이었다.

네이선은 보니를 MoMA(현대미술관)에 데리고 가 이집트 유물들을 보여주고 피카소의 작품들을 감상하게 했다. 어제는 브롱크스 동물원에 가서 고릴라도 보고 왔고, 오늘 아침에는 록펠러가 프랑스 남부의 수도원들을 본떠 짓게 했다는 수도원 건물들이 있는 포트 트라이언 파크에도 다녀왔다.

네이선은 시계를 내려다보았다. 보니와 함께 브라이언트 파크에 있는 르 카루셀에 가기로 약속했는데 시간이 빠듯했다. 오후 4시 30분에 문을 닫으니까 서둘러야 했다. 부녀는 회전목마를 향해 달리기 시작했다. 공원 전체에서 활기찬 축제 분위기가 느껴졌다. 보니의 얼굴에 웃음이 가득했다.

보니가 숨을 헐떡이며 물었다.

"아빠, 나랑 같이 탈까?"

"어른들은 회전목마를 타는 게 아니야."

보니가 돌아가는 회전목마를 가리키며 말했다.

"어른들도 많이 타는데?"

"아니, 너나 어서 가서 타."

"제발 같이 타자."

오늘은 아이의 부탁은 무조건 들어주고 싶었다.

네이선은 보니와 함께 화려하게 채색된 회전목마에 올랐다.

"회전목마가 돌아간다!"

르 카루셀이 움직이기 시작하면서 경쾌한 음악이 흘러나오자 보니가 환호성을 질렀다.

회전목마에서 내린 부녀는 연못을 떠다니며 몸을 떨고 있는 오리들에게 빵조각을 던져주고 나서 센트럴파크의 울먼링 스케이트 링크로 향했다.

이 스케이트 링크는 연말에 야외에서 맨해튼을 즐기기에 최적의 장소로 미드타운의 마천루들과 센트럴파크의 숲들에 병풍처럼 둘러싸여 있었다.

보니가 철책 뒤에 서서 환성을 지르며 피겨 스케이트를 타고 있는 또래 아이들을 부러운 듯이 쳐다보았다.

"너도 타볼래?"

보니가 물었다.

"한 번도 안 타 봤는데 탈 수 있을까?"

"자신감만 있으면 돼."

몇 달 전만 해도 보니는 '아니, 무서워' 혹은 '난 너무 어려'라고 대답했을 텐데 요즘은 한결 자신감이 넘쳐 보였다.

"아빠가 보기에 내가 잘 탈 수 있을 것 같아?"

네이선이 보니의 눈을 똑바로 쳐다보며 대답했다.

"그럼, 우리 딸은 롤러스케이트를 기가 막히게 잘 타잖아. 원리가 똑같은걸."

"그럼 한번 타볼래."

네이선은 스케이트 대여료가 포함된 입장료 7달러를 낸 다음 보니가 스케이트를 신고 링크 안으로 들어가게 도와주었다.

어색하게 빙판에 서 있던 보니가 꽈당 넘어졌다. 속이 상한 보니가 몸을 일으키며 눈으로 아빠를 찾았다.

네이선은 링크 밖에서 보니에게 포기하지 말고 계속 타라고 손짓했다. 보니가 한 번 더 시도했다. 자신감이 붙었는지 몇 미터 앞으로 나아갔다. 조금씩 속도를 내기 시작하던 보니가 또래 남자아이와 부딪쳤다. 울음을 터뜨릴 줄 알았는데 깔깔거리며 웃었다.

네이선이 멀리서 브레이크 잡는 법을 손동작으로 가르쳐주며 보니를 향해 외쳤다.

"보니, 잘하고 있어. 그렇게 하면 돼!"

보니가 아빠를 향해 엄지손가락을 치켜들었다. 보니는 뭐든 빨리 배우는 나이였다.

그제야 마음이 놓인 네이선은 보니를 계속 지켜보면서 음료수를 파는 작은 가판대로 걸어가 커피를 한 잔 주문했다. 벌써 볼이 발갛게 언 보니가 로큰롤 음악에 맞춰 자신 있게 스케이트를 타고 있었다.

네이선은 입김을 불어가며 뜨거운 커피를 마셨다. 오늘은 맨해튼이 거대한 스키장으로 변한 듯했다. 아이스링크가 은빛으로 반짝이고 있었다. 아이스링크를 둘러싼 눈 덮인 비탈에 'I♥NY'이라는 글자가 새겨져 있었다.

네이선은 도시 전체가 마치 크리스털 상자 속에 갇힌 느낌을 풍기는 겨울이 좋았다. 그는 지는 해를 받으며 아이스링크의 철책을 따라 걸었다. 얼굴에 햇살이 와 닿은 느낌이 이렇게 좋은 줄 미처 몰랐다. 갑자기 서러운 감정이 북받쳤다. 조금 있으면 이 모든 기쁨을 맛볼 수 없게 된다. 향긋한 커피 향도, 따스한 햇살이 와 닿은 느낌이 이렇게 좋은 줄 미처 몰랐다. 그는 눈가에 맺힌 물기를 닦아냈다. 지금은 감상에 젖어 있을 때가 아니었다.

그나마 사랑하는 딸과 아내에게 작별 인사를 할 시간을 벌 수 있어서 다행이었다. 죽음을 앞둔 세상 사람들이 모두 그와 같은 행운을 누리지는 못할 것이다.

황금빛 태양이 어느새 스카이라인 너머로 떨어지기 시작했다. 금세 어둠이 내려앉을 것이다. 설경 속에서 가로등들이 촛불처럼 하나둘씩 켜지면 공원에는 낮 동안 숨겨졌던 환상적인 세계가 펼쳐질 것이다.

아직 해가 완전히 저물지도 않았는데 희끄무레한 달이 마천루들 사이로 비스듬히 고개를 내밀었다. 그때, 네이선은 보았다. 멀리 불빛 속에 서 있는 말로리의 모습을.

말로리!

오렌지색 노을 속에 말로리의 실루엣이 선명하게 보였다. 바람에 머리카락이 흩날리고, 추위로 얼굴이 상기된 모습이었다. 그와 눈이 마주친 그녀가 달리기 시작했다.

말로리가 숨을 헐떡이며 그에게 달려와 품에 안겼다. 마치 스무 살 시절로 되돌아간 느낌이었다. 뒤돌아보니 어느새 스케이트를 벗어던진 딸 보니가 환성을 지르며 달려오고 있었다.

보니가 두 사람의 품으로 달려들었다. 세 식구는 서로 힘껏 껴안았다.

엄마, 아빠를 힘껏 안고 있던 보니가 물었다.

"우리 '꽃이 피었습니다' 놀이할까?"

보니가 아주 어릴 때 세 식구가 개발한 놀이였다.

세 사람은 아주 가까이 모여 어깨동무를 하고 '꽃이 졌습니다' 하고 말했다. 그리고 어깨를 풀고 흩어지면서 '꽃이 피었습니다'를 외쳤다.

그들은 그 놀이를 세 번, 네 번 시간 가는 줄 모르고 계속했다. 꽃이 졌습니다, 꽃이 피었습니다. 꽃이 졌습니다, 꽃이 피었습니다.

얼마 있으면 영원히 빈자리가 생길 이 가족을 하나로 단단히 묶어주는 아주 단순한 놀이를.

29장

전혀 고통스럽지 않다고 느끼는 순간조차 우리는 사랑 때문에 고통스럽다.

_크리스티앙 보뱅

몇 시간 후, 크리스마스이브

산레모 아파트

두 사람이 침대에 누워 별을 올려다보고 있었다. 푸르스름한 달빛이 방으로 스며들었다. 말로리의 입술이 네이선의 목을 따라 움직였다. 강렬한 일렁임 속에서 그들은 이제 막 다시 하나가 되었다. 두 사람 모두 가쁜 숨을 몰아쉬었다.

말로리가 네이선의 머리를 쓰다듬었다.

"내가 당신보다 더 나이가 많은 거 알지?"

말로리가 네이선의 귀에 대고 속삭였다.

"생일이 며칠 빠른 걸 가지고, 뭘."

네이선이 흐뭇한 미소를 지었다.

"당신은 나를 위해 세상에 나온 사람이라고 생각해."

말로리가 농담 같은 말을 하자 네이선이 그녀의 가슴에 손을 얹었다.

"그게 무슨 말이야?"

말로리의 말투에는 장난기가 다분했다.

"내가 태어났을 때 마음씨 좋은 조물주께서 내 요람을 들여다보며 요 귀여운 녀석이 험한 세상을 잘 헤쳐나갈 수 있게 조수를 하나 붙여줘야겠다 생각한 거지."

"그래서 조물주께서 나를 세상에 보내기로 결정하셨다는 거야?"

"바로 그거야. 그러니까 당신은 나에게 무한한 감사의 마음을 가져야 하는 거야. 만약 내가 없었다면 당신은 세상 구경도 하지 못했을 테니까."

말로리와 네이선은 다시 오래 키스를 나누었다.

네이선은 계속 말로리를 가까이서 느끼고 싶었다. 그녀 피부의 떨림, 숨소리, 그 모든 것들에 감각을 집중했다. 복권에 당첨되어 일확천금이 생기고, 세기의 소송에서 승소하고, 은행 잔고가 일고여덟 자리가 된다 해도 지금 느끼는 행복과 견줄 수는 없을 듯했다.

네이선은 말로리를 힘껏 껴안았다. 그녀의 목덜미에 입을 맞추고, 허리를 애무하고, 등을 바짝 끌어당겨 안았다. 마치 그녀가 삶과 이어진 마지막 끈이라도 되듯이.

지난 며칠 동안 벌어진 일들이 눈앞을 스쳐 지나갔다. 네이선은 죽음이 목전에 임박했다는 걸 안 직후에는 그 어느 때보다 살아 있다는 느낌이 강렬하게 들었다. 그러다 주변을 배회하는 죽음의 그림자와 마주치게 되자 모든 게 달라졌다.

오늘 밤, 네이선은 처음으로 죽음을 담담하게 받아들일 수 있겠다는 생각이 들었다. 아직 두려움이 완전히 가신 건 아니었다. 하지만 지금은 일종의 설렘마저 느꼈다. 미지의 대륙을 향해 떠나는 자의 호기심

같은 것을.

비록 미지의 세계로 떠나지만 사랑으로 충만한 네이선은 더 이상 두렵지 않았다. 굿리치 식으로 말하자면 '자기 자신 그리고 다른 사람과 화해하고' 떠나게 된 것이다.

네이선의 몸이 불덩이 같았다. 그동안 잊고 있었던 가슴의 통증이 되살아나고, 개에게 물린 발목의 상처도 아팠다. 뼈 마디마디가 잘게 부서지는 느낌이 들었다. 서서히 산 자들의 세계를 벗어나 미지의 세계로 들어서는 차원이었다. 죽음이 임박했다는 확신이 들었다.

새벽 2시에 눈을 감기 직전, 네이선은 굿리치를 생각했다.

얼마 후면 그는 내 곁에 없겠지.

나는 다시는 그의 얼굴을 볼 수도, 목소리를 들을 수도 없겠지.

그는 여전히 수술을 하고, 죽음을 앞둔 사람들에게 길동무가 되어주겠지.

나는 마침내 나를 앞서간 무수한 사람들처럼 해답을 얻게 되겠지.

'과연 우리 모두가 나중에 가게 되는 곳이 존재할까?'라는 물음에 대한 대답을……

네이선의 집에서 백여 킬로미터 떨어진 곳

제프리가 소리 없이 침대 밖으로 나왔다. 그가 거실 계단 밑으로 난 작은 문을 열고 천장에 매달린 백열등을 켰다. 그런 다음 지하로 통하는 계단을 조심스럽게 내려갔다. 그가 나무 선반에서 위스키 여섯 병이 든 상자를 내렸다. 그에게 큰 도움을 받은 고객이 며칠 전 크리스마스 선물로 보낸 20년산 시바스 리갈이었다.

제프리는 자리에 누웠다가 위스키병들을 지붕 아래에 두고는 도저히 잠들지 못할 것 같아 다시 일어났다. 그는 위스키 상자를 부엌으로 들고 올라와 개수대에서 한 병씩 쏟아버리기 시작했다. 스파게티를 삶은 물처럼 허연 술이 하수구로 콸콸 소리를 내며 내려가는 모습을 그는 마치 꿈을 꾸듯 몽롱한 눈으로 바라보았다. 그는 개수대를 핥고 싶어질까봐 한참 동안 수도꼭지를 틀어놓았다.

내가 어쩌다가 이렇게까지 밑바닥으로 떨어지게 되었을까?

매일 스스로 던지는 질문에 아직 해답을 찾지 못했다.

제프리는 오늘도 간신히 술의 유혹을 뿌리치는 데 성공했다. 하지만 내일, 그다음 날도 혹독한 싸움은 계속될 것이다. 금단현상이 일어나면 무슨 짓을 벌일지 알 수 없었다. 오 드 콜로뉴, 데오드란트 혹은 약장에 든 90도짜리 소독용 알코올을 입 안에 털어 넣을지도 몰랐다. 위험 요소는 도처에 있었고, 한순간도 경계를 늦출 수 없는 전쟁 같은 날들이 이어질 것이다.

제프리는 기분이 가라앉은 상태로 침대로 돌아와 리사 곁에 누웠다. 그는 주먹을 꽉 쥐었다. 리사와 더 가까워지려는 노력이 필요했다. 그녀와 더 많은 대화를 나누고, 그를 괴롭히는 고통에 대해서도 숨기지 말고 이야기를 나누어야 한다. 지금 이 순간이 아니면 다시는 기회가 오지 않을 수도 있었다.

리사가 내일 잠에서 깨면 당장 시작해보는 거야.

용기가 필요하겠지만.

자정이 지난 시각
브루클린의 빈민가

코니 부커가 소리를 내지 않으려고 조심하며 방문을 살짝 열었다. 조쉬 가까이 다가간 그녀가 사랑이 가득한 눈으로 아이를 바라보았다. 열흘 전만 해도 손님들이 가끔 자고 가는 이 방은 생기 없이 삭막했다. 그런데 오늘 밤은 자그만 침대의 온기 속에서 아이가 새근새근 잠들어 있었다. 아이는 좋은 꿈을 꾸는 듯 평화로운 얼굴이었다.

얼마 전 조카딸 캔디스가 은행 강도 총격 사건으로 목숨을 잃었다. 캔디스가 숨지고 몇 시간도 지나지 않아 복지공단에서 아이를 데려가고 싶은지 전화로 의사를 물었다. 오래 고민할 필요가 없는 일이었다. 벌써 쉰을 바라보는 나이인데 그녀에게는 아이가 없었다. 여러 번 유산하고 나서 아이에 대한 희망을 접은 지 오래였다.

삶에 대해 특별한 소망이 없는 나이가 되다보니 지난 몇 년 동안 부쩍 늙었다는 생각이 들었고, 수시로 피로를 느꼈다. 그런데 조쉬를 집에 데려오고 나서부터 모든 게 달라졌다. 새로운 인생을 사는 기분이 들었다.

코니는 좋은 엄마가 되기로 했다. 남편도 그녀도 근면 성실한 사람들이니 조쉬를 반듯하게 키울 자신이 있었다. 늦깎이 아빠가 되어 신이 난 남편 잭은 벌써 군대에 시간 외 근무를 신청해두고 있었다.

다만 한 가지 마음에 걸리는 게 있었다. 오늘 아침에 우체통을 열어보니 크라프트 봉투가 하나 들어 있었다. 그 안에서 전기 장난감 자동차 한 대와 지폐 몇 장 그리고 편지 한 장이 나왔다.

편지에 '네이선'이라고 이름을 밝힌 사람이 조쉬에게 주는 크리스마스 선물이라고 적혀 있었다. 코니는 남편 색과 함께 여러 번 편지를 읽어보았지만 어떤 의미로 받아들여야 할지 알 수 없었다.

코니는 아이에게 뽀뽀를 하고 방을 나왔다.

아이의 방문을 닫으며 코니는 선물을 두고 간 정체불명의 사람이 누군지 다시 궁금해졌다.

그리니치빌리지

애비는 크리스마스이브에 밖에서 혼자 밤을 새고 들어오는 길이었다. 머리가 깨질 듯 아팠지만 한 가지 생각만은 확실했다. 오늘 밤에도 그녀의 사랑을 만날 가능성이 없어 보였다. 문 앞에 관리인이 두고 간 상자 하나가 보였다. 상자를 여니 프랑스산 와인 한 병과 크리스마스카드가 들어 있었다. 그동안 잘해줘서 정말 고마웠다는 메시지가 짧게 적혀 있었다.

애비는 신발을 벗어던진 뒤 좋아하는 브래드 멜다우의 〈Songs : The Art of the Trio, vol. 3〉 음반을 틀고 집 안의 조명을 은은하게 낮추었다. 그런 다음 소파에 앉아 다리를 옆으로 편안하게 뻗었다.

애비는 카드를 다시 읽어보았다. 내용이 영 이상했다. 마치 앞으로 다시는 못 볼 사람에게 마지막 작별 인사를 하는 것처럼 느껴졌다.

그럴 리가 없어.

애비는 지금쯤 네이선이 어디에 있을지 궁금했다. 분명 아내 말로리와 함께 있겠지.

아쉽네.

첫사랑이 될 수도 있었던 남자인데.

⌒

가렛 굿리치가 스태튼 아일랜드의 호스피스 병동을 나오고 있었다.

"자, 쿠조. 올라가, 우리 강아지!"

굿리치가 차 뒷문을 열며 소리쳤다.

커다란 개가 컹컹 짖으며 차에 올라탔다.

굿리치가 운전석에 앉아 키를 꽂고 오래된 카스테레오를 켰다. 채널을 돌려 주파수를 맞추던 그가 브리트니 스피어스의 음악이 들리자 인상을 찡그렸다. 그는 채널을 계속 돌리다가 에미넴의 랩이 흘러나오자 또 미간을 찌푸렸다. 베르디의 오페라 〈나부코〉가 나오는 채널을 찾고 나서야 겨우 편안한 얼굴이 되었다.

바로 이거야.

굿리치가 고개를 좌우로 가볍게 흔들었다. 그는 '가거라, 내 상념이여, 금빛 날개를 타고 날아가라'는 히브리 노예들의 합창을 들으며 소호의 아파트를 향해 천천히 차를 몰았다. 처음으로 빨간불에 걸렸을 때 그는 뒷좌석에 탄 개를 한번 돌아보았다. 그런 다음 터져 나오는 하품을 억지로 참았다.

잠을 제대로 못 잔 지 얼마나 됐더라?

기억이 까마득했다.

오래된 것만은 확실했다.

보니는 방에 누워 잠을 이루지 못하고 있었다. 엄마 아빠가 예전처럼 다시 사랑을 하게 되어 얼마나 좋은지 몰랐다. 2년 전부터 밤마다 기도를 하며 소원을 빌었는데 드디어 이루어졌다. 하지만 알 수 없는 불안감이 아직 마음 한구석에 남아 있었다.

가족에게 어떤 정체불명의 위험이 다가오는 느낌이었다.

보니는 침대에서 일어나 의자에 놓여 있던 페루 전통 모자를 집어 들었다. 모자를 곰 인형 삼아 품에 안고 나서야 겨우 잠이 들었다.

새벽 3시, 퀸즈의 공동묘지

엘리노어 델 아미코의 묘석 위에 두껍게 쌓인 눈이 녹지 않고 얼어붙어 있었다. 오늘 아침에 네이선이 찾아와 장미꽃 한 다발을 꽂은 주석 화병을 두고 돌아갔다. 안이 투명하게 비치는 꽃병이라면 장미 다발을 묶은 끈이 밖에서도 보일 것이다. 그 끈은 작은 진주알이 네 줄로 박히고 잠금 고리는 은으로 만들어진 오래된 팔찌였다.

매사추세츠주의 작은 마을 미스틱

아직 어둠이 가시지 않았다.

해변가 빈집의 철제 선반 위 커다란 상자 속에는 누군가 최근에 열어본 흔적이 있는 스크랩북이 한 권 들어 있었다. 그 속에는 메모들, 그림들, 말린 꽃잎들, 사진들이 보였다. 그 사진 속 여자가 해변을 달리고 있었다.

사진 바로 밑에 그 여자가 만년필로 메모를 적어놓았다.

'내가 너무 빨리 달리니 죽음이 절대로 따라잡지 못하겠지.'

그녀의 이름은 에밀리 굿리치였다. 에밀리는 머지않아 죽음이 자신을 덮치리라는 걸 알고 있었다. 그녀는 한 번도 진심으로 신을 믿어본 적이 없었다.

하지만, 다른 어떤 것이 있을지도 몰라.

어떤 신비가.

우리가 나중에 다 가게 되는 어떤 곳이.

말로리가 눈을 떴다.

옆에서 잠든 네이선의 숨소리가 어둠 속에서 들렸다. 그녀는 실로 오랜만에 미래에 대한 확신을 느끼며 아이를 더 낳을 생각을 해보았다. 그런 상상만으로도 온몸에 행복한 기분이 퍼졌다. 그녀는 다시 잠들기 전 브라질에 다녀오느라 지난주에 받은 검진 결과를 아직 확인하지 못했다는 생각이 났다.

할 수 없지, 며칠 뒤로 미루는 수밖에. 자신의 주치의인 닥터 올브라이트는 걱정을 사서 하는 사람이라는 생각을 하며 그녀는 눈을 감았다.

낸터컷 섬 위로 아침 해가 떠올랐나.

이 시간, 크랜베리 재배지를 끼고 형성된 늪지대 뒤로 길게 뻗은 샌케티 호수 근처에는 인적이 없었다. 근방의 호수와 못들은 며칠 전부터 두껍게 얼어붙었다. 얼음이 조금 갈라져 녹기 시작한 곳에서 하얀 백조 한 마리가 물을 가르며 헤엄치고 있었다.

한겨울인데 어쩌다 백조가 길을 잃고 여기까지 날아왔을까?

아무도 알 수 없으리라.

백조가 날개를 퍼드덕거리면서 하늘로 날아올랐다.

다른 곳으로 가기 위해.

30장

절대 아무 말도 하지 말라.
내가 잃어버린 건 결국 돌려준 것이다.
네 자식이 죽었는가? 아이는 돌아간 것이다.
네 아내가 죽었는가? 아내는 돌아간 것이다.

_에픽테토스

12월 25일

처음에는 얼굴 위로 후끈한 열기만이 느껴질 뿐이었다. 차마 눈을 뜰 용기가 나지 않았다. 눈을 뜨면 마주치게 될 일들이 너무나 두려웠다.

얼마 후, 멀리서 음악 소리가 들려왔다.

〈모차르트 피아노 협주곡 20번〉이었다.

공기 중에 떠 있는 팬케이크 냄새가 코로 스며들었다.

네이선은 그제야 마음을 굳게 먹고 눈을 떴다. 지금 여기가 저세상이라면 팬케이크 냄새가 날 리 없으니까.

그렇다, 집이었다.

네이선은 팬티와 티셔츠 차림으로 어제저녁에 잠든 침대에 누워 있었다. 도저히 믿기지 않았지만 어쨌든 그는 아직 살아 있었다. 그가 몸을 일으켜 침대에 앉았다. 곁에는 아무도 없었다. 크리스마스인데 날씨가 화창했다. 방 안으로 햇살이 쏟아져 들어왔다.

보니가 방문을 열고 문틈으로 고개를 삐죽 내밀었다.

"꼐딸(아빠 기분 어때)?"

"안녕, 우리 강아지. 잘 잤어?"

"응, 아주 잘 잤어!"

아이가 방으로 들어오더니 침대 위로 뛰어올랐다.

네이선이 아이를 가슴에 꼭 안았다.

"엄마는?"

"엄마는 팬케이크를 만들고 있어. 침대에 앉아 우리 셋이 다 같이 아침 먹으려고!"

보니가 신이 나서 부모의 침대를 트램펄린 삼아 뛰기 시작했다.

네이선은 아래층에서 올라오는 소리에 귀를 기울였다. 냄비와 주방 기구들이 달그락거리는 소리와 음악 소리가 뒤섞여 들려왔다. 말로리는 부엌일을 하며 라디오를 켜놓는 걸 좋아했다.

네이선은 침대에서 일어나 방에 있는 전신거울 앞에 가 섰다. 살아 있다는 사실이 믿기지 않는 듯 밤새 파릇하게 돋은 턱수염을 손등으로 문지르며 한참 동안 거울을 들여다보았다.

분명 머리에서부터 발끝까지 자기 자신이었다. 어젯밤에는 밤사이 죽을 거라 생각하며 잠이 들었다. 그런데 지금은 열도, 통증도 아무것도 느껴지지 않았다. 마치 그를 쫓아다니던 죽음의 위험이 사라지기라도 한 것처럼.

어떻게 된 일일까? 굿리치의 상상력이 만들어낸 얘기는 분명히 아닐 텐데.

부엌에서 말로리의 목소리가 들려왔다.

"누가 나 좀 도와줄래?"

보니가 안정적으로 마루에 착지하며 소리쳤다.

"내가 갈게!"

딸과 아내 그리고 그.

세 사람이 드디어 아무 걱정 없이 함께 있었다. 이 모든 게 비현실적으로 느껴졌다. 갑자기 너무나 벅찬 행복이 찾아왔기에.

아무리 생각해도 뭔가 이상하다는 느낌이 들었다.

아내에게 말을 해야겠다. 그가 말로리에게 물었다.

"내가 가서 도와줄까?"

말로리의 대답이 돌아왔다.

"괜찮아, 보니면 충분해."

네이선은 잠에서 깨어나는 센트럴파크를 내려다보았다. 늘 짙게 깔려 시계를 흐리게 만들던 아침 안개가 싹 걷혀 있었다.

보니가 동글동글한 팬케이크가 담긴 쟁반을 들고 계단을 올라왔다. 아이가 침대에 쟁반을 내려놓더니 메이플 시럽을 손가락에 듬뿍 묻혀 입으로 쪽쪽 빨아먹으며 특유의 더블 윙크를 보냈다.

"냠냠."

아이가 배를 문지르며 배고픈 시늉을 했다.

아이 뒤에서 층계가 삐걱거리는 소리가 들려왔다. 그는 문 쪽으로 고개를 돌려 말로리가 들어오기를 기다렸다.

처음에는 특이한 점을 발견하지 못했다. 말로리가 환하게 웃는 얼굴로 커피와 과일, 베이글을 올린 아침 식사 쟁반을 들고 거울 앞에 서 있었다. 그런데 앞으로 걸어오며 심내를 힌 비키 도는 그녀의 모습을 보는 순간 네이선은 소스라치게 놀랐다. 말로리의 머리카락에 하얀빛이 둥그렇게 매달려 있었다.

31장

죽음이 싫은 게 아니다.
다 마치지 못한 일이 못내 아쉬울 뿐이다.
_천사와의 대화

네이선은 혼이 나가 소호를 향해 전속력으로 차를 몰았다. 가렛 굿리치에게 어서 이 사실을 알려야만 했다. 오직 그만이 해답을 쥐고 있으니까.

네이선은 계기판을 내려다보았다. 휴일에다 이른 시간이니 그는 아직 집에 머물러 있을 공산이 컸다. 바람처럼 달려 휴스턴 스트리트에 도착한 네이선은 길 한가운데 차를 세워두고 굿리치가 사는 건물로 뛰어 들어갔다. 그는 우체통에 붙은 이름들을 재빨리 확인하고 나서 꼭대기 층을 향해 계단을 성큼성큼 뛰어올랐다.

굿리치의 집 앞에 도착한 네이선이 부서질 듯이 문을 두드렸다.

'아무도 없나?'

등이 굽은 옆집 노파가 소리에 놀라 문을 열고 밖으로 나왔다.

노파가 풀이 하나도 없는 목소리로 물었다.

"왜 아침부터 남의 집 앞에서 소란을 피우시나?"

"굿리치 박사님은 안 계십니까?"

노파가 시계를 내려다보았다.

"이 시간이면 개를 산책시키고 있을 텐데."

"혹시 어디로 갔는지 아십니까?"

"글쎄, 가끔씩 가는 데가 있긴 한데 어디더라?"

노파의 마지막 말이 계단에서 메아리쳤다.

"배터리 파크."

레인지로버에 오른 네이선은 미드타운을 향해 액셀러레이터를 밟았다. 교통량은 많지 않았지만 아무리 빨리 달려도 차의 속도가 너무 더디게 느껴졌다. 그는 브로드웨이로 방향을 틀다가 교통신호를 위반했다. 앞에 펼쳐진 게 도로인지 도로가 아닌지조차 분간이 되지 않았다.

침대에서 뛰던 보니와 빛에 둘러싸인 말로리의 모습이 눈앞에서 사라지지 않았다. 혹시나 해서 집을 나서기 전 말로리의 머리카락을 쓸어내려 보았지만 그 불길한 빛은 사라지지 않았다.

그 빛을 본 사람은 그 혼자뿐이었다.

네이선은 광란의 질주를 계속하다 트라이베카에 이르러 속도를 늦추었다. 거기서 지름길이라 생각하고 접어든 길이 일방통행 도로였다. 그는 찢어질 듯한 경적 소리를 들으며 몇십 미터를 역주행하다가 겨우 방향을 틀어 길을 빠져나왔다. 이런 급박한 상황에서 맨해튼의 교통경찰들을 꽁무니에 달고 달릴 수는 없다는 생각이 들어 의식적으로 속도를 줄였다.

풀턴 스트리트에 다다른 네이선은 차 문을 잠그지도 않고 밖으로 나와 걷기 시작했다. 몇 분 후 그는 맨해튼 최남단에 도착했다. 그는 배터리 파크의 숲길을 지나 허드슨강을 따라 이어진 산책로로 나왔다. 갈매기들이 하늘로 우르르 날아올랐다. 그의 눈앞에 바닷바람이 거센 뉴욕 만이 펼쳐져 있었다.

네이선은 강을 따라 난 길을 달렸다. 사람이 별로 없었다. 떠들썩했 던 간밤의 뒤끝을 털어내기 위해 조깅을 하러 나온 사람들이 간혹 눈에 띄었고, 페리 선착장이 빈 틈을 이용해 낚싯대를 드리우고 있는 노인 하나가 보였다. 맑게 갠 날씨에 멀리 손바닥만 하게 남아 있는 안개가 보였다. 그 뒤에 가려진 건 아마도 스태튼 아일랜드 쪽으로 횃불을 들 고 서 있는 자유의 여신상일 것이다.

드디어 가렛 굿리치의 모습이 눈에 들어왔다.

굿리치는 뒷짐을 지고 걸으며 조용히 개를 산책시키고 있었다. 무시 무시한 쿠조가 몇 미터 앞에서 걷고 있었다.

네이선이 제법 먼 거리인데도 그를 향해 소리쳤다.

"대체 어떻게 된 겁니까?"

굿리치가 뒤돌아보았다. 여기서, 이런 식으로 얘기가 마무리될 것임 을 미리 알고 있었다는 듯이. 그는 네이선을 보고도 놀라는 기색이 없 었다.

"당신도 잘 알고 있을 텐데, 네이선."

네이선이 그에게 다가가며 악을 썼다.

"저에게 했던 얘기와 다르지 않습니까? 죽을 사람은 저라고 하지 않 았던가요?"

굿리치가 고개를 가로저었다.

"나는 그렇게 말한 적이 없어요. 당신이 그렇게 이해했을 뿐이지."

"아니, 분명히 그렇게 말했어요. 내가 지어낸 얘기가 아니라고요."

언젠가 '나에게 볼일이 있는 겁니까?'하고 물었던 기억이 났다.

하지만 돌이켜 생각해보니 굿리치의 말이 맞는 것도 같았다. 굿리치는 단 한 번도 그가 죽는다고 확인해준 적이 없었다. 딱 한 번, 그 비슷한 대답을 한 적은 있었다. 병원 카페테리아에서 둘이 얘기를 나눌 때 굿리치가 '꼭 그런 건 아니지'라고 했으나 네이선은 그의 말을 귀담아듣지 않았다.

굿리치가 했던 말들이 그의 머릿속에서 메아리처럼 울리기 시작했다.

죽음을 앞둔 사람들에게 저세상으로 떠날 준비를 시키는 사람들이 있어요.

메신저들이 하는 역할은 죽어가는 사람들이 산 사람들과 차분히 이별할 수 있게 도와주는 겁니다. 죽음을 목전에 둔 사람들이 인생을 정리하고 마음 편히 떠날 수 있게 도와주는 것이죠.

일종의 단체 같은 것이라 볼 수 있어요. 이 세상에는 메신저들이 많이 있는데, 사람들이 그 존재를 모를 뿐이죠.

나는 절대로 신에 가까운 사람이 아니에요. 나는 당신처럼 그저 한 인간일 뿐이죠.

이 말.

'당신처럼.'

네이선은 소름이 끼쳤다.

왜 단 한 순간도 의심하지 않았을까?

네이선이 굿리치를 똑바로 쳐다보았다.

"그러니까 박사님은 저에게 죽음을 알리러 온 게 아니었군요."

굿리치가 덤덤하게 말했다.

"당신을 만나서 해줄 말이 따로 있었어요."

"제가 메신저가 된다는 걸 알려주려고 왔군요?"

굿리치가 고개를 끄덕였다.

"내 역할은 당신에게 메신저 일을 가르치고, 당신이 주어진 일을 제대로 할 수 있도록 도와주는 것이었어요."

"하필이면 왜 접니까?"

굿리치가 숙명이라는 듯 두 팔을 크게 벌렸다.

"나조차도 설명이 불가능한 일이니까 묻지 말아요."

잠잠해졌던 바람이 불기 시작했다.

네이선은 가장 중요한 걸 물을 때가 되었다고 생각했다.

"말로리가 곧 죽게 되나요?"

굿리치가 그의 어깨에 손을 얹고 차분히 말했다.

"안타깝지만 받아들여야 해요, 네이선."

네이선이 그의 팔을 뿌리치며 울부짖었다.

"왜, 말로리가 죽어야 하죠?"

굿리치가 숨을 한번 깊이 들이마셨다.

"처음 메신저가 된 사람에게 주어지는 임무는 정말로 고통스러워요. 메신저와 가장 가까운 사람의 죽음을 지켜보는 일이거든요."

네이선이 발을 구르며 소리쳤다.

"너무 잔인해요."

산책 중이던 몇 사람이 걸음을 멈추고 그들을 지켜보았다.

"내가 정한 규칙이 아니에요. 나 역시 당신과 똑같은 과정을 겪었어요."

굿리치가 씁쓸한 표정을 지었다.

네이선은 에밀리 굿리치가 떠올라 분노를 가라앉히고 한결 부드럽게 물었다.

"그 이유가 뭡니까? 왜 사랑하는 사람의 죽음을 지켜보아야만 메신저가 될 수 있죠?"

"그냥 그런 거예요. 메신저가 되기 위해 치러야만 하는 대가라고 생각해요."

"무슨 대가 말입니까? 내 의지와 무관하게 메신저가 되었을 뿐인데!"

"그렇지 않아요, 네이선. 돌아오기로 결정한 사람은 바로 당신이었어요."

"무슨 말도 안 되는 소릴 하는 겁니까?"

굿리치가 안타까운 심정으로 네이선을 쳐다보았다. 25년 전, 젊은 의사 시절의 자신을 바라보는 것 같았다. 그도 똑같은 아픔을 겪었기에 네이선의 고통을 충분히 이해할 수 있었다.

"당신이 임사 체험을 했던 당시를 잘 생각해봐요."

"익사 사고가 나서 제가 혼수상태에 빠졌던 때 말입니까?"

"그때 당신이 무엇을 보고 다시 살기로 결심했는지 기억나죠?"

"……."

별안간 몸에 전기충격이 가해진 듯이 머릿속에 빛의 터널이 나타났다.

굿리치가 재차 물었다.

"거기서 뭘 보았는지 말해봐요, 네이선. 뭘 보았기에 산 자들의 세상으로 다시 돌아오고 싶었는지."

네이선이 고개를 푹 숙였다.

"어떤 얼굴을 봤어요. 나이가 없는 듯 보이는 어떤 얼굴을······."

기억이 되살아나기 시작했다. 여덟 살 먹은 어린 네이선의 얼굴이 보였다. 평생 지우려고 애썼던 그 순간의 기억이 또렷이 되살아났다. 그를 자꾸만 죽음으로 잡아 이끌던, 그 은은하고 부드러운 하얀 빛이 선명하게 기억났다. 마지막 순간, 저세상에 와 있다고 믿는 순간, 그는 돌연 자신에게 선택권이 있다고 느꼈다. 떠날 수도 있고, 돌아갈 수도 있는 선택권이.

그때 어떤 이미지가 나타났다. 찰나의 순간에 그의 눈앞을 지나간 미래의 이미지.

누군가의 얼굴이었다. 훗날 그의 아내가 될 사람의 얼굴. 생김새는 다르지만 그는 마음속으로 그녀가 분명하다고 확신했다. 그녀가 고통스러워하고 있었다. 혼자 외로이 그를 부르고 있었다. 그녀 때문에 그는 돌아왔다. 그녀에게 죽음이 찾아왔을 때 곁에 있어 주기 위해.

굿리치가 세 번째로 물었다.

"거기서 누굴 보았는지 말해봐요, 네이선?"

"말로리, 그녀가 두려움에 떨고 있었어요. 저를 필요로 하면서."

돌풍이 일자 강물이 출렁였다. 안개가 깨끗이 걷히자 브루클린에서 뉴저지까지 허드슨강 양안이 한눈에 들어왔다.

네이선은 맨해튼 북쪽을 향해 걸어가고 있었다. 앞으로 힘든 날들이 찾아올 것이다.

머릿속이 혼란스럽기만 했다.

말로리에게 어떻게 얘길 해야 할까? 과연 무너지지 않고 잘 버틸 수 있을까? 그런 부담스러운 능력을 제대로 발휘하며 살 수 있을까?

한 가지만은 확실했다. 그는 그녀를 사랑으로 감싸 안아 보내줄 것이다. 지금껏 단 한 번도 식은 적 없고, 앞으로도 영원히 변치 않을 사랑으로.

그다음에 벌어질 일에 대해서는 아직 생각할 겨를이 없었다. 말로리가 곁에 없으면 어떻게 될지, 죽음을 앞둔 다른 사람들을 어떻게 도울지.

지금은 온통 말로리에 대한 생각뿐이었다. 그는 그녀의 마지막 순간을 안내하는 나침반이 되어주기로 결심했다. 그녀의 손을 잡고 저 건너편 세상의 문턱에까지 동행하는 메신저.

그 두려운 미지의 세상.

우리 모두가 나중에 가게 되는 곳.

트리니티 교회 앞에 다다른 네이선은 걸음을 재촉하기 시작했다. 그가 사랑하는 여자가 집에서 그를 기다리고 있었다.

그녀에게는 지금 그가 절실히 필요했다.

〈끝〉